天使坠落在哪里

路内 著

上海文艺出版社

目　次

序　章……………………………………………………………… 1

第一章　谬种 ……………………………………………………… 3
第二章　少女 ……………………………………………………… 82
第三章　弃儿 ……………………………………………………… 162
第四章　人质 ……………………………………………………… 265

序 章

我的前半生与现在完全没有关系。

这当然也是一种修辞,如你所见,后半生的我在这里摆弄小说,叨逼叨逼像收音机一样自顾说完就 OK 的货色,或者是卖肉的从自个儿大腿上切下一块放在案板上。评论家说我不接地气,只会讲点自己的故事。现在我一写小说,脑袋里全是评论家,在我看来唯一的办法就是与他们同归于尽。

我的前半生,根据作者简介,做过工人、营业员、会计什么的,这是噱头,使我看起来像是个阅历丰富的人。经常有姑娘撑着脖子问:"路小路,你怎么知道得这么多?"我想我要是掏过粪,你就不会撑着脖子了,至少得捂着鼻子。事实上,过来人都知道,这些经历都不算什么,等于啥也没干过,它们是人生的废话。

我活在一个赖账的年代。二十七岁生日那天,我离开了故乡戴城,来到一个陌生的城市,住在红灯区附近的旅馆里。我认定自己过完了前半生。这不是因为我只想活五十四岁(谁规定必须对半分呢),而是:那一年恰逢千禧,我可以把经历过的人生像扔掉冰箱里的过期食品一样,全部腾清,走向末世以外的黄金海岸。

前半生，曾经有一个姑娘说：你总有一天会得老年痴呆症，躺在福利院的床上，落在我手里。她在福利院上班。我猜测，在我写下这个故事的时候，应该距离福利院很近了，或者我已经落在她手里，任何人也拯救不了我，神的光芒也照不到我。我唯一庆幸的，就是自己感觉不到痛了。但是她又说，这种事情很难说的，痴呆老人都不会说话，他们进入了另一种死亡状态，也许他们知道痛，但说不出来，很遗憾，这些话她并不是说给我听的，而是我的好友——杨迟同学。那姑娘真正爱的人是老杨。但这种话，用来吓唬老杨完全没用，他无所谓，他说：如果这样，就是我这辈子该你的。老杨学的是化工，前半生和我一样傻逼，后半生做的是风险投资，天使基金。这买卖有点像赌博，也有点像奇迹。来自这个年代的天使并不是神在佑护你，而是神在赌你。

我二十七岁那年，世纪末和千禧年按时到来。这件事现在看来已经不重要了，人们早就忘记了，但在当时还真有点让人担心，世界会滑向何处？我会不会躺在福利院的床上吃手指？我对那姑娘说，我后半生在黄金海岸度过，至于前半生，我胡说八道写到小说里，你可以把它和其他胡说八道的小说混着看，你不用懂什么虚构理论、叙事和结构，因为我也没搞懂，但你得有点诗意，仅此一条是我对你的热望。诗意是危险的，诗意是痒人和诗人共同呼吸的空气，共同使用的草纸。请你拉上窗帘，替我遮挡下午的阳光，这一瞬间回头看我一眼，发现我痴呆的眼神似乎认得你。你他娘的一定会感到惊慌，因为你也老了，只能在失去智力的我的面前假装小女孩，但我他娘的一点也不介意，我就算有智力也不介意，我愿意在每一个年代，用这种眼神看着你。

我是路小路，我在这里，讲所有人的故事。

第一章

谬 种

1

去福利院的那天是个好日子,小苏却意外发烧了。我和杨迟往他嘴里塞了一颗退烧药,将其架上出租车,车开到半路,又意外地下起了小雨。我记得这天,一九九七年的好日子,我们从戴城的南郊一直杀到东北角很远的山后面,那一带有座寺庙,多年来它一直是戴城的旅游景点,然而作为本地人,我们很少涉足此地,太荒凉也太遥远了。随着汽车出城,穿过开发区平坦的大路,进入丘陵地带,路边的风景变得凌厉起来,高楼消失,房屋渐稀,树木浓郁得像是炸开了。司机越开越快,老杨坐在副驾位置上,不停地转头看他。

我们在无人地带寻找福利院,出租车绕着圈子跑,最后杨迟才找到进口的路,十分阴森,两侧的竹子都像要倒下来似的,路上尽是石子,汽车碾过发出哗啦啦的声响。我随口说,昨天看报纸,这附近杀了一个出租车司机。

我们的司机崩溃了,他停下车,从驾驶座跳了出去,沿着道路往里跑。我们看着他远去，杨迟说："这辆车给我们了？"这时司机又跑了回来，拿了一根很长的竹竿，站在车前，做出鱼死网破的样子大喊："把车还给我，把车、把车、还给我，求求你们。"

杨迟下车安抚他："我们不是劫车的，也不是绑票了到这里来抛尸的，我们去福利院。"

司机拿着竹竿说："我不拉了，你们走吧，车钱我不要了。"

杨迟说："这可不行，我们这儿有个病人，走进去还很远呢，再说又下雨。"

"我不想拉了，我就是不想拉了。"司机提着竹竿说。

他的头发沾着雨水，贴在头皮上，明显已经谢顶。他又老又软，即使在他年轻的时候也不会是我们三个小伙子的对手，但是，我们真的不是来弄死他的。

他和杨迟对峙，谈话。老杨是戴城农药厂的金牌销售员，一九九七年他奔波于中国内地的各个县城，指导农民使用该厂出产的龙阳牌甲胺磷，他口才非凡，又善于安抚那些敏感而狐疑的心。但是这位司机，他显然惊吓过度了，他端着竹竿不许老杨走近，始终保持两米的距离，他不管老杨说什么，一直重复着"我真的不想拉了"的论调，直至他相信了老杨，相信我们是好人，我们此行的目的是到福利院来认养一个孤儿，但他还是说：我真的不想拉了。

我说："报纸上说，那个死掉的出租车司机，被人从后面套了一根钢丝，勒死了扔在河边。好像还抢了一点钱。"

杨迟隔着车窗说："你闭嘴。"

小苏撑起病弱的身躯说："实在不想拉就算了，我们走过去吧。"

小苏是个好人。我这辈子见过的最温和的人就是他，最诚实的是他，最有耐心的也是他。他是戴城农药厂的化验员。耐心、温和、诚实，是化验员必备的品质，否则他会干砸。我失业，我不需要任何品质,除非有人愿意雇用我。

于是我们下车,沿着石子路往前走。司机扔下竹竿,跳上汽车,踩着油门向后猛退,很快就溜了。小苏说:"我们没有给车钱哎。"

这蛮不错的,三十块钱呢。

细雨弥漫在空气中,两旁的竹枝似乎更低了。我说:"这种竹子叫凤尾竹。"我有个夜大的同学是花匠,他没事就爱带我去认各种植物。老杨说:"凤尾竹又怎么样呢?"我说不怎么样,凤尾竹就是凤尾竹,它的名字代表了它自己。

上了一道坡,竹子也没了,两旁是堆着废砖烂瓦的垃圾场。杨迟说再往里走不多远就是福利院,之前他打电话问过的,坚持一下就能走到。小苏说:"我没问题,我刚在车上发过汗了。"然后我就看见一堵很高的围墙,差不多赶上监狱了。不用说,这就是福利院。沿着围墙走了一会儿,看见两扇大铁门紧闭。周围一个人也没有,冷雨中听到鸟在围墙里叫着。

老杨走上前去敲门,脚门开了,里面伸出一个懒洋洋的老头的脑袋。老杨说:"和院长约好今天来认养孤儿的。"

"哪个院长?"

"杨丽珍院长。"

"她是副院长。"老头说着撤开身子,让我们进去。

福利院不是孤儿院。最初老杨说,他要去孤儿院领养一个孩子,这是他在上海念大学时许下的诺言,可是他毕业回到了戴城,这里没有孤儿院,只有福利院。福利院里还住着老人和智障。

认养也不是领养。老杨不能领养孤儿,法律不允许。法律允许老杨生自己的孩子,打自己的孩子,但不允许他领养孤儿。他只能认养,相当于互助性质吧,贴点钱,给孩子买点吃的。九七年那会儿，电视上经常播这种新闻，还有人拍纪录片，后来都快成流行趋势了。

那天上午，福利院的杨院长坐在刷得雪白的办公室里，她是个看上去很干练的中年妇女。老杨准备了一把证件，杨院长全都没看，直接把我们带出办公楼，沿着一条干净的水泥路往里走。照例，像所有国家单位一样，我们绕过了一个圆形的花坛，里面没有花，只有一圈冬青树和草，雨水落在上面，闪闪的，不那么单调了。到处都很安详。

杨院长说："你们都是好青年。"

教学楼就在眼前，也是翻新过的，分为上下两层。这栋房子后面还有更多的楼，但我们止步于此，只有一间教室开着门，杨院长把我们带到门口，向里招呼，一位青年教师走了出来。她姓蔺，杨院长介绍了一下。蔺老师说："哦，那你们进来挑一个吧。"

当时老杨说：别这么说，蔺老师，我们不是来小菜场买菜的。蔺老师默然点头。我看了看她，娇小瘦弱，头发齐肩，脸色苍白。她的神色中有一种奇怪的孤傲和抵触，仿佛她不是孤儿院的老师，而是一个牧羊姑娘，有仨财主过来要挑一头肥羊。我心想，你误会了，老杨这次是准备了真金白银打算做善人的。

我们走进教室。八八六十四个孩子坐在双人课桌后面，在这座城市里所有被遗弃的、适龄的、由国家抚养的孤儿尽收眼底。他们高矮不一，大的可能有十一二岁，最小的脑袋刚冒出课桌，看上去不是来学习的，而是有一个固定的座位需要他们来填补。

蔺老师走到老杨身边，淡淡地说："那么，你找一个吧？"

没错，我们必须"找"一个，沿着三条狭窄的过道，从讲台走到最末一排，这不是挑菜又是什么？这是我们第一次走进福利院并看到孤儿，我曾经猜想过两种情况：其一是像我在狄更斯的小说里读到的，满院愁苦的小孩，衣衫褴褛，面黄肌瘦；其二是像我在电影里看到的，他们无比幸福，欢声笑语，歌颂政府，仿佛不知道这个世上有爹妈。可惜我都猜错了，场面十分沉闷，他们坐着，既不凌乱也不整齐，衣着朴素且合身，个头高矮不一，有一些带有轻微的、可以被觉察的病残：豁嘴、白化病、斑秃。还有一些我看不到的病残，也无从问起。

我们像三个并不擅长厨艺的人，走进了中午昏昏欲睡的菜场，一时傻眼。并没有一个小孩扑上来对老杨说："爸爸，你带我回家吧。"他们安静地坐着，仿佛早已预知了结局，又或者这种场面已经经历了千百次，无须为此动容。我看到蔺老师的嘴角流露出深刻的嘲弄：你真是个有爱心的人，带个豁嘴的男孩出去吧，或者这个像冬季瑟缩的麻雀般的女孩？

我差点就说，还有稍微好看一点的小孩吗？

这当口总算有一件事缓解了我们的尴尬，开饭了。两个食堂工人拎着一桶菜汤和一桶馒头进来，每个孩子发到一个馒头和一碗菜汤。我瞄了一眼，汤里没油。孩子们抱着馒头艰难地啃了起来。

小苏说："伙食太差了。"

杨院长说："我们需要社会支持。"

多年后，我和老杨回忆起那天。我问老杨，你还记得菜汤什么样吗？老杨说记得，这汤要是搁在农药厂的食堂，厨子已经给人打死了。我问老杨，你记得蔺老师当时干了什么？老杨说，记得，有个小孩把馒头弄掉在地上，他捡起来吃，蔺老师走过去制止了，给他换了个干净的馒头，蔺老师是个好人。我又问老杨，你记得那个独眼的男孩吗？老杨说不记得了。

是这样的，我走过那个独眼男孩身边，发现他在看着我，手里拿着一个馒头。他已经很大了，是这个班上最大的男孩，那个馒头在他手里显得有点小。当时很多小孩都看着我们，只有他的目光被我深刻地觉察到了。我回应了他，看到一个黑色的瞳孔和一个蒙着白翳的瞳孔，他并不是用黑色的那个看我，而是黑的和白的左右开弓。我有点抱歉地想，老杨是不会挑一个十来岁的男孩认养的，你跟着我们不合适，你很快就会长大，成为一个男人，比我们更不好惹。后来我发现，他并不是在求助，他憎恨地看着我。

无论用什么目光看我们，我们都不会挑一个黑白瞳孔的男孩认养，不会在星期天带他去动物园，不会给他买球鞋。天哪，我为什么要陪老杨来这个地方？

杨院长把我们带到最后一排，她像是凭空变出一个女孩，个头还没课桌高，满脸是皱，在这种季节一看就知道是哭皱的。她坐在凳子上两腿悬空，茫然地看着杨院长。这个看上去不那么狠，不那么难弄。我踢了杨迟一脚，让他快点定夺。他真的快要把自己变成一个挑菜的了。

老杨点点头。我们三个同时松了口气，整个过程像一场艰难的拔河比赛，经过漫长而尴尬的拉锯战，忽然胜利倒向一方。我们挑到了合适的孤儿，气氛一下子热烈起来。

老杨蹲下，对孩子说："你叫什么名字？"

杨院长说："她叫戴黛。"

这时蔺老师插嘴说："戴黛不行。"

杨院长摆手示意蔺老师不要说话，这个细节被我记住了，但我当时不明白她是什么意思。我看了看手表，恰好中午十二点，外面的雨没停。

蔺老师蹲下，摸了摸孩子的脸，对着同样蹲下的老杨说："戴黛今年四岁，她没有任何残疾。"

事后，我们坐在福利院的管理处，老杨付钱，这时他必须出示身份证明。蔺老师说："你是农药厂的，怪不得。"老杨问，农药厂有什么必然性。蔺老师说农药厂的效益不错，九七年到处都是下岗工人，社会不太景气，而农药厂暂无倒闭之忧，听说还成功转制，厂长成了大股东，令人艳羡。

"我想，福利院才是永远不会倒闭的。"老杨说。

老杨付掉了一年的认养资助，共计一千两百元。杨院长走了，由蔺老师陪着我们。我转到一堵墙前面，看墙上贴着的管理名单，读到一串有趣的名字：戴宗，戴笠，戴雨农，戴维斯……我问蔺老师，这什么意思。她说："这是被遗弃的孤老，都神志不清了，记不得自己的名字，我们就给他们取名字。"

我说："戴城的孤老也姓戴，我以为他们都姓党呢。孤儿姓党吧？"

蔺老师说："孤儿也姓戴，不过名字比这个好听。"

"会叫什么呢？"

"在那边，戴黛在这排。"蔺老师指着旁边说，"戴建华，戴诚，戴安娜。我们给小孩取名字还是会考虑周全的，毕竟他们要用一辈子。"

"戴宗呢？"我说，"神行太保啊。"

"我都说过了，是些失去记忆的老人，恐怕他们也不会离开这里了。我们只为了好记些。"蔺老师有点不耐烦地说，"总不能像监狱一样给人编号吧？"

虽然无稽，但还算说得通。这是我当日见到的唯一有趣的东西，后来我发现有一个人的性别栏里写着"双性人"，这三个字堂而皇之地出现在墙上，年龄是十六岁，我就一句话都不想说了。

"戴黛"这个名字很好听，叠音，顺耳，但是念多了又觉得像个恶作剧。就像凤尾竹被称之为凤尾竹，她拥有了戴黛这个名字。

蔺老师说，这些名字孤儿们会用一辈子，后来她又说，其实也不一定的，如果被领养走了，他们就可以拥有另外一个名字，这个被赋予的戴姓（以及连带的名字）也就作废了。从这个角度来说，孤儿们的名字既神圣又像是一场游戏，有人期望改名字，有人永远没有改成，还有人改了名字不料被退回福利院又不得不使用院方赋予的名字。

"如果抛弃的孤儿身上有便条什么的，写着自己的名字呢？"

"那也得改。"蔺老师说，"至少在我们这儿是这样。"

"戴黛有本名吗？"

"她什么都没有，便条也没有。"

我们离开福利院，天上还在下雨，抬头看到远处的虎山，一座歪塔竖在山顶，隔着迷蒙的雨水，它收缩成一个轮廓，像是水中的倒影。根据专家的测量，它的斜度超过了著名的比萨斜塔，假以时日，它会一个倒栽葱从山上摔下来。

蔺老师把我们送到门口，她一直走在我们身后。

"公共汽车站在哪里？"老杨问。

"你们不是坐公共汽车来的？"她问。

"打车来的。"老杨说，"这一带出租车太少了，我估计得坐公共汽车回去。"

蔺老师指了一个方向，沿着小路继续向前，穿过这片地区就会有条大路，公路绕着山在这里打了个弯，小路像弓弦一样横切过去。到大路口转弯，穿过铁路桥，那儿有个公共汽车站，有一趟车可以把我们带回市里。

我们走出去，身后福利院的大门咚的一声关上。这地方连一块可以相认的牌子都没有。

路很好走，铺着一层很厚的碎石子，不算很滑。这时起风了，顶头吹来，雨点稀疏而饱含力量，像是被一双无形的手甩在我的脸上。这是降温的时节，有一股寒流从西伯利亚长途奔袭至南方。我们都裹紧了衣服。

"下次骑自行车来吧。"小苏说。

那未免也太远了，况且就要进入冬季。你带着自己的孩子，骑着自行车在冬季的街上吹自来风，固然合情合理，但带着一个孤儿显得太他妈的不够意思了。

小苏无语。经过铁路桥下时，头顶上正隆隆地开过一列货车。我们站在桥洞里避着风点烟，一直等火车开走。

据说那个出租车司机就是死在桥洞里。我们这座城里，以前也有杀人越货的事情，但杀出租车司机似乎是头一回，而且人们把情况说得很惨：司机被凶徒用钢丝从后面套住了脖子，勒死了。

老杨说，勒死其实没什么惨的。老杨已经去过好多县城，南方的、北方的、西方的，没一个是省油的灯，又好玩又可怕，什么杀人抢劫、吃喝嫖赌都有。这会儿他顺嘴讲了个火药枪打死农药销售员的故事。小苏有点受不了了，说："你以后当着小孩别讲这个。"

老杨说："我疯了，我认养一个小孩给她讲这种故事？"

小苏说："你就是有自己的小孩也别讲。"

在蔺老师所说的那个拐角口，看到一个歪着的站牌。有一辆公共汽车碾着雨水，沙沙地向前开去。我们扔了烟头同时狂奔，试图追上它，大呼小叫挥着手。我相信司机一定在反光镜里看到了，但这个浑蛋没打算载上我们，有一度他甚至没加速，让我们处于能追上又追不上的境地。之后它才轰地跑远，我回头一看自己追出站台大概有一百米远，裤脚上沾了很多泥。

你说为什么不是这个公交车司机被人勒死呢？

我在站头上就想起戴黛的模样，还有蔺老师的话：她什么都没有，便条也没有。仿佛那张便条即使存在也不能改变什么，于是它的缺失也变得无足轻重。蔺老师蛮酷的，说话口气有点冷漠，带着点警惕，好像我们是怪物。我们三个男的去认养孤儿确实很怪，对吧？

二月里，我和杨迟干过一件古怪的事，夜里我们出去喝酒，喝到糊涂了，走到街上遇到个卖玫瑰花的小姑娘。她跟着我们，要老杨买朵花送给我。我可得意啦，老杨气坏了。照通常的办法，扮凶就能吓走她，但老杨做不出来这种事，他这辈子没在任何场合对女孩凶过，哪怕是个卖花的呢。于是他很不合时宜地转过头跟她聊了起来，女孩说：今天是情人节啊。我们俩面面相觑，最后我忍不住问她："你觉得我们俩很像情人吗？"她竟然对着我点头。老杨说："所以，我要买花送给他，对吗？"她又点头。

这下轮到我生气了。我说："花不买了，我要把你买回家。"

是不是所有在街上乞讨、卖花的孩子都在等着这一天？反正她捧着花在后面追我，我撒腿就跑。老杨不想跑，她跟着老杨就可以了，因为我们住在同一幢楼里，找到老杨就能找到我。我跑到桥上，抱着栏杆吐了一会儿，抬头一看，这俩傻缺站在五米开外看着我，一高一矮，一个手里打着雨伞，一个怀里抱着花。

我对老杨说，扔下她，跑。杨迟不干。我说这种小孩都有大人带着的，比我们有钱，这他妈是中国，不是狄更斯的小说。小孩摇头说，我今天晚上回去也是睡桥洞，没你想的那么舒服。我说，你带我去桥洞，我要把你的主人打出屎来。她说，我跟你回家，你答应的。

我稍微清醒了点。那晚很冷，天上掉雪珠，落在头发上像是要结冰了。我给了小孩五块钱，花不要，让她回去，但她说天黑了不认识回去的路。她竟然真的跟着我们拐进了新村错综复杂的楼房里。我觉得像上了个大当,为什么没有一个大人冲过来把她领走?我没头没脑地把她带进门,然后她才显得有点拘束了,站厨房里打量我家。毫无疑问,那地方很破,煤气炉都用了十多年了,还有点漏气,常年修不好。日光灯噼啪闪烁,这是因为天冷,平时不这样。老杨说:"你要喝点水吗?吃饭?"说着就揭我们家锅子,搞得他好像是主人似的。这时我妈穿着棉毛裤出来,见此情景不免有点迷惑:"哪儿来的小孩?"

"我们街上捡回来的。"

"你们捡了个小孩?"我妈冲过来看,不由大叫起来,"要死啊,真的捡了个卖花的。你说,喝了多少?都喝傻了是吧?"

此前漫长的十几年里,我和老杨干过很多出格的事情,在我妈看来,唯属这次最不可理喻。因为我和老杨看上去又穷又狠,完全不像是那么有爱心的人——就算有爱心,你他娘的也不能捡个活人回家。老杨也傻了,蹲在地上想半天说:"要不还是把她送派出所吧。"小孩听了拔腿就跑。她比我们每个人都清醒。

我们在冻得发毛的夜里搜人,各处楼道、垃圾箱、花坛都找过,没有她的影子。耗到后半夜,无可奈何回到家,我妈又起床了,追问道:"为什么一听派出所她就跑了?"

我解释说:"送派出所就遣返原籍了。"

我妈懂了,点点头说:"怪可怜的。"

那绝对是一次难过的经历,我躺床上,脑袋里的酒精被冷风吹散后想不起那女孩的长相了,只记得一个抱着花的形象。第二天醒过来,看到我日常用的茶杯里插了一朵玫瑰,破破烂烂的,跟草莓差不多大。我妈说是昨天那小孩跑路时掉下来的。第二天老杨还去居委会问了一下,深恐有小孩冻死在街上,但并没有她的下落。天知道她抱着那把玫瑰跑到哪里去了。

那天中午，我们三个站在站牌边，这个站头叫团结山。小苏说再过一两个小时他又该发烧了。不过他没再啰唆下去，他就是这点好，不话痨。

有一条人影从拐角处过来，我们看清是蔺老师。她打着小伞，穿得跟刚才不太一样，显得漂亮了一些。再次见面，打了个招呼。蔺老师说："你们还没等到公共汽车？"

"我们没追到那辆车。"

"十分钟以内下一班车会来。"蔺老师说。

于是我们站着，继续等。等车的时候人们会把目光同时投向那个虚无的方向，其实那边有没有车过来都无所谓，你不看它，它也得来。但你总会去看，否则的话，你们只好互相看来看去。

蔺老师说："杨迟，听说你是农药厂的销售员。销售员平时要跑供销吧？"

"我跑销不跑供。"老杨说，"就是卖卖农药啦。"

"具体做什么工作呢？"

"具体的，这边卖卖农药，那边卖卖农药。"老杨说，"如果田里没有虫子，我就带点虫子放田里，然后告诉农民这里有虫子，要打农药。"

"真的这么干？"

"开玩笑的啦。"

蔺老师瞪着老杨，显然她还不习惯我们讲话的风格。过了一会儿她又说："那么你经常跑外地，你会有时间来看戴黛吗？"

老杨看看我和小苏。我们同时摇头，表示这件事由老杨负责，我们纯粹是跟着来凑热闹的。蔺老师说："你怎么会想到认养孤儿呢？我在福利院待了这么久，还是第一次遇到男青年认养孤儿呢。你是党员吗？"

"我团员。"老杨捂着脸说，"我爸爸是党员。"

我无聊地点起一根烟，问蔺老师："你现在去城里干吗？"

"看电影。今天是周末啊。"

"平时就住在福利院？"

"是啊。"

"为什么女孩的头发剪得这么难看？"

"你说什么？"

"女孩，戴黛，"我说，"她的短头发，剪得很难看，简直就像花匠剪出来的。你们应该找个好点的理发师，午饭的菜汤里多放点油。"

蔺老师似乎是被我噎了一下，不说话了。

车来了，座位全部空着，我们跳上去，抖落身上的雨水，寒气一下子被隔离在车窗外了。老杨和蔺老师一前一后坐着，我和小苏选择了旁边的双排座。司机居然认得蔺老师，隔着老远打了个招呼。汽车发动，那些在雨中破碎的风景向我身后平移而去。

老杨说："蔺老师，你住在哪里？"蔺老师说："我就住在福利院。"老杨问："家呢？"蔺老师一笑："我也是孤儿，没有家，从小在福利院长大，现在在福利院工作。"我们同时哦了一声，仿佛释然。

"你为什么姓蔺，而不是姓戴？"我问。

"因为我有便条啊。"蔺老师说，"我叫蔺华，进了福利院以后叫戴华。三年前我把名字改回去了。"

2

在一段漫长的时间里,我和杨迟像是孤儿院里的两个孩子,并排坐在小板凳上。时光荏苒,我们没有长大,还坐着。老杨从幼年起就知道远方有个黄金海岸,又叫理想国,又叫伊甸园,又叫共产主义,连说带比划给我看,我陷入了痴呆。这种幻想使我可以跳过凄怆而自恋的童年和少年期,直接进入青年期。有阅历的人都知道,故事无法细说从头,故事只能从一个相对合适的地方开始。

一九九五年,我在戴城糖精厂倒三班到第三年,当时混得已经不错了,每天吃香喝辣,香的是苯,辣的是甲醛。我还带一个女徒弟,刚从职校毕业的,长得那叫一个难看。有一天我差她去泡水,她走半道热水瓶塞子忽然蹦了出来,滚水溅在脚上,成了工伤,我就再也不让她干活了,每天工作间隙看看她哭丧的脸,以便解闷。

除了上班,我还去夜大上课,学的是会计。上课时间和我的中班有点冲突,我就让女徒弟去学校顶缸,点卯时候答应一声,再替我做点课堂笔记。车间主任知道了,把我叫到办公室,指着我鼻子骂,说女徒弟不是我的私产,不可以让她干私活,最多只能私下里干她。我很生气,众目睽睽之下照着车间主任的肚子打了一拳,很重,我认为他应该立刻跪倒在我胯下,呼吸困难,双眼凸出,好像要给我做口活。美国军队里经常有这种场面,不过他们等级森严,按理应该是我跪下给主任干这个。

我听见周围一片叫好,心里得意,但眼前的车间主任纹丝不动。猛然反应过来,这个主任不是知识分子,他从工人升上来的,有六块龟壳一样的腹肌,比我猛。我后悔了半秒钟,眼前一花,被他一拳打在鼻梁上，酸痛麻震一起涌来，一屁股坐在地上，两股鼻血同时蹿了出来。

照常理，那会儿我就应该把鼻血抹在脸上，然后满地打滚，像个正牌的流氓。可惜我太年轻，要面子，做不出这种动作。我跳起来满处找凶器，有个看热闹的工人把手里的榔头塞给了我，车间主任夺路而逃，我在后面举着榔头猛追他，一边追一边从棉袄的缝隙里摘出棉花塞自己鼻孔里。

人们顺着地上的鼻血找到了我和车间主任，他已经爬到烟囱上去了，我举着榔头在下面发泄，把那一片所有的窗子都砸了。保卫科和医务室同时把我架走。后来才知道，鼻子上那一拳救了我。打车间主任的通常都要去拘留，搞不好还劳教，但我满脸开花显得吃亏更大些。厂里说，不劳教了，你下岗吧。这显然不符合国家政策，但我也没办法，有一度下岗这个国家调控措施变成了糖精厂的行政处罚手段。我不乐意领受这个，递了一张辞职书就走了。

我说了一句所有人都想说的话：老子早就不想干了！

现在我盘点自己的人生，就数那一年认识的人多。全厂两千个职工，我最起码认识一千个，个个都能把姓名、绰号、职务、八卦报出来。后半生我再也没能如此地交游广泛。等到我辞职出来，成了个社会青年，他们之中的绝大多数我也再没遇到过，在彼此看来，都像是沉入了茫茫大海。

我无处可去，回到住了十几年的农药新村。我爸是戴城农药厂的工程师，没什么大本事，下岗风潮刚起来的时候他就因恐惧而提前退休。这之前，我们家掏出一大半的存款，买下了居住长达十五年的两室户，它本来是单位里分配的房子，每个月交点房租就能住到死，但我爸爸觉得他要是挂了我会被农药厂赶到大街上去睡，正赶上房产改革，乐滋滋地买下了这套墙歪窗裂的房子，于是我也可以在这里住到死了。

作为长达十五年的邻居和发小，杨迟那时正在上海的化工学院读大学，暑假回来，他问我："怎么新村里这么热闹？"我说好多下岗的，都不用上班了，蹲在楼道口争论人生的意义呢，能不热闹吗？

这个夏天，我和老杨无所事事。我们的父辈，那些从中年逐渐进入老年的家伙天天在家里打麻将解闷。经济情况很糟糕，人们连菜都买不起了，新村里散养着各种母鸡，它们温驯而无知，在杂草中寻找食物，黄昏时自动聚成几个小圈，由主人拎上楼去，某些争气的母鸡还会下蛋。起初居委会禁止这个，城里不能养家禽家畜是多年来立下的规矩，可以杀无赦，等到居委会带着纠察过来捕鸡时，男人们继续打麻将，我们的母辈们全都冲了出去，个别人手里抡着菜刀，拼了。混战一场，鸡保住了，居委会全部吓退，从此知道，群众假如长期没有蛋白质摄入就会发疯。

那时我们都觉得热闹，仿佛好好的一群人坐在巨轮上，却意外遭遇了海难，从贵宾室到三等舱的人都在甲板上乱窜，好玩极了。

到了夏末时，出了一点状况，附近的纺织厂停产了，大约三千名女工就地解散。她们沉默地堵住了路，要求那个浑蛋厂长出来说句话，但浑蛋厂长出国考察去了，只剩下浑蛋科长们出来敷衍。女工们不干，来了很多警察，拉走了几个领头的，后来所有的纺织女工都要求被拉走，警察很同情她们，跟着一起骂厂长是傻逼。直闹到天黑，附近几个新村的人全都跑出去看热闹，堵了上万个人在街上。有个四十岁的阿姨对着人们讲述她的生平，从三年自然灾害讲到知青下乡，从知青返城讲到改革开放。我对历史一窍不通，老杨是理科生也好不到哪儿去，听这个阿姨讲完，我们算是学习了一下当代史。后来她也被拉走了。

多年来,我和老杨混迹在这个新村里,有时候打架,有时候逃亡,有时候带了女孩鬼混,倏忽之间称王称霸的日子过去了。大下岗时代我们再也不是主角,没有人是主角,所有的人都像是跑龙套的。

那个夏天,一伙盗贼开着卡车深夜潜入了农药新村,他们只偷自行车和助动车。第二天早晨,车棚里空空如也,这下集体傻眼。大伙买了新车,都装了两道锁,拴在楼道扶手的栏杆上,或是树上,或是七八辆车拴一起。过了一阵子,贼又来了,没什么锁是挡得住他们的,新车全部拿走。人们都快疯了。各个楼里派了精壮小伙子,彻夜守在楼下,我和老杨分配到一组,坐在躺椅里看星星,很多蚊子围着我们转。我觉得自己也快要崩溃了,我那辆战功卓著的二八凤凰,从十七岁那年驮了各种女孩到处耍威风,与我有着深厚的革命感情,也于当时离我而去,从此不复相见。

有一次我叔叔来我家,主要是想给我介绍份工作,谈完了出门一看自行车没了,我妈不得不赔给了他一辆。他介绍的工作是让我去铲煤,这件事极度荒谬,我还没铲煤呢就倒赔了一辆自行车进去,况且我并不想铲煤。另一次我爸出门,自行车被人偷了,此前他已经奉献了两辆自行车,如今他站在街头没了办法。我爸异常愤懑,觉得全世界都欠了他的,遂捡砖头砸开了另一辆车的车锁,他就偷了别人的车子回来了。

我和老杨在守夜时,看到对面楼里的茅建国出来,他是我们初中时的同班同学,命不太好,高考差了几分没录取,精神崩溃举着刀子要割脉,复读了一年又落榜,老老实实进了印染厂上班。

茅建国说:"我失业了,买断工龄了,只有四千块。"

我说:"那你比我强,你还有四千,我整个辞职不干了,一毛钱都没有。"

茅建国说："杨迟不错，大学毕业留在上海。"

老杨说："名额有限，我估计也得被送回来。"

茅建国说："你们有钱吗，我现在身无分文，想借点钱买辆自行车。"

我和杨迟一起摇头。茅建国失望地说："你们太不够朋友了。"

我和老杨说，别太在意了，真的拿不出钱来，车也没了，都穷，一起抽根烟吧。茅建国站在那儿抽烟，很舒服地让烟气在肺里停留了五秒钟，再吐出来。"我已经连香烟都买不起了，我妈生癌了。"他伸出手让我们看，十根手指，在他的印染厂里被熏得发绿，渗入他的指甲，"我想去饭馆端盘子，老板一看，让我洗手。可是我这手，死活也洗不干净。"

"你妈妈生什么癌？"

"不太好说的地方，"茅建国摇摇头，"反正已经扩散了。"

他说完这些就走了。过了几天，我在老杨家里打牌，听见对面楼里一声惨叫：建国啊。我们趴到窗口，看见茅建国的爸爸拉开窗帘，站在窗前大喊救命，而茅建国本人挂在天花板上，仅穿一条短裤，笔直地垂向地面，有一种无形的力在拽他。后来老杨解释说，那就是地球引力，它虽然看不见，但你绝对不能说地球引力是无形的。好吧，绷直了的茅建国，一动不动，也没有风吹过，在那扇深不可测的窗子里挂着，死了。

老杨说："这太操蛋了，以后一抬头就能想起茅建国的惨状，我不要在这个鬼地方待着了。"说完，收拾收拾行李回上海去了。

其后的日子，天气热得发疯。新村的草丛里各种腐臭味散发出来，老鼠横行，和鸡生活在一起，我们深刻地意识到，这个地方已经变成贫民窟了。居委会往楼道里撒红米，一种慢性老鼠药，人要是吃了没那么快就死，但是鸡就难说了，头一批鸡死的时候，新村里爆发了一场内战：养鸡的坚决要求清除红米，不养鸡的实在受不了满处老鼠乱窜，必须保留红米。后来达成协议，晚上放红米，白天收回去，灭老鼠，同时也给鸡一条活路。笨办法总比没办法好。

我看见茅建国的爸爸也来我们楼里收红米。我说："叔叔，你们家又不养鸡，到我们楼里来干什么？"茅建国的爸爸说："我也不想活了，我拿回去自己吃。"我说："你想开点。"茅建国的爸爸说："我也不明白，建国和你一样大，二十三岁，他就想死。你会想死吗？"我说："我女朋友跑掉的时候想死，现在不想了。"茅建国的爸爸说："我想死。"正好楼上的老万走过，他是农药厂的技术员，精通各种毒药。老万插嘴说："这红米是慢性药，吃下去不会死，会很难受很难受。要死得快还得是甲胺磷。"

茅建国的爸爸想了想说："是吗，那我去农药厂搞一瓶。"

他走了以后，老万说："这是谁啊？没见过想死还这么镇定的，肯定死不了。"

我说："这是茅建国的爸爸。上次茅建国死之前找我说话，也很镇定。"老万的脸色唰地白了，后来他宽慰自己："甲胺磷没那么容易搞到手。"我说："我随时能搞到手，数量不多，喝死自己足够了。"

没有悬念，茅建国的爸爸喝了甲胺磷，顺便给茅建国的妈妈也喝了半瓶。这是三天之后的事。我猜到这件事，本来应该通知居委会，去他家里守着。可是我又觉得，一个人想死，你把他堵在家里，他就不死了吗？他儿子都死了。这是九五年夏天农药新村著名的灭门惨案，茅家三口自己把自己灭了。我打电话给老杨，告诉他这件事。老杨说我是人渣，为什么不拦住他？

"我怎么拦？"我大骂道，"我替他把那瓶甲胺磷喝下去吗？"

我也不想在农药新村待着了。在我上班的时候，曾经有个爱我的厂医姐姐说，别待在戴城，有空出去转转。起初我以为她说的是大城市，那里有很多捞钱的机会，后来她离开了我，从拉萨给我寄明信片，这太文艺了，我只想撒腿追随她，却没能找到离开的机会。现在我闲了，对自己充满厌倦，纵然我找不到她，也想出去转转，或许会有其他的艳遇呢？

3

一九九六年的春天，杨迟在化工学院一个喷嚏，鼻血飞溅在女同学的身上脸上，女同学以为自己哪儿走光了，导致老杨气血翻涌。他的鼻血滴滴答答落在自己的球鞋上，接着他毫无掩饰地打了第二个喷嚏。女同学不干了，让他赔洗衣服。老杨在水房里一边洗一边流鼻血。下铺的兄弟说，洗个外套就这样了，以后让你洗胸罩你不得死过去？接下来的日子，老杨看见男生、看见宿管阿姨，乃至看见一条狗都会流鼻血，出血量超过了全校血崩最厉害的女生。他意识到自己必须去医院了。

那时离他毕业只有三个月，还没找到工作，整日闲逛，很适合生场大病。去医院一查，倒也不严重，鼻腔息肉，只是那肉见风就长，这还了得？鼻腔里进进出出的都是风。医生捋袖子说，必须切除，准备动手术。

老杨问："手术大吗？"

医生说："你会有两三天不能动。"

这就必须找个人来伺候他。老杨交游广泛，全校三五千号人，最起码有一千个他都认识，很多人都愿意到医院去值班，为的就是看看他不能动弹的样子。他有点不乐意。恰好此时我从成都打电话给他，他撒娇似的说："我快要死了。"

我说："我也快要死了。"

那时我已经自由了，海阔天空，一贫如洗，把工厂里上班三年攒下的钱挥霍一空。我买了张火车票跑到四川，打算再搭车去西藏。当然，那时候厂医姐姐已经不在拉萨了，她旅游、读研究生、出国，跑得比飞毛腿导弹还飘忽。我在成都遥望西藏，想起和她做爱时的快乐，以及她离去后的伤痛，不禁胃口大开，无可救药地爱上了火锅，吃了一个月，肚子痛了三十天。吃到身上只有三百块钱的时候，我穷途末路，打电话到老杨的宿舍里，问他成都有没有人，可以把我送到火车站，我死也要死回戴城，最起码让我妈能看到我的尸体。

老杨说："我需要人来照顾我，给我端屎端尿。"

我只好有气无力地说："洗干净屁股等我。"这不是什么猥亵，而是我们之间日常打招呼的话。

我他妈的不容易，为了一个发小，先是连滚带爬地买到了火车票，然后给自己灌下了足足八颗黄连素，扔上火车，奔向他。火车在湖南停了整整十个小时，车窗外是一棵树，栓了条草狗。我看完了树看狗，看完了狗看树，那狗都快认识我了。我把吃不下的劣质火腿肠掰碎了扔给它吃，对面的胖男人说我太浪费，我心想，你要是个大美女，我就把火腿肠扔给你吃了。可惜四周都是些和我一样发臭的男人。火车再次启动，那条狗冲着我呜咽啜泣，我也很伤痛，冲它挥挥手再见。缘尽了。

这一路上我半个姑娘也没遇到，全是些筋疲力尽的男人，他们已经被旅程或生活折磨得卷了边。那八颗黄连素让我的肚子完全麻木了。厂医姐姐曾经告诉我，人要是吃下去十颗黄连素就会因为闭气而死掉，所以我只吃八颗。肚子舒服了我就会想看看姑娘，其实也没什么可看的,我跑了这么久,骗子遇到不少,姑娘都不爱搭理我。大脑也黏住了,直到两天后才缓过来。

我遇到一个背吉他的女孩,那时车已到杭州,很空,她上车时我正躺在座椅上,脑袋冲外。这么躺着会被来来往往的行李和推车撞到头,但它的好处是可以把脚搁在车厢壁上,甚至挂在车窗外,舒服。我从一个较低的角度看到她,她也低下头看我,她明艳而动人,像天使那样干净的脸色。我告诉过杨迟一百次,如果平躺着仰视一个姑娘俯下的脸,就会被她打动。老杨无所谓,他喜欢反过来。他认为我在工厂医务室里的体检床上躺得太久。

我坐起来看她,短头发,穿一件美军夹克衫,这让我更着迷。在此之前我喜欢的姑娘,有烫头发的,有扫把头的,有飘逸直发的,而男孩头的仅此一款。顺便说一句,当时我的头发很长,遮住了大半个脸。我请她坐下,她摇头表示不需要,把吉他抱在胸口说:"大家好,我是一名歌手,到火车上来主要是为了锻炼自己,我给大家唱一首歌,是我自己创作的,名叫《堕落天使》。"我插嘴说:"《堕落天使》是郑智化的歌。"她没理我,偷偷伸出左手给了我一个中指,然后开始弹琴。这是一首欢快的歌,带有火车行进的节奏,歌词乱七八糟我没听明白,她的嗓子很不错,最后有一段高音很像天使掉在地上发出的惨叫。车厢里的人都伸出头来看着她。

那个年月火车里还能抽烟,只要别把车厢给点了,随便抽。我给自己搞了一根烟,听着她唱完。没什么人鼓掌,我也不鼓掌,为了那根中指。她开始唱第二首歌,没报歌名,唱得很抒情。等到她唱完这首歌,打算到车厢里走一圈的时候,所有人都明白了她的企图,那些脑袋都缩了回去。

我以为她就此消失,可是她又回来了,我左手拿着火腿肠,右手拿着香烟。她坐在我对面的座位上,一点没觉得难过。这时有个列车员走过来对她说:"唱得挺好的,但是别唱了,列车广播都听不见了。刚才有个乘客晕倒了。"然后大声说:"这儿谁是医生?"一些脑袋又很好奇地伸了出来。列车员摇摇头,对这帮中国人的素质表示担忧,又指着她说:"还有,车上禁止乞讨。"说完就走了。

我把火腿肠和香烟一起扔出车窗,从口袋里摸出皮夹子,里面还剩几十块钱,找出一张十块钱给她。她收了钱。我们面对面僵持了一会儿,那已经是黄昏,太阳斜照在她的脸上,还有我的脚上。气氛既浪漫又尴尬。她把吉他收了起来,那是一个军绿色的琴囊,然后扭头看向窗外。我们两个默默地等待着终点站的到来,随着夕阳逐渐熄灭,它似乎并不遥远了。这时我们像两根融化的冰棍,一个靠在车厢上,一个抱着琴歪着。我以为她会站起来再唱一曲,可惜没有,很久很久,她闭上眼睛像是睡着了。我肆无忌惮地看着她的脸,后来列车员拎着扫帚出现了,数日来积累下的垃圾秽物从座位底下扒拉出来,我们各自脱了鞋子把脚搁在座位上。这时我发现她的袜尖破了个洞,再低头一看自己的大脚趾也伸在外面,两个脚趾各自动了动算是打了个招呼。

在我二十三岁那年到处乱跑的旅途中见识了各种人,他们总是坐在我对面,有些有趣,有些无趣,有些缠着我讲话,有些沉默而孤独。这些人从未给我留下深刻的印象,他们每一个都像是一枚硬币扔进记忆的储蓄罐,最后攒成沉甸甸的一堆,我并不打算用这笔钱买什么东西。然而这一次,我像是得到了一张十元纸钞,感到有点兴奋,有点激动。不知道她对我是否也产生了同样的感觉,后来我想,操,她可不就是刚从我这儿拿走十块钱吗?

我们都不说话,天色渐暗,在车窗上可以看见自己,浮映在不明的景物之上。行吟歌手略带疲倦地叹了口气。

"去哪儿呢？"我问。

"戴城。"

"我就是戴城的，"我说，"去那儿你得在上海转车。"

"戴城好玩吗？"她愣了一会儿问。

"不好玩，全是下岗工人。去那里玩，还不如去上海呢。"

"我去过上海，不好玩，我更想去戴城。"她说，"他们说戴城也很繁华的，有很大的开发区，很多日本人、韩国人、港台同胞都在那儿。"

她提醒了我。是的，古老而自以为是的戴城也学会花天酒地了。高新技术开发区整饬高雅，到处都在铺路，外资企业加工厂进驻，城市改头换面，外来人口逐年递增。某些区域里酒吧林立，KTV和桑拿房时而可见，巨型超市和国际购物中心初具规模。戴城发达了，它并非我所说的全都是下岗工人，我这是在污蔑自己的家乡，有点像汉奸。我不禁感叹，在我少年时代千方百计想要离开的地方，倏忽成为一个具有国际知名度的淘金胜地，是不是像一场梦？

火车到站后，她走她的，在站内售票处买票，我一个人郁郁寡欢地走向上海的地铁站。她忽然又追了上来，摸出一张名片递给我，上面是戴城"七个小矮人酒吧"，以及地址电话。我说名片不用给了，这倒霉地方我知道，它的前身是文化宫俱乐部。她说："可以到这儿来找我，我是驻唱歌手。你叫什么名字？"

"我叫老K，我是戴城著名的诗人。"

其实我不是老K，老K和我一样是个长头发大胡子的牲逼，自从我这么打扮自己以后，在戴城的很多场合，我都被人误认为是老K，著名诗人什么的。听说他经常出现在"七个小矮人"酒吧。我之所以冒充老K，仅仅是因为，我没钱去酒吧找她玩，我没钱找任何女人了。也许老K可以替我爱上她。这件事挺伤痛的，我在最好的年纪上,他妈的居然破产了。

我坐上地铁。已经是夜里,车上很空,从第六节车厢望到车头,一览无余,像一条通往未来的走廊。车到终点站,我直奔化工学院,跑到杨迟寝室一看,床铺空着。下铺的兄弟告诉我:"你才来啊,老杨白天都动过手术了,现在在医院躺着呢。"

"有人照顾他吗?"

"有是有的,但现在没有了。"

下铺的兄弟讲话夹缠不清,费了半天劲我才明白,学校派了个女学生干部去照顾老杨,毋宁说是监督吧,防着他把盲肠顺带也割了。女干部在手术室外面等了好久,医生出来,端了那块息肉让她过目。这是规矩,都这么干,但她吓晕过去了,醒来又吐了一阵子,连滚带爬逃回学校。于是老杨就一个人躺在病床上了。

"一定很孤独吧?"我幸灾乐祸地说。

"动手术之前他已经把病区所有的护士都征服了,每个护士都抢着在他屁股上扎针。不会孤独的,至少屁股不会。"下铺的兄弟说。

我信了这个王八蛋的话,松了口气,感到有点疲惫。先出去吃饭,然后挺着春天的微寒在水房洗了把冷水澡,照老规矩爬到老杨的床铺上睡觉。第二天一早,我启程去医院。下铺的兄弟告诉我:"六病区十三床。"

医院在衡山路一带。我去的时候正逢门诊热潮,无数人排着队,几个戴红臂章的像纠察队员一样的上海大叔在叫号,每一个入口处都有一块铁牌子,标着各个科室的名称。这场面不太像医院,倒像火车站。我来到住院部,以为能见到一个安详地躺在床上的杨迟,可是走廊里一片混乱,护士疯了一样跑来跑去,穿白大褂的医生差点和我撞个满怀。我问一个护士,出什么事了。她说,十三床大出血,快要不行了。

"会死吗?"我说。

"大出血哎,知道什么叫大出血吗?"护士扔给我一句话就走了。

我从来没有想过老杨会死,在莫名其妙的一九九六年,我们做了十六年的朋友。这十六年他始终朝气蓬勃,唠里唠叨,绝无可能死掉,他最惨的一次是和我抢乒乓球拍,被我用双喜牌球拍侧着打中天灵盖,满脸是血地去医院缝针,即便这样也挺住了。这次他竟然栽给了息肉,我一下子愣住了,就像常年喝牛奶的人,某一天拎起杯子喝下去的是石灰水,非常震惊,非常没有提防。我试图冲开护士搭起的篱笆,并哽咽着呼唤他的名字。其中一根篱笆回过头来将我叉了出去:别在这儿凑热闹!

实际上,那是一起意外,手术很成功,老杨的鼻腔在前一天被捣腾得干干净净的,但那天深夜他躺在病床上,闲得无聊(没有护士来搭理他),觉得鼻子很堵,就用手指伸进去挖了一下,挖到一个东西。他扯了一下,出来的是一团止血纱布,手术之后填在那里的,只是填得不那么紧,被他捏到了纱布一角。他觉得好奇,顺势又一拉,拉出了一根像红领巾一样的东西,完全像变魔术。他是学化工的,医学常识相当匮乏,想不通在自己小小的鼻腔里怎么会容纳如此巨大的东西。紧接着,血像拧开了的水龙头一样灌下来。

老杨按了按床头的警报器,没有护士过来。他坐起来发了一会儿呆,很快衣服和床单都染红了。旁边有个没睡着的大叔侧躺着看他流血,非常害怕地说:"我觉得,你还是出去喊救命吧。"这时他看见护士走进来,然后哐当一声巨响,她又狂奔出去,黑暗中无数人按住他,鼻血倒灌入喉,很像是要淹死他。他正在大出血。

这里我要补充一下,老杨在动手术之前的一星期,刚被学校强行抽走了200CC的血。这200CC是额定任务，如果不抽走，是拿不到本科毕业证书的。他和其他同学一起，大清早喝了两壶盐开水，然后去抽血，抽完回来又喝了两壶糖开水。看看自己精瘦苍白的身体，这副身板去献血有点对不住病人。其实他不懂，瘦子的血更健康，胖子有血栓，而且不太容易找到静脉。

献过了血按说是不能动手术的，但他把这一节隐瞒了，因为必须在毕业之前把手术做掉，大学生住医院是有医保福利的，毕业之后如果找不到工作就必须自费了。等到老杨在医院里急救，持有献血证的他，迅速地又把这200CC给挣了回来，这不能不说是一次伟大的战略胜利。

我回到楼上，病房里已经没人了，床单也换了。我跑出去揪住一个护士问，十三床怎么了。护士说，你放手，你捏我干吗，十三床不就是大出血的大学生吗，他好像救回来了，拉出去拍CT了。我说谢天谢地，你们换了床单我还以为他嗝屁了呢。护士说，满床单的血，能不换吗？

我心情又好了起来，带着欢喜与无聊在医院里胡逛，我本来可以去逛个街什么的，但那天肚子还是不舒服。上海是个很难找到厕所的地方，不如就待在医院算了。我对着每一个护士傻看，她们的背影通常都不错，如果正面看到脸，有时会失望，有时会惊喜，像赌博一样。这时我听到有人在背后喊："路小路，你在这儿鬼窜什么？"我悚然回头，看到了我的堂妹路小娟。

遥想当年，我经常去化工学院看老杨，两个人挤在学校又窄又硬的床铺上，只能错开了睡，彼此都把脚插在对方的脑袋边。下铺的兄弟吓坏了，说你们这两个傻缺睡69吗，后来一看是96，也就释然了。我这么说睡觉的事，没别的意思，只是说我和老杨很熟。

有一次我们结伙去医学院晃悠。我的堂妹路小娟在这里念大学，两处不远，都在徐家汇一带。进了医学院，哧溜一下钻上女生宿舍楼，杨迟还在嘀咕：这大上午的应该都在上课吧。我说凭我的经验，我妹这会儿肯定在睡觉。上去一敲门，果然没有辜负我，路小娟睡得迷迷瞪瞪的，头发蓬乱，穿一件泰迪熊的睡衣揉着眼睛开门。我听见身边的老杨在心脏深处发出了"叮"的一声。

我这个堂妹是上海人，比我小半岁，念的是药剂专业。小时候，她是我们这个家族的骄傲，因为长得美，而且有望考取大学。须知我们家从四九年以后就没有出过大学生，我爸爸这么高档也就是个中专学历，家里劳改犯倒是不少，净他妈吃皇粮了。由于家族系统里宠着，路小娟不免骄纵，脾气大，爱翻脸，对我倒还客气，因为我也爱翻脸。念中学时她来戴城玩，看见楼上的杨迟哥哥，还很谦虚地讨论过数学，后来发现杨迟是个唠唠叨叨的少年，想法古怪，不似正常人，她就不爱搭理了。一别数年，大家都长大了。路小娟带着我们去了医学院的食堂，吃了点东西。我和杨迟忘乎所以，讲了几个黄色笑话作为回报，关于小跳蚤漫游女性世界、花木兰遇到老军医之类的。她没笑，吃完之后不动声色地带着我们走进一幢楼，沿着走廊，起初还很明亮，后来发现只有日光灯了，两边都是泡在玻璃坛子里的人体器官，还有怪胎标本。我和老杨对器官还算扛得住，看见怪胎就想吐了，再往前走，日光灯都没了，黑漆漆阴惨惨的，走进一间屋子，里面用黑色被单蒙着四具人体。老杨说："这什么地方？"路小娟说："停尸房。"杨迟说："好吓人。"路小娟说："这又没什么的，我都在停尸房复习功课的，清静。"我和杨迟面面相觑，心脏里面只有鼓声而没有叮叮声了。再细看，有一只苍老的手伸在被单外面，杨迟说："我们还是回去吧。"刚说完，那被单忽然动了起来，嗖地蹿出一只大黑猫。我大喊一声撒腿就跑，老杨也想跑，可是膝关节都僵住了，转脸看路小娟，她伸长了舌头对着他翻了个白眼。

老杨的后半辈子一直记得曾经带着他去看尸体的姑娘，倒也别有情趣。可是这件事并不吉利，回校以后他挂科三门，我回厂推错了一个电闸，差点把我师傅给电死，都是她给闹的。后面两年我们再也没敢去找她。

此时我见到路小娟身穿白大褂，双手抄在兜里，站在医院走廊里招呼我。人的手是怎么放的，这很有讲究，比如医生抄衣兜，警察抄裤兜，农民抄袖口，社会青年是四根手指插牛仔裤的裤兜里，大拇指指着生殖器，这都是有规定的。我问："小娟，你现在已经是医生了？实习的吧？"

"我三年制的大专，毕业好久了。"路小娟不满地说，"你对我太不关心了，我还知道你辞职了呢。工厂干吗不做了？"

"把车间主任给揍了，混不下去了。"我说。

"哼，我也想把药剂科主任揍一顿，可惜不敢。"

看到她出现我有点高兴，我说我无聊死了，带我四处玩玩吧。路小娟不耐烦地说："玩什么啊，我还要上班呢。"我说："上班你还出来闲逛？"路小娟说："我他妈的去上厕所，好不好？就看见你这傻瓜像苍蝇一样乱飞。"我心想，上厕所你丫还把手抄在衣兜里。

她进了女厕所，我等了很久才看见她双手抄在衣兜里走了出来，仿佛她的手从来就没有掏出来过。我说："小娟，穿白大褂上厕所很不方便吧？"路小娟前面二十年已经领教过我的嘴皮子了，头也没抬地说："滚你的蛋。"

后来她问，来这儿干吗。我忙不迭地将杨迟的事情告诉了她，老杨在你们医院动手术不料大出血他差点死掉。路小娟茫然地问：

"老杨是谁？"我说："就是杨迟，你别装了，你记得他。"路小娟说："就是那个在停尸房吓尿裤子的家伙。"我说："他没尿裤子，你记错了，你到底带过多少男人去停尸房把他们吓尿？"路小娟说："放屁，走开！"

我跟着路小娟来到门诊部。路小娟去药房，我在椅子上坐了一会儿，看她配药。玻璃上挖了一个小拱门，她将各色药品送出来，病人将药领走。这还是上海先进，当时的戴城，医院里的配药室是在木板上挖一个拱门，你根本别想看见里面坐着的是医生还是炊事员。

过了一会儿，路小娟和一个病人吵了起来，隔着透明的玻璃，她霍地站了起来，显得凛然不可侵犯，而那个和她对骂的大妈都快爬到玻璃上去了，她捶打着玻璃，声称要让我妹下岗。路小娟听到"下岗"这种威胁也把脸贴在了玻璃上，两个人彼此把对方当成是动物园里的猩猩，非常好玩。再后来路小娟被同事劝走了。

"如果想让她下岗，就去找院长，别在这儿嚷了。"一个老医生冷冷地对大妈说。

时代不同了，我悲哀地想，连药剂师都可以下岗，当然，以药剂师那种倨傲的态度来说，我也挺想让他们统统下岗的。

中午我去病房，杨迟还没回来，我只能回到大厅，找路小娟吃饭。她换了衣服要走，说："今天心情不好，下午我请假回家睡觉。你自己玩吧。"

"借我点钱。"我说。

她没二话，掏出钱包给了我二百，想了想，又加了一百，说："给杨迟买点营养品，我就不拎什么东西去看他了。"

"你走了我就没劲了。"

"自己去街上玩吧，别跟着我了。上海现在面貌一新，一年小变样，三年大变样。"

"什么大便小便的没听明白，我全国各地都玩够了，到处都在变样。"

路小娟愤愤地说："别惹我啊，我心情不好。你该多读点书，别一天到晚像个巴子似的自以为全都见识过。你写的那些诗我看过，狗屁不通的——别再跟着我了！"

我们不知不觉走到普希金铜像那儿，有个小男孩对着铜像撒尿，路小娟走过去给了他一脚。小孩是外地的，一边逃，一边骂，一边尿。我不禁摇头，你这样子还像个救死扶伤的白衣天使吗，你简直是人类公敌。

路小娟说："破坏市容，普希金是我很喜欢的诗人。"

其实我也喜欢普希金。九五年以前，我在工厂里上班，一心就想讨厂医姐姐的欢心。她有着很文艺的一面，八十年代末的大学生都这样，爱诗歌，爱民谣，还爱古典音乐。照这个逻辑，我妹妹也是个很老派的人。反正我跟着厂医姐姐读了一些外国诗，甚至还能写几句歪的，获得了一点可疑的赞赏。我看着路小娟，心想：她们都是医生，都爱普希金，但我可以很确定地说，我的厂医姐姐绝不会去踹一个撒尿的男孩——在她眼里我就是那个撒尿的男孩。

路小娟说："你太软蛋了，那小孩骂我，你都不去追他。你要是再跟着我，就把那三百块还给我。"

我独自吃完饭，又走回医院，找了个长条形的座椅躺了下来。中午的医院里比较冷清，趁此机会我回忆了一下往事。

我八岁那年认识了老杨，我们住在农药新村一幢暗无天日的楼里，他二楼，我一楼，我们的爸爸都是农药厂的工程师。作为知识分子，这两个爸爸有着截然不同的风格。譬如他爸爸很热爱文学，家里"三言二拍"、西厢红楼俱全，阁楼还有一套《金瓶梅》。而我爸爸是个物质上的享乐主义者，家里看不见什么带字的东西，吃的倒是不少。这两个爸爸互相之间既友好又有点不服气，到了我们这一辈，既然相见恨晚，很多东西就可以分享了。我去他家里看书，他来我家蹭吃的，这是一种极有意义的互补。据我所知，像我们这种家庭出来的孩子不是做书呆子就是做吃货，或者两者兼具，想改变命运不是那么容易的。

略过我们漫长而无聊的青春期不谈，九二年我从技校毕业进了糖精厂，算是子承父业，杨迟考上了上海的化工学院，亦复如是。这件事让我爸爸挺没面子，我妈倒是无所谓，我十八岁时身强力壮，一顿能吃三碗饭，而老杨苍白瘦弱，两条腿细得姑娘都掉眼泪。我妈觉得我这副身板是她自豪的源泉，儿子长得壮，老妈心不慌。果然，到了九五年，我仅剩一口气从糖精厂辞职出来，好像奥斯维辛集中营熬到苏联红军前来解救的犹太人，身体不好的早就死了。养了一个月我又恢复了原先的活蹦乱跳，而老杨呢，由于长期营养不良，一个小小的息肉就把他击倒了。

在少年时代，他是我们全楼的骄傲，唯一的重点高中生，唯一考上本科的孩子。我们那栋楼里除他以外，所有的孩子都在念技校职校，毕业以后进厂做工人，就他是个异数，学习成绩太好了，老师也喜欢，想堕落都难。一九八四年夏天，班上坏孩子欺负他，把他衣服扒了，肚子上画了个王八，他跳起来要拼命。那种不堪狎逼羞辱的尊严，至今传为美谈。到了一九九三年，我去化工学院找他玩，他正在和人打牌，也是夏天，光着膀子，肚子上画了六个王八还在乐。这时我意识到他已经成长为另一个人了。

大学三年级的时候，老杨谈了一个女朋友——化工学院英语专业的学姐，绍兴人，长得虽然不是很好看，但十分懂事，也风趣。

我们在一起吃饭，老杨让我猜谜语：大姑娘做引体向上，打一个人名。答案是毕昇。那姑娘无师自通地说："大姑娘穿贞操带。"答案是毕加索。这种低级笑话很少有女孩子能接得上的。夏天我又去化工学院，听说她已经大姑娘上班——毕业了，十分可惜。老杨形单影只，光膀子穿着她送给他的纪念品——一件真丝睡袍，坐在寝室门口唱越剧。下铺的兄弟告诉我，那绍兴师姐真是悍勇，临走前跟老杨在寝室里搞了两天一夜，全寝室的人都只能睡到别处去，然后她就提着行李走了，老杨扶着墙出来，双腿发软，喃喃说："她是我大姑娘的孩子——毕生的爱。"我想起这姑娘也觉得遗憾，假如她还在，怎么可能让老杨独自待在病房里，又怎么可能让他抽出那块要命的止血纱布呢？

长条椅子睡着不舒服，太窄。这些年在工厂我唯一学会的事情就是：任何时间，任何地方，我都能毫无怨尤地睡下去。我甚至能用电工皮带把自己绑在条凳上睡，有时醒过来忘记了，连人带条凳一起站了起来。随着工厂生活逐渐消散在我的生活中，我变得娇气了、挑剔了，对生活的品质有一定的要求了。

午睡醒来后，我向住院部走去。在门口等了一会儿，三点整时门卫打开门，人们一拥而入。我快步进去，这次总算看见了老杨，他躺在六病区十三号病床上，双目紧闭，手上插着管子，还有个嘀嘀叫的仪器放在一边。他比从前更苍白了，我于心不忍，凑上去多此一举地给他披了披被子。其实他的被子很完美，不需要披，我做出这种动作纯粹是跟着电视剧学的。这时听见他有气无力地说了三个字："谢谢你。"

我说："别客气，是我，不是护士。"

他睁开眼，看了我好久，说了两个字："鸡巴。"

我很欣慰，他还能骂人就说明又活过来了。一时兴起，出去打了一盆热水,把掖好的被子掀了,自作主张将老杨的病号服扒开,裤子褪到膝盖,正面仅剩一条三角裤,我给他擦身体,前前后后一丝不苟,浑如当年在工厂里擦我的自行车。周围的病友们全都看呆了,一致称赞我够义气。后来护士进来了,我打算把他三角裤也扒了,发现老杨那只没插管子的手紧紧地拽住了裤腰。

"冷。"他说。

事毕,他睡了过去,我帮他弄好衣服,再次掖好被子,很满意地看着自己的作品。旁边有个病友说:"你刚才把他扣子扣错了。"我是个有强迫症的人,受不了这种不完美,又把被子掀开,发现真的扣错了,只能重来一次。杨迟醒了,这次他已经没有字可说了。当我第三次掖好被子时,那帮病友都很恐惧地看着我。我也累趴了,扔下老杨,独自出去找晚饭吃。

4

之后的三天,我在租借来的躺椅上睡觉,腰都快断了,等到老杨拔了管子,可以活动了,我就睡在十三号病床上,觉得自己轻飘飘的,什么烦恼都没了。它柔软而有质感,雪白的,能调节角度,有一股淡淡的药水味。阳光从窗口照进来,落在我的脸上。这时我会想起曾经的厂医姐姐,我对她的怀恋已经随着时间的流逝而淡去,只有在此种场合下才会重新泛起,太熟悉,以致它不再会充塞于我的大脑,仅仅是包围了瞳孔,就像隔着眼皮看到的阳光。我一下子睡死了过去。

后来我被护士推醒了,她说:"十三床,吃药。"

"我不是的。"

"知道你不是。十三床叫杨迟。"护士说,"别躺着了,下来吧。"

"我睡得好好的。"

"医院的病床,家属不能躺,这是规矩。"

我一看身边老杨已经不在了,不知道去哪儿了。"反正空一张床,我不躺着它也浪费了。就让我睡一会儿吧。"

"你去监狱探监,也可以进去躺着吗?"

她半真半假的,既严肃又带着微笑,有点像是在调戏我。我说我再睡那个躺椅的话,就该直接去骨科病房挂号了。掀开被子打算往下跳,护士哎哟一声捂住眼睛。我大为羞惭,一扭头看见自己的短裤兜在床头的热水瓶上。我睡得太死,又丧失了警惕,忘记了杨迟是个报复心很重的人。

我穿好了裤子,跑到阳台上抽了根烟,然后满世界找老杨。那个护士又来了,对我说:"杨迟在隔壁。"我冲进五号病房,并招呼那护士说,你跟我来,我要把他的裤子扒了,像少年时代的暑假一样,我要在他布满针眼的屁股上画出一个天秤座的图案,让你看个痛快!护士乐翻了,倚住门框说:"提醒你这里是女病房。"

老杨站在病床前,回过头用食指竖在嘟起的嘴唇前面。嘘。表情非常严肃。

他指向病床。我这才看见床上躺着个小孩,个头很小,用被子裹着,已经睡着了。我看看老杨,心想这不会是你跟绍兴师姐的孩子吧?鉴于这是女病房,我判断孩子的性别是女,年龄么,我对小孩不在行,看不出来。旁边有个壮硕的护工阿姨说:"她一岁半了。"

"很乖嘛。"我讪讪地说。

"这是个孤儿。孤儿院里送过来的。"

"哦。"

我又低下头,怪好奇地打量孩子。护工阿姨一边吃瓜子一边告诉我,孩子没爹没妈(这不是废话吗?),送到医院来是因为生病(还是废话),政府对此很重视,派了她来看护孩子(我也看出来了)。孩子翻了个身,我猛地直起腰,觉得有点慌张。后面的护士说:"不要紧的,一岁半的孩子最好玩。"这时老杨跑回自己的病房,拿了几个苹果过来,交给护工阿姨。护士托着盘子进来,先把一瓶药水挂在床头铁架子上,然后把针头插进了孩子的额头。孩子醒了,短暂地哭了一下,场面有点残忍。我退回到后面。杨迟对护工阿姨说:"等会儿你把苹果削给她吃吧。"护士嘉许地说:"大学生,很有爱心嘛。"走到门口又回过头给了杨迟一个浅笑:"你状态不错,后天可以出院了。"

"我会回来看你的。"老杨说。

孩子吊水的时候,我和老杨回到六号病房聊天,他心神不宁,隔壁小孩稍有哭声,他就跑过去看一眼。往返数次。后来听见他和护工阿姨吵了起来:"你怎么吃我的苹果?"护工阿姨说:"我就削了一片,尝尝甜不甜,你这个大学生也太叽歪了。"老杨说:"我的苹果都是甜的,你要是想吃,我另外再给你几个嘛。"护工阿姨说:"哎哟,知识分子就是烦人。"

这时有一些病人走过去看热闹,护工阿姨接着介绍情况,孩子是去年捡来的,一没残疾二没病,就这么扔在马路上,连一张字条都没留。挺健康的孩子为什么扔了?这很费解。看热闹的人们揣测她是农村孩子,农村重男轻女,为了逃避计划生育罚款他们很可能就把女孩子扔了或者送人——最保险的还是扔了。有个老头说,这都算好的,以前还有杀婴,直接扔井里。另一个老头就说,农村虽然落后但没那么蠢,扔井里,井水还怎么喝,其实通常是活埋啦。还有人反驳说,这是上海,不是农村,都他妈搞错了时空了,孩子长得那么白怎么可能是农村的,估计是个私生子吧。我被这群看热闹的病人和病人家属拦在了外圈,听见孩子大哭起来。老杨说:"都散了都散了。"与此同时,开饭了,人们陆续离去。

又过了一会儿,护士来给孩子拔针头。这次孩子没哭,显得格外地惹人怜爱。我和老杨在床边看着,孩子向我伸出双手。我有点害怕,我天生怕小孩。身边的老杨向她伸出一个手指,孩子握住他的手指。护士拍了拍孩子,对老杨说:"真想把她领养回家啊。"老杨让我也伸手,我没答应,觉得被一个一岁半的孤儿握住手指是件没意义的事,你并不能真的给她什么。但老杨不这么认为,他觉得这是奇迹,从来没有小孩子喜欢过他。后来护工阿姨说,你们都别太自以为是,这是小孩的应激反应,正常孩子都会这个,如果不会就是脑瘫了。

老杨和护士玩得入港了。护士用手指挠孩子的脚底,后者咯咯地笑了。护士回过头对老杨说:"你也来试试。"老杨也挠了挠,孩子照旧笑得开心。旁边护工阿姨说,这还是应激反应,并不代表她就喜欢老杨。护士脾气再好,这会儿也板下脸了,说:"是的,我知道这是应激反应,我也有这种应激反应。你烦不烦啊!"

杨迟对孤儿的感情来自他的童年期。五岁那年,他爸爸去南京进修,他妈妈恰好生病,于是借住在邻居家差不多有半年。这半年相当恐怖,邻居家天天给他吃豆腐,因为豆腐比较便宜,如果开荤就是给他吃肥肉,冷的,吃得他这辈子看见豆腐和肥肉都直接吐。那会儿他去幼儿园,邻居都不接送他,给他一份午餐,自己拎着每天去报到。这比孤儿还不如了。幼儿园附近还有个中学,中学生早上遇到老杨,没二话先把他的饭盒放到树上去,导致老杨长大以后爬树爬墙比猴子还利索。五岁,是他记忆的开始,那个开端处就是他没爹没妈，每天晚上听一个神经兮兮的邻居给他讲鬼故事，早晨爬树拿饭盒，放学前被同班的孩子打一顿，导致他心灵深处缺失安全感。

高中时代，老杨爱上一个同班的女生，她父母是支边的，在新疆不能回来，她借住在亲戚家，境遇悲凉。很快就和老杨发生了感情，十六岁就在家里风流，后来那女孩考上了南京的大学，和老杨分手，再也没有见到过。初恋具有一种放大效应，据说那女孩在谈恋爱的时候经常说自己是孤儿，导致他心灵深处充满了负疚感。两两相加，就成了现在的样子。

我曾经给老杨讲过一件事。大概是九三年，我所在的糖精厂里有一个人死了，他欠了一屁股的债，父债子还，跑不掉，而他的儿子只有十岁。经过厂领导的特批，这孩子在厂里募捐，抱着一个纸箱，每天中午站在食堂门口。遇到善心人，就往他的纸箱里扔点零钱或者是饭票。孩子从来没抬起头来，每次走过，我就看见他脑袋上的一个旋儿。

我从来没有向那个纸箱里扔过一毛钱。

"缺乏同情心？"

"不是。我很同情他，但是我没法掏出零钱或者饭票扔进纸箱，这于事无补，只会让我的同情变得像饭票一样恶心。"

"你嘛，我很清楚。你的注意力都在自己身上。你看上去是个工人，其实不是，其实是个诗人。对吧？诗人。"

"你其实是个美国人，妈的。"

傍晚，老杨又跑出去买了各类零食和水果，放在孩子的床头，赢来一片赞美。只有那个护工阿姨说，这些东西小孩不一定都能吃。老杨不管，跑得累了，回到病床上倒头就睡，并且告诫我不要妄想扒他的短裤。

我独自去药房找路小娟。

路小娟当天值夜班，还没上岗，正坐在休息室里，把铝制饭盒里的最后一点米粒扒进嘴里。我揶揄说："小娟，做医生也要倒三班啊？"

"为人民服务嘛。"路小娟放下饭盒，"对了，你倒三班的时候有神经衰弱吗？"

"有，每天都想睡觉。"

"每天都想睡觉，那不是神经衰弱。每天都睡不着那才是！"

"那我就没有神经衰弱了，那会儿把我放在炉子上我都能睡着。"

"你真幸福。我现在他妈的神经衰弱。"

我们走到门诊部说话，外面有一股消毒水的味道。这种气味对某些人而言就像香水一样好闻，也是应激反应之一种。我不行，我爱闻汽油味。我们坐在连排塑料椅上，一边说话一边抖腿。我忽然发现了家族 DNA 中的共同点，那就是抖腿，坐那儿一起抖，她抖右腿，我抖左腿。我师傅以前说过，男抖穷，女抖贱。这是经验之谈。抖腿属于无意识的动作，它超乎经验和理智，完全不受大脑控制。我们两个人抖得如痴如醉，心旷神怡，最后旁边一个孕妇实在受不了啦，她说："你们俩能别抖了吗？再抖我孩子都下来了。"吓得我们都站了起来，一溜烟地跑了。

"带我出去玩玩吧。"我说，"实在太无聊了。"

"你还是回去照顾杨迟吧。"

"他不需要找照顾了，已经缓过来了。"

小娟想了想说："那我也去看看杨迟吧，很久没见过他了。"

我们走到病区，还在走廊里就听见杨迟惨叫，我走进去看，美丽的护士正将一枚银色的针头扎进他的臀部，雪白的臀部现在已经有好多针眼了。老杨回过头对护士说："赶明儿我也在你屁股上扎一针。"护士拔出针头，昂起下巴，挑衅似的一笑，走了。我走过去拎起被子堆在他暴露的部位上，然后招呼路小娟进来。

老杨趴着和我们说话。

鼻子已经没事了，快要毕业了，工作还没找到，在一家化工厂实习和工人师傅打了一架，两门功课挂科，其中一门叫管道流体热力学，谁他妈搞得懂是怎么回事吧，英语也没过关，发现自己完全不是化工人才，倒是在学校里兼修的国际贸易，成绩优异，很显然自己是个商业天才。

路小娟冷冷地听着，觉得他太啰唆了，终于等到他说完。"好好补补身体吧。"路小娟最后叮嘱了一句，"我让路小路给你买的补品呢？"

"哪有补品？"老杨问。

"我给了他三百块的。"路小娟站起来说，"路小路，你自己跟杨迟结账吧，我不管了。"

"你竟然把我的钱给咪了。"老杨大叫。

"其中有两百块是我的。"我这个破产青年也大喊起来。

现在轮到老杨数落我不是人了。为了孤儿他把治病的钱掏出来买零食，而我揣着三百块假装自己有心理障碍，不能施舍一点廉价的、狗屁的、诗人般的同情心。我越听越头大。路小娟说："哪儿有孤儿？"

老杨捂着屁股把她领到隔壁病房。路小娟走到孩子身边，护工阿姨很尽职地又介绍了一遍，小娟发出了一声温柔的叹息，伸手把孩子抱了起来，转脸对我说："你就是个人渣，老杨是个好人。"

我羞愧难当，跑到楼下去抽烟，让那一家三口子在一起幸福一下吧。过了一会儿路小娟出来了，对我说："我要上班去了，晚上来找我玩。"

我说:"后半夜行吗?"

路小娟说:"后半夜别来,我脸会肿,不好看。"

那天夜里我带着老杨去回访路小娟。十点钟,她和同事换岗,坐在休息室里。春天的晚上有点冷,她披了一件深蓝色的棉衣在身上,和工厂里的女工相似。外面的急诊室很热闹,无数打吊针的人,手背上都长出一个管子,好像某种深海里的鱼类。不一会儿,救护车送来头破血流的人,跟着警车也来了。路小娟叹了口气说:"今天晚上很热闹。"

"以前呢?"

"经常很冷清。"路小娟说,"白天那么热闹,觉得烦。晚上没人,又觉得枯燥。配药发药,就这么点事,不能出错,出错会死人。死了人,我就要去坐牢。"

医院的休息室并不比工厂的更衣间强多少,一排橱柜,地上一溜鞋子。医生都有洁癖,八小时之内的鞋子是专用的,不穿回家。墙上挂着几件白大褂,有一把长椅靠墙放着,这就是值班药剂师打盹的地方。不见枕头被子,只有蓝色棉大衣。

"棉大衣太寒酸了。"老杨惋惜地说。

"不寒酸就被人偷走了。医院里小偷多。"路小娟说。

"不打搅你睡觉,我们走了。"老杨说。

"我反正也睡不着。"路小娟说,"你们别在这儿抽烟,这是医院。"

"老是睡不着会生病的吧?"

"会得抑郁症,精神病。"

"会吗?"

"会的。"路小娟站起来说,"你们陪我出去走走吧。"

外面更冷，她披着大衣走在前面，指着一辆出租车说："别停在救护车专用通道上。"然后带我们走到门诊部前面黑漆漆的空地上，在那儿停下，喘了口气。急诊室的盛景像是骤然后退，那些人都聚在亮处，灯光在地面上划了一条分界线。一些暗红色的汽车尾灯在晃动。

路小娟伸手要了根烟，抽了两口扔掉。

"我以为医生都不抽烟。"老杨说。

"解闷抽几口，不真抽。"路小娟说。

我们站了一会儿，老杨忽然说："我想领养那个孤儿，你们觉得可以吗？"

路小娟说："领养孤儿的手续很复杂，我们科室有人在福利院领了孩子，条件苛刻，必须年满三十五周岁，有正当工作，夫妻有一方不孕不育。将来万一生了孩子，必须把孤儿还给福利院。孤儿属于国家。"

老杨说："我问过了，可以'认养'，没有任何条件限制，负担那孩子的生活费。周末还可以去看看小孩，陪她玩。"

路小娟说："那倒不失为一个好办法。但是你这个样子——福利院的人除非是脑子被枪打了，才会让小孩陪你玩。还是先找到一份正经工作吧。你留在上海吗？"

"不知道。"老杨说，"我也就是这么一说，你不用当真。"

路小娟又点了一根烟，说："哎，你是个好人，杨迟。"

我们又聊了一会儿，关于工作，关于鼻腔息肉需要注意些什么，关于抑郁症。后来路小娟说，她要去换班了。我们一起往回走。老杨说："我明天大概就可以出院了。"

"明后天我都在家睡觉，吃了安眠药睡，你们出院的时候就不用来找我了。"路小娟说。

她走进休息室,关上门。我和老杨默然地站在急诊部的人群里,过了一会儿,看她穿着白大褂走出来,双手抄在衣兜里,再也没有朝我们看一眼,径直走进了她的玻璃橱窗式的药房里。

回病房的路上,我对老杨说:"我妹妹很可怜的,大学毕业出来找不到工作,她爸爸花了五千块钱,贿赂了院长才把她弄进医院。看上去很风光,其实就是倒三班,在药房里坐一辈子。混上药剂科主任根本没可能。她不想干了,可是一个学医的人,不做医生又能做什么呢?她不比你,你学化学工程的,干不了工程师你还能去做工会主席。"

老杨说:"你真是个不合时宜的人。我心里还在为她难过呢,你丫居然说我做工会主席,他妈的。"

我说:"别难过了,你还是先担心你自己吧。"

到病区走廊里,我们看见健硕的护工阿姨正在吃东西,人都睡了,就她还在。老杨很机敏,问:"你吃的是我买的零食?"护工阿姨不屑地说:"吃吃嘛,我半夜饿了。"我很生气地说:"你这也是应激反应吗?饿了见什么都吃?"护工阿姨说:"你们别搞错了,这本来就是膨化食品,不适合小孩吃的。"我说:"那你也不能吃啊。"

护士走出来看情况,让我们不许吵,影响了病人休息。我和杨迟心情不太好,越说越生气,走进五号病房一看,整包的零食全都拆开了,吃得七零八落。孩子横着睡,半个脑袋在床外边。这阿姨太不负责任,嘴巴又硬又馋。老杨劈手夺她手里的零食,阿姨脾气比我还暴,虚晃一下,让老杨抓了个空,紧跟着发出一声洪亮的鸡叫声,仿佛来自李小龙的电影。老杨扑上去,一鼻子撞在阿姨的肘锤上。

我看见杨迟捂着鼻子直起身体摇晃了一下,护士捂着嘴惨叫了一声,护工阿姨还捂着手里的零食。忽然之间,鼻血从老杨的指缝里喷涌而出。

5

那一年七月里,杨迟又打电话给我,说自己毕业了,让我去化工学院帮他把被子铺盖都扛回戴城。九十年代中期,应届生留在上海很难,大部分都回到原籍工作,老杨也在其中。

我来到化工学院,场面惊人,伟大领袖指引未来的巨大雕像下面,无数已经拿到毕业证书的男生女生在合影,在痛哭,在亲吻。我居然还看见两个男生吻在一起,算是开了眼界。跑到寝室一看,老杨不在,下铺的兄弟说他一个通宵没回来。我逛了一圈,男生宿舍里每一户都放着各类酒菜,谁进去都可以随便吃喝,好像共产主义大食堂。有人告诉我,老杨喝翻了,在卡拉OK厅里躺着呢。

化工学院的卡拉OK厅又叫学生俱乐部,我去过,属于该校的高档场所,每次都能消费掉二十多块钱。我在这里还认识过一个女招待,她学精细化工的,她调制的鸡尾酒"绿野仙踪"就他妈跟风油精一样,完全没法喝。正常时候,这里都很冷清,十几个卡座能有七八个人就不错了,而毕业之前的这些天完全爆棚了,暗促促的地方,无数人围着大屏幕,正在唱《真心英雄》。十几二十个男人一起热泪滚滚,唱到酣处,全都把上衣脱了,搭着肩膀,露出湿漉漉的腋毛继续唱。有相熟的人看见我立马招呼老杨:"杨迟,你媳妇来了。"

那会儿老杨的鼻子已经康复了,光膀子走到我面前,只见上唇两个指甲痕,问是怎么回事,答曰喝醉了,被人掐了人中才醒过来。我问他还打算喝吗,他说不喝了,衣服被人穿走了,得找。

"什么值钱的衣服啊?回去穿件干净的吧。"我说。

"放屁,那是绍兴师姐送给我的真丝睡衣。"

"你光膀子穿了真丝睡衣出来喝酒,然后喝醉了,然后睡衣被人扒了?"

"是的。"老杨回头大喊,"谁他妈的看见我的睡衣了?"

一伙人扭曲着脸蛋回答他:"让真心的话,和伤心的泪呃呃,在我们的心里流动。"

我们走回寝室,街上有喝得醉醺醺的毕业生,男男女女七八个人横着走,局面似乎已经失控。这是一年一度的狂欢节,任何节日都无法与之相提并论,除了中国足球队惨遭淘汰或者奥运会落选那次。每一个人都努力宣泄着自己,在精神上达到高潮,一种强烈的喷射与收缩。

在寝室里,我们刚坐下,下铺的兄弟穿戴整齐,默然地拿了一根棒球棍出去了。

"干吗去?"

下铺的兄弟风轻云淡地答道:"欠个人情没还。"

老杨说:"你消停点吧,逮住就是开除。"

"毕业证书已经寄到我单位了。"下铺的兄弟一笑,说完就走了。

在我出入于化工学院的四年里,下铺的兄弟一直傻呵呵的,通常都缩在床角看书,外面无论风吹草动还是山崩地裂,都难以撼动他的目光。他总是抱着一种悠远的态度,仿佛世外高人。此刻翻然出去,拎着棒球棍,当然不是打棒球。老杨告诉我,下铺的兄弟曾经爱上过一个女生,谈了两个礼拜的恋爱,该女生被一个助教抢走了。当时有人要替他出头,他淡然说,算了。现在看来,这笔账不仅没了结,而且必须用凶器来证明一下,敲一棍子是一棍子,哪怕吓唬一下也比什么都不做的强,反正毕业证已经拿到了。这话在理。我问老杨:"你有什么人要打吗?我可以顺手帮你一起做掉。"老杨说:"我他妈的只想找回我的睡衣。"

后来听说，下铺的兄弟抡起棍子在人脑袋上打了一下，下手有点重，不敢再回来了，被子铺盖全都不要了，他直接买火车票一口气跑了两千公里去单位报到，到那儿发现学校一个电话把寄过去的毕业证书又收回了。四年本科白读，惨遭开除。这算是题外话，比较有教育意义，反正我再也没见过这个倒霉孩子。

当晚我就睡在下铺。熄灯后，楼道里的动静还是很大，整个楼面都是面临毕业的男生，末日狂欢在黑暗以及蜡烛光的笼罩下更显得神秘而动人，酒气汗臭夹杂着呕吐物不可形容的气味，间或还有女生的浪笑。无人敢管，舍监们自动放假了。这伙年轻人大部分都会去化工厂，全国各地，所有那些散发着毒气、随时可能爆炸、有着青绿色脸孔的师傅们的地方，大的化工厂相当于一座城市，小的化工厂相当于一个厨房。我在那种地方待过，知道什么滋味，完全有理由发狂。相比之下，杨迟显得沉静理智，因为他没找到工作，他得回家。

我问老杨什么时候回去，老杨说再玩几天，反正也不急。他比我更闲。夜里来了两个同窗好友，把他从床上薅下来，塞给他一瓶红星二锅头，三个人像打架一样瞪着对方，喝了几口，其中一人忽然大哭起来。

"我又要回到那个倒霉的地方去了！"

楼道里拥进来几个醉鬼，抱住了一起大哭，然后互相架着走掉了，留下半瓶二锅头。老杨捏着二锅头很冷静地说："刚才那个人，他是农村的，找到的工作是在他们县的小化工厂里干技术员，他很悲伤。"

"为什么不留在上海？"

"因为没户口。"

"外面到处在下岗，连农药厂里都有好多工人辞职了去浙江给私人老板打工。你再回到戴城去看看，满街都是没有户口的人。干吗一定要回到县城去？"

"我们暂时还认为，没有户口到处乱跑，是穷途末路的人做的事情。"

我们坐着，不久又来了个女生，背着行李，走到老杨面前。我们直勾勾地看着她。她说："杨迟，你欠我的钱该还了吧。我夜里两点半的火车，走了。"老杨说："欠你多少？"女生说："四十八块。"我说："怎么还带零头的？"女生说："丫他妈的每次就借两块钱，以为不用还了。但是借了二十四次。"我说："用肉体偿还，行不行？"女生说："滚你妈的蛋。"杨迟就从包里掏出一张五十的给她，非常真诚地说："我就剩五十块了，不用找了。我会想念你的。"女生忽然有点动情，说："其实我也不是来讨债的，就是来看看你，以后有机会来找我，混出息了别忘了我。"说完把钱揣口袋里走了。

我问："这个又是去哪里的？"

老杨叹息说："这个混得比较好，去广州的外资企业。她是北方人，在广州举目无亲。"

这时又有人跑进来。我心想，今天别睡了。那人大声告诉老杨："有人看见你的睡衣了，穿在一个三年级的小逼身上，他骑着自行车往二号门去了，没拦住。"老杨跳起来，伸手往自己枕头底下摸，摸了个空。那人说："别摸啦，你的西瓜刀上午就被人借走了。"老杨骂了一句，抬腿踢烂了一个歪歪扭扭的凳子，拎了根凳脚追了出去。

我跟在后面，一直追到二号门的路灯下，并未看见那件睡衣。忽见远处大排档一阵骚动，有人打起来了，老杨拎着凳脚去凑热闹，原来是附近的流氓和大学生肉搏，双方都在抄砖头。其中一个大学生掏出证件大喝一声：都他妈的不许动，我是×安局的！红色本子烫金字，流氓轰的一声全都跑了。旁边的大学生也都很害怕，亲哥哥，找的工作竟然是×安局？这位把证件反面扣在桌子上给众人看，烫金的小字：化学品研究所。

老杨把凳脚扔在草丛里，我们两人又往回走。有一段路聚集了大量的蠓虫，成千上万地浮在半空中，即使在这种恶劣的场所，还有男女驻足亲吻。老杨说，不容易啊，待了四年的地方，忽然就散伙了。最伤感的是那些情侣，他们分道扬镳必须说再见，纯美的爱情化作中年以后的怀恋。譬如那位绍兴师姐，他实在应该追随她而去，一想到她的肉体就性欲勃起啊。操他妈的是谁把睡衣给扒走了？

我说："丢了就丢了吧，其实我也受不了你穿着睡衣唱越剧的样子。"

老杨黯然地说："反正睡衣也没了，我明天就回戴城。"

第二天晚上，我和杨迟去上海火车站。我背着他的被子，拎一个皮箱，老杨拎着两个皮箱。散伙的伤感在火车站涌动的人潮中被冲刷得干干净净，只有一个念头，如何能买到车票回戴城。以往我们凭借矫健的身姿越过栏杆逃票，或者油嘴滑舌满脸真诚地骗过某个检票员混上火车，但这次不行了，行李太多，学生证也过期了。好不容易买到两张票，我们蹲在车站前面抽烟，来了一个要饭的小女孩，揪着老杨要钱。老杨掏出五分钱给她，她收了，但是很不屑地说："才五分。"

老杨敷衍说："别嫌少，等你长大了我给你一百。"

这句话捅了娄子，小女孩一直缠着他，说他答应给一百的。老杨说："别再缠着我了，要不我再给你五分吧。"

她又收了五分钱,坚定地说:"不够。"

火车站的乞儿难缠,我冷冷地站在一边,看他怎么办。杨迟说:"看什么看,我兜里已经没钱了。"

那小女孩嘟哝着走掉了。我想起医院的事情,问他:"你后来去福利院看过那个小女孩吗?"

"没有。"

"我猜你也不会去。"

快要发车了,我们穿过人群,拎着行李疾走,其间还被警察拦住了看身份证,快到检票口的时候老杨的腿忽然被人抱住了,那女孩又来了,或者说,她根本就是在伏击我们。

"爸爸,你答应给我一百的!"

老杨气急败坏,"谁是你爸爸?"

女孩说:"爸爸!"

我说:"你要再不承认是她爸爸,我们就误点了,误点了你还得留在这里做她的爸爸。"女孩说:"爸爸爸爸爸爸。"老杨吓唬她:"我真要误点了。你再拽着我,我可就把你一起带上火车回家了。"女孩说:"带我走啊,我再也不想要饭了。"这时旁边有人起哄了:"你就带她走吧。"

我站在检票口等老杨,老杨拖着女孩往我这边挪,那孩子抱着他的腿,已经坐在他脚背上了。

"随便给点钱就行。"我说,"或者你给她一个耳光,她立马逃走。自选吧。"

"借我五块钱!"他对着我大吼。

我从口袋里摸出一块钱的纸币,对着女孩摇晃,这不是调戏,仅仅是希望她撒手。她犹豫了一下。在她那小小的头脑里必然是盘算过了,到底抱着一个无望的老杨请他做爸爸呢,还是来拿这个近在咫尺的一块钱。后来她冲过来从我手里一把撸走了钞票,再回头,老杨头顶着两个皮箱嗖地蹿进了检票口。

女孩失望地说:"爸爸带我走吧。"

老杨边跑边回头说:"等我赚到了钱回来找你,拜拜!"

我对老杨说:"我有点后悔了,你应该做她爸爸,带她回家。"

"不,我应该留下来做她爸爸,跟她一起在火车站要饭。"

那趟火车的终点站就是戴城,由于是短途车,中间停了很多次。三个小时后到站,我们下了火车,呼吸了一下深夜沉闷的空气,然后在站台上抽烟。下小雨,湿热,旅客们很快就走得一个都不剩,可以看到铁轨对面出站口经年不变的一块广告牌,用草书写就的五个大字"虎山欢迎你"。虎山是戴城的旅游胜地。由于书法写得太草,那个"虎"字老是被外地人看成"屌"。屌山欢迎你,其实也蛮不错的。

我们同时吐出一口烟,伟大而黑暗的戴城,我们又回来了。

6

城市正在起着变化,在我们少年时代如风般呼啸而过的生活中,它像一个单调而沉闷的隔音房间,吸走了我们发出的尖叫和噪音。我曾以为自己一生受困于此,然而一九九六年来了,我还没来得及反应过来,这个隔音房就变成了一个轰轰器叫的大锅炉,而我们曾经发出的叫喊都变成了一种微小的呻吟。

当时,有一片高新技术开发区正在城郊蔓延。起初是厂房,后来是写字楼,再后来连桑拿房都有了。于是人们说,没处混就去开发区吧,也许那里有饭吃。市里面也特别重视,天天在新闻里宣传,说这里不但会成为经济重镇，还会是一个人口密集的新城市，指出有三十万人口的规划。戴城市区只有六十万人口，我们等着身边少一半人，也挺不错的。那会儿谁能想到有大量的外地人口涌入城市呢？与猜想中相反，我们的身边多了一半人，热闹死了。

总之，就像遇到了海难，最初还在甲板上乱窜，想着能不能救起这条船，忽然看到了前方的小岛，于是也不恐慌了，只盼着快点上岛，最好岛上有椰子和淡水，而不要跳出食人生番之类的。

这个时期的戴城和中国的大部分城市一样，都在经历着阵痛。阵痛这词儿不是我胡编的，报纸上说的。主要表现在几个方面，一是下岗，大伙唱着歌回家去了，其中有人自杀，但从自杀率的角度来说并不比国营工厂时代高多少，相反它还刺激了人们活下去的欲望。二是外地人激增，这本来也没什么，我从小到大听惯了周边地区的方言，北至宿迁，南至绍兴，全都有，然而这一次来的都是卷舌音和秃噜音。三是拆房子，跟遭了空袭差不多。据报纸上说，阵痛都是好事，痛过以后就会添个孩子的意思，我认为那不如叫宫缩比较贴切。

回到戴城，老杨没找到合适的工作，蹲在家里和我一起失业。为了解忧，他去旧货市场买了一台游戏机，一盒打坦克的游戏卡，每天躲在屋子里咻咻地轰坦克，轰掉了几万辆，有时候抬起头，看到对面茅建国家的窗户很恐怖地紧闭着，赶紧低头打坦克，让自己不要想那么多。

夏末时，我的女徒弟来找我，她叫歪歪，就是被热水瓶烫伤了脚的那位。我有点怕她，因为她长得不好看偏偏还喜欢我。当然，我也庆幸她不好看，否则我一不小心睡了她，就得娶她。她的性格很成问题，不适合当老婆。最初她是个什么都不懂的职校生，跑到工厂里来跟我一起倒三班。我的班组长，一个大鼻子情圣，夜班干完活经常找相好的阿姨去 happy，地点是在工厂宿舍里。有一次他没干完活也拉着阿姨去了，工段长让我去把他找回来，我差了歪歪去。歪歪不知道这一出，跑宿舍门口一敲门，班组长正好射了，套上三角裤，拖着大枪出来开门。歪歪吓疯了，看着他的关键部位一点点软下去，回到车间来告诉我："我哥是练家子，下次你再让我去干这种事，我让他打死你。"

歪歪认为，是我让她懂事的。这很悲哀，我什么都没干，只是无意中让她看到了一个勃起到萎软的过程，而且还不是发生在我的身体上。厂里的规矩是，已婚妇女可以搞，未婚的不行，所以没人搞歪歪，都诡笑着表示把她留给我了。问题是，我他妈的也不敢碰她。这么耗着，有一天我差歪歪去泡热水，如前所述，她提着两个热水瓶去了水房，回来的路上有一个瓶塞蹦了出来，把脚烫出一溜水泡。再后来，她哥哥就来找我了，要我娶她。我不干，他就动手打人，令我非常丢脸。

歪歪是骑车来找我的，被太阳晒得满脸发红。她坐在沙发上，撩起裙子往自己的脸上扇风，我赶紧开电风扇，让她不要做这么诱惑的动作。歪歪说："师傅，我也辞职啦。"

我问歪歪，出了什么事情。歪歪说，现在厂里和以前不一样了，都是些农民工在上班，正式工都下岗了。以往发给正式工的那份钱，现在可以雇两个农民工，余额还能给正式工发发下岗工资。这笔账，以前国营企业的厂长算不清楚，现在股份制了，他变成了五五开的资本家和干部，脑子就好使唤了。

歪歪说，那帮农民工，刚来的时候还挺老实，可以使唤他们，后来他们就和歪歪平起平坐了，再后来，有个不要脸的，倒夜班的时候对着瞌睡的歪歪掏出了枪。歪歪听见动静不对就睁开眼，这人走到角落里继续打手枪。我说,这他娘的简直反了,最淫荡的老师傅也得在宿舍里搞,当众掏枪可耻。

我问歪歪:"你为什么不让你哥去打人呢?"

歪歪说:"我哥集训去了。再说了,这种事怎么能打,一打不是每个人都知道了?我还是黄花大闺女呢。"

歪歪的哥哥是个很可怕的人。那次她哥哥把我揪到劳资科问究竟。我说,的确是我派歪歪去泡水的,这是厂里的规矩,徒弟都得干这种杂活。我很不明智地说,其实歪歪偷懒了,自找的,因为热水瓶里要是装满滚水,那是相当安全的,只有没装满的才会使空气热胀冷缩而把瓶塞弹出。这种说法当然很操蛋,使我像个人渣。她哥本来已经原谅我了,闻之大怒,照着我扑了过来,周围有十七八个工厂领导试图劝住他。我心想练家子我也不怕啊,摆了个丁字步,打算接招。我打错了算盘,歪歪的哥哥不是练武的,而是一个蹦床运动员,他虽然只有一米六高,但可以跳到两层楼上去,如果给他一张弹簧床,他能跳到烟囱上。我就看见他拔地而起蹿过三十多只手,一脚踢在我脸上。

虽然被踢昏过去,但我至少躲过了这桩倒霉的婚事,后来歪歪但凡要跟我起腻,我就装出有后遗症,立马昏倒。

歪歪说:"你不在的这一年,我无聊死了。本来厂里效益也不好,我工龄不长,辞职了不亏的,打算到开发区去找份工作。"

"工资很高吗?"

"有高有低,最起码比国营厂里干净。"

"我也喜欢干净的地方,什么时候我也去碰碰运气。"

"你不行的,你那么娇生惯养。"歪歪煞有介事地说,"我有个小姐妹就在那里做流水线,听说很苦,那些外资企业把女人当男人使,把男人当畜生使。"

我说："我也听说了，他们还把畜生当女人使。"

歪歪大笑起来，其实她没听懂我的意思。不懂就算了，她黄花大闺女。

这时老杨从楼上下来。他打坦克打得太久，产生了幻觉，一抬头看见茅建国家的窗户开了，再一抬头又关上了，觉得非常害怕，跑下来找我壮胆。

歪歪看见老杨，立刻把裙子抹在大腿上，双手平放膝头，做淑女状。这两个人认识，有一次老杨到化工厂来找我，陪我上了一次夜班，整晚上就在跟歪歪吹嘘大学里的事迹，泡妞打架之类的，把个没见过世面的歪歪哄得一愣一愣的，她还以为大学生都是在研究科学呢。如今再次相见，她先抿着嘴保持沉默，后来忍不住开口问："杨迟，你在哪儿上班？"

"没找到工作呢。"

"你想去开发区的人才市场吗？"歪歪说，"今天正好有招聘，我本来想去的，但路小路不肯去。"

"我跟你一起去。"老杨拍胸脯说。

他跑上楼，挟着一堆打印好的简历下来，丝绒封面烫金字的大学毕业证书和学位证书，还有实习评鉴、英语考级、第二专业证书、献血证明、文艺汇演奖状和校运动会短跑第三名之类的。歪歪又看傻了，说："杨迟，你竟然有这么多证书。"老杨说："虽然没怎么念书，但大学四年毕竟不是白混的。"歪歪沮丧地说："我的简历就三行字，你说我怎么办？"

我说："你可以跟着老杨，搭卖。像他这么优秀的青年，搭上你，雇主不亏的。"

"去你的。"歪歪说着拎起包带老杨走了。

晚上，老杨铁青着脸回来了。我问他情况怎么样，老杨说那地方人山人海，花两块钱买了门票进去，看到的全是后脑勺，什么都没捞着。倒是歪歪，她当场得到了面试的机会，而且是文员。

"怎么可能？"我大叫起来。

"歪歪会电脑的。"老杨说，"歪歪业余学了电脑，不是 DOS，是 Windows 95，而且她会好几种汉字输入法。"

"什么是输入法？"

"跟你说你也不懂，总之歪歪比我们俩更实用，外资企业既不需要我这种没经验的工程师，也不需要你这种纯粹捣乱的。"

"天呐，歪歪。"我摇头叹气。

过了半个月，歪歪打电话告诉我，自己经过了两轮面试，现在被录取啦，在一家很大的企业里负责打字，工资虽然不高，但毕竟是在办公室里出入，完全摆脱了以往的矬逼女工形象。这还得谢谢老杨，他教了她很多面试技巧，譬如：不要开口问薪水（先上岗再说）；提到公司的时候一定要说"咱们公司"，而不能说"你们公司"（套近乎）；即使不会用传真机也不能承认，假装什么都会（到时候自然能蒙混过去）；绝不在乎加班，加通宵班都无所谓（对歪歪这么个倒夜班的女生来说这的确不算什么）。总之，歪歪成了女文员，可悲的是杨迟依然失业。歪歪说老杨是个非常可爱的人，毕竟念过大学，比我懂事。我鼓励了一下歪歪，挂了电话，上楼去告诉老杨。他倒蛮替歪歪高兴的，一点没嫉妒。当我提议让歪歪请客吃饭的时候，他犹豫了一下，终于说："我还是离歪歪远点吧，她看上去很缠人哪。"

那以后，老杨在人才市场晃悠了好几个月，目睹了一批又一批的打字女生进入外资企业，全没他什么事。偶有几次面试机会，对方首先要求他有英语交流能力，老杨大学期间学会了唱越剧但荒废了英语，甚至连前台的口语都比他强。他倒想找个不需要懂英语的职位，别人问他愿不愿意做打字先生，他又觉得是羞辱。到了冬天时，他爸爸终于崩溃了，让他去农药厂上班，并且告诉他：你只能去国营化工厂了，那里不需要英语，也不需要普通话，甚至连他妈的哑巴都可以在里面生存，何乐而不为？

于是他告诉我，自己去农药厂了，那个我们的爸爸的厂，从童年时代就在里面玩、充满欢乐与无趣的地方，现在终于可以为它贡献力量了。我表示赞赏，我早就想让他去化工厂尝尝倒三班的滋味了。

7

时至一九九六年，著名的戴城农药厂，还在它原来的地方，既没有炸掉，也没有搬掉，更没有倒闭掉。它坚固地存在于城市边缘地带，与古城的风景名胜、另一处的高新技术开发区形成一个等边三角形的关系。

我对农药厂太熟悉了，以至于记忆中塞满了它。世上有母校和母亲河，它就是我的母厂。我又爱它又恨它，唠唠叨叨地说起它，这种感情类似于农民热爱土地。不过农民热爱土地被认为是正常的、高尚的感情，我热爱化工厂就他娘的是个犍逼。我明白这个道理，不用提醒我。

该厂生产一种叫甲胺磷的农药，就是把茅建国的爸爸喝死的那种东西。在图片上它是一个绿瓶子，有点像小瓶装的啤酒，实际剧毒无比，挨着就死。当时国内已经限制生产甲胺磷，而戴城农药厂还持有这份执照。我们小时候在厂里转悠，农药车间是绝对禁止去的，那里的工人退休以后肝癌发病率出奇地高，不过在他们活着的时候，已经拿过厂里的营养补助了，按照不同的年代，每月几块钱至几百块钱，总之他们的收入比普通工人高很多，如果退休以后得肝癌，说明他们没有把这笔钱用于营养，而是干别的去了，那就怨不得厂里了。

杨迟告诉我，其实甲胺磷这东西具有沉淀性，它会留在人的身体里。譬如我们新村，离那所倒霉的农药厂只有几百米远，离甲胺磷车间只有一公里，天长日久，它的分子就会沉积在我们身体里，变成身体的一部分。每当想起这个我就觉得心烦，没有人对甲胺磷感兴趣，我眉飞色舞地讲起它时，别人冷冷地看着我，以为我发病了。真相是：它是我身体里的东西，我说起它其实就是在说我自己。有劲吗？

那会儿还有很多奇闻，譬如楼上的阿泰是甲胺磷车间的操作工，干了快三十年，他说自己的肝已经熏得跟炒猪肝一样，居然还没死。有一天他被毒蛇咬了一口，结果那条蛇被他毒死了，他自己居然又没死。我们听到这种传闻都很怀疑。阿泰有口无凭，找不到第二条毒蛇，也不想再被蛇咬一口，就撩起衣服站在楼下草丛里给人们看："瞧，蚊子不咬我。没有一只蚊子敢咬我，咬了，它就死。"周围一片喝彩："阿泰，房事记得戴套子，不然你老婆也得死。"

九六年冬天，老杨去农药厂报到。天空晴朗，一丝不挂，心里既高兴又忧伤。高兴的是终于找到了工作，忧伤的是这个巨型工厂对他来说过于熟悉，一丁点新鲜感都没有，全是熟人。工人们看见他，就虚张五指，像童年时代那样要捏他的蛋，嘴里喊道："小子，又回来啦！"

进厂后，老杨被分配在第二车间。国营企业的规矩，大学生头一年得下基层，当学徒使唤。杨迟的爸爸是党员，在厂里有点地位，昔日的荣光顺便荫庇了老杨，第二车间不生产甲胺磷，而是毒性较低的除草剂。党员的觉悟太高，有些话不便放开了讲，老杨就跑到我家来，问我爸爸："我们车间主任到底好打交道吗？我想快点调进科室啊。"我在一边窃笑。我爸爸大声说："你那个车间主任是个傻逼，小心点，他以前玩女人的。"老杨说："玩女人关我什么事嘛？"我爸爸说："你别被他玩过的女人玩了，到时候下岗。"老杨狂点头，觉得我爸爸说出了真理。我妈听了大怒，说："别教小孩这个，教点有用的。"

我爸爸还能有什么有用的知识？第一是毒气泄漏顶风撒丫子就跑，第二是不要在各类管道和阀门附近逗留，第三是不要去跟老阿姨勾勾搭搭。这太初级，党员的儿子能不懂吗？老杨说："您还是讲讲谁是傻逼吧，这个最要紧。我读大学的时候，老师到底傻逼还是牛逼都得打听清楚的。"我爸爸使劲搜索着脑子里的档案库，把各处人等的陈年旧账翻出来给老杨说了一遍，结论是：操，这个厂里，就剩那两座水塔是干净的了。

当年我去工厂上班的时候，我爸曾经奸笑着告诉我："如果车间主任看你不顺眼，胆敢让你滚蛋，你就找张白纸让他签字，然后就可以回家了，劳资科要是说你旷工，你就说是主任答应放假的。国营企业的逻辑，你是国家的人，除了国家谁也别想让你滚蛋。"到了九六年，情况大不一样，厂长和中层干部都他娘的入股了，这厂有一半是他们的。作为股东，车间主任随时可以把你踢出局，不需要再汇报给国家了。我爸爸抱怨说，多少人在厂里干了一辈子，什么都没捞着，这傻逼厂长才调来三年，他居然成董事长了，我操！

我爸爸下了第二个结论：池浅王八多，都是傻逼，谁都别信，最安全。

这种结论太极端了，在我十八岁去工厂之时，我爸爸完全不是这么愤世嫉俗的，他告诉我工厂非常权威、非常友好而且正经，像一个微笑着的老大哥。现在他也豁出去了，说出了真相。老杨毕竟读过四年本科，本质上是个理智的人，出门对我说："谁都别信，看谁都是傻逼，这么干行得通吗？"

我说："我爸爸最近更年期，打麻将输了两个礼拜，没翻过本儿来。这种人的话，你能信吗？"

杨迟来到农药厂，也是倒三班，跟我当年一样。头天是早班，五点钟起床，六点钟进厂换了工作服站在车间里对着外面张望，远方的晨曦中有一幢褪色的橙色房子，老杨想起来这是农药厂的托儿所，大概十年前，也就是我们念小学的时候，那地方每到暑假就收容工厂职工的子女，被称为暑假班。我们经常去，阿姨也不太管，以此为据点把工厂玩了个遍。五年级的时候我们还有过艳遇，有个叫马莉的姑娘爱上了我，她比我大一岁，每天坐在暑假班里等我。人家情窦初开，我却懵懂无知，把马莉介绍给了杨迟认识。杨迟上去搭讪："今年我是市三好学生。"马莉眼睛放光，又瞟我，我只能说："我差点留级了。"

这个超级马莉很快又爱上了杨迟，后者重色轻友，把我给丢下了，带着马莉逛工厂，在各种隐秘的地方鬼混。有一天楼上的阿泰说："杨迟和马莉亲嘴啦，就在除草剂车间后面，给我撞见了。"老杨的爸爸不知道马莉是谁。我爸爸说："你完了，马莉是副厂长的女儿。"老杨的爸爸差点吓背过气，和副厂长做亲家当然也不错，问题是新郎和新娘年龄加起来才二十五，这个祸闯大了，遂给老杨买了一张汽车票，直接送到乡下去过暑假了。

我爸也害怕，不让我去暑假班了，于是那个夏天我家里多了一位不速之客——马莉。她从暑假班溜达出来，独自走过一条土路，周围是炽热阳光下发疯般生长的荒草。她来到农药新村找到我，往我家的躺椅上一坐，有一搭没一搭地和我说话。我告诉她，杨迟已经走了。她说:"你不是还在吗?"

这个寂寞的、好看的、奔放的十三岁女孩啊。后来我也被送到乡下去了。再后来她就消失了,据说考上了一所很差的中学,没脸再来找我们了。

那个早晨老杨站在除草剂车间的窗口,看到橙色的房子,初吻的记忆又悄悄爬上了嘴角,使之微微翘起,带有夏季芳香的微笑。在旁人看来,以为他对工厂生活十分满意。中午吃饭,他在食堂扒拉了两口,端着盆子去了橙色房子那儿,只见一片冬青,两棵雪松,生锈的铁制秋千静静地挂着,院子里全是废铁。托儿所里已经没有小孩了,自从股份制以后,工厂就不再是工人之家,而是董事长之家。董事长不许咱们带孩子来,托儿所变成了废品仓库。老杨在门口踯躅片刻,正打算走,里面忽然跑出来一个穿工作服的女青年,指着他说:"杨迟!"

老杨哆嗦了一下,那女青年露出讥诮的笑容,说:"哈,你也来了?"老杨端详着她,忽然脸色煞白,饭盆子掉在了地上。那女青年说:"我是马莉,你认出来了?"

超级马莉的爸爸已经退休了,超级马莉高中毕业就进了农药厂,在废品仓库做管理员,她还没结婚。初吻的记忆还在,工厂还在,托儿所还在,马莉也还在。老杨心想,这算什么事,绕了一圈老子又回到原地,妈的,坐上了时光机器吗?

8

小苏名叫苏林,北京化工学院应届毕业生,七月份就到厂里来上班了。他父亲是戴城本地人,母亲是吉林人,家里落户在河南,又来自北京。戴城农药厂的地头蛇看到如此众多的地名已经晕了菜，这帮家伙从出生第一天起就知道城里和城外的差别，能极其敏感地把乡下人的口音从一干大众里挑出来，但却搞不清山西山东、河南河北。尤其河南人的名声，主要在北方流传，戴城一概不知，这儿的人最讨厌的是二十里地以外的马台镇，觉得那地方才是出产匪类、不可救药。

小苏这个河南人，知书达理，温文尔雅。我后来知道的那些河南传说，全是这位老乡自己告诉我的。他讲得最多的是各种发大水的事（他爸爸是个水利工程师），溃坝，成千上万人忽悠一下就没了。这些我都没见识过。

这一年冬天，小苏正在农药厂上班，有点寂寞，幸好他性格沉稳，不似我和老杨那样闲着就发慌。工厂化验室非常安静，每天从早到晚几乎没有人和他讲话，近似于失聪的世界，但是又会听到很远的地方传来机器的轰鸣，叉车经过，原料桶在装卸，锅炉房放蒸汽，运河码头上的轮船汽笛。由于近处的沉默，使得外面的一切声响都真切起来。在小苏听来，那是另一个世界传来的耳语。

小苏在食堂里吃过午饭，回到化验大楼，瞌睡来了。他独自走到楼下透透气，坐在台阶上，看到对面一片冬青、两棵雪松，还有一栋橙色的房子。小苏打了个哈欠。这时有一个人从橙色房子里跌跌撞撞地跑出来，其状惊慌失措，很像是偷东西的。小苏是个化验员，这辈子的任务就是看各种化学反应，他冷冷地看着。只见这人跑到化验大楼前面一拍脑袋，又狂奔回废品仓库，再出来的时候手里多了个饭盆，后面一个女管理员指着他大骂："跑个屁啊，我会吃了你？"

这个人就是杨迟。他再次跑到化验大楼前面，回头张望，女管理员已经回去了。老杨喘了口气,走进化验大楼,从口袋里掏出香烟叼上。小苏说:"这儿不能抽烟。"老杨说:"这儿不是生产区。"小苏说:"化验大楼里不给抽烟的,你可以到外面来抽。你是新来的大学生吧?我见过你。"

两个人同属九六年农药厂招聘的应届毕业生,小苏比老杨早来四个月,觉得自己是老同志,有必要教导一下新晋同仁。老杨瞄了他一眼,说:"我在这厂里玩的时候,你还念幼儿园呢。"小苏说:"噢,厉害。刚才那个追你的人是谁?"老杨叹了口气说:"那就是我在工厂里的青梅竹马。"

过了几天,小苏在工厂的澡堂洗澡,洗完发现新买的牛仔裤被人偷走了,他也没有备用的长裤,就对身边的人说:"师傅,能帮我去化验大楼拿件白大褂吗?"师傅瞥了他一眼说:"新来的大学生吧?怎么连条棉毛裤也不穿?"

小苏说:"这两天不是很冷。我穿牛仔裤,很厚。"

师傅嗤笑一声,一边给自己套上毛线裤,一边说:"到底是北方人不怕冷啊。"小苏心想,你不是很见过世面,北方人其实怕冷,家里都用暖气的,哪像戴城这帮不怕死的,寒冬腊月在家里哆哆嗦嗦抱着热水袋硬扛?

师傅说:"你就穿着三角裤出去,走到化验大楼,也没人敢说你什么。要不,你随便拿条裤子套上呗,我就当没看见。"小苏是个有教养的人,不想年纪轻轻就穿三角裤在厂里走,更不想做小偷。由于这些日子都在化验大楼里待着,厂里没什么熟人,熟人都是女化验员,在楼上洗呢。这时他看见老杨了。

杨迟穿着三角裤蹲在水泥座位上抽烟,神情僵硬,带着一丝忧郁。人在乱哄哄的澡堂里,这种忧郁使他像个吃坏了肚子的人。这是老杨最熟悉的地方之一——工厂澡堂,他在这里不仅学会了洗澡还学会了游泳和抽烟,人们目睹了他的发育过程,从光板一直到长出浓密的黑毛,他也同样目睹了人们从黑毛变成白毛。这就是工厂,你看到的每个人都可以代表自己。老杨想到自己的少年时代和青年、中年、老年都得在这个鬼地方洗澡,就觉得头皮发麻。小苏说:"你好,杨迟,能帮个忙吗?"老杨点头说:"我不但能帮你拿到白大褂,还能帮你找到裤子。"

杨迟帮小苏把白大褂拿来了,小苏现在就跟夏天的女化验员一样,外面雪白,里面是真空的。老杨说:"偷你裤子的人叫三炮,就住我家楼上。他很坏,不但偷走了你的牛仔裤,还带走了自己的工作裤,所以你找不到一条多余的长裤。"

小苏说:"算了,不要追究了,但我不能穿成这样骑自行车回家。"

于是跟着杨迟一起骑车来到农药新村,半路上两条腿被风吹得快要变成冰棍,到家借了一条裤子套上。三炮不在家,老杨敲他家的门,三炮的爸爸说:"他谈恋爱了,见女朋友去了。"老杨没说什么就走了。

第二天老杨和小苏在食堂吃饭,聊了聊,彼此发现还挺投缘的。这时三炮端着饭盆晃过来了,他还穿着偷来的牛仔裤。

简单介绍一下,三炮同志住在我们那栋楼里,他是楼霸,在农药车间上班。十几年的邻居,年纪比我们大几岁,曾经积下深怨。整个童年和少年时期老杨和我就被三炮骑在脖子上拉屎,没有还手之力,等到我们长大一点,就得先把三炮荡平了来出气。我二十岁那年就和三炮打过一架,把菜刀都抡了起来,此后便相安无事。现在轮到老杨了。

老杨说:"三炮,昨天你拿了人家的裤子,来找你,你不在。"

三炮斜着眼睛说:"关你屁事。"

老杨说:"失主在后面坐着呢。"

三炮很生气。一方面是因为杨迟盛气凌人超过了路小路,另一方面,他不是大学生吗?应该很文弱啊。这种错误的印象只能说明三炮是个活在八十年代初期的矬逼,他就没有长大过。三炮放下饭盆照着杨迟鼻子上打过来一拳,按他以往十多年的经验,这一拳下去老杨就该鼻血四溅蹲在地上哭了,不料老杨这大半年来鼻子比生殖器还脆弱,已经成为他身上最敏感的部位,拳头过来立马就闪开了。老杨大怒,敢打我鼻子?

两个人在食堂里打了起来,念了四年大学的杨迟已经见识过大场面,而常年在农药车间上班的三炮体质亏损,不复当年的勇猛。打到最后,三炮躺在地上惨叫:"大学生打人啦!"吃饭的师傅们都很生气,要过来围殴老杨,有知事的大喊:"不要管闲事,这大学生也是我厂老党员的儿子!"师傅们就说,喊,好好打,别放过三炮这个不要脸的。老杨对着三炮的脸上捶了二十多拳,狂叫道:"打你算什么,我连黑人都打过!"众人听不懂,以为他在说胡话,只有小苏知道,化工学院有很多黑人留学生(来自非洲,而不是美利坚),敢和黑人打架的那都是校霸。当下拦腰抱住杨迟,死命往后拖。老杨的爸爸也来了,扶起三炮的时候被他咬了一口。这条裤子反正是归了三炮了。

进厂一个礼拜就在食堂打架,比我牛逼。按理讲,这号人应该立刻开除,三炮也一起开除得了,厂里就清静了。好说歹说,总算网开一面,都以为是老杨的爸爸起了作用,其实不然。

那天在食堂里看打架的不但有工人师傅,还有各路科室的干部,其中一位是兼管销售的副厂长。他是东北人,从小看惯了打架,并不把这当回事,大概还嫌我们戴城民风滑稽,马路上两个男人互骂长达一个小时就是不动手,换成东北早就在医院里了。副厂长觉得手底下的销售科也差不多，全是吃货、傻逼，没一个能顶缸的大将。农药销售形势堪忧，市场经济之下必须找到新一代的销售人才，最起码能讲纯正的普通话吧。这一次，杨迟脱颖而出了。

此后，老杨在厂里上班，副厂长经常溜达过来找他谈话，发现这孩子挺有主见，能说会道，思路开阔。他的理论知识很糟糕，对管道什么的一窍不通，但是他见识过电脑，在大学里还兼修了国际贸易。这真是一个实用型的人才，放在车间里太可惜了，跑去一说，把他直接调到了销售科。

这事传到家里，大家都很惊讶。我爸爸和老杨的爸爸一边打麻将一边感叹：操，运气这么好，我们当年在工厂里那是足足下了二十年的车间，二十年啊。过了几天，老杨在楼道里遇到三炮，三炮仿佛完全忘记了挨打的事情，拍着杨迟的肩膀说："你混得不错嘛，以后照应着点。"老杨说，少他妈拍肩拍腿的，老子最讨厌这个。三炮就拍拍自己的屁股，很洒脱地说："人一阔，脸就变。等你混到董事长，把老子扔到苯酚堆里，老子呛死了也不敢还手。你要好好混哦。"

于是，老杨骤然发达，仿佛赢在了起跑线上，超级马莉之类的只能怅然地坐在废品仓库里望着他绝尘而去。

小苏出现以后，很快成了我们最好的朋友。以往我和老杨无聊地坐在屋子里打发时间，在幻想中的孤儿院板凳上讨论未来的黄金海岸，忽然有一天，门开了，一道光芒打断了我们说话，天使没来，进来第三个孩子往我们身边一坐。这种情况下，你就算不想带他玩也不行。

熟了以后，老杨经常抚摸着小苏的脖子说："真可惜，这么好的人，待不久。"我问他什么意思，小苏说："我想考研回北京。"

老杨说:"后悔了吧?我他妈就没见过这座城里有北京人的。"我说:"你不是河南人吗?"小苏说:"我户口是从北京过来的。"

过后,老杨又提醒我:"小苏考研什么的别跟任何人说啊,我们楼里全碎嘴,传到厂里他死得难看。"我问他,为什么死得难看。他说:"这等于是叛国罪吧,我们董事长喜欢让人下岗,但他不喜欢别人主动离开。"

之前小苏出现在农药新村,样子很惨,初冬的天气穿着三角裤,外面裹着白大褂,活像个色情狂。我妈和老杨的妈一起摇头,这俩活宝终于遇到了一个同路人,真不是盖的,穿三角裤都敢出来晃悠。后来发现小苏知书达理,坏事是三炮干的,就到楼里说了一下。本楼的少女们也觉得小苏不错,又温和,又有教养,相貌忠厚,坐飞机都可以免安检,一口纯正的北京话,像烤鸭一样香脆油嫩。说到北京话,我和老杨也都会,他是大学里跟着北京同学学来的,我是那个厂医姐姐教的,她在北京念过几年书,但我和老杨最主要的是用北京话骂各种傻逼、各种操你妈,不似小苏,开口闭口是各种尊称:您、伯父、伯母、大姐、老几位、老少爷们,还有大爷、你大爷、他大爷的。楼里的少女们不知道这是骂人话。我妈好奇,一问身世,发现小苏是那种从小就品学兼优的孩子,重点小学重点中学重点大学,人生履历表的每个字都是加粗的。我妈就说:"苏林这小孩,上进。"言下之意,我和老杨都是有点堕落的。过了一阵子我妈又问老杨:"苏林有女朋友吗?"老杨说没有,还是处男。我妈就表扬说:"苏林真是个好孩子。"老杨说:"不是孩子了,都二十三岁的小伙子了,还是处男没什么可骄傲的。"我妈说:"你别老是处男处男的,不就是想说你自己开荤开得早吗?那姑娘现在在哪儿?"老杨抹眼泪说:"早就天各一方了。"

小苏独自住在城里最繁华的地儿,闹中取静,一条死胡同的尽头，两层楼的老房子，还带一个小院，十分悠闲。房子是他表姐的，给他借住。唯一的缺点是背阴，太阳全都照在前面那栋十五层大楼上，站院子里抬头一看是暗蓝色的天空，飘着浅蓝色的云，原来是一片巨大的玻璃幕墙。这地方后来成了我们的据点，总算可以远离那个地狱般的农药新村了。

我头一次跟着老杨去，刚到巷口就听见狗叫，老杨说这是小苏的狗。那会儿，城里养狗的人并不多，大部分的狗都没证，办狗证非常困难，打狗队来了都是当场敲死，把狗尸还给主人，场面残暴得很。我们敲门，小苏一开门，一条白色的京巴贴着地蹿过来，想往外跑，小苏伸脚拦住它，放我们进去，急速关门。狗围着我乱嗅，很激动地站起来抱我的腿。

很难说我讨厌狗，我只是不习惯有个贴着地乱跑的活物在我脚边打转。我说："小苏，你好闲情，一个人住着，养狗解闷。"

小苏说："这是我表姐的狗，她怀孕了不能养宠物，让我代管的。"

老杨说："这狗可淫荡呢，看我来弄它。"他蹲下，用一根手指挠了挠狗的胳肢窝。狗立刻躺下，翻转身体，露出肉色的肚子，四肢弯曲，舌头伸出来，用一种无比期盼的眼神看着老杨。京巴的长相本来就有点像人类，见此情景我大笑起来。老杨不再逗狗，站直了身子。狗有点纳闷了，心想你丫到底是挠还是不挠啊，老子都翻过来了。等了片刻，觉得老杨不打算真挠它，就趴过身体，无聊地晃着脑袋。老杨又蹲下了，狗喜出望外，立即恢复刚才的姿势和神态。老杨又站了起来。我说："这狗好不容易才练了点巴甫洛夫的条件反射，被你搞糊涂了。"这时老杨点起香烟，嘬了一大口，把烟往狗脸上喷去。狗翻过身子撒腿就跑。老杨遗憾地对它说："学会抽烟多好呢。"

小苏说:"这狗是我表姐从人家手里救下来的,小时候被人用烟头烫过,看见香烟就害怕。"我说:"这也是条件反射啊。"老杨对狗说:"那我不吓唬你了,来,我挠挠你。真挠。"但是烟头的恐惧显然比挠痒的舒服更甚,任何抚摸都不能与生命中的烙印相提并论,狗缩在柜子底下不肯出来了。

我说:"狗有名字吗?"

小苏说:"没有。你给取一个?"

"我才懒得给狗取名字呢。"

京巴这种狗,又不能看门,又不能吃,就是养着玩的。戴城的人们不太理解这种娱乐,觉得只有过去的资产阶级阔太太才干这个,问题是改革开放也十几年了,再骂别人是资产阶级显得十分落后,不知道该怎么恨。养狗的人也等于是重新学习做贵族,那会儿市面上根本买不到正经的狗粮,也没有宠物医院之类的,人们甚至不知道遛狗,不高兴花钱办狗证,不打预防针。说白了,都是胡养,养死的不在少数。有懂行的人,出去遛狗了,被打狗队弄死或者缴获——不遛也罢。

小苏本人并不热爱宠物,纯粹是因为住了表姐的房子,才给她带狗。每天早晨醒过来,头一件事就是把狗从笼子里放出来,让它找地方大小便(狗能学会大小便,就好像人类考上了本科)。小苏饿着肚子坐在煤气炉前面,用一个不锈钢饭盒给狗做饭,通常是些猪下水,也有肉酱,加点米饭。狗食很香,小苏又困又饿,恨不得也捞一勺吃。等到这些都干完了,他就骑上自行车去农药厂,中途吃根油条,任由狗在家里寂寞徘徊。晚上回家,狗食必然吃光,狗饿得乱窜,头一件事还是为它做饭,其次是打扫排泄物,然后才轮到他自己进食。遛狗这种事就免了。长期不遛的狗按说会有精神病,狂躁或怯懦,但小苏的狗看起来马马虎虎,还算健康,在我们的手指下露出淫荡的姿态也更像是耽于享乐，而不是精神变态。

小苏平时准点上班，像一个机械齿轮忍受了这种生活节奏，到了周末他会变成另一个人，睡懒觉，吃馆子，不想动弹。狗不行，它没有周末的概念，每到七点钟照例用狂吠声叫醒小苏。这时的小苏会显出内心中深藏的另一面（其实藏得也不深），他狂暴了。

有一天我们去找小苏，听到他在打狗，狗叫得别提多凄惨了。开门进去，老杨从柜子底下把狗捞出来，很温和地指责小苏："你怎么能打狗呢？"

小苏说："打得不是很重……"

老杨说："你这就不诚实了。大街上都能听见惨叫，不知道的还以为你在强奸女人。"

小苏说："你这个比喻太恶毒了。"

老杨说："以后别打狗。"

小苏说事情是这样的，狗本来还挺懂事的，可是这一天忽然秀逗了，它尿在了小苏的球鞋里。球鞋固然可以洗，但小苏的房子背阴，冬天没太阳，要晾很久才能干。冬天水冷，他也不想洗球鞋，那玩意儿也没法用洗衣机洗，反复考量下来，事情异常麻烦，于是他报复了它，只踢了一脚，它就惨叫起来。

老杨说："所以你的心情是跟着狗的智商起伏的，对吧？"

小苏说："我操。"

这以后小苏不再打狗，改成骂狗，用各种京片子骂。我和老杨面面相觑，心想这家伙平时很儒雅的嘛，怎么这么能骂？真是不可思议。另一次，我们去找他，看见他在街上穿着棉毛裤狂奔，原来是在追狗，他开门倒垃圾，狗跟着窜了出去。

我们骑着自行车一起追狗，它跑着，真是快乐死了，四条短腿抡起来，飞一样在人行道上直线向前，全然不顾前方是什么。作为一条狗,它还记得停在某一棵树下,跷起后腿撒尿,然后继续跑。街上人看着我们大呼小叫地抓狗,一个一个都笑。我心想,有什么好笑的,无聊吗,这条狗并不是去寻找自由,它跑街上根本就是找死,所以并不无聊,你必须把它逮回来。

回到农药新村讲一讲九六年的风潮,忽然之间,人们都开始养狗了。

大下岗不是什么即兴的社会运动,说白了,是矛盾的集中体现,它远比人们预想得更为难办,一开始这帮人还以为是个悠长假期呢。两年假期之后,这一带的新村里哀鸿遍野,农药厂按指标砍掉了三分之一的工人,已经算是很幸福了。其他那些倒闭的厂、厂长被杀害的厂、厂长被枪毙的厂、厂长带着全家逃亡的厂,都充斥着下岗工人。这种大环境下,看到有人居然养狗,难免会羡慕着生气,觉得是一小撮有钱人炫富。经调查发现,养狗的基本也都是下岗的,越穷越爱狗,令人难以理解。最讨厌的是我们楼上老万的老婆,她抱着一只娇滴滴的狐狸狗,说是花了好几百买来的。她本人已经下岗了,打麻将输急了还会赖账,但每次说到狐狸狗的身价(以及那抱着狐狸狗的姿势),都仿佛自己是阔太太。

小苏说,人和狗的感情是天生的,有人爱狗,有人恨狗,并不牵涉到贫富差距。另外,狐狸狗未必就比草狗更费钱,狐狸狗是小型犬,吃得少。老杨说,妈的,草狗可以去吃屎呀。小苏说,这又不是农村,谁家敢养条吃屎的狗呢?

那时候万师母打麻将,把狐狸狗放在膝头,一边输钱,一边抱怨生活艰难,下岗两年了,生活全无着落,女儿念中专的学费都交不出来了。别人说,介绍给你工作,你不肯去。万师母说,要是出去上班就没人照顾狗了,这狗是真的乖,是她的命。别人说,你家里情况这么糟糕，还惦记着狗，有病吧。万师母发狠说，我就算去卖逼也会养着它的，你们都闭嘴。于是大家就闭嘴了，狠狠地赢她的钱。等到她输惨了下桌离去，人们就恶毒地说，这个女人他妈的穷成这样了，没听她说过要为女儿卖逼，为了一条狗倒敢放出大话，看来她女儿只能自己去卖逼了。

有一阵子，城里城外到处都在抓狗，甭管有没有主人，一概套住脖子打死。居委会到我们楼底下来伏击万师母，她浑然不知，抱着狗晃下来，施施然走出楼，忽然就被人控制住了。对付小型犬不需要什么狗套子，很轻松地拎着后腿往台阶上甩两下，狗就拜拜了。这种做法据说也是被迫的，以前想要活捉狗只，送到郊区统一处理，但这会导致狗主的激烈反抗，有时候甚至打出人命来，因此当场处决是个比较合理的办法，反正这些狗都是要被处决的。人们漠然地看着，杀鸡会激起民愤，因为鸡是我们的粮食，杀狗则找不到什么理由反对，古往今来，屠狗之辈不是土匪就是做了帝王将相，没人敢惹。万师母直挺挺地晕厥过去。

那几天我们都在小苏家里，护狗。小苏的狗每天早上都会叫，城里的房子都旧了，隔音不好，吵醒了邻居。小苏说有人告密了，这一片管事的人上门调查情况，还算客气，要他把狗送走，不然就拿它开刀。

要让狗沉默是挺难的，它总是在早晨叫，目的是喊醒小苏，给它做饭吃。问题是，做饭的时候它也叫，急不可耐了。这时就必须用手挠它，再喂它吃点火腿肠。那几天狗真是乐屁了，白天我躲在屋子里，把门关得紧紧的，时不时挠它一下，下午老杨调休了来伺候它，晚上则是小苏。到了早晨，天还没亮，我们就起床，一个牵它去大小便，一个为它做饭，另一个给它挠，顺便喂零食。皇帝的狗亦不过此种待遇。起初我认为是出于友谊，才甘愿为狗作出这么大的贡献,后来发现自己也乐在其中,如果有人胆敢上门屠狗,我一定拿菜刀跟他拼了。这么恶搞了一个星期,终于顶不住了,看见穿毛衣的人都想伸出手指挠他,而那条狗,它在短时间内被我们惯坏了,只要看见我和老杨,就会翻转身子示意我们挠,我们不动,它就昂起脑袋对我们急切地吠几声,饱含淫欲,完全他妈的变成了狗大爷。捕狗风潮过去之后,它还这样,没人再搭理它,它在我们的脚边仰卧,四足叉开,一副急色鬼的样子,我们就用脚把它平移到柜子底下去。它再三地钻出来,眼神显然是带着巨大的疑问:"你怎么不挠了,你不是对我挺好的吗?"我用人类的语言没法向它解释,如果可以打它一顿,就能令其幡然醒悟,但我不能打狗,我只能伸出手指头给自己挠,企图教会它自摸。众所周知,狗是学不会这个的,它很幽怨地看着我的手指。我也很幽怨地想,身为犬科动物是真没法理解我们这种高级灵长类,我们有手,可以自摸,顺便学会了使用工具,然后就得去上班。我也必须去上班,我已经游荡了一年多,浑身上下都快闲出了霉毛。

9

杨迟去销售部上班。

在整个漫长的八十年代,供销科都是工厂的金饭碗,那里面的科员虽然没有惊人的权力,但可以利用小小的职务之便为自己搞一点灰色收入。到了九十年代,情况不太妙,买东西容易,卖东西难。各地私营的、外资的农药厂蜂起,把国营龙阳牌农药挤到了市场份额很小的地步,要不是农民念旧,比较相信老牌傻𨋢,这厂早就歇菜了。

当日老杨被紧急提拔出车间，进入营销界，引起众议，认为他行贿了。后来得知是负责销售的东北人厂长赏识他，除草剂车间主任率先表示不满：杨迟明明是个学化工的，怎么忽然又把他吹成了销售天才，早知如此干吗不去找个营销专业毕业的。副厂长根本懒得搭理这群人，拍着杨迟的肩膀鼓励他：好好干，这个厂里根本不懂营销是什么，他们以为是卖菜呢，把他们当个屁就可以了。

销售部在古老的办公大楼底层，这暗示了销售员经常要出差的事实，在科员中的地位也不是很高。厂里的工人吓唬老杨说：最近糖精厂有个销售员卧轨自杀啦，因为他被人骗了，违反了销售纪律，把货发了出去但是钱没收到，数目倒不是很大，就两百万，所以他死了。讲完这个故事，又对老杨说：算了，你还是在车间里倒三班吧，别说两百万，两万块就够你死好几次了。

杨迟在销售部遇到了一位上司，这人姓包，人都喊他包部长，带下面三个销售科。部长听上去像个大领导，比厂长还大。此人长了一个倒鸭梨的脑袋，大嘴巴，下巴像被人砍掉了，双目分开有五公分宽，眉毛的生长方向和常人相反，全都是向着眉心倒过去的，果然天赋异禀。在食堂里老杨见过此人的尊容，现在总算忍住了笑。包部长不太喜欢老杨，觉得副厂长如此看好他，是对整个销售部的不信任。其实全厂没有人信任销售部的白痴，在包部长的带领下，农药销量逐年下跌，三分之一的工人已经下岗了。

包部长淡淡地说，卖农药其实很容易，并不需要走街串巷敲农民家的门，产品到了县城里，由农资公司统一按渠道往下卖，最多再去植保站陪人吃顿饭就可以了，本厂虽然股份制了，但大体上还是国有企业，不允许行贿受贿的，免了很多麻烦。至于销售员，无非是按时出差，按时回来，如果闹虫灾就出去得勤快点，如果闹水灾就歇菜，回家躺着祈祷。老杨听着，假装很虔诚，掏出笔记本很认真地记了下来，用天真的双眼看着包部长的眉心地带。包部长很不喜欢别人这样，但是面试技巧上偏偏又写过，正确的谈话礼仪是看着别人的眉心，而不是别人的秃头或者乳峰。谁能想到老杨竟撞在异人包部长的眉心上呢？

谈完了，包部长说："你爸爸我认识。"然后念出了老杨爸爸在厂里的绰号。厂里很多人都有绰号，你可以背地里喊，也可以当着他的面喊，但不能当着他儿子的面喊。杨迟摸了摸脑袋，心想这不是王八蛋吗？本来还装孙子，忽然被激怒，但也不能直接就照着包部长的脸拍过去。包部长又说："你爸爸在厂里这么多年就很听话的。在我手底下干，你也要听话，要经得起诱惑。"

这时很多销售员都围过来打量杨迟。杨迟收起了笔记本，问："什么是诱惑？"包部长说："金钱的诱惑，要管得住自己的手。有些私营的农药厂，销售员卷款逃走，损失很大。"有个老销售员叫朱康的，平时很不服包部长，就在一边说："杨迟他爹是我厂的党员，你让杨迟卷款逃走，逃哪儿去？"老杨对包部长说："没错，你可以把我爸爸当人质。"包部长有点难堪，马上换了话题，说："我是个直肠子，有话都直来直去的。最近看过《宰相刘罗锅》吗，做人不能学和坤。"

老杨说："那字好像念'珅'吧？"

包部长说："乾坤的坤嘛。"

老杨说："好像是王字旁吧？"

包部长有点蛋疼，抬手捏着自己的眉心思考。老杨心想，不是我不给你面子，是你丫非要读白字，电视剧里怎么念你就跟着怎么念呗，搞什么创作，谁不知道你是傻逼？

杨迟找到自己的办公桌布置起来。包部长说还得给杨迟找个师傅，带他一阵子，了解各地的销售情况。这次他没含糊，直接把老杨派给了朱康,朱康负责最为遥远的东北和新疆业务,就让杨迟尝尝坐长途火车、长途汽车和长途马车的滋味吧。另外又给了老杨和朱康一个不太艰巨的任务,离戴城四百公里以外有一个划水县,那儿一个私人老板欠了农药厂十万块钱已经半年,始终没把汇票打过来,麻烦他们两个去搞定这件事。此前去过一个销售员催款,在旅馆里大中午的嫖娼被抓了,人都开除了,这次再去,希望他们不要嫖。说到这里,拍了拍朱康的肩膀。朱康说:"你别拍我,我是阳痿。你要是不放心,就派个女的去,划水县的治安不大好,当心被人奸了。"

此后的几天,老杨在小苏家里学围棋。小苏唯一的业余爱好就是围棋,老杨不会,借了棋谱学了点布局和死活,二人对弈,其乐融融。我在一边挠狗,看他们手谈比手淫还起劲,我也挺乐的。围棋比象棋复杂,小苏的棋风很厚道,不露声色,专心围空,老杨比较凌厉,每一个棋子拍下去都像象棋里的当头炮。老杨没赢过。小苏提议让子,但老杨不答应,他觉得让子是一种很无聊的做法,让子就好比你这辈子可以活一百二十岁,三十岁才青春期,八十岁才更年期,你对于时间的理解会弯曲掉。后来老杨提议打牌,把输给小苏的那点自尊全都赢回来了。打牌属他厉害。

闲聊起来,老杨既忧伤又兴奋地说:"我马上就要去新疆了,还有个什么划水县,我也不知道在哪儿。"

我一听划水县就激动了。我妈妈家里,祖上就是这个县的地主,前清还中过举人,解放以后,家族里判的判、毙的毙,田宅和小老婆都分给穷苦农民了。我妈那一系由于在戴城,躲过了这一劫。每当说起这个,我妈就不免会反动,但我只觉得庆幸,要是晚解放几十年,枪毙的说不定就是我了。别看我一副流氓无产者的样子,先前也曾是赵太爷,小小地骄傲一下。听说要去划水县讨债,我闹着要和老杨同行,老杨嘲笑我:"你会讨债吗?"

我说:"我表哥就是讨债队的,下手很黑的,把债务人的老娘都绑架了。"

小苏说,这个办法其实不太好,在他的家乡,你若是把债务人的妈绑架了,这儿子会把老太太的户口本、身份证全部送过来,留下工资卡和医保卡(如果有的话),然后她就是债主的妈了,随你怎么使用,养着也好,杀了也罢。我问:"那要用什么办法才能要回债?"小苏说他也不知道。老杨说:"那些人觉得,能把钱从你这儿骗走,这个事情本身也是智力创造,是一种劳动成果,所以根本要不回来的。"小苏说:"我们那儿有债主拿着刀子往自己身上戳的,大概能要回来一点儿。"

我们一起摇头叹气。老杨说反正这事儿由朱康扛着,虽然朱康帮着老杨顶撞了包部长,但老杨并不喜欢他,觉得他反复无常,脑子有病。同一战壕里最怕这种货色。小苏开了电视机,我们一起看新闻。一个单亲下岗家庭的少年,十五岁就肩负起了生活的重担,靠擦皮鞋和捡破烂养活了微有残疾的爸爸。我们都很感动,想要一个这样的儿子。

紧接着,《热点追踪》里报道了上海孤儿院的一则故事:一个女青年认养了孤儿(她未婚,没有领养的权利),孩子四岁左右,会喊她妈妈,在电视上她们表现得非常愉快、非常平淡,新闻本身也很克制,并无太多煽情之处。唯其如此,才令人感到这是普通人的情感。我挠着狗看了一会儿,忽然问老杨:"你还打算认养孤儿吗?"

"等我攒点儿钱。"老杨点头说。

"你怎么会有这个念头?"小苏问。

我说:"别提了,这是他的夙愿。每一次遇到孤儿,他都几乎被搞死。他一直想搞一把大的。"

那时是冬天,农药销售淡季,新疆和东北都不必去,只需讨债即可。一星期以后老杨从划水县回来,在小苏家里破口大骂,主要是骂朱康这个㞞逼。

销售员每人每天有十五元的差旅费,很微薄的津贴。住的旅馆也有要求,不能住单间。那个年代,旅馆是按床铺计费的,两三个人住一间的情况很普遍,彼此素不相识。较理想的情况是两个销售员一起出去,住一个双人房,这样就等于是个包间了,既安全也有照应。但是朱康为了省钱,带着老杨睡进了一个有二十人的大间,这可是县城的通铺,什么滋味自己知道。两天睡下来,老杨就觉得身上不对了,有跳蚤。他虽不是娇生惯养,这二十多年也没尝过跳蚤的滋味,赶紧去账台投诉,账台给了他一包六六粉,让他自己处理。老杨知道六六粉不是什么好东西,不能像爽身粉一样往身上扑的,就对朱康说换个地方住吧。朱康告诉老杨,这笔欠债肯定是要不回来了,假如身上不长跳蚤,下回包部长还得让他们来讨债,一直他妈的讨到春节,所以最好的办法是带着跳蚤回厂,最好把跳蚤往包部长身上扔,下回就清闲了。老杨听了,觉得朱康不是人,是猪。

朱康有个很糟糕的习惯,喜欢自称是老杨的师傅,还不给叫朱师傅,因为谐音像猪,非要叫康师傅才过瘾。出差在外,朱康也是常年吃康师傅方便面,身上一股香辣味。老杨不太爱吃这个,路小娟曾经告诉他,方便面不能多吃,她们医学院女生做过实验,喂野猫吃方便面,吃了一学期,猫毛全都掉光了,可见方便面有多可怕。老杨看着朱康三十岁微秃的额头,把路小娟的话讲了一遍,朱康无所谓,老杨就撂下他独自跑到饭馆里吃东西。过了一会儿朱康来了,跟着一起吃,吃完了由老杨买单。

老杨说:"朱康,我要住到好点的旅馆去。跳蚤我已经养在玻璃瓶里了,你可以把它带回去送给包部长。"

县城很小,和戴城相比自然显得落后而破败,白天还能产生一些优越感,到了夜里简直没什么可看的,乏味得令人想睡。老杨住在干净旅馆的双人房间里,对面的床铺空着,祈祷这一晚不要再有人入住,他就等于是包间了。夜里坐在床上,觉得身上还是很痒,去洗澡间用半热半凉的水把自己冲洗一番,穿着短裤跑回房间往被子里一钻,心想明天怎么办?对一个城里人来说,身上有跳蚤是件非常羞辱的事情,但是总不能把衣服烧了。这么熬了一夜,第二天去找朱康,他不在,旅馆说他退房了。杨迟又去讨债,发现朱康也没来,心里有点起疑,这王八蛋究竟去哪儿了呢?两天之后,他打电话到厂里汇报情况,包部长骂道:"朱康昨天就回来了,你还在划水县玩什么?"老杨想,果然着了朱康的道。买了一张汽车票赶回戴城,先到农药新村,身上倒是不痒了,但他爸爸一听跳蚤的事情,二话没说,把他的衣服全都扔到了垃圾桶里。

戴城的人们不能容忍跳蚤。在我和杨迟的小学时代,曾经看到一个头上长虱子的女生被老师驱逐出教室,勒令剪去辫子,在操场上用篦子梳头,然而她似乎还是不能弄干净自己,就直接退学了。我一直记得她自卑而痛苦的眼神,以及老师们过于夸张的恐慌。我们穷,但是还有尊严的底线,这就是身上不能有跳蚤。

到了厂里,老杨满处找朱康,销售科的人说朱康在医务室,被跳蚤咬了,他主动要求检查自己有没有得鼠疫。这显然是摆摆样子,闹出点动静吓唬人。老杨本来不想说自己也被跳蚤咬了,这时不得不撩起衣服给同事看,一溜红点。同事用手指蘸了唾沫,在红点上抹了两下,确认道:"不是画上去的,是真咬了。"老杨愤怒地说:"我干嘛要往身上画这个?"同事说:"你不知道,真的有傻逼这么干过，欺骗领导，企图逃避任务。"

　　包部长把老杨和朱康一起喊进办公室，猪羊二人彼此嗤之以鼻。朱康告诉包部长，杨迟这个学徒很不配合，讲话也结结巴巴的，别说讨债，就是放债都不行。包部长奸笑着对他说："我打电话给那家欠债的公司了，他们认为，杨迟的表现很积极，而你根本懒得说什么话。"朱康大怒，拉起衣袖给包部长看手臂上的红点，像朱砂痣一样："我被跳蚤咬了！"老杨无奈，也拉起衣服给朱康看："我这儿也有。"

　　包部长叹气说："为什么每一个去过划水县的人，最后带回来的都是跳蚤咬的包，而不是钱？你们两个，立刻给我滚出去！"

第 二 章

少 女

10

我记得自己有一些年坐在夜大的教室里,夜晚的大学,我生命中唯一的希望。在更早以前,我那位厂医姐姐曾经说,这就是溺水者的救生圈。她的话固然有理,但未曾预见到时代的变迁,这鸡毛文凭在我念到大学三年级的时候已经一文不值了,它从救生圈贬值为稻草,跟着我急速下沉,而厂医姐姐已经出国,坐上她的邮轮去往黄金海岸上班。

其实我已经想不起她说过什么至理名言,我能想起的是她的身体,在夜晚像海草缠着我,到了白天又像礁石一样硌住我,我对她的所有承诺都是为了能留在她的床上,和她鬼混到死。她身体柔软、暖和,性爱技巧超群,他妈的,令我难忘,并假装充实,假装上进而且幽默。这些秘密她都不知道,但她知道我本性犟逼,不爱说出真相,专门打些诡异的比方。

在她离去后,我给她写了封信,抱怨现在行情不好,读了夜大也找不到工作。她没有回我的信,大概被我唠叨怕了,后来我们断了联系。在没有她的日子里,我还得去夜大上学。这是戴城大学办的成人高校,当时我念到三年级,快毕业了,我用自己毕生的智力搞懂了高等数学,但当这帮老师要我把微积分应用到统计学的时候,我就像精神崩溃一样,不但不会,连数钱都不利索了。自此我去买香烟就没数过找头,人爱找我多少就多少。我成了个数盲。

夜大蛮好玩的,老师都很水。我也谅解他们,想想看,面对着一教室的工人、营业员、花匠、公共汽车售票员,有什么意思?我们班上最体面的是一个银行职员,他中专毕业通过家里的关系进了储蓄所,然后打算再弄张大专文凭。他挣得很多,天天穿西装上班上学,戴金丝边的眼镜,但老师们不大喜欢他,因为这个矬人的拷机总是在上课时嘀嘀响。拷机这玩意儿现在没有了,当时可时髦了,好些做营业员的女同学都爱上了他,动不动就拷他一下,好像逗弄他的关键部位。

除去这一位,剩下的男生都很寒碜。我有个交好的同学是花匠,在医院里负责搞绿化,这活并不轻松,得跟肥料打交道,时不时地他身上会飘出些可疑的味道。但他很乐观,甚至还追求了一个化妆品柜台的女同学,可惜没追上,人家嫌他不好闻。有一天他说,经过努力(送礼和苦干),他现在不做花匠了,在医院里收费。我去看他,发现他是在化验处旁边的一个小间里,专门负责开票,离屎尿还是很近,而且不许戴口罩。我这么说,一点没有歧视他的意思,只是有点惋惜。

厂医姐姐跑路以后,老子动力枯竭,不想念书了。有个老师劝我,混个文凭也好,学费年年都涨,就当是抵抗通货膨胀吧。夜大文凭犹如一张过期的船票,时代的巨轮就要启航,我连滚带爬、哭着跑着想要登上这艘船,如果脱班,那我就一辈子都得留在码头上啦。

那时人口素质爆炸式地提升，本科毕业生找不到工作，夜晚的野鸡大学就等于是夜里上班的小姐，极受社会歧视。在我的少年时代，社会不发达，都没受过什么教育，高中生已经是平均水平了。我的统计学老师说，别以为平均值就可以自满，社会是金字塔形的，并且这个塔就像一摊溶化了的糖浆，塔尖越来越细，塔底越来越软趴，平均值就意味着你是社会底层。我说：难道大学生会像农民工一样吗？统计学老师说：一点没错。

我记得厂医姐姐临走前说过：以后的日子，你要猜准。这话我一直不明白，猜什么，怎么猜。后来经历过很长的时间，长到足以将自己的前半生结束掉，我才隐约明白，"猜"是一种生活方式，而"猜准"是一种生活能力。假如我变成玄学家，那么一切都不用去猜，一切都可以是正确答案，但这么做我很容易倒毙在街上。厂医姐姐对我的未来没什么期望，只愿我积极上进，活得长一点，赌博手气好一点。

一九九六年是我比较荒凉的一年，但我不太想用荒凉这种滥词，说得具体一点就是，我没工作，没钱，没女人，文凭能不能拿到手还不知道，因为我挂科太多，都快把我愁死了。后来我的花匠同学说，别怕，这个是自费野鸡大学，你要是拿不到文凭，就把老师全都扔到糖精锅子里去。

"可我已经辞职啦。"我说。

花匠说了句真话："夜大文凭本来就是骗骗国营企业的傻逼的。到外企也好，私企也好，都得有点真本事。你学会会计了吗？"

当然没有。

我最头疼的那门课就是统计学，课本上基本没有汉字，全是数字和表格，看得我瞳孔扩散，想死。统计学老师是个靠四十岁的老帅哥，他很清高，讲话恶毒。有一次我迟到，他指着我说："路小路，你应该去上夜大。"我摸着脑袋说自己上的就是夜大。统计学老师淡淡地抖开包袱："我说的是后半夜的大学。"

这一年我保持着一种粗犷的形象，胡子不剃，长得有半寸多长，头发也不剪，逐渐齐肩。由于长期抽劣质烟，我的牙齿已经像我爸爸一样，沾着一层焦油，刷都刷不掉。我还穿着一九九二年流行的太子裤，这种款式已经淘汰了，民工才穿这个。有时候我穿着厂医姐姐送我的毛领皮风衣，价值一千多，料子很不错，但由于我妈保管过度，把它和樟脑丸放在一起，根据家庭生活小知识，皮草不能和那种萘丸接触，于是领子上的毛（不知道是狗毛还是狐狸毛）一层层掉下来，风一吹就像蒲公英似的。这衣服设计有点问题，毛领子不能拆卸，当初觉得挺好的，尊贵气派，现在麻烦大了。冬天，当我出现在教室里，女生全都躲着我，说那些毛都粘在她们的衣服上，我劝她们少穿腈纶毛衣，起静电，她们一致反驳：都是纯羊毛的。我心想要么是你们丫的穿了腈纶胸罩，老子看不到。

每逢上课，我就缩在角落里，靠教室后门的地方，孤孤单单的。我的花匠同学是个好心人，他比较愿意坐在我身边，这招来了很多非议，主要是针对我的，他们说我就爱闻花匠身上的味儿。到了冬天，后门的门缝里灌进来的全是刀子一样窄而锋利的冷风，花匠天天混暖棚的，哪受得了这个，也撤了。我把皮风衣的毛领子竖起来，继续享受冷风。我无所谓。

我患上了咳嗽，老治不好，动辄咳到昏天黑地。在家无所谓，到了学校很影响别人听课。我又爱坐在后面吹冷风，因此有个女生说我得了肺结核，这种病人爱咳，而且身体发热，零下二度可以到野外去裸奔。我去看医生，医生说我没什么大病，然后配了两百多块钱的药，大部分都没用，只有一种吃下去会让我暂时止咳，副作用是嗜睡，容易激动，一个不友好的眼神就能让我拎起菜刀砍人（后来迪厅里卖的咳嗽药水就是它）。这太可怕了，我仿佛回到了十七岁，在街头因为一点鸡毛蒜皮的小事就与人拔刀相向。其实我已经完全不是当年的我，我温和而守礼，样样无所谓，对虚空中的某种事物充满了内疚。为此，我只敢在睡觉前吃这种药，做的梦全是杀人放火。

这个冬天我遇到了一个熟人，她叫宝珠，是我幼儿园时期的同学。我根本不记得她了，但她还记得我。她来到夜大，往我身边一坐，并不说话。这引起了一阵小小的骚动，因为谁也不认识她，而人人都知道我毛领子的杀伤力。我瞄了她一眼，很冷的天气，身上就穿了两件毛衣，一件高领，一件开衫。我看见穿毛衣的就犯怵，再瞄她，基本判定是个穷姑娘，里外所有的衣服都可能是腈纶的，粘满了我风衣上的兽毛。后来花匠说，别说你的毛了，就是你的胡子和头发，都被她身上的静电吸了过去。我心想，再这么坐下去，我的风衣就彻底秃了。下课后，她缓缓地扭过头，满身兽毛地瞪视着我，森然开口："路小路，你丫还认识我吗？"

她说她是我的幼儿园同学。我都记不得了，我念过好几个幼儿园，最晚的那一个是小学附属预备班。一九八〇年，我坐在那儿学拼音，带着一群男孩攻占国民党的碉堡，我还记得有一些纸板做的国民党士兵，竖在院子里，无一不是歪瓜裂枣。我要做的就是拿着玩具枪对他们射，假装他们还击了，最后同志们胜利了，纸板全倒在地上。而那个时候，女孩们拿着玩具针筒，在后面假装护士抢救伤员。这个印象非常深刻，每回打了胜仗，我们都回去被女孩摸几下，有一个女孩她很爱我，只给我一个人打针，我非常想念她。但是宝珠说："不是那家幼儿园。"

再往前那个幼儿园比较寒碜。那时我家还住在老城区，幼儿园在巷子里,一个祠堂式的房子,都是街道上的小孩。有一个很凶的阿姨管着我们,她喜欢把小孩锁进柜子里,不听话的、爱哭的,都锁。我也尝过那滋味,只待了半个月就闹着不去了。有一次,一个女孩和我一起被锁在了柜子里,她非常害怕,我给她讲了一下午的故事,没有一个带鬼怪妖魔的,都是小兔子小乌龟。她非常爱我。但是宝珠说:"也不是那家幼儿园。"我说我想起来,那女孩后来溜出幼儿园,掉进一口井里,淹死了。

更久以前的,是我爸爸学校的幼儿园。那是一九七九年,我爸爸被调到一所中学教化学(至今还有人喊我爸爸路老师,就是接了这个茬),我顺便落脚在那儿。对于那所幼儿园,我尚留有六岁时的残存印象,它是一间教室,用红砖砌成,外面有一片很大的枫树林,到了秋天,叶子全都红了。世界红彤彤的,地上铺满瓦砾,天气凉爽得令人感到孤独。我不记得在那里认识了任何人。宝珠说:"你再想想。"

我记得有一幕,我刚去那幼儿园时,有个带头的男孩,大概是后来所谓的学霸,他无端地站到了我对面很远,瞪着我,这是一种孤立我的表示。他说,谁都不要和路小路玩。于是所有的孩子都站到他那边,瞪着我。我像个傻逼一样坐在那儿不知所措,觉得他们代表了一种巨大的权力,那时只有一个女孩坐在我身边,对我说:"我跟你玩。"可惜我想不起来她后来和我玩过些什么了。

宝珠说:"你果然还记得我,我就是那女孩。"

我说:"后来呢?"

宝珠有点不好意思地说:"后来没怎么样,我跟着我妈离开戴城,去别的城市了。我一直都记得你。"

我说:"不对啊。我记得当时那个男孩对她说,你也给我过来。然后她也过去了。就剩我一个人。"

宝珠说："你记错了，那个被叫过去的，是倒数第二个女孩。最后一个女孩没有过去，她一直坐在你身边——她就是我。"

我说："我不记得最后还有一个女孩。"

宝珠说："你个傻逼，记性太差了。"

她在众目睽睽之下跳起来给了我一脚，愤然离去。夜大同学不知所以然，全都大笑，说你这兽毛把这姑娘惹毛了吧。我坐在那儿，第二节课一直抱着脑袋，回忆着我那个不存在的童年时代。

过了几天，又是统计学课，宝珠又来了，往我身边一坐。她穿着一件很薄的棉风衣，我穿着夹克衫，总算相安无事。我说你是怎么找到我的。宝珠指了指统计学老师，说："我在戴城大学念经济管理本科，帮老师批卷子，看到你的名字了。你他妈的根本就没学什么东西嘛，基本交白卷，太傻了。"我说我基础差，念了个技校，又去工厂做苦力，能混到今天算不错了。宝珠说："再傻也应该会作弊嘛，怎么能交白卷呢？"

我说："你怎么还在念大学？我这一届的本科生都毕业了。"宝珠说："我高中时因为忧郁症在家歇了一年，要不是得了这个病，我早考上复旦了，还用待在这里受气？"我说："你现在看起来一点也不忧郁。"宝珠说："未必，发病了吓死你。"

我对宝珠说，挺好的，我也很寂寞，我们可以结伴玩玩。可是她冷笑，让我不要太自以为是，她喜欢的是那个老帅哥统计学老师，跑到夜大来主要看他，顺便看看傻逼路小路。这他妈的让我有点难堪，开口闭口就是傻逼，男人的自尊心全都被她毁了。再说了，老帅哥虽然好看，但也不能白天黑夜地看吧。这样的幼儿园同学不要也罢。她不理我，非常专注地望着讲台，简直沉醉了。过了一会儿，我觉得自己的脚被她踩住了，低头看，发现那是一只高跟鞋，往上是紧身牛仔裤，勒出一条很好看的小腿，但是那牛仔裤的石磨花纹又使腿看起来有点廉价。我没动,抬头看她的脸,她还在远远地凝望着统计学老师。我想你这是在勾引我吗?在我所经历的勾引中,有烈焰红唇,有冰肌玉骨,唯此把高跟鞋踩我脚面上是头一遭,也蛮有新意的。她没注意到我。我有点吃不准,最后我把脚稍微挪了挪,她惊觉自己踩错了地方,赶紧收了回去。我穿着假冒的老人头皮鞋,鞋面上被她尖锐的鞋跟踩出了一个凹痕。

下课以后我把鞋子脱下来查看,她没走,坐在我身边喘气。我说:"你不常穿高跟鞋吧?怎么能踩我脚面而毫无知觉呢?"她说:"你以后上课别把腿又得那么开。"我说:"我一贯如此。"宝珠嘲笑道:"你忘记自己在幼儿园,夹着腿过日子的时候了。"我心想,他大姐的,硬吃我记性不好,屎盆子乱扣吧。

趁她不在,我找统计学老师打听了一下,她确实是本科生,四年级快毕业了。统计学老师已经结婚了,小孩都六岁了,看来她的痴情不会有好下场。我回忆十七年前的她,一片空白,完全记不得,而她仿佛什么都能记住,这显然容易导致忧郁症。十七年后的她长得挺漂亮的,大眼睛,狐狸鼻子,眉毛浓重。当然,她有缺点:上唇的汗毛稍微浓密了些。一开始我觉得这不是问题,以前我厂里的师傅告诉我,女人长胡子是正常的,而且很健康,外国女人都有胡子,得长了胸毛才算是可怕。后来我又觉得,这可能是她的痛脚,不说也罢。

我有点烦她。有一天花匠同学凑过来,对我说:"那个一直和你坐一起的女生,是你女朋友吗?"

我说:"我怎么可能有长胡子的女朋友?"

花匠说胡子不是问题,内分泌失调,结婚了就会好的。其实是指性生活啦。然后他又臊眉耷眼地说,既然不是我的女朋友,那么他似乎有点喜欢她的样子。我立刻不答应了,说这是我的青梅竹马,岂能让你丫染指,你还是去喜欢化妆品柜台的营业员吧。就这么把他轰走了。过后那些天,凡是有统计学的课程,宝珠一直都来,一直坐在我身边。我假定她爱上了统计学老师,可是有一天上工业会计课,宝珠也来了,工业会计的老师是个糟老头子,冬天经常忘记拉裤子拉链。我对宝珠说:"你换了目标了,来看老头的棉毛裤吗?"宝珠很矜持地微笑,说:"我快要放寒假了,我是来看你的啦,路小路。"

然后,下大雪了。

11

冬天时,我找到了一份清闲的工作,在儿童乐园开飞碟。当然啦,这不是真的飞碟,去不了火星,它只能在二层楼高的空中像电风扇一样打转,但这东西看久了真的会产生一种宇宙观。

一共八个飞碟,可以坐十六个人。我在下面的小操作间里。这活儿太适合我了,我以前在工厂里就开过行车,基本原理差不多,注意事项也近似,你不能把行车上的东西搞丢,也不能把飞碟上的人甩出去。

儿童乐园十分破败,它位于戴城公园一隅,里面有两个滑梯,一个不会再跷的跷跷板,一条经常出事故的"勇敢者之路",以及最气派的飞碟。其他啥玩意儿都没有了。这地方被一个老板承包了下来,合同还有半年到期,他只想把这乐园转让出手,但没人接盘。由于缺乏管理,这儿常年无人,它曾经是我儿童时代梦寐以求的地方。谁能想到,现在我竟然成了开飞碟的人,而它已老迈残破,看起来真的随时都像要甩到火星上的样子。

这种飞碟，脑子正常的家长绝不会让自己的孩子坐上去的，偶尔也有脑子不正常的，那就算我撞了大运。但我去的时候是冬天，即使脑子最不正常的家长，也不会让孩子在那上面吹冷风。真不是盖的，我还真遇到过这种双料缺心眼的，孩子闹着要坐飞碟，家长居然答应了，我掐着手表让他们在上面吹了半分钟，心疼那孩子，就关了机器放他们下来。正常应该是转三分钟。家长和孩子都觉得不过瘾，说我短斤缺两，于是我让他们在上面转了十分钟，下来的时候人都冻傻了。

生意太差，我一分钱工资都没拿到。老板很够哥们，说接下来转飞碟挣的钱就不用再给他了。绝大部分的时候，这里都是冷清清的，除了公园扫垃圾的阿姨来跟我搭讪，别无他人。我缩在小房间里，抽抽烟，数数羊，时间就过去了。每天下班之前我会让飞碟空转一次，算是安全检测，然后就可以回家了。空转的时候，我走出小操作间，点起一根烟仰望它，假如天气好，夕阳就恰好落在飞碟中间。

在夜大，宝珠问我在哪儿高就，我就说，我儿童乐园开飞碟。宝珠说，那个王八蛋的飞碟她小时候也很想坐，但从来没坐过，一定要坐一次才甘心。我说你趁它没飞走，赶紧来，过几天它大概就要回火星啦。

有一天她真的来了，递给我一张十元纸钞，指了指飞碟。风很大，她扎着马尾辫，裹着一条红色围巾。我缩在操作间里发了一会儿呆，说："很冷的，别坐了。"

"我要坐飞碟。"她一字一字地说着，好像这是五个钉子，可以直接敲进我的头颅。

我答应了她，没收她的钱，打开油漆剥落的铁栅栏，放她进去。她很高兴地挑了一辆红色飞碟坐上去。回到操作间，我推电闸，按下绿色按钮,飞碟缓缓转动,铁臂抬起,将她送到半空。她很兴奋,举起双手做了一个迎风飞翔的动作,这他妈的有多冷吧。风吹开了她的围巾,她发出一声尖叫。

"真爽!"

我看出她有点疯。

那是下午,再有一个小时我就可以下班,她的出现使每天例行的安全检测提前了。我都不好意思告诉她,万一出现什么意外,她只能充当牺牲品了。三分钟后我关了机器,宝珠走下飞碟,脸冻得通红,有一种很激动的错觉。我说:"好玩吗?"宝珠变脸说:"一点也不好玩,飞碟升起来我就看见外面的街,非常平庸。你这里还有什么更好玩的吗?"我说没有了,要不可以去划船,这么冷的天,公园人工湖里都结冰了,完全可以将它当成是破冰船,在湖面上待久了,冻得神志不清就会产生幻觉,这样就不再感到平庸了。我是在寒碜她,可是她听不出来,拉着我要去划船。我只能说,要划你自己划,我才懒得去湖面上找死。

宝珠说:"你知道吗,你从小就是个怂货。"

我说:"这绝对不可能,我记得自己一直很剽悍的。"

宝珠说:"你还记得幼儿园下午吃饼干吗?你丫从来就没吃过完整的饼干,你都自动掰一半给那个霸王男孩的。"

元旦之后,我的飞碟就完蛋了。这件事得怪一个八九岁的男孩,他是个胖墩儿,由他老妈带着来到儿童乐园,他老妈是个瘦削、尖嘴、凸眼珠的女人,看上去非常不好对付的那种。下雪的日子,园里什么人都没有,我坐在操作间看这对母子,冷冷清清的,他们也不说话。这么看了一会儿,我有点出神了,盯着别人看是件不礼貌的事情,男孩抬头回敬了我一眼,又拉了拉他老妈的手,指指我,示意我在偷窥他。

　　我有点不高兴。我没有意识到,自己的脑袋隐藏在操作间灰蒙蒙的玻璃小窗后面,反光,其效果约等于遗像,而且我一脸胡子,头发蓬乱,披着件很烂的粗布工作棉袄,这副样子有多矬吧。我走出来,他们还看着我,让我非常无聊,拢着袖子对天空喊了一嗓子:坐飞碟了坐飞碟了,十块钱一次,半价打折。

　　我的意思是轰他们走,不坐飞碟别在儿童乐园晃悠,去湖里划船吧。小孩一点不怕我,大声说:"你的飞碟转不起来。"

　　"胡说。"我说,"能转的。"

　　"转一个给我看看?"

　　"放屁。"我说,"不给钱怎么可能转?"

　　小孩说:"就算转得起来我也不要坐你的飞碟,你这里太破了,我要去戴城乐园玩。"

　　我想了想,好像是在电视新闻里看到过戴城乐园,位于高新技术开发区,刚刚造起来的。那地方太远,我没去过。小孩说:"你不知道了吧?那是华东地区最大的乐园。"我说:"华东是哪儿呀,你告诉我。"小孩撇嘴,给我报出了华东六省一市的名字。地理学得真不错。这时小孩的妈露出了一丝严肃的微笑。我只好说:"有志气,将来去戴城乐园玩。"这句话得罪了孩子妈,大概觉得我没资格评价小孩的志气,她冷冷地说:"不用将来,他现在就能去玩。他不会像你一样,将来——二十多岁就守着个飞碟过日子。"

　　我很受伤,回到操作间抽烟,听见小孩在外面念经一样唠叨:你的飞碟转不起来,转不起来。我打开窗,对着他喊:"能转!"

　　"不能!"

　　我必须跟他赌气,我指望这台老迈的飞碟升上去,凌空转动,勾起他的欲望。如果他想坐飞碟,我一定免费给这娘儿俩上去,发誓让他们在上面转半个小时。我手忙脚乱，应该先推电闸，后按绿色按钮，我搞反了，按下了绿色按钮，再推上了电闸，大概是瞬间电流太强，只听飞碟发出一声怪叫，操作间里咻地闪过一道白光，一切都静止下来。飞碟不动了。

小孩拍手大叫："就是不会转！"

时隔多年，我已经承认了大部分人对我的判断：我平庸、无聊、衰，既啰唆又结巴，但我不能忍受这种羞辱，让一个小孩来指证我是个倒霉鬼。我跳出操作间，向他扑过去。其实我只是心里难过，想吓唬吓唬他，并不打算当着他老妈的面动手。孩子的妈厉声说："想干吗？摔死你。"我一脚踩在路边的冰面上，当着他们的面，四仰八叉摔了下去。等我起来时，那对奇怪的母子已经走掉了，依稀听见妈在教育儿子：以后不要乱说话，这飞碟不转了，管飞碟的人就失业了。小孩还嘴说：你让他摔一跤，他就摔了，你还不是一样乱说话吗。我坐在冰上，越想越害怕，拍屁股站起来溜回操作间发呆。

下午宝珠来了，把自己裹在一件厚重的棉风衣里，红围巾在脖子上绕了三道，好似印度阿三的缠头。我在操作间里反复敲打按钮，告诉她飞碟坏了。宝珠过来拨弄了几下，说应该不是坏在按钮部位，似乎是外面的马达坏掉了，不是烧了就是短路。后来她又说，电器坏了，踢几脚，拍两下，往往就会恢复正常，但这铁飞碟太大了，踢上去恐怕会把腿骨弄折，还是去找个维修工来解决问题吧。

我失望地坐在操作间里，宝珠向我抱怨说："放寒假之前想来玩一次的，你太不争气了。我要回老家了。"我说你们大学生讲话都很古怪，回老家就是死掉的意思，大过年的说这个太不吉利。宝珠想了想说："对哦，我的老家就在戴城，我只能说回家。"临走前，她拍拍我肩膀，"把飞碟修好，开年我还要来坐飞碟的。"

"我不想开飞碟了，我想去干点别的。"我说，"你觉得我比较适合什么工作？"

"随便，你干什么都可以，就是别来和我讨论工作。"

宝珠甩手，走到"勇敢者之路"前面，那儿有几根梅花桩，都不是很高，上面堆着雪，像一些晶莹的乳房。她找了一根桩子，抬手把雪扫掉，一蹬腿站了上去。然后我看到她左腿提起，右腿稳稳地扎在桩子上，双手平举。

我有点发呆，问她是不是学过武术，她说：笨，这是舞蹈。

12

厂医姐姐离开以后，每个下雪的日子，我都会想念她。因为她说自己最爱下雪天，还编了一堆诗意的理由，比如说世界因此改变了，比如说丑陋的东西都被遮蔽了。这种屁话使她看起来像个少女。

有一个下午在她家里，外面下着鹅毛大雪，屋子里冷得像冰窖（南方没有暖气），她拉开窗帘和我做爱，雪把窗外所有的风景都挡住了。我们越做越热，她赤身裸体跳下床，推开一丝窗缝，冷风立刻打在我背上，我舒服得想死。射了以后，她和我一起缩在被子里看雪，同时等着我套子里的鸡鸡软下去。南方很少有这种景色，一年都未必能轮上一次，下雪显得很寂寥。她说有个小说叫《雪国》，很优美，我说我只知道林冲在这个天气里杀人了，翻脸了。

后来我发现，她才是林冲，不高兴扭脸离开了中国（这么说也不太真实，其实花了很多力气吧，但我不知道，光知道她扭脸走了），跑到美国落草为寇。为了她，我还特地摊开了世界地图，测算了一下太平洋到底有多宽，有没有可能偷渡过去。后来杨迟说，自己游过去的话,能游到金门岛就不错了,如果要偷渡得去找蛇头,价钱很高但可以给我打折,他有个福建同学的舅舅就在干这个。问题是,去美国干吗呀?完全不知道。看好莱坞电影,知道纽约是个爱下雪的城市,在那地方她可以尽情地光着屁股看雪,床上躺着一个爱吹凉风的外国青年。但她究竟是不是在纽约,鬼知道,外国青年是少不了的。

这些事情很难解释清楚,我记得她,下雪天会感到忧伤,幸好雪也不常下,然而它一旦来临就无边无际了。

为了修飞碟,我打电话给老板,老板找了个二把刀的退休工人来,口气很大,说修这玩意儿就跟修电风扇一样,没什么了不起的。我见过的钳工,大半都是眼高手低。我告诉他,从原理上说,拆定时炸弹也很简单,自己小心点吧傻逼。果然,他爬上去修,试了好几次都没反应,最后一次他忘记了飞碟正处于开启状态,这就等于是站在电风扇的叶子上修它,老头朝着机器敲了一锤子,飞碟转了起来,把人从上面甩了下来。我赶紧拉下电闸,看看老钳工,还没死,但他无论如何不肯再修了。

这飞碟失去了最起码的安全性,我对它有感情,现在它完蛋了。我写了个条子贴在门上:飞碟死了,别去碰它。然后收拾一下回家。

第二天继续下雪,马路上一层冰。我坐公共汽车去戴城大学。我的统计学期末考试不及格,这天下午必须来补考。

学校操场上有一些人在打雪仗,我站在那里,隔着唰唰落下的雪片看了一会儿,宝珠从对面过来,孤独地背着一个双肩包往寝室方向走。我问她怎么回事,她说:"下大雪,公路走不动了,长途汽车站全是人,热水都喝不到一口。我又回来了。"

我说:"我来补考统计学,考完就来找你。"

宝珠说:"嗯,卷子是我批的,你丫这次还是交白卷,补考估计能多写几个字吗？"

我说："无所谓，反正我毕业之前还能再补考一次。"

宝珠说："到底是夜大，花钱买文凭的，有恃无恐啊。我们正规大学要是挂科，肯定都愁死了。干脆你也别去了，陪我一起吃个晚饭吧。"

我想了想，觉得补考的机会是我花一百块钱买来的（夜大补考每门都这个价码，毕业的时候老子肯定得破产），不去的话，太便宜他们了。我说："我还是去试试看吧，要是题目不会做，我就撤了来找你。"宝珠摇头说："你就不死心吧。"我说回头见，宝珠转身，忽然一闪身，一个雪球从她头上飞过，正砸在我脸上。宝珠直起身，对着前面扔雪球的女生说："别惹我，烦着呐。"那女生已经笑得直不起腰来。宝珠回头才发现我中招了，也跟着笑。我撸掉脸上的雪，找到旁边一个巨大的雪人，掰下它的脑袋，朝那女生冲了过去，她尖叫着跑掉了。我追了一段，觉得自己双手冻硬了，就扔下雪人脑袋，回头去找宝珠，发现她已经走掉了。

实际上，那天下午我在考场里走神了。补考卷子发下来，题目仍然看不懂，一堆数字在白纸上跳舞。统计学老师奸笑着说："毕业之前再补考一次吧。"他还想再收一百。

我坐在教室里靠窗的地方，雪下得很大，我难得有机会在白天看看窗外的景色。只见对面是戴城大学著名的钟楼，一幢红砖砌成的房子，带尖顶的，仿佛教堂，上面的钟是早就没了。我想起来，戴城大学以前是所教会学校。那个钟楼我进去过，一层到三层全是教室，再往上就锁死了，据说可以爬到大钟上面去。以前那楼顶上有十字架，后来拆了。想必以前还有耶稣、圣母、天使，现在什么都没了。

我之所以知道这些，是因为当初厂医姐姐的家就在大学边上，站在她的阳台上，我能看到这钟楼的一角。她是知识分子家庭出身，本身也念过大学，其实我说她只顾和我做爱是有失公允的，她还教了我其他的，比如听听古典音乐啊、看看现代小说啊，但我当时不太在乎这个，以为这种事情就像吃饭一样，属于生理范畴的东西，不用教，反而是做爱显得像是精神生活的一部分。

我站在她的阳台上，陪着她眺望钟楼的一角，会感到有点忧愁。在各种天气里，它存在于我的视野，晴天像意大利，雨天像英格兰，下雪天像俄罗斯，起雾的早晨什么都看不见，像天国。反正很矫情。在高新技术开发区出现之前，我们这座城里没什么外国人造的建筑，都是瓦房，或者老苏联的小楼房，只有这所大学里还留着点殖民地的遗迹。小时候，我有个老师爱控诉这个，动辄拿戴城大学打比方："看，这就是帝国主义在中国造的房子。"我倒觉得蛮好看的。老师说："十里洋场，上海的租界，更丑恶。"我去上海一看，房子更好看，而且挂了人民政府的牌子，也蛮适合的，什么机关大楼都不给进去。我不知道那老师为什么恨钟楼，正如我不知道厂医姐姐为什么爱钟楼。

我对着统计学的考卷想这些，雪还在下，天黑了下来。我手脚冰凉，想起宝珠，就扔下考卷站了起来。统计学老师继续奸笑："才十分钟你就考好了？"我摇摇头让自己清醒一下，刚才出神的片刻我以为度过了很久呢。我不理他，走出教室，冒雪来到戴城大学的女生宿舍门口。

戴城大学的女生宿舍，管理严格，仿佛女子监狱。当初我在老杨的化工学院，女生宿舍随便登记一下就能上的，证件都不用出示，在路小娟的医学院则是仗着腿快往楼上蹿。到了戴城大学，一切皆不管用，两栋女生楼用高墙围起，传达室距离楼房有一百米的空白地带，毫无遮蔽，腿再快也不行。并且，这地方是不给任何男性进去的，就是女生的爹都不行，男教授更免谈，男教授最流氓，全是祸种。传达室门口贴着一系列管理章程，最后警告：男性擅闯直接拖走，扭送保卫科和派出所。如此戒备森严，女生毕业时除了给学位以外应该再发一张处女证。

这一年里，中国很多大学都在冲刺"211 工程"，大意是指二十一世纪的一百所大学。我不太明白这里面的出入，杨迟告诉我，就是到世纪末以后，全国就只有这一百所大学是靠国家拨款养着的，专门培养精英分子，简称精子。其他大学都得自己找食吃，培养的只能算尿液。不过他已经毕业了，是尿是精子也无所谓了。至于戴城大学，本城高等学府的独生子，还有一些不太正规的学院正在合并进来，以至于到了九十年代末，城里大大小小的学院全都挂上了戴城大学的牌子，连我以前想读的化工职大也跟着一起发达了，顺便把化工技校变成了大学附属技校。这都是为了 211 工程。后来的结果我也忘记了，二十一世纪我不在戴城混了。

我的前半生，不知何故，对墙特别敏感。从小到大，什么墙头我只要瞄一眼就知道自己能不能蹿上去，不仅仅是高度，还关系到墙面的摩擦力、墙头的障碍措施。至于这女生宿舍的围墙，想都别想，冬天挂着冰凌，墙头还有铁丝网，要不就是摔死，要不就是挂在那儿等人来捉。我只好老老实实走到传达室门口，对着一个大爷说："我找林宝珠。"

大爷满脸不耐烦，隔着窗子问我："哪个寝室的？"

"不知道。"

大爷不给我麦克风。我没辙，站在门口用肉嗓子喊了一嘴，声音洪亮，不比喇叭差，两栋楼用嗡嗡的回声呼应了我，没一个女生出来。大爷嘲笑道："都放假了，你还来找什么人。"我作势要往里闯，大爷说："警告你，你这个行为是破坏211工程，直接拉你去劳教。你闯一个试试？"

很早以前我就说过，这辈子最烦看大门的。他们守着一道门，对别人点头哈腰，偏偏就是不让我进去，偏偏不喜欢我。我前半辈子就是靠闯、靠骗、靠腿快，与他们周旋，然而这次我遇到个最厉害的，别说是我，任何男人都不给进去，公狗也不行。其实我应该感谢他，在这道门前面，我终于和所有道貌岸然的男性平等了。

我朝传达室偷偷竖了个中指，嘴里说："谢谢大爷，你要是不提醒，我就犯错误了。"知道不能得罪他，否则那个高音喇叭就永远不会给我使了。我决定回家，走出去一段路觉得肩膀被什么东西甩了一下，转身看见宝珠在我身后，一手打伞，一手拿着零食袋，边吃边朝我咧嘴笑。

"补考怎么样？"

"又交白卷了。"

"看上去郁郁寡欢的嘛。"

我告诉她，心情不好是因为飞碟完蛋了，我也就失去了唯一的工作。宝珠扼腕叹息。我又说，其实这份工作也挣不到钱，干得我像傻逼一样，一点理想都没有了，不做也罢。我们换了个地方，在冷飕飕的教室里坐下来，宝珠说这是她平常上晚自修的地方。她把零食袋子递给我，那种很差劲的膨化食品，照路小娟的说法是吃下去不但会发胖，还会内分泌失调。我看看宝珠，她上嘴唇的汗毛确实过于浓重了些，本来想劝她少吃点膨化食品的，但这话说出来，女孩子肯定生气，她要是赶我走，我就更无聊了，于是无言地替她吃光了零食，反正我不怕多毛。天黑了下来，教室里越来越冷，我们到学校外面吃了碗热面条，稍稍暖和了些。宝珠忽然说："去我的寝室坐会儿吧。"

"能让我进去？"

"不能，"宝珠说，"混进去。"

她用伞挡住脸，又用身体挡住我，趁着天黑钻进宿舍，老头在传达室看《新闻联播》呢。宝珠说，现在管得比以前更严，如果发现男性出现在宿舍，不仅要法办，相关女生也要处分，如果有不轨行为则开除，还用了个连坐法，同寝室的女生倘若知情不报也要受到惩罚。我说："那你怎么敢把我弄进来？"宝珠说："你啰唆。"

寝室就宝珠一个人住着了，八个床铺都落着蚊帐，还加一道花布帘子，被褥都打成包裹放在里面。对比杨迟的大学宿舍，那鬼地方不仅乱，还散发着动物园的骚臭，洗都洗不掉，味道都渗透到墙壁中了。这种宿舍居然还留宿女生，一晚上住下来，她也会变成个骚臭的。所有的男生都向往着能住到女生宿舍去，香香的，软软的，把它弄臭一些些。

宝珠去水房，我在寝室里转了一圈，有点浮想联翩。说起来，在我少年时代，十七八岁时，也曾经留宿在一个女孩子的宿舍里，那种感觉让我难忘，神秘，温存，还安全。它和厂医姐姐家的小床并称我人生的两大吐血点。时隔多年，在二十四岁时，我又来到了女生寝室，不免又想吐血。过了一会儿宝珠回来了，对我抱怨说："水房里竟然有男生。"

我说："也是溜进来的？"

宝珠说："是啊，蛮讨厌的，穿着拖鞋在刷牙呢。反正放假了也没人知道，招摇过市。"

这时有人敲门，宝珠开门，外面站着个女生，对她说："宝珠，不好意思，寝室里就我一个人了，住着害怕，让我男朋友来陪我的。刚才吓着你了。"

宝珠说："没事，我不会给你说出去的。"

女生说："谢谢啊，我请你吃糖。"一转脸看见我在里面坐着，立刻说："哟，你也藏着一个呢。"

我说："你好。我没藏，坐着呢。"

女生说："别拘束，我也不会说出去。"又对宝珠眨眨眼睛，"这一看就是头一次来的。"

我想问她，第二次来的是什么样，但她转身走了。这让我猜了一会儿，后来我看了看自己的坐姿，确实很客气，屁股搭在凳子边上，四肢收拢，可能还面带讪笑。我要是常客的话，这会儿就应该躺在宝珠的床上，穿着拖鞋打招呼，hi，see you。

宝珠坐在床沿上，忽然气鼓鼓地说："他妈的，冤枉我。真不该让你进来。"

我说："那我走，看门老头万一检查宿舍，抓到就不好玩了。"

宝珠说："你在想什么？你以为那老头能进女生宿舍吗？一样进不来。"

"那么谁检查宿舍？总得有人吧？"

"大学宿舍一般不会每天检查男人，守住一道门而已。溜进来就安全了。"

"那我到底是该走还是不该走？"

"你好啰唆啊。"宝珠说，"你才坐下就问我要不要走。你一直这么啰唆吗？你小时候不这样的。"

我不说话了，既然没有查岗，我就打算到外面走廊里去晃晃，顺便看看水房什么样。水房是个很文雅的称呼，其实就是女厕所加洗漱间。我拉门走出去，宝珠说："哎，你怎么走了？"以为我赌气跑掉了，就追了上来。我们在走廊里同时看到那个女生，和穿拖鞋的男生，两个人在激情。一种凌乱的缠绕的舌吻。我剧烈地咳嗽起来，想起以前工厂师傅说的，人类交配主要模仿三种动物：蛇型，缠来缠去；猫型，叫天叫地；狗型，追到东追到西。他们是蛇型。我一边咳一边笑，打搅了他们。穿拖鞋的男生左手拿着眼镜（它妨碍了缠绕），此刻给自己戴上，朝我翻了个白眼。女生倒比较大方，问宝珠："哎，你怎么出来了？"宝珠摊手说："你们就不能进去亲嘴吗？"

宝珠回到寝室，又坐在床上。我说我没打算走，就是出去看看，没想到看到这个。宝珠愣了一会儿，忽然说："路小路，我觉得很奇怪，其实我和你已经不是很熟了。咱们一点都不熟吧？"我点头。宝珠说："我为什么要带你进来，让你给我丢人。你每次都这样吗？"

我脑子一昏，想到了自己遇到的所有的女孩，她们在爱我的同时都曾经有过相似的疑问，不由点头说："反正就没给你们长过脸。"

宝珠说："我们？我去你大爷的。"

夜里我离开宿舍，宝珠又打着伞送我，门房老头已经不看《新闻联播》了，一个人坐在里面抽烟。我们轻易混出来，那会儿雪很小了，天已经黑得一塌糊涂，地面全白，反射着一种不正常的光，世界进入了静态。我和宝珠告别，独自往公共汽车站走去。其实我知道末班车已经没有了，我得走回家去，但我对宝珠还是说自己去坐公共汽车。过了一会儿，我听到身后嚓嚓的脚步声，宝珠再次追了上来，说："喂，刚才说你给我丢人，这个话是开玩笑的。"我说："没事，这种话我听得多了，以前还有傻逼说我反社会呢。"宝珠不说话。我又说："喂，我可没说你傻逼。"宝珠摇摇头，踩着自己的脚印往回走，一会儿就走没了。

我拐进一条小巷，去厂医姐姐以前住的新村里看看。那地方，我曾经多次去看过，现在住了她的一个亲戚。我去那儿像一只丧家犬，历经磨难，找到了自己的家，但主人已经搬走了，我只能趴在门口等死的感觉。据说这都是忠犬。我深一脚浅一脚地来到新村里，各处都还亮着灯，路上没人。我仰起头，深深地吸了一口气，肺里一阵凛冽，继续咳嗽，看到厂医姐姐家的窗户亮着灯。当然，她已经不在了，但那灯光的颜色非常熟悉，窗帘也没换，要是她的亲戚尚未彻底打扫房间的话，总有一天，会从床底下找到一个用过的避孕套，估计已经阴干了。那是我最后一次和她做爱后故意扔在下面的，留个纪念。

这时厂医姐姐家的阳台门忽然开了，走出来一个烫头发的大妈，不知道是她的哪门子亲戚。我仰望着她，心想她也很浪漫嘛，难道有心灵感应？还没想明白，大妈手里飞出一包垃圾，在半空中它散了，变成美军的子母炸弹朝着我兜头飞来。我拔腿就跑。大妈看见我了，愣了一会儿，大喊："嗨，楼下有个小偷！"我心想，偷你妈，我的避孕套要是落在你手里，简直兴味索然。

我离开那地方，向农药新村走去。路还很远，我走得很快，让自己运动起来，这样不至于太冷。夜晚的雪景毫无美感，相反，你会感到极其危险，到处都是陷阱。我走了一会儿，在一根路灯杆子下喘了口气，决定从此不去怀旧，从此忘记厂医姐姐，再也不向任何人说起她。

13

我很不喜欢找工作的感觉，人生中全是死胡同，缺乏连贯性。我喜欢直线向前的人生，偶尔地，同时谈两个女朋友，那也最多是主线和副线，但我不喜欢这种外形像菊花一样的人生图谱。

那会儿杨迟教我,春节后找工作比较合适,很多人会在这个时间离职,空出职位,机会就来了。我在工厂待得太久,出来以后两眼一抹黑,基本上和自己眼里的傻逼差别不大,完全不懂什么求职技巧。自从歪歪受到杨迟的教诲,从普通女工晋升为打字员之后,我就信了老杨的话。我们还探讨过求职方向,老杨说,最近几年营销会成为热门的职业,这比做会计容易,一个企业只需要两个会计就够了,但销售员可能需要两百个。当然,做营销,得他妈的先把胡子剃了,除非你是卖雄性激素的。

我也去了开发区的人才市场,一栋宽敞的大楼,外面包着一层花岗岩,里面衬了一层大理石,很气派,唯一的缺陷是层高不够,跟我家里差不多,跳起来就能摸到日光灯管,显得特别压抑。每个星期它开张半天,人山人海。我跑去一看,无数应届毕业生拥堵在里面,纵然有空缺职位,也得越过一千个脑袋才能触及它。那时候没有互联网,必须这么干。我生平不愿意排队,但这只是表象,遇到饥荒年施粥就另说了,花两块钱买了张门票,喊着号子钻了进去。在这种场合下找工作,只求撞上狗屎运。

写履历表的时候把我难住了,起初我以为"夜大会计三年级在读"的资历可以给自己镀金,没想到镀了一层屎,招聘的人总是用一种狐疑的眼光看着我,问我有没有工作经验。我说,我有,在糖精厂造过几年糖精。他们的狐疑立刻就释然了,仿佛我长头发大胡子的形象与此匹配。其实他们不知道,糖精厂的青工,都是吹着飞机头、涂着摩丝在那儿干活的,农民工都不愿意留胡子,被人歧视。杨迟不断提醒我,想找到一份好工作,你就得把胡子刮了,干干净净地去和那些干干净净的人为伍。我还挺犹豫的,这把胡子留了挺久了,它使我看上去粗壮、麻木、耐操,某种程度上也是优势。

我的履历表上除了夜大这条以外,剩下的就是我的户口,这不是开玩笑的，我正经戴城本地户口。在国营企业招工的时候，这条最重要，但我吃不准私营企业和外资企业是不是重视。后来发现，这帮傻逼和国营企业一样，也在乎这个，因为本地人有户口，跑得了和尚跑不了庙，所以不用担心我们干太多违法乱纪的事情。但这帮傻逼要求我的工资和外地人一样，甚至更低，我也只能忍了。

去了两趟，我就知道，工作经历比文凭更重要，造糖精的人想象不出传真机该怎么用。你一生中有很多想象不出来的事，例如爱情，例如永别，这都可以去慢慢学习。唯独在人才市场被问起会不会用传真机，这件事令我目瞪口呆，对方也目瞪口呆，意思是说你丫连这个都不会就敢来应聘？

有一次我找到一家外资公司，那个负责招聘的青年看上去像个高中生，瘦瘦的，戴着眼镜。他比我还紧张。我说你们墙上贴着招聘仓库管理员，我大概可以。小伙子说，你会用 Windows 95 吗。我说我不知道仓库管理员还得会这个。小伙子用中指托了托眼镜，他提前做出了竖中指的手势让我误以为是要羞辱我。幸好那根中指落在了眼镜上，也幸好我这几年矬了，反应慢，换了五年前我已经提前一巴掌拍在他脸上。他说，仓库管理员的工作并不容易，要会电脑，要独自从卡车上卸货，由于货车都是晚上进城，所以必须天天上夜班，还要独自负责盘货验货。我问他这份活多少钱，按照杨迟的教育，应聘的时候最好不要问待遇，但我那次没忍住。小伙子说，两百块一个月。我问他，你们是哪个国家的外资企业。他说印尼的。我悲伤地嘟哝了一句，你们杀中国人上瘾了对吗。然后我就走了，其实那小伙子也是中国人，我不该这么说他。

另一次，我在一家企业应聘，那位先生问了我几句之后，忽然说："你要知道，自己是个男人。一个男人要为自己负责。"然后就把我轰走了。我走出人才市场，想想这事儿不对味，打算回去揍他，但还要再买两块钱门票,就算了。我只能说,后半辈子我还遇到过有人提醒"你是个男人",这句话和"你不是男人""你到底是不是男人"一样,都会让人捏住睾丸沉思几秒钟。

在人才市场我经常看见自己的一个初中同学,她是个白化病人,稍微有点口吃,整个中学时代都保持着沉默和谦虚,学习非常用功,成绩良好。后来听说她考上了南京的一所学院,我当然很快就忘记了她。时隔数年,再次见到,她很好认,并且她也认出了我,有一次她朝我笑了笑。几乎每次去人才市场,我都会看到她,我们从来不交谈,以后也不再有目光的接触。我看着她在人群里沉默的样子,挤到招聘台前,略显费劲地说话,由于场地太嘈杂,我听不到她在说什么。

我在那地方晃悠,久而久之觉得自己成了个闲人,失去了目标,仅仅是在逡巡。它与我经历过的任何场所都相似,它本来应该有着另一个面貌:奋进、专注、忐忑不安、百战不殆。

寒假结束以后我就彻底闲了,到戴城大学去找宝珠,雪还没化干净。我在女生宿舍门口用大喇叭喊了一嗓子,宝珠的脑袋在窗口一探,然后出来了。

她很不高兴。我问她什么事,她说刚开学三天,一条裤子就被人偷了,她很穷,买不起新裤子,因此郁闷。我说:"牛仔裤?"宝珠懊恼地说:"是啊。"她跟着我走出去,眼睛一直在瞟着其他人的腿。我说:"宝珠,别看了,偷你裤子的人敢这么堂而皇之穿出来吗?"宝珠说:"她要是不穿出来,藏被窝里当枕头用?"这么一说倒也有理。

这时有几个女生结伴走过,对宝珠嚷:"宝珠啊,裤子找到了吗?"宝珠说:"没呐。"女生们瞥见我,一个个捂嘴。我知道她们在笑我,但不知道自己有什么可笑的。其中一个女生没忍住,低声说:"老男人。"

我很生气,我仅仅是留了一把胡子,并不老。这帮女生一个个都戴着眼镜,看上去不太懂男人的样子,等到我想反驳的时候,她们已经走了。宝珠耸肩,说:"要不是事先打听清楚了,我绝不会在夜大认出你就是路小路的。"又添了一句,"你小时候还是蛮清秀的。"

"我现在也很清秀!"

"你现在就像一把扫帚。"

过了一会儿又来了一拨男生,认识宝珠,对着她打唿哨。宝珠撇嘴,踢着地上的石子。我说:"这又是什么意思?"宝珠说:"他们把你当成是我的男朋友了,我说,你能不能去理发,把胡子刮一下?你妈还认得你是谁吗?"我心想,操,又嫌我给你丢脸吗,老子偏要这样。

那天晚饭在戴城大学的食堂吃的,人来人往,我的形象比较醒目。宝珠念大四了,人头熟,往来都是跟她打招呼的。我赞了一句,宝珠冷冷地说:"平时没那么多人跟我打招呼,还不是因为你吗?"过了一会儿,来了个身高马大的女孩,一屁股坐在宝珠身边,问我:"你是不是诗人?"宝珠大笑起来。

我放下筷子,说:"是啊。"

女生说:"你是不是叫老K?"

我说:"不是。老K是戴城著名的诗人,他也留着胡子,但我不是老K。"

女生说:"诗人都留胡子。"

我说:"我也见过死活不长胡子的诗人。"

女生说:"你讲话蛮有意思的,你肯定是老K,只是自己不承认。"

我说:"我他妈真不是老K。"

女生站起来说："你写得跟狗屎一样。"

她走了，宝珠已经笑倒在长凳上。过了一会儿她坐起来说："原来是冒充诗人老 K 啊。还敢说自己是诗人。"我说："冒充老 K 有什么好处呢？时代不同了，现在冒充诗人已经吃不开了，大家都冒充大款。以后别提这个了。"宝珠看了看我，点头说："好，我不说你这个。去把头发剪了吧，真的不好看，都打结了。"

过了几天，我在人才市场遇到了宝珠，我还是老样子。她背着双肩书包，鼻子上额外加了副眼镜，显得很矬。

"你也来找工作啊。"我们同时打招呼。

"我都转了一大圈了，还是那几家公司，没什么新花样。"我说，"我要回去了。"

"我找到工作啦。"宝珠说。

"哪家？"

她用手一指。我差点昏过去，那是一家炸鸡店，世界著名，全球连锁，具体我就不点名了，省得惹麻烦。这店里只招钟点工，一小时两块钱，没有任何福利，也不存在法定休息日，根本不是正经工作。宝珠说："也招见习干部的，但是我还有半年才能拿到文凭，现在只能从钟点工开始，挣点小钱嘛。"我心想，光听说本科生做鸡，没听说去炸鸡的。

宝珠有点疯，热情地拉着我一起去应聘。后来我才知道上了她一当，她学经济管理，毕业论文的题目是"国际快餐连锁店在中国内地的经营策略"什么的。本来这种论文查资料拼凑一下就能完成，但她非要亲身体验，而且把我也拉进去，既陪她解闷，也是她的研究标本。

我不喜欢餐饮业，非常不上档次。我曾经在一个私人酒楼里干过几天，那种腐臭食物的气味，比大多数化学品更可怕，后厨永远有洗不完的锅碗，手脚慢了对不起老板，手脚快了对不起顾客。每天干得累死累活，规矩还特别大，稍不留神就扣工资，有时候还拖欠工资。我把这些对宝珠说了，她摇头说："你找工作的心态太差了，干得不爽你就走呗，又不是请你去做皇帝。"

我愣了一会儿，这句话像闪电一样划过我漆黑沉闷的夜空，他妈的，我以前怎么没想到呢。看来国营企业的思维确实耽误人，我完全可以把资本家和老板当成香蕉皮，吃一根，甩一个。我的忠诚用错地方了，日他大姐的。

我跑到招聘台前，还没说两句话，简历就被退回来了。宝珠说："你这个形象，去炸鸡店要饭足够了。理发去！"就这样，被她押着跑到对面的剃头店，剃头师傅像割稻草一样干了一通。我直起身子，宝珠愣愣地看着我，说："我看到你小时候的模样了。"我说你少废话，我收拾干净了不但可以去鸡店，还能去鸭店呢。再跑回去递简历，人家根本没认出我就是刚才那把扫帚。

两天后，我家的电话里冒出一个带英语单词的女声，让我去面试。我妈乐坏了，认为是外资企业。倒也没猜错，炸鸡店是美资的。宝珠也接到了通知，还挺正经的，不是在店里面试，要去总部。我们约好了，坐上公共汽车，去了遥远的高新技术开发区，在一座山下，看到一个炸鸡店，楼上就是总部。这一带道路开阔而平整，路灯杆子十分漂亮，但是没有人，也没树，四周静静的，好像世界末日的场景。抬头看到山上，像好莱坞招牌一样横着四个花体字——戴城乐园。

我像是被人踢了一脚，喃喃念着。宝珠抱着胳膊望了一会儿，说："想什么呢？"

"乐园在哪儿呢？"

"山后面啦笨蛋。"宝珠说，"你这个戴城土著，竟然没去过戴城乐园？哦，我忘记了，你是儿童乐园开飞碟的。"

"看样子你去过。"

"没去过，看过报纸上介绍，有摩天轮和过山车，还有亚洲最大的电脑喷泉。"宝珠叹息说，"我要是去过，还用得着坐你的拖拉机飞碟解闷吗？"

"说得也是。"

我们到炸鸡店总部，里面很多人面试，都是和我们差不多大的青年男女。我们在一位清纯前台那儿登记了，不久宝珠被叫了进去，跟着是我，几乎没费什么口舌就被录用了，毕竟只是招钟点工，只要我刮了胡子还是可以骗过那些清纯的人儿的。出来以后，宝珠说想去戴城乐园坐摩天轮。我摸了摸口袋，只剩下五块钱了，宝珠也就掏出十块，只能作罢。

"我答应你，等挣到钱了请你去坐摩天轮。"我说。

"快去挣两块钱一小时的工资吧，路小路。"

我们回到戴城大学，宝珠收到了家里的汇款，很高兴地去提了钱，一共五百块。我跟着她去食堂吃饭，吃到一半我有点伤心，十七岁至今一直是个穷光蛋，吃女孩的，吃过好几个，都是我最爱的人，虽然她们无怨无悔，但我感到恐惧（而不是惭愧），觉得命运沉痛，报应不爽，或许有一天她们会坐在咖啡馆里，看着我在马路上捡垃圾吃而无动于衷吧。

那个高大的女生又来了，坐在宝珠身边，说："哟，今天又换了一个。"宝珠颔首不语。我阴阳怪气地说："看清楚点，还是那个冒充老K的。"女生一直自信满满的，我有点讨厌那种腔调。她看了我半天，点头说："唔，你果然不是老K，老K是绝对不会把胡子剃掉的。"说完她又走了。我恶毒地想，妈的，她没有被老K睡过，睡过绝对不会认错人的。

宝珠迅速地吃完饭，让我帮她刷盆子，把饭盆保管箱的钥匙一并交给我，说："我要去广播台了，你先玩着，不想玩就自己回家吧。记得把钥匙放到宿舍传达室。"

我说："去广播台干吗？"

"做节目啊，我是学校电台的播音员。"

"这也是打工吗？"

"不，这是学生会的工作，没工钱的，但是很出风头，多少人抢着干呢。"

"明白了，晚上见。"

"晚上我要值班，你自己玩吧。"

于是那个傍晚我一边刷饭盆，一边听到学校的喇叭里传来宝珠的声音。那些喇叭四面八方都有，宝珠的声音在麦克风前显得很动人，语速缓慢，带有磁性，拐弯的地方还有鼻音，和通宵电台节目的女主持人相差无几。我很诧异，没想到她还有这么温柔的一面。过了一会儿，她说：现在是点歌节目，有一首歌是一位未署名的女生送给她的青梅竹马路小路同学，请听，My Way。音乐起来，很多刷盆子的人跟着一起唱了。我不太懂英语，想半天才明白是"我的路"的意思，有点感动加肉麻。这时听见旁边有俩女生嘀咕："胡子大王最讨厌了，嘚瑟，都大四了还赖在广播台不肯走。"另一个说："她没办法，她长胡子，找不到工作。前两天她还和一个大胡子在一起吃饭呢，大胡子不嫌弃她有胡子。"我悲从中来，一失手，饭盆子掉进水池，磕掉了一块搪瓷。

说起胡子，简直是宝珠的灾难。

假如她是个南美洲姑娘，大概就不会这么心烦了，那边的人毛发浓郁，身材火爆，大姑娘不长胡子简直对不起自己家的粮食。假如她是个欧洲姑娘，大概也就无所谓了，欧洲人好像不太歧视这个，同性恋都可以。偏偏在我们中国，女人毛发短缺，顺势讲究些冰清玉洁、肤白貌端，长毛的都是鬼子、番邦。我劝宝珠，别太烦心，有胡子的姑娘最多只能算是可笑，中国人看见白虎才害怕，那是真的受人歧视，中国人的想法奇奇怪怪的。宝珠听了这个，在我胫骨上踢了二十多脚。

我也不是有意要戳她的痛处，和她相处久了，她自己把胡子的问题端出来供我讨论。大学里也有一些女孩，唇髭稍微重了些，一般男人如果别无选择的话，也不太会介意，但宝珠是头号选手，这就说不过去了。女生凡是被人嘲笑汗毛重的，就会反唇相讥："去看看胡子大王宝珠吧。"有时候男生也会被人嘲笑，说他的胡子还不如宝珠，对双方都很羞辱。大学四年，也不知道她怎么熬过来的。

宝珠学经济管理的，这门学科也有一点哲学思维，即，首先要知道事情在哪个程度，其次要知道为什么会到这个程度，再次要知道自己想达到什么程度，最后才问到底该咋办。这很绕，容易使人变得优柔寡断。对胡子问题，她知道自己已经深受其困扰，原因是内分泌出了差错，也可能是遗传，再往下想，当然是要胡子全都没有，这样就干净了。偏偏最后一个问题想不出来，到底该咋办？按照我的办法，就是用镊子拔，一根一根拔光了就太平了。但是宝珠说，高中时候她曾经这么干过，很痛，不久又长出来了，似乎比原先更茁壮，这就不敢拔了。我又说，用剃须刀呢？她拍我一巴掌，说那还不如镊子呢。

物理方法不行，只有化学方法，无非是吃药。西药肯定有问题，宝珠说都是雌激素，实质就是避孕药，吃得她紊乱。我知道她说月经紊乱，但不好意思把那两个字说出口。她后来也吃过些中药，汤剂、丸剂、冲剂，都没效果。最后一招她始终不敢用，就是市面上最新的，脱毛剂。

有一天她鬼鬼祟祟地拿出一罐膏体，上面都是外国字。她说，这就是脱毛剂，但她很犹豫，想在我身上试验一下。包装上有一个白人妇女的脸，还有白人妇女的胳肢窝，我有点吃不准，这玩意儿男人能用吗？

我说："你自己身上也有毛的，为什么不试？"

宝珠说："我要试在你的胡子上。"

"你也有胡子，干吗要试我的？"

"我又怕有什么过敏嘛。"

"这可不行，万一是永久性的脱毛剂，我就永远不长胡子了。"

"我巴不得是永久性的……"宝珠说，"但是也不一定啊，给我试试吧，看在青梅竹马的份儿上。"

"你去抓只兔子来试吧。"我撒腿就跑。

为此，宝珠说我不仗义。我向她解释，别说青梅竹马，就是我妈都不带这么消遣我的，朋友一场，我可以去帮她咨询一下。第二天我把膏药带到小苏家，让杨迟和小苏鉴定，这俩都是学化工的嘛。老杨和小苏研究了半天，说这上面写的不知道是法文还是德文，看不懂，也不敢试在自己身上。老杨涂了一点在狗身上，狗毛掉下来一片，说明还是很有效的，但狗和人毕竟不太一样。小苏比较热情，打长途给他一个学精细化工的同学，这个专业是搞日用化妆品的。那同学在电话里骂道：脱毛剂是用来褪体毛腋毛和阴毛的，哪个锉逼会用它来褪胡子，那还要剃须刀干什么，如果真的很讨厌胡子就去医院把睾丸摘除了即可。小苏讪讪地说，用户是个女生啦。那人继续骂：女生也不行，化妆品这一行有讲究，脸是脸，身体是身体，不能混着涂，你可以把眼霜涂在屁眼上，但不能把丰乳膏涂在嘴巴上，就这样吧，挂了，拜拜。

我回去汇报给宝珠，她也很愁，说这东西果然不地道，幸亏没用。过了几天，小苏查了一堆资料，告诉我说，现在美国人发明了一种毛发漂白剂，可以漂成透明的，很多亚裔女生都用在了自己的头发上，假装是日耳曼人，也有用在胡子上的，这样就混同于肤色，看不太出来。我问他哪儿有卖，他说只能等人去美国带回来了，具体什么样子他也没见过，千万不要病急乱投医，把普通的漂白粉用在脸上，那玩意儿致癌。

我刮了胡子，对宝珠是个心理上的打击，我帅了，她矬了。对我来说，倒也没什么值得骄傲的，自从知道宝珠是广播台的播音员以后，她在我心目中的地位有所上升。老杨说的，这种女生都是精英分子，长得好看的嫁大款，长得难看的嫁外国人。

宝珠有一条很旧的红围巾，冬天出门她习惯用围巾裹住嘴，显得英气飒爽，很有电影明星的气质，围巾摘掉，英气直线下跌，十分惨淡。有一次吃过饭，她用劣质餐巾纸给自己擦嘴，纸屑全都沾在了她的胡子上，她犹不自知，起身要走。我很不忍心，把她拽过来，抬袖子替她擦掉了纸屑。

后来她说，就是那时觉得幼年的路小路又回来了。幼年时究竟发生过什么，我全然不记得了，等着她告诉我。

14

那时候，戴城一共有八家连锁炸鸡店。我还记得第一家炸鸡店开张，全城的人都去排队，就为吃一块炸鸡。我头一次带女孩去吃炸鸡，那姑娘爱吃酥脆的鸡皮，把我的那份鸡皮也吃了。我记得请老杨吃炸鸡,当时他还是个饥饿的大学生,在两分钟之内吃掉了六块鸡。

这些记忆很遥远。当你从一个消费者变成工作人员,时间就被隔离了,它产生了一条明确的分界线,你只能退到边界,而不能再越线。它像失恋,也像是我前半生历经的时代动荡,每一个节点,都会拦住我。我看过毛姆的《刀锋》,它引用《奥义书》的话说:越过一把刀的锋刃很难,因此智者说得救之道是困难的。以前我不明白刀锋何在,后来发现,我去炸鸡店打工,这么普通的事情,恰恰就是命里的刀锋。

我和宝珠被安排在市中心最热闹的炸鸡店,据说所有的员工都害怕去这家店,因为它太忙,很多农民进城就去那儿逛街,顺便吃炸鸡。顾客排队等吃,鸡排队等下锅,员工排队等挨批,就是这样。我对农民没什么恶感,在炸鸡店干过活就知道,农民大多数比较好糊弄,他们看见不用筷子吃鸡的方法已经先矬了一截,就不会提更高的要求了。比较挑剔的是本城人,最讨厌的是那些来自大城市的游客,见过点世面,爱讲究,没耐心,经常会要求爬进柜台替我们炸鸡。

我们穿着店里的制服,红帽子,红色条纹衬衫,蓝裤子,只有鞋子是自己的。据我所知,那地方鸡肉不多,面粉铺天盖地,一天干下来,鞋子上的面粉可以带回家去做一顿晚饭。关于炸鸡店的细节,我和宝珠约好了,等我们老了,就写一本回忆录,取名《我的炸鸡生涯》。

在钟点工之中,我首次发现自己老了,干活的全都是二十岁左右的姑娘小伙,大部分是技校职校的,只有我和宝珠是二十四岁。这当然受到了一点歧视,主要是嫌我们干活慢,另外年纪大了也没什么共同语言。我对宝珠说,真见鬼,我十八岁的时候天天在街上找碴打架,要不就是赌博、看黄片,绝对不会想到去做钟点工(那个年月也没有这种工作)。时代不同了,以前老杨总是感叹,自己早生五年,赶上一九六八年的那一代就可以叱咤风云,既参加了革命运动,也叼住了各种肥差,现在我觉得自己要是晚生个五六年也不错。总而言之,我们是成了夹板里的一代人。

我和宝珠常常在一起上班,很快就把后厨到大堂的技能都学会了,甚至在柜台上收银,我没出过一次错。这让我恢复了一点自信,本以为自己真的数盲呢。副店长是一个胖子,对我挺好的,经常说自己学历不高,靠的就是硬拼,才混到月薪三千的级别。那时候月薪三千是个天文数字了。他说"硬拼"的时候,会举起拳头,好像有一个旧世界需要砸碎。

有一件事我一直想不通,每天打烊时剩下的鸡块,已经炸好并且放在恒温箱里的,必须扔到垃圾桶里。我觉得这样很浪费,其实应该请员工吃一顿。胖子店长说:"对顾客来说这是鸡块,对你来说,这是货,是损耗,是类似皮鞋和农药的东西,卖不掉的皮鞋你能吃了它吗?还是打算自己穿回去?"这么一说,我就明白了,美资企业果然有它的逻辑,顺便也纠正了我的世界观。

晚上打烊是特别累的事情,所有的锅碗瓢盆都得擦洗,这被纳入工作流程,稍有马虎的,就会惨遭辞退。天天都有人卷铺盖滚蛋,这淘汰率未免也太高了。后来胖子店长安慰我,被其他企业开除,可能是件丢人的事,被炸鸡店开除则不必自卑,因为,它真的很严格,不是正常的中国人能承受的,如果你在炸鸡店干满三年,那么将来去任何地方硬拼,都不会害怕。说完又举拳头。我心想,我才不会在你这儿干三年呢,宝珠什么时候走,我就跟着走。

我和宝珠分别有了艳遇。

喜欢宝珠的那个小伙子绰号叫猴子,他是我的母校——化工技校的学生。那所学校曾经是戴城最烂最可怕的地方，孕育流氓土匪，偶尔还有杀人犯。到猴子这一代，已经完全蜕变了，学生安静而无害，甚至愁眉苦脸，国营企业也不再去他们那儿招人，必须自谋生路，去外资企业找工作。外资企业不好糊弄，稍不满意就请你走人，所以猴子学习很认真，平时出来打工，贴补家用，锻炼自己的硬拼能力。这他妈哪像技校生，分明是未来的杰出青年啊。我们聊过几句，我说你有没有听说过上一代的化工技校霸主，譬如我路小路，我曾经拿着菜刀独自踏平烹饪职校，还曾经抢过高年级学生的马子，声名赫赫，不可一世。猴子翻着白眼说，从来没听说过，现在只有傻逼才干这种事。

猴子对宝珠很好，开口闭口都是喊姐姐，宝珠姐姐好、宝珠姐姐再见、宝珠姐姐我来帮你。宝珠很受用，还教育我说，要向猴子学习，嘴甜。我私下里听女同事们说，猴子喜欢这个胡子姐姐，因为胡子姐姐是本科生呢。店里的女孩也有几个本科在读的，长得还都很周正，我就问："为什么猴子不喜欢其他本科女生呢？"她们说："这还不清楚吗，他一个技校生，只配喜欢长胡子的本科女生。"这话宝珠要是知道了，能气疯掉。

至于我的艳遇，来自顾客中，而且是熟人。有一天歪歪来到店里，正好我在大堂里拖地板，歪歪惊骇地看着我，走过来把我帽子揭了，大声说："路师傅，是你！"

"闭嘴。"我把她推回座位上。

歪歪说："Fuck，路师傅，是什么让你决定来炸鸡店上班的？在你身上一定发生了什么，你改变了自己。"

我说："你才发生了什么呢，都会讲英语了，中国话也变得拗口起来。以前不这样的。"

歪歪很激动地站起来说："我以后要经常来吃炸鸡。"

我又推她坐下:"你别来了。"

歪歪仰起头说:"你一个戴红帽子的竟然拒绝顾客?"

我说:"你不是顾客,你是歪歪。"

歪歪说:"可你是店员啊,哪个人赋予你权力让你赶我走的?"

我完全被她战胜了。做过几个月打字员的歪歪,已经脱胎换骨,变得像个律师一样严谨。我只好说:"好吧,既然你是顾客,那我不认识你,再见。"歪歪大笑:"路师傅,认真了认真了,别认真嘛。来,给我擦擦桌子,再帮我去拿两张餐巾纸。"

我没好气地伺候了她一通,心想,这倒也很奇妙的,为了这两块钱一小时的收入,我和歪歪之间的关系竟然颠倒过来,而且被她玩弄于股掌之上,一会儿她是上帝,一会儿她又是好友,在这个场合下我找不到坐标了。等她吃完了,走出店,我摘下帽子追上去,冲着她耳朵大喊一声:"别逗我!"

自此以后,歪歪常来。大多数时候我都躲在后厨,对着面粉池子给鸡块做按摩,再将它们装进电子油锅里,炸成金黄色出锅。宝珠看到歪歪,会故意走进来提醒我:"那个神经病女人又来啦。"我说歪歪不是神经病,她只是兴奋,有点控制不住自己。虽然我很烦歪歪,但我不想说她脑子有病,她是我整个工厂生涯唯一的活的纪念品了。

宝珠学着歪歪的口气说:"路师傅,我觉得你才是个活的纪念品。"

15

在戴城大学,有那么一段时间,我玩得春风得意。我和宝珠都挣了点钱,相对来说,日子好过了些。她不愿意带着我在学校里乱逛,又不能去女生宿舍,于是,有一天她让我跟着去了广播台。

那是一栋三层高的楼房,外墙长满了爬山虎,早春时节,叶子还没长出来,只有灰黑色的茎,很不好看。进去是一道深深的走廊,两侧办公室的门都关着,没有窗,四下里寂静无声。大门口停着不少自行车,宝珠说楼里还是有人的,只是他们不常出来。走廊阴暗,楼梯拐角处的小窗照进来一束光,时常会有一只花猫蹲在那里晒太阳。

这是一个需要蹑手蹑脚才能走进去的地方,甚至连猫都不能惊动。宝珠带我上楼梯,她说三楼倒是真的没人了,房间都空着,广播台就在这儿。她仍然压低了声音讲话,不然走廊里会有回声。

在任何年代,广播台都是个戒备森严的地方,它大致代表着宣传的职能,向所有人喊话的权力,哪怕只是播放几首流行歌曲,此种权力依然弥漫在屋子里,使之神秘庄严。屋子分成两间,外间靠窗的位置放着一张课桌,另一边靠墙处有一张床,值班时睡的;里间则是一堆器材,银色的麦克风孤零零地竖在桌子中央。

我站到窗口往外看,高大的水杉树挡在眼前,过滤了一层景物,戴城大学著名的钟楼就在不远处。我问宝珠,这儿能抽烟吗。宝珠说可以,不会有人进来。每个星期四的中午和晚上,这里只有她一个人。

我就在这间屋子里抽烟。那时我觉得生活单调、混乱,同时又在其中找到了规律,一部分时间去炸鸡店打工,一部分时间来陪宝珠,剩下的是回家睡觉。宝珠看起来很像是我的女朋友,有时候,我觉得有她在身边真是不错。

我曾经在广播台看着她做节目,傍晚的云在窗外渐渐浓重、沉落,一些去食堂打饭的学生走过窗下,音乐经过扩音器从很遥远的地方返回来。她对着麦克风说了些什么,我全都听不到,而那返回的声音同样微渺难循。

有一天她做完节目，对我说："路小路，你不记得幼儿园时候的事情了吗？"

"不记得了，很重要吗？"

"忘记了就不重要了。"

"但你还是记得，对吧？"我说，"说给我听听吧。"

宝珠说，那也不是件很要紧的事，理当忘记掉。她坐在我对面，要了我一根烟，抽了两口。根据她的回忆，那应该是一九七九年的春天，某个中午她独自离开了幼儿园，来到学校的操场上，她肯定是溜出去的。学校里没什么人，她沿着一条小路往深处走，两旁是竹子，后来她知道那种竹子叫凤尾竹，她走了很久，一回头发现身后的路已经没有了，不知道自己走到了哪里。她小时候很孤僻，爸爸在外地工作，妈妈在戴城，平时都是外婆接她上下学，女孩要是没有爸爸，就会变得怪怪的。

我一阵伤感，问："后来你找到路了吗？"

她说，起初只是茫然，后来害怕了，一个人蹲在竹林里哭了会儿，觉得自己快要被坏人拐走了。这时从竹林里钻出来一个人，抱着一根笋，他的个头比笋高不了太多。

宝珠说："那个人就是你。"

我完全不记得这件事了，我倒是挺爱吃笋的，和蹄髈一起熬成汤的那种。我说："后来呢？"

后来，这小子走过去安慰了她一下，具体说了些什么她也忘了，反正很温柔啦。她当时对那根笋特别好奇，觉得他能去竹林里拔笋，是件很英勇的事。她说想回幼儿园，但那小子抱着笋说，这会儿还不能走，得等他叔叔和他女朋友出来。

"什么？"我大喊起来。

宝珠说，过了一会儿，只见两个面红耳赤的青年从竹林里钻了出来，她记得男青年长得特别瘦，眼角耷拉着，牙齿全黄。我点点头，宝珠没记错，我叔叔就是那个倒霉样子，当时他是知青，刚从二十里地外最穷的乡下调回来，无业，而且有个已婚的女朋友……这件事在我家族里被嘲笑了十几年，至今他还没结婚。如此看来，抱笋的熊孩子确实就是我了。

宝珠说："你叔特别流氓，我还记得他指着我，对你说：'哈哈，小子，你也找了个女朋友？'"

我说："那会儿我爸很忙，经常去开会，有时就让我叔叔接送我。但是我真不记得有这件事，他怎么能带着我去竹林里和人幽会呢？他妈的。"

"大概是让你望风吧。"

"看起来是这样。"

宝珠说，接下来这对浑蛋叔侄干了件特别无聊的事，他们背对着两位女性，拉开裤子一起撒尿，尿完了，叔叔对侄子说：抖一抖，快点抖一抖。旁边那阿姨都笑翻了。

"我操。"我摇头。伤感的氛围消失了，我无地自容，看来我的记忆自动删除这一段时光，是有其原因的。想不到在我六岁的时候就已经给淫荡男女把风了。我说："你至今还鄙视我吧？"

宝珠说："当然不会，你要知道，我当时和两个大人一个同学一起走回幼儿园，那种感觉是非常安全的。你还抱着笋给我讲熊猫的故事，我让你把那根笋送给我呢，可惜没有。"

"难道没给你吗？"

"你叔送给他的女人了。"

"我叔真是个浑蛋啊。"

宝珠走过来，温柔地看着我说："路小路，你再给我讲个熊猫的故事吧。"

"从前有一只熊猫,它把衣服脱了。你猜它是黑熊呢还是北极熊?"

周末晚上,宝珠带我去跳舞,跑到大学食堂,桌椅撤在一边,头上的电视机里播放着卡拉OK,一群人在很黑的地方跌跌撞撞抱着转圈。宝珠说自己是跳舞皇后,当日看到她站在积雪的木桩上,我信了她,但真到了这个乱哄哄的地方就知道,没有人关心宝珠,也没人请她跳舞,尤其当她身边有我的时候,男生都不会愿意来惹这种麻烦。其中有个大波浪头发的女生,在舞池里跳得非常醒目。我注意到了她,宝珠也发现我注意到了。

"她好看吗?"

"太黑了。"

宝珠满意地说:"我也觉得她有点黑。"

我说:"抱歉,我说光线太黑,我看不清。"

宝珠说:"所以你起劲地看她,是吗?"

宝珠找了个条凳坐下,闷闷不乐,跷着二郎腿。过了一会儿问我:"路师傅,不会跳舞了吧?"我说:"不想跳。"宝珠说:"压根不会跳嘛。"我不想告诉她,厂医姐姐曾经教过我跳舞,比较简单的慢四。宝珠越来越生气,说:"你走开点,老站我身边,没人请我跳舞了。"我听了这话很生气,就独自走出食堂。过了一会儿听到宝珠跟上来的声音。

"路师傅,别生气啦,我错了。"

"赶紧回去,有人请你跳舞。"

宝珠劝了我一阵子,又说我不仗义,大小伙子神经很健全,应该让姑娘撒撒脾气。我心想,妈的,我什么时候把你当姑娘了?这话不能说出口,会决裂。最后我说:"你不是舞厅女皇,你是舞厅女杀手。"宝珠听了，站在黑咕隆咚的地方哭了。

我又回去劝慰宝珠，劝了半天才平息了她的委屈。她说："你是傻辁，唉，我怎么能爱上你这个傻辁？"我勃然大怒，拔腿就走。宝珠说："我操，没完没了了是吧？"又追上来。最后我们发誓，这辈子就算真的翻脸，也不许说一句难听的话。我们都太容易赌气了。

我和宝珠商量着去从前那所幼儿园看看，它位于城郊，不知变成了什么样，竹林还在不在。不过去那地方很不方便，没有直达的公共汽车，骑自行车又嫌太远。说起自行车，不得不描述一下，宝珠的车子是一个学长送给她的，很小的女式车，全都锈了，前轮还有点偏，骑起来很像是一头驴子；我的车子是花三十块钱买的老货，年纪恐怕比我还大，因怕小偷染指，我还不太敢修它，前轮刹车没了，后轮钢丝断了三根。我们俩骑着车在街上，懂事的人都会让我们先走，不懂事的以为是杂技团的演员来了。

在炸鸡店打工，每个月发两张定额餐券，那是员工福利，给大家解馋的。我和宝珠拿到券，在店里点了些炸鸡，换掉了工作服坐下来，那种感觉当然很幸福，吃着自己炸出来的鸡。我想起杨迟讲过的著名黄色笑话：吃鸡吧。就对宝珠说："吃吧，鸡。"宝珠说："去你的，谁是鸡？"

鸡块拿在手里，我忽然丧失了所有的胃口，一阵恶心，以为自己染上肝炎了。宝珠说："这不奇怪，天天闻着炸鸡味，脑子里充满了它，怎么可能还想吃它？"

"怪不得有人说，厨子不爱吃自己做的饭。"

"是这个道理。"

我把自己的鸡块都给了宝珠，宝珠也吃不下了，这非常可惜，鸡块凉了更难吃，连猪食都不如。早知如此，我还不如把餐券给杨迟，他可以把盘子都吃下去。我们坐了一会儿，看了看外面市集的风景，这时有一个要饭的孩子进了店，只听柜台上一阵吆喝："欢迎光临！"小孩径直走到我和宝珠身边，伸出了脏分分的手。我把两个完整的鸡块连盒子端起来放到他手里，小孩走了。猴子在柜台里喊："路小路，你他妈的把要饭的都引来啦。"我说："去你妈的，我现在是顾客，你管得着吗？"这时门口涌进来一群高高矮矮的要饭孩子，全都奔向我和宝珠，我们抱起手里的可乐杯子夺路而逃。

为了这件事，我被胖子店长批评了，作为本店员工太没有觉悟，招惹要饭小孩。我不便于顶嘴，心里暗骂猴子不是好东西，屁大的事情，闹得店长都知道了。胖子店长说："不是我没爱心，以前这里要饭的孩子都是在店门口候着的，现在来的这拨比较狠，不知道谁教出来的，闯进店里要钱要吃的。我们是高档快餐店，不能允许这种事情发生。"

然而炸鸡店有一条规矩，任何客人在店里，哪怕不点吃的，坐在那里睡觉，你也不能赶他走。衣衫褴褛，满身臭气，一概视为上帝。这是美资企业的道德底线。起初我还觉得挺滑稽的，在我小时候那些中国面馆里，有一种孩子叫作"喝面汤的"，他们蹲在顾客身后，很文静地渗着，等客人吃完了就冲上去喝那口残汤。遇到这种孩子，服务员通常都用筷子往头上打——是一把筷子哦，很疼的，我自己试过。美资企业不能这么干，也没筷子，胖子店长很发愁。

说起来，炸鸡店也有一些限制，比如不能在店里抽烟。那是九十年代中期，就是市政府开会都能抽烟，小小的炸鸡店居然立下这种规矩，不可思议。仗着美资欺负烟民嘛。有一次我遇到个特别狠的顾客，他在店里抽烟，经劝阻无效，他爬进柜台，在厨房里又抽了一根，众人无可奈何。换了社会饭店，早就被厨子大卸八块了，他还把烟头插进了冰淇淋里面,这才扬长而去。照我说起来,这也是美资道德的矛盾所在,既不能打顾客,又不给他抽烟,你这是要用和平的方式攻克柏林吗?太难了。不过,聪明的胖子店长还是想出了办法——以后凡是有人爬柜台的,就打电话给街道联防队,请注意,不是110,而是联防队,每个月都有固定的餐券送到这群壮汉手里。有了他们的守护(不由令我们奸笑),反正规矩也有了,美资道德底线也守住了。

现在胖子店长烦恼的是,就算联防队也不会来殴打要饭小孩,这太低级了。怎么办?

那阵子还出了一档事,店里的鸡块经常少掉,总是在打烊前的几个小时里,总是鸡腿被偷。这至少说明两件事:一、有个内贼傻逼他晚上饿了;二、他还知道挑好的吃。胖子店长非常愤怒。我说:"谁要吃鸡块啊,天天做鸡,我都想吐了。"宝珠说:"你低估了某些人的胃口。"

胖子店长让我不要声张,暗中观察哪个浑蛋的嘴巴在蠕动。店里管得很紧,鸡块是带不出去的,也不能塞裤兜里,偷到手必须第一时间就吃掉。每一个员工能偷闲的工夫不会超过三十秒,在这么短暂的时间里要把一个鸡腿塞嘴里,我认识的人中只有杨迟能做到,但他也不能做到囫囵吞下,总得含在嘴里嚼几下吧?

有一天夜里,我听见厨房里一阵喧闹,胖子店长大喊:"抓住偷鸡贼啦!"那时店里正好打烊,我们全都冲进去看热闹。只见胖子店长抱住了猴子的腰,旁边还有一个清洁工阿姨,用山东话指证:"就是他,我看见他吃了。"

猴子咽喉咕噜一声,使劲翻了个白眼,在众目睽睽之下把什么东西咽了下去,缓了缓,说:"我没吃啊,捉贼捉赃,鸡块呢?"

山东阿姨比较老实,摇头对胖子店长说:"我看见他吃的,他躲在水池后边，一张嘴，鸡块全都塞进去了。"

猴子骂了一句难听的，人人都听出他舌头不利索，但也不能去掰他的嘴。山东阿姨叹了口气说："你吃就吃了，干什么骂我？"这时宝珠从我身后挤过来，伸手掐住猴子的脖子，宝珠和这山东阿姨的交情很好。猴子试图反抗，我和胖子店长同时扑上去控制住了他，令其不能动弹。宝珠冷笑，手上继续用力气，对猴子说："你嘴里那根鸡骨头，咽得下去吗？咽一个给我看看。"宝珠身高和猴子差不多，后者已经被我压下去半个头，她得以居高临下地掐他，目露凶光，仿佛要杀人。掐了半分钟，猴子呼吸急促，喘不过气来，从嘴里缓缓地吐出了一根两寸长的鸡腿骨。宝珠一松手，猴子说："妈呀！宝珠，你这个臭婊子。"我抡起不锈钢勺子照着他嘴上拍了过去。

按照美资企业的规矩，没得说，猴子当场开除，明天去财务那儿结工资。猴子捂着嘴说："路小路，你等着。"我说按我十八岁时候的江湖规矩，你敢说这句话，当场就会被人打死，但是时代不同了，我们不能在美资企业里把区区一个偷鸡的蟊贼弄死，你走吧，我等你。

回家路上，我赞宝珠气概非凡。宝珠很得意，说："你那一下才厉害呢，勺子都打瘪了。"

我们彼此赞美了对方的勇猛、下手狠、嫉恶如仇，仿佛在猴子这么个倒霉蛋身上找到了自信。宝珠乐过了头，又讲了一个幼儿园的故事，当年那个学霸抢路小路的饼干吃，也是这么掐住脖子，令其不能卜咽，后来路小路就学会了掰饼干献给学霸。我听了这个，心情大为不爽，假如还能找到学霸兄弟，我能把勺把子都打断吧。

那年春天我意外地被炸鸡店开除了。我在店里干得好好的，都快成胖子店长的亲信了，拿到大专文凭我应该可以直升为初级管理员，穿蓝色制服，挣一千块月薪，而且不用亲手炸鸡，在旁边监督监督而已。这美好的未来让我自己给毁了。

事情是这样的，有一天店里又来了一群要饭孩子，众人无可奈何。恰好那天店长在，她是正的，比胖子店长高一级，一个三十多岁异常严格的女人，背后的绰号不堪入耳：炸鸡女皇。她目睹此景，痛斥了胖子店长，然后指着我说："去，把小孩赶走。"

我说："怎么赶？在店里玩老鹰捉小鸡吗？"

女店长从办公室拿了一个电蚊拍，递给我。这玩意儿是新发明，我见过但没用过。春天的店里没虫子，不知道她给我电蚊拍什么意思。女店长按了按开关，一个小红灯亮了，对我说："拍他们的头。"

我抡着电蚊拍，朝一个小孩头上打了一下，他惨叫着逃出了炸鸡店。这倒蛮有意思的，我又拍了第二个小孩，这次下手轻了很多，他也惨叫，逃走。这么打了一圈，店里的要饭孩子跑得一干二净，隔着玻璃窗，我能看到他们在街上狂奔，心想这玩意儿打蚊子的，有这么厉害吗？朝自己脑袋上也打了一下，他妈的，我也惨叫起来。它根本就是一根电警棍嘛！

我走到女店长跟前，她威严地说："以后就用这个办法。"我脑子已经短路了，被那一下子电成了神经病，抬手在她头上也拍了一家伙，下手有点重，或者说，我根本就是把电蚊拍按在了她头顶。她发出极其恐怖的惨叫，翻了个白眼倒了下去，别人扶起她的时候发现裤子都湿了。上天作证，电警棍插在脑袋上就是这个效果啦，植物神经会瘫痪，她娇弱，挨不起这一下子，比我和要饭小孩都差远了。我扔下电蚊拍，长叹一声，只听宝珠在柜台里赞美："路师傅，有种！"

宝珠为那句赞美付出了代价，她也被开除了，好在我们都学会了无所谓,坐在闹市口的台阶上,我抱着脑袋喊疼。宝珠说:"真可怜,把自己电成这样。"

之前用勺子拍了猴子的嘴巴,固然可喜,但不值得骄傲,把炸鸡女皇电翻了是真的高兴。我心想,这段工作经历该怎么写进履历呢,外资企业钟点工把白领女主管电翻了,惨遭开除,这就不会有人雇我了吧?管他娘的,人都有失控的时候,她挨了电击不也尿失禁了吗,换了平常,她怎么可能尿在自己裤子上?我晃着脑袋说:"如此方才心满意足。"

"这哪儿学来的文言文?"

"武松血溅鸳鸯楼以后说的。"

宝珠在熙熙攘攘的街上给我做了个头部按摩,街对面是一家美发店,两个穿制服的姑娘侧对着橱窗给客人按头,宝珠现学现卖,按得我十分舒服。

"连累你也被开除了,真是不好意思。"我说。

宝珠说:"路师傅,我快要毕业了,对上班一点兴趣都没有,做钟点工纯粹是出于好玩,其实我也有点做厌了。我想找各种好玩的事情,不上班,这样可以吗?"

"你问我可不可以,这是问错了人,我不知道你可不可以。"

"可惜,我总有一天会去做女白领的,也许很快。你怎么办呢?"宝珠哀伤地说,"我把你扔在街上,你受得了吗?"

"受得了。"

"假如我从此不再理你呢?"

"那你就不仗义了,我本来浪迹天涯,好不容易才决定留下来。你怎么能不理我呢?"我叹气说,"不过我早就猜到会这样。"

宝珠停手,从身后把我脑袋抱在怀里。宝珠的胸不大,被她抱着,后脑勺完全感觉不到什么。我也看不见她的表情,不知道是欣慰呢还是哀悯。这时有个戴红臂章的人走过,对我们大喊:"你们两个人真恶心!"

16

宝珠告诉我,小时候她父母两地分居,八岁时,她离开了戴城,跟着妈妈迁到三百公里外的一座工业城市,与她爸爸汇合。她在那儿念完了小学和中学。那是个很糟糕的城市,产钢铁,到处都是灰,市区很小,城里夹杂着农田,根本没有儿童乐园。小孩们就在农田和钢厂之间窜来窜去,十分无聊。她最大的心愿是回到戴城,这儿比较清静。关于这个,我和她的看法完全不一样,我觉得戴城才是全世界最乱糟糟的地方。大学时代,宝珠考回了戴城。

宝珠的青少年时代,过得一帆风顺。她爸爸是研究钢铁的工程师,妈妈是个数学老师,从小到大就是优等生,除了高中时得过一次青春期忧郁症,差点疯了,其他都还好。那次忧郁症的起源,是她的胡子,那会儿长出来了。她早恋了一个男生,此人因为受不了各种嘲讽而宣布和宝珠绝交,宝珠就被击倒了。到了大学时代,胡子已经成为她的标志(同时也停止了生长),似乎无所谓了,况且真有男生不在乎这个,起劲追求她,她都看不上人家。她唯一看得上的是路小路,可惜后者失业、没文化、不干正经事,难以托付终身。

那个年代人们很容易犹豫,我身边所有的人都仿佛装上了钟摆,晃来晃去,找不到可行的方案。照宝珠的经济管理逻辑,就是既不知道自己在哪里,也不知道该去哪里,一切皆如迷雾,未来的方向只有等待《新闻联播》告诉我们了。我对宝珠说,我这副鸡毛样子,恐怕会一直延续到下世纪,翻不过身了,我到中年肯定一穷二白、半死不活，混迹于大众，像饭馆后厨水箱里的牛蛙，生而是菜，又爬不动，只求躲过饭点上的那一劫。宝珠认为我说得有理，路小路太有自知之明了，这种傻逼居然还不自杀，坚持活在人间，蹭饭蹭爱蹭生命，如此具有上进心，实在难得。我听到这种赞美都快哭了，是的，我是一个有上进心的人，但是我经常被人误判为烂命一条。

我们还是没有解决胡子问题。这很棘手，你不能等待胡子消失，世界上大多数问题都会随着时间的推移而自动解决，但胡子是个例外。它不值一提却如此顽固地横亘在宝珠的生命里，准确地说——脸上。当她忽视它的时候，会因为别人的重视而被提醒；当她重视它的时候，别人又会假惺惺地劝解说，不要紧的。这简直要了她的命，感觉自己平白无故多了个上帝，而那些人都是神父，必须要求她做忏悔。在我眼里，宝珠是条汉子，偏偏输给了她身上最具有男性气概的一部分。有一次她恨恨地拿起了剪刀，对着自己的鼻子。我心想，准又是被同学寒碜了，她们管她叫胡子大王。

无能为力。我认为她首先要做到不信邪，然后才能得救。我遇到的女的，不管多横，多能掰扯，本质上都信邪，一点办法都没有，教都教不会。唯一的例外可能是歪歪，但我真的对她没兴趣，到她那份上也不需要我帮忙了。

我曾经把歪歪的奇迹告诉宝珠：歪歪，没受过高等教育，长得难看，就靠着职业培训所里学来的电脑手艺，成了一个白领，虽然是很差劲很低级的那种，但对她来说是成功了。这就是说，你得挣脱自我约束，把那些障碍都当成是个屁，这也是一种厌胜之术。我指望这些能给宝珠励志。宝珠不屑地说："你以为我找不到工作吗？路师傅，这事儿超出你的理解范围。"我说我怎么理解不了呢。宝珠说："每个人的命里，都有几口吃不下的隔夜冷饭，必须得咽下去，而不是放在眼前发呆。我这会儿就在咽冷饭，明白吗？"

春天多雨，有一天傍晚宝珠又打着伞把我带进了女生宿舍，说让我帮她搬点东西。宿舍里面很热闹，一队队女生正在排演舞蹈。宝珠说，四月份是校庆，这些人都是要表演节目的。

"你会表演什么？"我问。

"我都快毕业了，表演个鸡毛。"

"那你还在广播台做主持人呢。"

宝珠白了我一眼。寝室里的女生都很友好，没人举报我。宝珠指指床底下，那是一箱书，俗话说，书重如铁，我扛起箱子就觉得自己腰受不了，牙根泛出一股血腥味。宝珠说："给我扛到四楼。"我说："这是要干吗？"宝珠说："我快毕业了，要回家，这箱书送人。"我没法再问，快要闭气了，磕磕绊绊爬到四楼，敲开一个寝室的门，把书送给一个女生。那女生特别客气，谢了宝珠，又递了个橘子给我吃，说："学姐，这是你男朋友吗？"

宝珠说："哼，算吧。"

女生说："那他跟你回家吗？"

这句话把我逗乐了。宝珠说："他啊，不一定。"

大四临毕业是个非常时期，有人在这个节骨眼上分手，也有脑子被枪打过的，忽然好想谈恋爱了，就临时组团。其中有些人组出了感情，本来应该分道扬镳的，改殊途同归了。所以那女生会有这么一问。宝珠带着我下楼。这一往返，招来很多目光，宝珠挺得意的，毕竟没几个女生敢把男人带进宿舍，还大模大样地晃悠。忽听脑后传来轻微又轻佻的笑声："胡子大王找到男人了。"不知道是谁说的。我以为宝珠没听见，头都不敢回，跟着她下楼。到寝室门口，她原地转了一圈，脸上带着笑，说："他妈的。"紧跟着，脸就铁青了。

宝珠让我在寝室坐着，自己返身上楼。寝室里的女生看她不对劲，问我什么事。我说，刚才在三楼里，有人喊她胡子大王，这会儿她上去寻仇了。问题是寻谁呢？那些女生蛮有把握地说："肯定是琴琴啦。"我说："谁是琴琴？"女生们说："一个大三的女生，老惦摸要取代宝珠，做广播台的播音员。胡子大王的绰号就是她喊出来的，也只有她敢当面喊这个，她是三楼的女皇。你要是不放心，就上去看看吧，别让宝珠吃亏了。"我说："女生掐架，我上去帮不了手啊，再说我是溜进来的，被人发现了拖出去就拘留。"女生们说："你也是个软蛋，可怜的宝珠，净遇到这种货色。"

我被那伙女生撺掇了，不由站起身。刚走出寝室，听到楼梯口一声尖叫，一个长发大波浪的女生连滚带爬往大门口狂奔去，后面宝珠举着扫帚猛追，再后面是一群披头散发的女生起哄，追着喊："快来看呐，宝珠和琴琴打起来了——"到大楼外面一看，下雨，全都站住了，喊道："加油，加油！"宝珠和琴琴已经跑出了视野。

门房大爷出来了，还没明白怎么回事，我从雨中暴走而来，撞开了他，像一头发情的狗熊直追出去，瞅准远处那把高举的扫帚，跑到宝珠身边时我倒吸了一口冷气：扫帚太脏了，湿嗒嗒地沾着秽物。我说："宝珠，这扫帚能把人脸都刮烂吧？"宝珠跑喘了，说："芦花扫帚，跟化妆刷差不多的。"我说："那也很臭啊。"转眼，那个琴琴跑进了自修教室，宝珠追到门口，忽然里面跳出来一个胖大男生，吼道："谁敢打我马子？"琴琴跟了出来，脸上全是扫帚印，大哭道："她用扫帚打我，我毁容了！"胖大男生捋袖子冲着宝珠撞过来，宝珠发出一声凄厉的猫叫，扔了扫帚躲到我身后，喊道："路师傅救我。"我和胖大男生像两辆来不及减速的大卡车，轰地撞在一起，他跌进了花坛，我弹出去两米，在水泥地上打了几个滚。

那天晚上我和宝珠坐在学校广播台里，宝珠都乐翻了，还说风凉话："路师傅，你要是会武功，当时就应该鹞子翻身站在地上。"

我说我他妈的不会这个，只会咸鱼翻身。我也数落她，用这么脏的扫帚打一个长发大波浪的女生，比我用电蚊拍打小孩还残暴。宝珠说："我就是要报复她，竟敢叫我胡子大王。前阵子我在炸鸡店打工，她还说我头发里有炸鸡味。她狗鼻子吗？我用了很多洗发水，她还闻得出来？"我说："那女生挺好看的，脸脏了好可怜。"宝珠就扑过来拧我的嘴，说："你倒一点不在乎我的感受！"

我向后退去，后面有张窄床，值班睡觉用的。我再往后退的话，就可以直接倒在床上了，宝珠趁此机会，恶狠狠地亲了我一下，我抱住她的脑袋，她挣扎了一下就顺从了。

没说的，那个吻深远长久，把我带入了幼年依稀的回忆。我靠在床架上说，我忽然想起来自己幼儿园时候曾经亲过一个小女孩，但我不记得她是谁啦，只记得教室外面的枫树，秋天像火焰一样，似乎还是她主动来亲我的。宝珠撂下手说，那个就是她，但她也想不起来为何要亲我了。

宝珠说，今天发生的事情，就会成为明天的记忆，今天假如平平淡淡，明天就会什么都忘记掉。在她小时候，某一天摔了一跤，会连带着记住那天发生的所有事，因为有一个惨痛的印象，掩护了那些平淡无奇的事物不被忘却。然后她又说，小时候因为爸爸不在身边，觉得很伤痛，连带着记得幼儿园时发生的很多事，长大了记性反而不那么好了。

我点点头说，是的，我能记起自己被什么女孩在枫林里亲了，这件事大概也挺惨痛的。宝珠怪睁着眼睛说："你这辈子就被我一个人亲过吗？"

"当然，就你一个。"

"我不信。"

"我也不信你就亲过我一个。"

宝珠说可以比比看,大家同时出手指,到底亲过几个人。我同意。一声令下,我伸出八根手指,宝珠没伸手,定定地看着我,最后伸出了一根大拇指:"路师傅,厉害。这根拇指就是你。"

我心里还很得意,忽然明白过来,宝珠活了二十四岁就亲过我一个,除了小时候不算,刚才那个是她初吻,即便算上小时候的那次,也是我。杨迟说过,本科女生要是念到大四连初吻都没贡献出去的话,后半辈子恐怕就只能养猫了。这是值得深深同情的。我愣了一会儿,也不能再问下去了,只能坐在床沿上抖腿。宝珠走到窗前,打开桌上的台灯,顺手合上了窗帘。

那晚上我和宝珠试水不过三分,如果用人生中的饭来打比方,这锅饭连水都没烧开。其中的原因,一部分是宝珠不太懂这个,做得很别扭,另一部分是地点没选对,我不太喜欢在工作场合干这个,再怎么说,广播台也是个正式场合。好在我和宝珠心情都还不错,捣鼓了一会儿,她说:"不行嘛,你没经验。"我暗笑,是的,我对你这号黄花大闺女没经验而已。没说出来。我说:"宝珠,你看,我的那个东西不是雪茄烟,你可以吸一口但最好不要这么夹在手指缝里,我很难受。"宝珠大为羞惭,说:"算啦算啦,不做了。我要睡觉了。"

我和衣躺在她身边,把自己的皮带扎好。我没法唤起宝珠的性欲,她太硬,我软了。宝珠顺手拽过被子盖在身上。床很窄,两个人并头而卧的话,就必须得搂着,当然也不可能像我和老杨那样睡96。我们躺了一会儿,宝珠说:"哎,竟然忘记关灯了。"我说:"等会儿关吧,我要出去上厕所。"

宝珠说:"我打算把广播台的工作结束掉,然后就去正式找地方上班。"

"在戴城找工作?"

"目前看来是这样。"

"真可惜,我还以为自己会慢慢习惯这个地方,在广播台做爱其实也蛮刺激的。你想想,宣传重地啊。"我胡诌说,"以后要找地方就难了,我家里两居室,房子都歪了,门框变形,门都关不上。别说是我,就我爸妈都不敢有动静,今天我不回家了,让他们开心开心吧。"

宝珠说:"你这就外行了。广播台这个地方,历来是淫乱场所,所以有这么多人趸摸着要进来。床小了点,但一人一户,晚上这楼里根本没人的。他们都带人进来住的。"

"也就是说,这床是公用的?"

"被子褥子枕头,都是。公开的秘密。"

"如果有人来查怎么办?"

"都是学生会的精英,查了一个,就把广播台连锅端了。别怕,保卫科最懂事了。"宝珠说,"当然,有时候来个变态男生敲门,别理他就是。惹急了打电话叫保卫科来抓人,他敲几下就赶紧溜的。"

我说:"懂了,现在我可以去上厕所了。我就担心琴琴和她男朋友冲过来,一脚踢开门,把我们活捉在床上。"

宝珠嗤笑说:"怂了吧,路师傅。要是敢来踢门,你就一巴掌扇他出去。"

我摸黑去上厕所,走廊里黑漆漆的,什么声音都没有。我总觉得这晚上不太平,越尿越害怕,胡思乱想,又摸黑回到广播台。宝珠正坐在台灯前面化妆,一抬头,我看见她用签字笔给自己画了两道弯弯的胡子,有点像达利的那种,两头翘起来,十分俏皮。宝珠问:"好看吗?"

我说:"简直帅呆了。"

宝珠严肃地说:"这口冷饭我咽下去了。"

我和宝珠关了灯睡在床上，用书本上的话说，"发出均匀的呼吸"，结果我转头一看她的眼睛睁着，大概是失眠了。我也睡不着，伸手抚弄了一下她的嘴唇，两撇胡子已经被她擦掉了，我倒希望它们还在。雨水落在窗外的水杉树上，声音很沉闷。这个晚上过去以后，会发生什么事情，只有天知道了。

后半夜我有点迷糊了，忽然被一阵遥远的声音吵醒，它来自学校某处的大喇叭。有一个男人正在大声宣告："同学们，宿舍煤气泄漏啦，赶紧跑啊。"我从床上竖起来，宝珠比我先一步跳下床，拨开窗帘隙缝看了看，嘴里骂了一句。我说："怎么回事？"

"只有一个喇叭在叫，是有人私拉了电线，接到了喇叭上。"

"煤气没泄漏？"

"宿舍里有屁个煤气啊。"

从我们的位置看不到宿舍的场面，应该都被吵醒了。宝珠想了想说，这估计是琴琴指使的，那个胖大男生是学无线电的，干这事儿一点不费劲。她怎么不索性在喇叭里高喊宝珠在广播台藏了个男人呢？这不是更直白吗？然后宝珠忽然回过神来，说："路小路，你得赶紧跑，保卫科的人就要来了。"

我一边穿鞋一边想，这叫什么事，本来还挺好玩的，看看本科女生掐架，没想到搞大了。这时房门被人敲响了，保卫科的人已经到了门口，宝珠慌了一下，马上恢复了镇定。

"开门开门，你们广播台怎么回事？"

"我这里没有任何状况，你应该去喇叭那儿检查情况。"宝珠说。

"领导都惊动了，开门。"

"让我穿好衣服。"

宝珠弯腰看了看床底下，下面堆满了纸箱，没法藏人。又打开柜子，里面全是磁带，也来不及清空了。宝珠低声对我说："你到里面去假装检查电路,我去开门,你不要慌。"

我说:"开门我们俩就都完啦,主要是你,你至少挨一个处分。"

宝珠说:"那就挨一下呗。"

我说:"这也是必须咽下去的冷饭吗?背着处分去找工作?"

宝珠说:"你就别再跟着我打比方了。抓住你的时候别倔啊,不然挨打,我们学校保卫科打你这种外校无业人员可狠呢。"

我推开窗,风骤然卷起窗帘,外面很黑,喇叭已经静默下来,只剩下雨声。我忽然想起了杜甫的诗:随风潜入夜,润物细无声。我不会背什么古诗,全是语文课本上学来的,我像所有受过初等教育的中国人一样,下雨的春夜只能想起这句诗,再也没别的货色了。然而我现在打算顶风潜出去。我师傅说过,一个人从高处往下掉,摔死的概率更多地取决于落地的姿势和地面的硬度,如果脑袋VS水泥地,一米高就够了。广播台在三楼。为了我亲爱的宝珠不受处分,我决定赌一把。那棵水杉树离我很近,当我站在窗台上时,伸手就能摸到枝杈,但摸不到树干。我拨开窗帘和宝珠,让两者不要缠着我,然后用了一个很惊险的姿势往前跃了一小步。水杉的树叶柔软且细小,靠近树冠部位的枝杈也很脆弱,没扎到我,但那树干瞬时弯了,我像一个反向的撑竿跳高运动员,向地面坠去。到二楼的时候我正好保持了一个垂直于地面的角度,两手抱住树干,它像吊车一样把我往墙面上甩。我决定撒手,没犹豫,立即坠落在铺满落叶的柔软湿地上。

运气不错,我毫发无损,只是脚下打滑,摔倒时本能地用手撑了一下,然后我就觉得自己的左手臂出了一点问题:它拧成了一个不可思议的角度。我站了起来,一时没感到疼,身体已经没法运动了。这时有三五个人从对面打着手电筒过来,其中一个正是那胖大男生,他照着我:"看见你从上面下来了。"

我说："我一直在这儿躲雨。"

胖大男生说："你别赖了，跟我走，我拿你去领赏。"

我说："操你妈，你碰我一个试试？"

胖大男生被我激怒，上来推了我一把，后面的人也都跑了过来。我知道事情到位了，可以了，现在我能够和他们谈价码了，于是发出惊人的惨叫，跪在地上，用右手拉开左手的袖子。

"你把我打成骨折了。"

那几个人用手电筒照着我，各自倒吸一口冷气，我再看看左手臂，日他大姐，一截骨头戳在外面，术语叫开放性骨折，顿感剧痛，真的惨叫起来。后面几个人瞪着胖大男生。

"这下惨了，你怎么把他打成这样？"

胖大男生也惨叫："不是我干的！我就轻轻推了他一把。"

轰的一声，楼上窗口飞下一个凳子，宝珠探出头大喊："肥佬，站那儿别动，我要卸你的胳膊！"

胖大男生拔腿就跑。

17

我得说一下我的叔叔，就是宝珠提到的在竹林里野合的那位，亦即曾经让我去铲煤的家伙，他比我爸爸小十二岁，更像是我和我爸爸之间的过渡型产品。他和我奶奶住在戴城市区的平房里，竹林對台的女人没嫁给他，任何女人都没嫁给他。后来我奶奶去世了，他一个人住着，把我奶奶喂养的十几只猫全都赶跑了。

年轻的时候他做过知青，七三届的那一拨，在戴城近郊务农，经常蹿回城里弄点吃的。其后遇着改革解救，回城做了一个街道工厂的印刷工人，那个年代的印刷工人都挺有文化的，他居然还写过点散文，不过很快就放弃了，辞了工作，在街头做起了香烟贩子，那个年代的香烟贩子也都是潮流人士，卖的是外烟，结交的是街头潮人。此后他做过十几种买卖，最辉煌的时候是开了一家租录像带的小店，顺带卖各种磁带。后来他因为睡了一个不该睡的女人，把整个店都赔给了她，正赶上经济低潮到来，于是一落千丈，成了社会闲杂人员。

他痛恨政府，不只是中国政府，也不只是当届政府。古往今来、地球上数得出名字的政府他都恨，这就不是意识形态问题了，而是个人习惯。小时候我对着国旗敬礼，声称这是老师的教诲，他叼着烟屁股说：老师教你个鸡毛，老师在家里给国旗敬礼吗。长大了我说美国比较好，他又说：美国政府是浑蛋，世界最强国家，老百姓福利还不如瑞士。他爱钱，更爱女人，内心骂骂咧咧，实际生活中则扮演着花花公子、穷光蛋、失败者的多种角色。他唯一让我明白的道理就是，无论做穷鬼还是做暴发户都没什么好惭愧的，因你此生从受孕那天起就注定了不是贵族，你要像像样样地做个穷鬼或者暴发户。

在家族里，他的名声很不好，亲戚都躲着他。有一年他在一个女人家里，被人老公堵住了，他光着身体从二楼跳了下去，企图逃跑，结果摔断了一条腿，光溜溜地坐在地上喊救命。人家老公抡着棍子追下来，他大喊："是你把我推下来的！"那位实在不忿，举起棍子给了他一下，他立刻倒地死去，吓得人家赶紧打电话叫救护车和警察。等到警察来了，他又活过来了，反告对方谋杀奸夫。这在我爸爸看来，是旧社会的无赖干的事情，理当被打死，但打死他必然要判刑，他挨打从来不还手的，谁又肯和他同归于尽呢？

现在我可以说了，在戴城大学讹胖大男生的那一出，既不是我天资聪颖，也不是我急中生智，而是我这个浑蛋叔叔以身作则教给我的。我也看不起他，但这一手确实管用，只要你肯付出断手断脚的代价。

我摔断手（对外声称被打断）送进医院，宝珠被学校带走了。到病房，我第一时间打电话给叔叔，他很仗义，天蒙蒙亮就赶来了。中年以后他的头秃了一半，脸上的皮肉都挂了下来，显得很猥琐。我不太忍心看到他，会令我产生很糟糕的预感，猜想自己中年时的熊样。好在我目前手断了比他更熊，也就无所谓了，我要办的事情必须由他出面，其他人干不了。

我把事情跟他说了，他点头，赞我机灵，有他的余风。我摇摇头，请他不用再夸我了，我不如他，好歹没有光着屁股跳楼。下午我叔叔去大学交涉，借了隔壁病床一个摔断脊梁骨的建筑工的X光片，跑到校长室，进门就说：人瘫了，手要锯掉，咋办？校长看着X光片都快哭了，很严肃地警告我叔叔不要讹诈，学校在医院派了卧底，情况都了解得很清楚，路小路只是摔断了手臂，作为外校学生，他有点活该。我叔叔说：外校你个鸡毛，他不是夜大的吗，夜大的学生夜里出现在学校，很正常。校长嘶哑着嗓子争辩说：后半夜！我叔叔说：我不管。

校长没办法，把胖大男生叫来，后者一看X光片直接瘫坐在椅子上。我叔叔奸笑：小子，厉害，多少人想把路小路的骨头打断，都没成，祝贺你做到了。胖大男生也争辩说，不是他打断的，他就轻轻碰了一下路小路。我叔叔就说：哎，我有心脏病，你在街上打了我一下，我死了，这事儿你能走得了？这下胖大男生和校长都说不出话来。我叔叔趁机问：那个叫宝珠的女生呢？校长说：正在接受调查，要处分她。我叔叔说：谈条件吧，不处分，给她毕业，我侄子的医药费你给五千，事情就此撸平，两不相欠，怎么样？校长说这事儿挺大的，可以放过宝珠，但是五千块的医药费不可能马上定下来。我叔叔说：那就一万！这时胖大男生喊了起来：五千块我来出！于是这事就撸平了。

临出门时，我叔叔又想起我交代的另一件事，说：夜大八门课的补考，没法来考了，直接给毕业证吧。校长忙不迭地答应了。回到医院里，我叔叔对我说："你只要三千，我给你要到了五千，超额部分归我了，养好伤给我送过来。"

我在医院里做了手术，打好石膏，接待了各方来宾，包括胖大男生，抽了几根烟，彼此感叹了一下霉星高照。我顺便问了他一下私拉电线的事，胖大男生说，这事确实是琴琴指使他干的，当时他也很害怕，查到了肯定开除，但是因为我出了更大的事情，私拉电线反而没人管了。这么说起来，他还是要谢谢我，总之宝珠和琴琴都不是省油的灯，以后娶了她们都得小心点。我点头同意，胖子心宽，讹了他五千也不在乎，声称家里有的是钱，那就祝他幸福吧。

过后我就出院养着了。这段时间宝珠却失踪了，没有来过一次。我挺想念她的，有一天吊着手臂去了大学，在女生宿舍前面喊了一喇叭，出来一个女生，把一封信递给我，是宝珠写的。我用牙齿啃开信封，抖开信纸。

路小路，

你好。别以为我没来看过你，我去过医院，你在睡觉，我没叫醒你。

出了这么大的事情，觉得很对不起你，以后不想来找你了，但是和你的感情很深，很可能还是会来找你。这段时间我没有课，回家一趟，我爸爸给我找了个实习单位，在南京，我去一阵子。如果南京不行，我还是会回到戴城来找工作。

总之，请不要挂念。祝你早日康复。

宝珠

PS.我没有挨处分，其实挨了处分也不要紧的。还是谢谢你。

负责递信的女生挺好奇的，问我："宝珠怎么说？"我说："她说不在学校，回家了。"女生说："唉，宝珠那天从医院回来很沮丧呐。"我说："沮丧什么呢？"女生说："我也不知道，大概是你的样子太惨了，反正你现在在我们学校是出了名了，你们的故事已经传为佳话。"

我把信塞到口袋里，心想，佳话你个鸡毛，不就是胡子大王找到男人吗？宝珠这一去，什么时候回来，回来是什么样子，还真不太好猜。

女生很神秘地说："告诉你，宝珠临走前把她的胡子弄掉啦。"

"弄掉？怎么弄掉？"

"用了一种法国生产的脸部褪毛霜。"女生说，"现在的宝珠，完美，perfect。你要乖乖地等她回来哦。"

18

我吊着手臂到处晃悠，时间一天天过去，逐渐习惯了单手生活。有一天我叔叔打电话给我："路小路，钱还没给我，说好了你送过来的。"如果是别人的钱，我早就花掉了，他的钱我不敢花，他会脱光裤子跑到我家门口来要债的。我揣了那两千块去找他。

自从我奶奶去世以后，我叔叔独占两间大屋子，早衰，破产，单方面宣布退休，过着逍遥等死的日子。他仍沿袭着八十年代末城市个体户的风气，穿着一件花色条纹的睡衣，横在躺椅上，一脸满足地向着天上看。我也抬头，看到院子上方的树叶和白云，揶揄道："叔叔，上次你让我去铲煤，你现在这么闲，为什么自己不去铲煤？"我叔叔端着茶壶往嘴里滋了一口，说："我已经功成名就了，不需要再奋斗。你不一样，铲铲煤对你有好处。"

"你店都被人没收了。"我说。

"我已经把该挣的钱都挣了，银行存款还有十多万，我有权躺着。"我叔叔说，"至于你说的那个录像铺子，我告诉你，VCD时代来临了，以后不会再有人租录像带了。我把录像铺子给了那个女人，现在她天天亏钱，愁都愁死了，可是她又不舍得把那一屋子的录像带烧掉再花钱去进VCD片子，她没这个经济智商，她只会掰开大腿玩仙人跳。"

"听你的意思，打算出租VCD了？"

"不出租。VCD片子很贵，现在是利润最高的时候。我打算卖碟片。"

我摇摇头没当一回事。我叔叔说得当然没错，他很有生意头脑，在一段漫长的岁月里，他曾经预测过各种各样的经济走向，倒粮票，贩香烟，贩服装，倒卖化工原料，买原始股，开校办工厂，组织拆迁队，甚至贩枪贩毒。在他的世界中充满了各种机会，从一九七九年开始，他就对着家里各色国营企业上班的亲戚们说这些，亲戚都吓坏了，坐等他发财。然而他也没有抓住太多的机会——他从两个方向证明了，世界多姿多彩，世界变化太快。

在叔叔家里我发现了大量的VCD，可是没有机器，不知道他怎么看片子。我叔叔说："有你这两千块，我就可以去买机器了。"我心想，所谓银行里的十多万估计又是个屁，他惯会骗人，其实早就破产了。

我还记得自己念技校那几年,我叔叔开录像铺子。那个年代家里有录像机的人多数有钱、潮流,他们不满足于有线电视里的故事片,也不屑于在脏兮兮的录像厅里过瘾,必须在家里搞一个点播系统。尽管那些带子质量糟糕(很多是翻录的),但这足以让他们与众不同,他们拥有一个神秘而自足的世界,我叔叔就是这个世界里的魔术师。在那几年里,他深受人们敬重,手上的香港片和好莱坞动作片总是令人惊叹不已。在阳光无法照到的黑暗处,他还免费出借一些色情片,赢得了超越魔术师的地位,近乎魔法师,可以说是最牛逼的亡灵魔法师,他让人欲仙欲死。我曾经借到过两盒,不敢在他家看(我奶奶还活着),只能带到同学家里,七八个人凑在一起开眼界。在那部颗粒粗大、经过无数次翻录而褪色的作品里,尚是少女的饭岛爱小姐用她的肉体影像把一众少年打磨得晶莹润滑。我记得这些,因为当时太想知道女人是什么样,以至于到达了终生难忘的境地。颗粒粗大的褪色饭岛爱啊。(她死后,我觉得她变成了颗粒粗大的星空,变成赤裸的星云。)然而录像带时代忽然消失了,就像经济危机忽然来了,更清晰的VCD席卷世界,这一次中国赶上了全球步伐,后面再也没有脱班,甚至比美国人看的片子更多,因为这儿全是盗版,便宜,买得起。我后来认识一个学电影的姐姐,年轻时攒了一千多盒录像带,后来全废了,改攒VCD,再后来又全废了,变DVD,变蓝光,直到网络下载时代来临,她才消停。后来她去了德国,德国人看见她一个中国人打开电脑,立刻警告说,不要非法下载东西,在我们德国这么干会坐牢。于是她又回到了传统的电影院里。这很像我经历过的时代变迁,必须把过去的事物和思想全部地、完整地、里外里地报废掉,才能获得一点现实感。

有一天老杨把我叫到小苏家里,看到一套新买的音响器材,带

VCD 功能的。机器是老杨花钱买的，自从做了农药销售员，老杨就挣到了钱。我问他："为什么不放在自己家里？"老杨说别提了，买 VCD 那天恰好被楼上万师母家的女儿看见了，连着三天往他卧室里钻，抱了一堆碟片，全是港台言情片。这姑娘中专快毕业了，没找到工作，也没男朋友，有大把的时间和心情。老杨只能让她在卧室里看片子，自己也瞄几眼，觉得甚是无趣。其中有一本王家卫导演的《堕落天使》，也很无趣，忽然看到李嘉欣自慰那段，发出怨恨的呻吟，两个人全都惊呆。（老杨说，这姑娘准保也手淫的，否则不会明白。）后来连老杨的爸爸都趴在门缝上看情况，以为姑娘在用毛片勾引老杨——这太可怕了，万师母下岗，老万病休，姑娘没工作，如果杨迟真的睡了她，万家就可以到杨家来吃饭了。老杨的爸爸不敢惊动姑娘，怕她喊起来，就冲出去拉下了家里电闸。姑娘抱了碟片就溜。

我和小苏都笑翻了。我说："我也想看那本片子。"老杨就打开电视机，插上 VCD 的电源，解释说："电闸拉下来，片子退不出来，姑娘也跑了。所以那片子一直都在机器里面。"我们赶紧凑在一起，抓紧时间看李嘉欣自慰。看了一会儿，小苏忽然叹了口气，走开了。

"他处男，他不能看这个。"老杨又解释道，伸出两根手指冲我做了个流鼻血的手势。

自此我成了个碟迷，天天趴在小苏家看片子，并继续养伤。找工作的事情自然搁下了，感觉自己一下子文艺了，到处都是打麻将的人，我的娱乐方式与人迥异。榜样树立起来，直至新世纪，全中国都趴在家里看片子，这是后话了。

我又去找我叔叔，他的碟片店已经开张，跑去一看差点又笑翻。他借了朋友开的皮鞋店一角，用两个纸箱子搭起小柜台贩卖碟片。那是非常热闹而破烂的市口，车辆拥堵，行人乱窜，小饭馆和个体服装摊林立,看不到半个警察,极适合浑水摸鱼。我叔叔的摊位前一溜屁股,都撅着挑碟呢。他看到我,立刻拽我过去,让我替他看管一会儿碟摊,自己跑去上厕所了。

不久来了一个老头,很焦急地看着我,就是不说话。我忙着做生意,介绍影片,老头忍不住了,揪着我问:"原来的摊主呢?"

"上厕所去了,那是我叔叔。"

"我的碟片,定好了,他得给我。"老头神秘兮兮地说。

我一看他的乌青眼圈就明白了。等到我叔叔过来,把老头拉进皮鞋店后面的夹弄,给了他一袋碟片,他一本正经地走了。我说:"他今儿晚上可以开荤了。"我叔叔说:"他哪有什么荤?看人开荤而已。"

在录像带时代,我叔叔是不卖这种货色的,只有少量拷贝在小范围内流传。因为当时管得紧,贩卖黄带的罪名很大,轮上"严打"和"清除精神污染",可以判得非常重。到了VCD时代,我叔叔终于也做起这门营生,按照国家法律,也得判,但满街都是贩毛片的人,还都是外地的,被抓到的概率就非常小。警察一般也不太爱管这种鸡毛事情,得有"扫黄打非"了,才集中整治一下。我叔叔认识很多警察,消息灵通,后来那条街上卖碟的都把我叔叔当成是棵消息树,只要他不出摊,别人也老老实实地把货都收了起来。

我叔叔给我算了一笔账,令我拜服。九七年的价格:普通影片进价八元(两张碟),卖十五元,毛片进价十元(单张碟),卖四十元,遇到特别饥渴的,你可以小小地敲个竹杠,卖四十五元,遇到特别特别特别饥渴的,一把买下二十张片子,你可以打九折。利润率远远超过正常碟片。马克思说过,为了百分之两百的利润,资本家可以去死。别说资本家,我都宁可死。人概莫能外。我说:"既然如此,你干脆就专卖黄片算了。"

我叔叔说:"那么警察很快就会来找我。我毕竟是有固定营业场所的,专卖黄片得去天桥上站着,警察来了还得跑。我老了,腿摔断过,跑不快。你可以的。"

我说:"我手也断了。"

"手断了正好,专卖黄片的都这德性,五官不全,四肢残废,要不就是抱个小孩。"我叔叔说,"像你平时那副凶巴巴的螃蟹壳,谁敢找你买黄片?万一你卖的是假货呢?"

"还有假的?"

"拿到家里一放发现是武打片,白硬了,非常扫兴的,也不敢回头来找你麻烦。"

如果用武打片冒充黄碟,我算了一下,利润率是百分之一千,这他妈的简直翻了天了,比毒品还挣钱,肯定会有人干这个买卖,但未免太缺德。买黄片的人也都不容易的,性生活不美满,或者根本没有,我们不能坑那些绝望的人。

我叔叔撺掇我去走街串巷,这当然是个坏主意,要给我妈知道肯定宰了他。我妈宁愿我去铲煤的。而我当时存了一个念头,得攒点钱,买张火车票去找宝珠。我已经欠了杨迟和小苏好几百块钱,朋友太少,再也找不到其他人可借了。百分之四百的利润让我眼红,投资两百块钱,快速卖掉,资金周转率加高额利润,一个月我就能赚两千(会计没白学)。

我问我叔叔:"你能给我点黄片去卖吗?"

我叔叔说:"可以啊,你从我这儿批发,十五块钱一张碟,付现金,二十张起批。"

我说:"你太会做生意了吧?我是你侄子。拿几张碟去卖,卖掉卖不掉我都会回来跟你结账的。"

"万一你被抓走了呢?"

"操。十块钱一张,我付现,总可以了吧?"

"不干,你自己去进货。"我叔叔说,"我也不要做你的生意,你看着凶狠,其实最怂了,念幼儿园那时就很懦弱。我要是给你供货,你被抓进去肯定第一个把我供出来。"

"你他妈的才懦弱呢!"我恼羞成怒,大喊起来。

我叔叔给了我一个地址,简直不是人,在五十公里外的一座小城市,我必须坐上长途汽车才能去那里。鉴于我手断了,小苏答应陪我,那阵子杨迟又去了划水县,找不到人。

去的那天下小雨,天一直亮不起来,停留在早晨五六点钟的光景。一辆崭新的大巴,暗蓝色的车窗使外面的景色更为阴沉,车里没几个人。在我们落座之前,有一个中年人捏着挖耳勺,站在过道处掏耳朵。小苏非常谨慎地停住,等他掏完坐下,这才走到座位前。

"这是什么意思?"我问。

小苏低声说,在他的家乡,火车站附近经常有这种掏耳朵的人。你走过他身边,也不知道是你撞了他呢还是他撞了你,反正他会倒下,流出一耳朵的血,说你把他的挖耳勺戳到他脑子里了,这时就会有七八个人围过来,让你赔几千块钱给那人去看病,你想溜走是不可能的。小苏对于当街掏耳朵的人非常警惕。

我听得发愣。小苏说,跑的地方多了,是有点疑神疑鬼,其实这样也不好。我问小苏,这是不是他亲身经历的事情。小苏说,就是春节回家发生的事情,刚下火车就被人讹了几千。当地有各种骗术,小到松花蛋里裹土豆,大到成千上万的投资,其实全国都是这样,也不单是他的家乡。

我们又说了一点老杨的事情。农药销售员虽然能挣点钱,但是风险很大。不久前厂里有个销售员跑到外地去送货,押了一卡车的农药,到公司收钱,当地老板请销售员吃了顿饭,然后说一起去银行提钱,到银行已经下午四点,发现打烊了。销售员再回头发现陪同的人溜了,知道事情不妙,狂奔到公司一看,卡车还在,农药没了,公司也没了,像聊斋一样。销售员只好回到厂里,按日本人的规矩,他应该剖腹自杀,按中国人的规矩没有任何办法,只好报警,然后让他下岗了。此种事情比比皆是,说出来并不值得惊讶,倒是经常会感叹受骗者智商太低,看着很简单的题目,他们却答错了。

我说:"还是做化验员安全。"小苏看看我,不说话了。我说:"我没有寒碜你的意思啊。"小苏说:"我确实觉得在农药厂是浪费青春,明年想考研,回北京去。"我说:"你这就对了,戴城没什么意思。可是你走了,狗怎么办?"小苏说:"是个麻烦事,我表姐生了个儿子,她一高兴,养了条大狗。现在这条哈巴狗就彻底归我了。我要它有什么用,不如送给你吧。"我说:"我连自己都养不活呢。"

汽车开了一个多钟头,在一个荒凉的地方停了下来。小苏看了看前面,说:"有车匪路霸。"全车人一下子紧张起来。

司机开了车门,上来两个湿漉漉的人,一个站在车门口,另一个抬手数了一下人头,说:"人少了点。每人交一百吧。"

我得说明一下,那是一九九七年,全中国车匪路霸最猖獗的年代。每一条道路上,都有他们的身影,我曾经以为他们会一直存在下去,某一天我在路上,老得手无缚鸡之力,或恰好忘记带钱了,被他们抢光并打死,尸体扔在路边。只要你出门,就不可避免会遇到他们。他们之中的某些人是土匪,某些根本就是贫苦农民,拿的刀子都生锈的,但拿生锈刀子的贫苦农民一样有可能干掉你,毫不手软。曾经有一次,我看到一个蓬头垢面拿菜刀的穷鬼,堵在破烂的公路上，劫所有往来的车辆。说起来，那真是一个人人拿着菜刀都可以上街收门票的年代，欢乐死了。

我和小苏掏钱。那个人收了钱，甚至懒得看我一眼，在他心里必然认为我不敢反抗，而我确实不敢。我手断了，这当然是个很好的理由，实际上，就算我手没断，也不太想为了一百块钱被亡命之徒捅一刀。汽车开了十分钟，劫匪说："停车。"司机从命，他们跳下车走了。我对司机说："拜托，你下次能不能别再停车了？"司机说："我也没办法，我天天跑这条线，家里有老有小。"同车人说："我觉得你他妈的就是串通了他们来抢钱的。"司机说："话别这么说，要不我再停车，把他们叫上来，你问问清楚？"同车人不敢吱声，等车开出去一段，复又破口大骂，司机恍如聋哑。

车停在城里，到站了，我和小苏站在细雨中辨别了一下方向。这座小城的规模不如戴城，但气氛极其狂野，到处都是敦敦实实的楼，每一栋楼里都是巨大的商品批发市场，雨中的广告牌像打翻了的扑克，吊旗与横幅强行插入视野。这种天气里，戴城寥落寂冷，像一个患了感冒的少女，而我所驻足的地方则显得有点像吃错了药。

无数广告牌上的明星和模特居高临下凝视着我们，我们问了问路，没人知道那地方所在，倒是小苏好像有着灵敏的嗅觉，指着远处一栋黑色楼房说："好像就是那儿。"

小苏是个有好运的人，我们走到那栋楼里，看到全是VCD碟片。那其实不是我叔叔给的地址，但我们蒙对了。小苏挑碟片，我把他拉走了。

"你不是要进货吗？"

"我要进的不是这种。"

事实上我一直没告诉小苏，我要进的是毛片，是黄碟，是违禁品。我主要担心他处男受不了这个。这时有个长头发的少女走到小苏身边,低声说:"要黄碟吗?"她长得相当好看,穿着短裙,有一对大胸,蹭在小苏的胳膊上。小苏的胳膊好似中了枪,赶紧说:"不要不要。"我说:"要的要的,我批发。"小苏说:"你……"这时少女的大胸已经在我的胳膊上了,她觉得异常,低头一看说:"哟,你打了石膏,怪不得这么硬。"我心想,他妈的,什么硬不硬的,叫人有点小小地不好意思。这少女讲话太狂野。

我们跟着她爬楼梯,到五楼,发现空荡荡的,光线很差。少女很健谈,她先是向我们介绍了她的产品优势:你们算是找对了人,我的碟是这栋楼里最好的。然后她又说:哎,看你们俩的样子,真不像搞批发的。

"那像什么?"我问。

"像零售的顾客。"

我脑子转了一下,没反应过来。小苏低声说:"她在骂我们。"

"意思是我们俩像看黄碟的性苦闷?"

"是的。"

"我才不像呢,你像。"

少女带着我们走进一条长廊,两边都是窗,稍微明亮了些。又绕了一圈,到一间屋子里,打开一台报废的电冰箱,一包一包的塑料袋,里面全是碟。

"五十张起批,批发价十元,零售三十元。全是真货,不会骗你们。欧美还是日本的,你们自己定。"

"零售价不是四十吗?"我问。

"上个礼拜降价了,"少女摇头说,"现在满大街都是卖碟的人。"

就这么一会儿的工夫,我的利润就跌了三分之一。这年头我也跟农民似的,秋天必须得抢收。我问她批发价能再便宜些吗。她不答应,说这个东西一旦查禁起来就不能做了,批发价不但不会跌,还会涨,跟毒品似的。她问答均老练,看来是干久了这一行。显然,刚才的大胸迷惑了我,让我误以为自己和她之间有着黄碟往来的交情,其实我们只是一种生意关系。

小苏的脸一直红扑扑的,挂着不好意思的笑容。事后,我故意嘲笑他,贵乡都出产那种掏耳朵倒地不治的骗子了,怎么你看到黄碟会讪讪的,这太不像是贵乡的高才生啊。小苏说:"我跟我的家乡没什么关系的,我小时候住在戴城,长大了去北京念大学。"

我说:"在北京没看过黄碟?"

小苏说:"念大学的时候看过一次录像带,没有碟片的。"

他还真看过,按说不该这么生分的。小苏说,别提了,那是在大学录像厅里,有一天晚上,一个同学把他带进去,里面偷偷地在放黄带,好些男生都坐在下面看。他觉得这东西有害身心健康,想溜,但是作为男人而言,总有一种学坏的本能,哪怕是好奇心呢。于是坐下来一起观赏,不料看了个开头,被人举报了,学校里管事的人冲进来查抄,一众男生全部被押走,像对待俘虏一样,把裤带都卸下来挂在脖子上,双手提裤,吃相非常难看。第二天带头人直接被开除,其余人等点名通报批评,小苏的名字也在其中,平时好懂礼貌的孩子,看上去那么有家教,忽然变成了看黄色录像带的色情狂。此后就再也不敢碰那玩意了。

我只对另一个问题感兴趣。"看了个开头?开头多少?扒光了吗?"

"那电影从一开始就扒光了。"

"插入了吗?"

"还没有。"小苏讪笑。

"今儿晚上回家你可以看全套的了。"我奸笑着说。

那天我进了五十张碟片,仅有的五百块钱全部投资进去,还有我的一世英名也豁出去了。大胸少女很喜欢我的豪爽，也喜欢小苏的羞涩，还送了我两张碟，说这个是特别好看的，买不到，也不太能卖出手。我以为是她主演的呢，回家一看差点疯了，是两个男人。联想到她当时用不怀好意的眼神看着我和小苏，肯定以为我们是那种关系。日他大姐的。

我后来还找她批发。我出货出得非常快，这得说是我的好运，前半辈子只有做这门生意是顺风顺水的，可惜它非法。大胸少女和我熟了，就问："上次那个男的怎么不来了？"我说，被你吓着了，回家看碟片里两个男人恶搞，你在搞什么鸡毛嘛。她说："开个玩笑嘛。"她后来还给我讲了很多自己的故事，被一个男人抛弃，被两个男人抛弃，被三个男人抛弃，最后抛得她脑子出错了，就跑到这里来批发黄色碟片。三级片她也做，两个男人的这种冷僻货色她也不避讳，她觉得这样挺好的，把男人们都带坏了，是一种报复。

"才没有呢。"我说，"你是给男人们带来福音的人。"

"是吗。"她有点得意，再看我的脸色，觉得我是在寒碜她，就说，"彼此彼此，你也给男人带福音了。这个牺牲太大了，告诉你，卖黄片的大部分都是女人，知道为什么吗？"

我摇头，不知道。

"因为男人会忍不住去看片子，你搞批发的，每张片子都不重样，每张都看过来。嘿嘿，你会变成一个残废的。"

她是个好人，经常叮嘱我：少看啊，保重身体，看久了，等到你自己都不想看的时候，你就不会爱上任何姑娘了。这时我就发现，她不是少女，她是一个非常懂事的熟妇。但是我一直没告诉她，其实我把碟片放在小苏家里，他那儿没人管。至于小苏是否把所有的黄片都看了过来，我也不知道。后来惹上了麻烦倒是真的。

19

某一天,小苏忘记带家里钥匙了,想找锁匠开门。我对小苏说,世界上的锁和钥匙其实就那么几种,尤其你这种斯别林锁,太通用了。杨迟说,的确,他曾经用自己家的钥匙打开过大学老师办公室的门。于是我和老杨把身上的钥匙串掏出来,一把一把地试,结果我用自己家大门的钥匙打开了小苏家的锁。他大为惊讶,我和杨迟也觉得不可思议。

这以后,我们再去小苏家,如果心情很好,就直接掏钥匙开门进去了。我把碟片放在小苏家,更是方便。小苏也无所谓,说省得再给我配把钥匙了。他住在市区,而我贩碟的活动范围就在这一带。我不能去农药新村干这个,名声太难听。

卖黄碟不是什么好事,不值得炫耀,我也是活不下去了才干这个。谁他妈愿意每天神秘兮兮地截住那些看似饥渴的男人,低声说"要片子吗"?同样,我也不想描述我遇到的那些顾客,他们固然猥琐,但要是没有我的引诱,他们也不会露出猥琐的那一面。我把人坑到这个程度,再写成故事贩卖出去,总觉得太没有道德心。

我卖黄碟的时候,日本片子还没那么好卖,大家都觉得欧美的比较火爆。街上卖碟没法在 VCD 上看,所以这些碟片都有一个非常狂野的封面,碟片正面也印着与剧情相同的图片,以便甄别。有一次,我遇到一个哭丧着脸的少年,他说自己买的黄碟放不出来,是两个外地人卖给他的。他把碟片拿出来给我看,正面印着 Windows 95。我说这根本就是软件安装盘嘛,怎么可能是黄碟。他说,那两个外地人告诉他,Windows 95 是黄碟的伪装,为了怕被人查到,其实是 VCD。我说,这是不可能的,黄碟绝对不会做这种愚蠢的事情,你可以躲在屋子里看片子,偷偷摸摸,喜不自禁,但黄碟本身是坦荡的，就像你喷薄而出的一瞬间，它绝不会偷偷地射回膀胱里。他信了我的话。其实没过几年就出现了各种刻录碟，隐藏在电脑软件里的片子，它们确实不够坦荡，但是你也不能说这是错的，时代进入了另一个阶段，模棱两可，投机取巧，天真而软弱。

　　通常卖黄碟的人都有一个固定场所，以便熟客上门。我在我叔叔的小摊附近选了一个商场，蹲在门口。在这个位置上，我看到了穿梭往来的人，看久了，就像电影里的快镜头，自己也会迷糊。出于谨慎，我口袋里只揣十张以下的碟片，因为我叔叔说了，满十张就能判一年，实际上我已经欠了国家好几十年的徒刑。我的生意不错，也没有传说中的地头蛇敲诈我，生意平静而简单，想买碟的人一定会买，不想买碟的人则无须啰唆。然而有一天我遇到一个商场女营业员，她是我的夜大同学，虽然已经不上课了，但她还记得我。有一度她还挺喜欢我的，上课经常和我唠嗑，说营业员很辛苦，必须天天站着，必须受气和微笑。她是卖名牌女鞋的，得半跪半蹲给顾客穿鞋，报纸上曾经批判过这个，但后来也就接受了，因为商场里所有的名牌鞋柜台都这么干，那些不肯屈身的营业员就被自然淘汰了。八十年代的营业员可拽了，爱买不买，顾客得给营业员跪下。

　　那天她穿着一身化纤的蓝色套装，侧面打量我。我脸皮再厚，也不愿意被熟人揪住，就走了。回头一看，她还站在那里，用迷惑的眼神眺望我，那蓝色套装的料子是真差，袖口都磨得闪闪发光了。我记得她有一个习惯性的动作，就是看人的鞋子，不管什么场合，她第一眼都会瞟向人们的脚面。我不想再遇到她了，她让我联想起自己，干久了，第一眼会不会瞟向人们的裤裆。

　　我也走街串巷，通常在天气不错的日子里。这使我成了一个靠天吃饭的人，晴天出门，雨天在家睡觉。我左臂还打着石膏，没法在拿伞的同时做生意，况且，雨天人们行色匆匆，也容易忧郁，大概不会有心情搞一张黄片回家去欣赏吧。

晴天我也会偷懒，遇到生意不好的日子，就干脆不做了。我会回到小苏家里，他在上班，我独自和狗玩一会儿。假如兴致非常好，我也会拿一张黄碟在 VCD 上放一放，看看里面到底是什么内容。有一次我一边吃方便面，一边看片子，有人敲门，我按下暂停键去看，原来是查水表的。我一时头晕，让他进了院子，他看到电视机屏幕感到非常震惊，就说，能不能按下播放键，让他也看一会儿。我照办了。他站在那儿看了半分钟，就说："不看了。受不了了。你怎么能一边吃面条一边看这个？"

我知道他的意思。世界上有一种行为，叫作自慰。有人是因为看了黄片而自慰，有人是为了自慰而看黄片，不一而足。但我边吃面条边看片子，确实显得怪怪的，这种不搭调的行为使我灵魂出窍，站在高处像神一样俯瞰自我。后来我想了想，我到底在这个场合获得了什么快感，原来是一种顾影自怜的痛快，感到自己在叹息，全世界都对不起我，受到了巨大的创伤。问题是，从我失败的十七岁开始，这种创伤感就伴随着我，一边吃着先天赐予我的方便面，一边干着后天自找的低级事情，一边觉得自己是个堕落天使，连自慰的兴趣都丧失了。这非常无趣。

我决定攒够了钱就去找宝珠。宝珠可能未必想理我，然而她确实是我唯一可以去寻找的人了，活的纪念品，一日不见已成化石。

五月里，一个凉爽的下午。我走到一条街上，有一个男人随着我低声的吆喝停下脚步，他要了五张碟片，并拆开看了一下碟片，确保不是假货，内容也不重复。这耽误了一点时间，街角无人，仍使我感到紧张。我预知到自己的好运气用完了。男人走了以后，我一抬头，看到对面有个店铺，是卖二手音响器材的，里面的人正在盯着我看。

我走出去很久，才想起来这个人是猴子。他以前说过，自己家里是做这个买卖的，这店铺应该就是他的。这时听到身后有汽车的动静，一回头，一辆面包车已经停下了，拦在我身前，三个穿制服的人薅住了我的衣领。猴子坐在副驾上对我笑。

我跟着他们上了车，猴子下车，与他们挥手告别。我知道自己被这小子卖了，不过我曾经揍过他一勺子，也算报应，只要这次的结果不是很糟糕的话，我也就认了。在车上，穿制服的人从我口袋里抄出三张碟片。这不是一个很过分的数量，不足以让我背上"传播淫秽制品"的罪名。他们问："你在卖黄碟？"

"没有，借的。"我稍稍抵赖了一下。

"借的？哪儿借的，带我们也去借几张。"

"外地借来的。"

我左脸挨了一下，抱怨说："警察都不带这么打人的，你们到底谁啊？"

他们冷笑，报出自己的身份，原来是市容监察队。我从来没听说过有这种部门，还能把人拖进车里打。我说："联防队才打人。"他们说："我们以前就是联防队。现在联防队要取消，统一穿制服，变成监察队。"

"就算身上带着黄碟，也没有扰乱市容吧？"

说完这个，右脸又挨了一下。我心想他妈的不能再说了，这风格都成基督徒了。保持沉默，脑袋上又挨了一下。

既然横竖挨打，我就又开口了："叔叔，饶了我吧。我以后再也不借黄碟看了！"

"你是卖黄碟的！"他们大声纠正我，"管的就是你这种流动摊贩。"

到了队里，街对面就是派出所，没送我进去。我倒觉得去派出所还安全些，只要态度好，警察凶归凶，不会随便揍人，而且我姨父也是警察，每次报他的名字都能让我少吃些苦头。落在监察队手里算是倒了霉，态度好不好是次要的，他们心情好不好才是关键。我自动蹲在墙角，他们都笑了，说我还挺懂的，肯定是有前科的。其中一个很严肃的，大概是小头目，踢了我一脚，问："手怎么了？"

"摔断了。"

"装的吧？"

"真摔断了。"

他说，上次去车站抓非法客运，那些开残疾人车子的（我补充说这玩意儿在北京叫"瘸逼乐"，但是他听不懂什么意思）全都是正常人。个别人挨了暴揍以后，抬腿就跑，所以残疾人有很多都是假装的，掏钱包的聋子，算命的瞎子，要饭的傻子，诸如此类。然后他想了个奇妙的主意，对后面人说："去找个锤子，敲开石膏看看。"

我大为惊骇，赶紧求饶。他根本不听我的，说："肯定假装的。"走出去一个人，过了一会儿听见当当的声音，拖着一把二十磅的大铁锤进来。我都快吓昏过去了，这是用来砸墙的，一家伙下去就是一个大窟窿。小头目皱眉头说："拿这么大的锤子你想干吗？手都砸没了。换个小点的！"我说："别砸了，小锤子也要命。"旁边人说："说，你到底是借碟片还是卖碟片的？"我说："借的。"旁边人把我的左臂放在桌上，说："真砸了啊，说实话。"我说："借的。"

后来我在看电影《无间道》的时候也有相似的场面，回忆起当时的情景，毛骨悚然。锤子举起来我就招了，接下来的事情纳入正轨，我又回到了从前的套路，找我姨父，找我叔叔，找杨迟（他叔

159

叔是检察院的）。都说为了三张黄碟搞出这么大的动静不值得，杨迟甚至嘲笑我："你怎么越活越怂包了？"我说你丫不知道，锤子举起来，可吓人呢，我完全可以断定，这一刻要是再嘴硬，他们真的会砸开我的石膏，让我的手臂像新剥的鸡蛋一样暴露在外。

我被转移到派出所，交了两千块罚款，也可以说是保释金，也可以说是车马费。反正我这条断臂是讹来的，现在被讹走，也算合理。出了局子，我对着街对面的监察大队嚎了一嗓子："惨无人道啊！"对面静悄悄的，没人出来答应我。

一个星期后，我去医院卸石膏。伤好了，关节尚僵硬，手臂雪白粉嫩，好长时间没晒太阳了。我像个上了发条的铁皮青蛙，在原地蹦来蹦去，感到很懊悔。早知道这样，当时就应该让他们用锤子砸开石膏，说不定我还能再讹监察大队一笔钱。当然，如果他们够强硬，还会给我搞点其他刑罚，继续让我招供。我估计他们会这么干。

无论如何，诚如杨迟所说，我是被吓住了。

那以后我不再贩碟了，大胸少女什么的，再也没有见过。还剩下一百多张碟片，全都囤在了小苏家里，本来想交给我叔叔出手，后来一想，算了，这东西还挺金贵的，万一哪天国家真的把"扫黄打非"工作做彻底了，黄碟就会绝迹，哪儿都搞不到。这种情况以前也不是没发生过。我老了以后可能会很孤独，看看黄碟解闷，像个正常人那样，而不是一边吃着方便面一边感叹自己身世凄凉，这很重要。

有一天杨迟给了我三百块钱，拿走了二十张黄碟。我问他要这么多干什么。杨迟说："最近打击卖淫，厂里有几个客户过来，没地方嫖娼了。我就只能送他们几张碟。"

"这都可以？"我说，"这他妈的完全两码事，好吗？"

"对那帮人来说大概都一样吧。无非是些贩卖农药的色鬼。"

"你去嫖过吗?"

"没有。"

"肯定嫖过吧?你跟小苏一样,都没有性生活,所不同的是小苏处男,而你是很久没做男人了。难道不想放松一下?"

"你怎么说话跟妓女一个口气?"

"看来还是嫖过了。"

"没有。"

"花了多少钱?"

"你别再烦我了。"杨迟厌烦地说,"划水县那笔烂账再要不回来,我就该去做妓女了。"

我赤裸上身,半躺在小苏身边想了想,我们当前的生命里各有一件事撑着,我想念宝珠,小苏想念北京,杨迟不得不想念那个倒霉的划水县。相比之下,杨迟稍惨些,但展望未来,我的结果更不乐观。总而言之,都是很痛苦的事,既令人斗志全满,也令人想死。这时,杨迟疲倦地坐下,说了一连串的话,最后又说了一个决定。

我和小苏目瞪口呆。

老杨以为我们没听懂,重复道:"我要去戴城福利院,认养一个孤儿。我已经和院方联系好了。"

第三章

弃 儿

20

我们第二次见到戴黛,她还是坐在教室最后一排。她长得最矮,如不是因为事先知道她的位置,我们绝不会从八八六十四个孩子里把她找出来。冷空气席卷戴城,外面的风很大,四处飘着沙尘。这种日子并不适合带小孩出去找乐子,但我们总得给她买个礼物,顺便撮一顿。

我和小苏站在教室门口,老杨进去把孩子领了出来,蔄老师一直送到门口。

"孩子有什么忌口吗?"小苏问。

"没有,"蔄老师说,"就是别让她吃撑了。"

我们搀着孩子,她似乎不知道发生了什么。这一天她穿着合身的旧衣服,脚上是一双布鞋。我们沿着孤儿院安静的水泥路往外走,到大门口,门房早已认识我们,没有查任何证件,放我们出去。孩子这才回头看了看大门,忽然叹了口气。我想问她,有什么事情不爽的,小小年纪就叹气。后来又想,一个孤儿,还用问有什么不爽吗？

我们没有骑车，天气太冷，必须穿过那条小路走出去搭公交车。孩子很好奇地看着远处的山。很显然，即便这条路，她也不是经常走的。我们呼吸着凛冽的空气，惬意而满足，听到沙沙的脚步声，由我们自己制造的、仿佛是另一些隐形人发出的动静。小苏也叹了口气。

孩子抬头看看我们。杨迟蹲下，对孩子说："你走累了，我抱你出去吧。"孩子没有点头，也没拒绝。老杨把她抱起来，让她坐在自己的肘弯里。一直走到路口。

我们遇到了一辆意外的出租车，它拉足马力向市区方向逃窜，被小苏截住了。上车之后司机很狐疑地回头看看我们，又看看副驾位置的小苏。

"你们是哪儿的人？"司机问。

"本地人。"我说。

"那你们为什么说普通话？"司机说，"还带个小孩？"

"我们是演员，所以说普通话。小孩是童星，明白吗？"杨迟说。

我们讨论了一下，究竟去哪里。是动物园呢，还是炸鸡店。最后达成共识，先他妈的去买鞋。穿那双布鞋她根本没法走路。

"你好，戴黛。"杨迟自我介绍，"我姓杨，右边这个叔叔姓路，前面那个姓苏。我们分别是杨叔叔、路叔叔、苏哥哥。"

"去你的，我也是叔叔。"小苏说。

"我做你的哥哥好了。"我说，"我无所谓的。"

孩子看看老杨，不知道我们什么意思。我也不知道她在想什么，大概觉得我们还挺亲切的吧。

车子一直开到市中心，小苏付了车费。我们在一家著名的儿童服装店买了一双合脚的旅游鞋，白色带粉红图案的，孩子穿上鞋子在地上走了几步,一切正常。走出店门,老杨抬手把那双布鞋扔到了树顶上,有一只没挂住,掉下来了,他又扔了一次,又掉下来。最后他只能爬到树上,把鞋子放到了树杈中间。

"你杨叔叔有强迫症的。好玩吗?"我问孩子。孩子仍然不说话,就看了看我。

接下来,我们去了炸鸡店。在我曾经战斗过的地方,老杨像大学时代一样,轻松干掉一个辣味汉堡,喝了一口可乐,又轻松干掉一个同样的汉堡。这时孩子手里的不辣汉堡也就剩小半个了。

"好能吃啊。"小苏感叹。

她吃了冰淇淋、薯条、可乐、鸡块。我从来不知道一个小孩能吃这么多东西。直到她打着饱嗝发呆了,才停住咀嚼,塞了满嘴的食物看着老杨。整个过程中,孩子一句话都没说。现在我明白蔺老师说的话了,别让她吃撑了。

老杨看看手表。"午睡时间到了,回家。把嘴里东西吐出来吧,你吃得太狠了。"

那天下午我们没有去小苏家,小苏家跟狗窝似的,另外也怕那条不懂事的狗吓着孩子,就去了农药新村。老杨瞒着他爹妈认养了孩子,因此只能带进我家。

我妈正在享受着下午看杂志打毛线的平静时光,看见我们带了个孩子进来,我妈就放下了毛线,用一种疑惑的眼神看着我们,意思是你们今天是不是又喝醉了?这个姑娘也太小了,看上去不太能卖玫瑰花的。我说:"别猜了,这是杨迟认养的正经八百的孤儿,福利院出品,如假包换。"我妈说:"要死啊,你们想干什么,想要小孩为什么不结婚去?"杨迟说:"我们三个男人没法登记结婚。"我妈就扑过去撕他的嘴。

事实证明我妈带小孩也没什么经验,她这个人比较在乎外表,长得英俊的，懂礼貌的，就是她的菜。在她的治理下，我从小就很干净，嘴也甜，如果达不到要求就会被她痛揍。我后来变成一个社会渣滓，纯粹是装出来的，本质上始终是个怕脏、客气、矫情的人，同时也讨厌各种指手画脚。反正我妈端住小孩的脸看了一会儿，说她脸皴了，大概是乡下的孩子。我说："你怎么不认为是哭皴的呢？"我妈说："这倒也有可能。"我又问："小孩午睡要注意什么？"我妈想了想说："盖暖和点。"这时我爸进来了，带了一群人开桌打麻将，我们躲在二老的卧室里不吭声。我妈摊开被子，帮小孩脱了外衣让她睡午觉，一看孩子的毛衣毛裤，不免又皱眉头，说这毛衣织得也太差了，全是跳针，而且是腈纶的。

这一天他们在外面大声说着一条新闻，万师母做妓女被发现啦。万师母已经四十多岁了，在这个艰难的年月里，她终于操起了皮肉生涯。那帮打麻将的人很不要脸地说，这种事情在偏远省份才有，没想到就发生在戴城，四十多岁做鸡真需要很大的勇气。我妈听不下去了，隔着墙大声喝止道："不要再说了，里间有小孩！"

有个人说："你们家路小路也不赖的，贩黄碟被抓了。"我妈一听，顿时没了脾气，回头瞪了我一眼。我指指孩子，闹哄哄的她也睡着了，于是我们蹑手蹑脚出去，把那扇关不上的房门用力合上，门框发出吱吱的惨叫。我觉得这栋楼无须地震，这么吵啊吵的，迟早有一天会塌掉。

这个下午，我们站在一边听他们讨论着老万会怎么处理自己老婆。有人说，老万知道这件事，默许的，还有人说，老万要剐了他老婆，但逻辑不太通，女人出轨可以剐，女人做鸡实在没什么好动手的，不如自杀算了。反正都是幸灾乐祸的，没有一个人考虑到老万的感受。

据说万师母是在一个商场前面被人看到的，她把自己打扮了一下。我以为她会穿上粉红色的外套、网眼袜、高跟鞋之类，实际上没有，那是外国鸡的打扮法，在中国会被立即拖走。万师母穿的是蓝色化纤套装，和商场里的营业员一模一样，烫了个头发，抹了点口红，以一种有别于下三滥妇女的整饬形象出现在街头。

麻将桌上的人点头，是的，她一直说自己找到一份商场站柜台的工作，原来是去站街。这样不错，至少不用换衣服了。

她的生意蛮好的，制服诱惑，有人甚至就喜欢商场营业员。虽然年纪大了点，但那些同样站在街头卖的，其身材和长相都不如她。她们甚至还有暗号，拉住一个男人，说的黑话是"要吃话梅吗"。人若是懂事的，就回答她"打炮是吗"，把她的话梅轰得粉碎。她就会点头，承认，打炮和吃话梅是同一件事。

他们关心另一件事，打万师母的炮究竟多少钱（其实应该是炮打万师母）。我们都知道，商场门口站街的平均价格是五十块。但万师母的成交价究竟几何，没人知道，也没人敢去试一下，也许二十，也许一百，反正差别也不是很大。（杨迟说，放屁，差别可大呢。）

我们听不下去了，到院子里抽烟。杨迟看了看楼上，万师母家就在五楼。"如果万师母跳楼，应该正好落在你们家院子里吧。"

我点点头。这事有可能发生，万师母是个爱跳楼的人，有时候和老万吵架了，她就坐在阳台栏杆上，上次狐狸狗被人砸死了，她也趴在栏杆上，疯了一样大喊要自杀，把我妈吓得不轻，都不敢晾被子。现在做鸡事件爆发了，到底跳下来的是万师母呢，还是老万呢，还是两个人一起跳，甚或全家跳楼？我也猜不出来。我家院子里是水泥地，五楼飘下来必死。

我们回到家里，进卧室看情况，发现孩子醒了，穿着毛衣毛裤，光脚站在地上哭。我一看，完蛋去了，她尿床了，全都尿在我妈睡觉的位置。这很麻烦,我妈爱干净,如果晾被子的话,又得担心万师母飞下来,事情全都搞在一起了。我们七手八脚抱起孩子,我妈进来了,大怒道:"你们睡觉前没给她把尿?"

我们一起摇头,忘了。从她吞下不辣汉堡开始,到吃冰淇淋,到喝汽水,始终没有尿过,她也没说要尿。我妈大骂:"你们都是死人啊?带小孩不知道把尿的。"当下给孩子披了衣服,抱进卫生间收拾。打麻将的人都发现了,说:"哎?谁家的孩子?"我说:"杨迟认养的孤儿。"

这下引起了轰动,杨迟,这个浑蛋,居然认养了孤儿。在我们这栋楼里,净他妈下岗的、赌钱的,偶尔还有做鸡的,目前出现了杨迟这样的爱心人士,总算让人看到了世界的美好。我说:"每年花一千多块钱呢。"

哇噢。

杨迟的爸爸正好进来看打麻将,顺便打听万师母的价码,忽然听说杨迟带了个孤儿回来,也傻了。问了半天,问明白了,也知道花了一千多。他有点想不通,联系到万家由于穷困而做鸡,杨家可以花钱买小孩,就随口骂了杨迟一句:"你很有钱是吗?晚上就把这孩子给我送回去。你带得了孩子吗?"

孩子正好从卫生间出来,看到杨迟灰头土脸挨骂。孩子其实什么都懂,忽然从后面跑过来抱住了杨迟爸爸的腿。

"爷爷,别送我回去,我以后再也不尿床了。"

杨迟的爸爸回头看到孩子,满脸皱纹,还有未擦干的泪痕,这不是孤儿,简直是一只旧货店里捡回来的玩具。周围打麻将的人都像看禽兽一样看着杨迟的爸爸。而他已于此刻被击中,十年党龄积攒的党性爆发,忽然蹲下抱住孩子,摘了眼镜抽泣起来。

"爷爷不送你回去!"

21

又一个冬天来临了,我还是没找到合适的工作,小苏还在做化验,杨迟还在卖农药,一切平静如常,但我们身边多了个四岁的女孩。有一天,她对着老杨怯生生地喊:"爸爸。"杨迟像被机枪扫过一样,浑身震动,再也说不出话来。她又看看我,我只好告饶说:"你还是喊我路哥哥吧,你喊我爸爸,我会当场死在你面前的。"

孩子头一次去小苏家,狗立刻扑了上来。孩子居然不怕,伸手拍拍狗脑袋。狗很久没见到陌生人了,把孩子浑身舔了一遍,最后舔到了小苏的鞋子上。狗抬头看看小苏。小苏说:"滚一边去。"

杨迟说这孩子可能有轻微的自闭症,和我们在一起,一整天都不说话。又说,报纸上写着,动物可以治疗孩子的自闭症。小苏说这狗没打过防疫针,无证的,身上肯定有弓形虫之类的东西,还是离孩子远点比较好。

孩子不说话,这件事非常难办。我和杨迟都是著名的话痨,没事都能给自己讲个故事听,或者把对方的糗事拿出来说一遍,小苏本来不爱说话,跟我们在一起以后也变得很活泼。反正我们见不得沉默的人,觉得那是一种被压迫过的痕迹,如果你始终沉默,你就始终会遇到压迫。

我们咨询过蔺老师,孩子不爱说话怎么办。蔺老师说,这是正常现象,福利院的很多孩子都这样,处久了他们会显现出性格活泼的一面,他们其实都很活泼。我看看她,心想,你本人也是福利院长大的,我就没看出你哪儿活泼了。我不是很喜欢蔺老师,觉得她不自然,仿佛藏着一个坏消息总是不好意思告诉我们。很快就证明我的直觉是准确的。

"多带她出去玩玩吧。"蔺老师说。

那时的戴城真的不是个好玩的地方,到处都在挖坑,房子推倒了重建,农村变成新一代的城市,几百年的老桥逐一拆掉。最可笑的是一条横穿城市的主干道,从前很堵,只要上班时间,马路上就全是自行车,中间夹杂着清晨出动的粪车,非常煞风景。现在他们终于想通了,把马路沿线的房子全推平,令其有十二车道宽,然而那个倒霉的建筑设计师突发奇想,把路中央一条平行的臭水沟整治成了景观河道,两侧全是草坪,横跨着一些假古董的小桥。于是这条付出巨大代价的道路,看上去是十二车道,其实仍然是四车道,堵车是必然的。过马路也很不方便,没有天桥和地道,得找到斑马线,再找到桥,等两轮红绿灯才能走过去。总算不再有粪车了,因为他们把这一带的厕所都拆除,再也没有恢复。

我们就是沿着这条路出行,轮番抱着孩子。车堵在街上,没有一辆空出租车肯走这条路,这时就连我和老杨也变得沉默了。风由西向东猛吹,树砍光了,沿街的商铺全是毛坯房,它们做成一种粉墙黛瓦的古典样式,酷似木质的窗户其实是一些古铜色的铝合金。我们必须抱着孩子,因为他妈的,所有的窨井盖,都被偷走了。

小苏说:"去动物园吧。"

我们同意了,跳上一辆拥挤的公共汽车,依旧轮番抱着孩子。不会有人让座,这座城市已经没有这方面的习惯。人们沉默不语,用身体默默地抵御着、侵略着几厘米的空间。我抱着孩子躲在靠窗的角落,问她:"挤痛了吗?"她还是不说话。我指给她看,外面那个房子,那个桥,那个树,其实我也不知道那些鸡毛东西有什么好看的。

过了一会儿听见老杨对前面一个胖女人说:"你踩我脚了。"胖女人也不说话。老杨又说:"你踩我脚了。"这么说了三次,胖女人回头说:"我什么时候踩你脚了?你这个神经病。"老杨说:"我操你妈你踩我脚了听懂没有我操我操我操你妈!"这个态度太可怕了,自从有了孩子,老杨很少说脏话,更不曾暴怒。胖女人说:"我操你。"两个人互相操了一通,到站了,我们下车,又隔着车窗对骂,直到汽车开走,胖女人的脑袋和乳房遥遥地挂在车窗外。小苏责备地看着老杨,说:"你不应该这么暴躁。"

老杨翻了个白眼说:"其实她没踩我脚。"

"那你什么意思?"

"她的屁股在我前面蹭啊蹭的,我他妈的都快嵌进去了,这滋味是人能受得了的吗?"

我大笑起来。小苏赶紧捂住孩子耳朵。我说这在黄片里叫作电车痴汉,换了女的,只能叫电车痴婆了。杨迟说:"你们都别笑了,我他妈刚才真的差点就射了。"

"那你不是爽到了吗,何必骂人呢?"我说。

"你愿意这么射啊?"杨迟说。

我们走到动物园门口,花花绿绿卖气球的摊位前面,还在互相嘲讽。小苏实在听不下去了,把孩子放下,拎住我们俩。

"你们两个浑蛋给我发誓,再也不在小孩面前说这个。"

"好,好。"我和杨迟抱歉地说,又看看孩子,"别听我们胡说,小女孩不能听这个。你要是个小男孩就好了。"

她根本没注意到我们在说什么,她只盯着气球。我们买了一个红的,让她牵在手里,然后就走进了动物园。这一带树木高大,设施陈旧。动物园有年头了,它承载了戴城市民童年的记忆。要迁走动物的难度很大,至少比迁走人类困难些,所以它还一直都在。

对比我所钟爱的上海动物园,观赏的次序是按照达尔文的进化理论来的,先看鱼,再看乌龟,再看鸟,再看哺乳动物,最后是猩猩和猴子，灵长类嘛。我们戴城动物园是反着来的，进门就是一个巨大的猴笼，里面一群猕猴，街上耍的那种。据说市容监察大队除了抓我这种人以外，最喜欢的就是抓耍猴的，把猴子逮住，就塞进这个大笼子里。这导致了一个后果：该笼子里的猴，什么都会，能敲锣打鼓，能穿衣讨钱，能学领导走路。一个猴子拿着个塑料瓶在招呼我们，小苏扔了个吃的给它，它就把瓶子扔给我们，自己找吃的了。这又使我大笑起来：

"这猴是卖农药的！"

杨迟大怒，追打我，我绕着猴笼跑。一圈跑回来，看见小苏对猴子喊："杨迟！杨迟！"猴子屁颠颠地表示高兴。老杨要掐小苏脖子，忽然看见孩子笑了。

于是那一天我们就站在猴笼边，喊着那只叫杨迟的猴子。孩子笑了很久，老杨坐在草地上发呆，抽了几根烟，最后露出了安详而圣洁的神色。下午灰蒙蒙的太阳照在他头顶，烟从嘴巴里往上飘散。

我和小苏带着孩子继续往里走。我那悲伤的戴城动物园啊，有一只残废的老虎，瘸的，一头终日郁郁的狗熊，两只温驯的傻逼骆驼，还有一条在冬天仍不得不待在笼子里接受观赏的鳄鱼，丫已经冻僵了，像根烂木头那样横在水泥地上。最后，我们闻到一股剧烈的骚臭味，知道前面就是狐狸了。跑过去一看，他妈的，大概有二十多只狐狸，关了三个笼子，层层叠叠趴在一起向我们张望。

我问孩子："臭吗？"孩子点点头。我再问："你还想看动物吗？"孩子终于开口了，怯生生地说："想看杨迟。"我和小苏对视一眼，都很感动，觉得孩子挺有良心的，到了动物园还惦记着老杨。牵着她的手回到草坪处，老杨躺在条凳上睡觉呢，我一撒手，指望孩子奔向老杨，谁知她是冲向了猴笼，对着那群猕猴喊了一嗓子："杨迟——"

所有的猴子都乐翻了。

回忆我的二十多岁，那是一个充满了低级趣味的年纪。我一直觉得，这件事不能怪我。诗人说，人不仅应该拥有此生此世。实际情况恰好相反，我连此生此世都拥有得不太完整，低级趣味恰好可以弥补这种缺憾。这件事与愤世嫉俗无关，其实是出于安全感。说白了，我只懂这个。

到一九九七年的冬天，事情起了一点变化。小苏不许我再低级了，因为戴黛来了，会把孩子教坏。这也很无奈，我压根没想过要改变自己，我唯一想过的是装出一副犍逼形象，骗取社会信任，但是我无须拿这个去骗孩子。小苏说了，要是还改不过来，以后就别来了。小苏简直成了我的女朋友。现在看来，我不得不努力追求一套完整的此生此世了。杨迟受到了同样的警告，但杨迟不能不来，他是出钱养孩子的人。

我们约法三章。头一条就是不许骂人，这种东西孩子学得最快了。小苏平时也爱说"你大爷"这种话，戴城的居民们还以为是礼貌用语，现在这个最低限度的脏话也不给说了。第二条是不许用SEX开玩笑，什么射不射的，一概回避，黄色笑话也不许讲。第三条，都他妈的去学点童话故事，讲给孩子听。这个我比较在行，我很能讲童话，至于卖农药途中遇到的抢劫杀人、水坝溃堤一下子淹死成百上千人的，此类耸人听闻之说，也都在限制之列，不能当着孩子面讲。

我们急需一个女的，女的比较能带孩子。最佳的办法是我们其中之一能找个女朋友。我们算了一笔账：路小路失业没钱趣味低下，能找到女朋友的概率非常低；杨迟是个常年要出差的销售员，战斗在祖国最危险的地方，他目前最需要的是买一份人寿保险；唯一还有戏的就是小苏，因他温文尔雅，工作稳定，爱狗爱孩子，而且有一套房子。

那当口也有好事上门。我们楼里有个阿姨正在给亲戚物色男朋友。这姑娘家里是镇上开纺织厂的，生意非常好（令人费解，国营纺织厂正在倒闭），她对男朋友的经济条件没什么要求，只有一条硬性标准：身高必须一米七五以上。而我们三个身高恰好都是一米八，站在一起像三棵玉树临风，硬得很咧。

这一天阿姨趁我们都在，拿出照片给我们看。一个大美女，头上裹着红色纱巾（稍微村气了些），五官都是毛边的，看上去那么朦胧，那么清丽。杨迟立刻站起来了，硬了。我他妈的彻底软下，美女加小富婆，你说我还有什么脸再表示不屑吧。唯有小苏，讪讪地躲开了。阿姨不喜欢我和杨迟，偏要追着小苏讨个说法，小苏触景生情，长叹一声不说话。阿姨不知道自己踩着他哪根尾巴了，更加好奇，非要问个究竟。就连我和老杨，也感到十分迷惑。老杨说："你是不是有童年阴影啊？"

小苏说："其实，我是有女朋友的。"

阿姨说："小苏，有女朋友就早点说出来，瞒着藏着，别人还以为你找了个聊斋里的狐狸精。"

小苏说："可是最近感情出了点问题……"

"那也等你分了手再说吧。"阿姨说完收了照片就走。小苏呆呆地站在原地，看看我们，又看看孩子。我和杨迟觉得扫兴，对着孩子嘀咕："丫有女朋友的。"孩子不明所以。小苏解释道："我的女朋友在北京念研究生。"

杨迟忍不住说："这一年来把你当成是个处男，原来是吹的。"

小苏摸着脑袋说:"我从来也没说自己是处男啊,都是你猜的。"

戴黛忽然问:"爸爸,什么是处男?"只见我妈拎着拖鞋冲出来照着我们头上乱打,说我们教小孩什么东西。后面那些天我们恨不得在身上装个警报器,渐渐地,居然也变得文明了一些。

有一天,农药新村的凤大姐找到杨迟,说她要领养戴黛。

凤大姐是这一片的名人,早在九十年代初,她在新村里开了一家米店。那时我们都很奇怪,卖米是国营店的专利,两个巨大的漏斗挂在半空,各伸一根管子在柜台下方,用米袋子兜住,哗的一声,米就全下来了。所有的国营米店都这样。凤大姐那狗屁店,没有巨大的漏斗,没有管子,她主要卖袋装米,也有散装的,用斛舀了过磅。这种米店看上去非常土,可是没过多久,设备先进的国营米店消失了,也可以说倒闭了,真叫人想不通。整个新村就剩下凤大姐的米店,所有人都吃她的米,她很快发财了。

其后还有人抢她的生意,也开米店,凤大姐的老公也就是凤大哥,带了几个打手,找碴把人家的店给砸了。下手太狠,凤大哥拘役了半年才出来。后面两三年里,这一带没人敢开米店的。可能因为前半辈子干的坏事太多,夫妻两个一直生不出小孩,一直说要领一个。

杨迟一看见凤大姐就烦,在我们眼里,这就是土匪似的人家,尽管从良了,也改不了土匪的本性。但杨迟又不敢明说,怕被凤大哥打一顿。这个矬人打架极狠,一个能打三个,偏偏还喜欢找人助拳,为的是稳操胜券,把人打扁。杨迟很客气地对凤大姐说:"这事儿不归我管,她是福利院的孩子。"

凤大姐似乎不理解这件事,她认为杨迟把孩子领养了,再转到她手里没什么不妥当的。杨迟花了很长时间向她解释了什么是"领养"什么是"认养",凤大姐大概听明白了。杨迟就说:"从福利院领养小孩很难的,得有不孕证明,得年过三十五岁,家里不能有小孩。"凤大姐说:"我和老凤都符合啊。"杨迟觍着脸问:"你们俩到底谁不孕啊?"凤大姐说:"这你就别问了,小心挨揍。什么时候带我去福利院问问,我喜欢戴黛,我要领养她。"杨迟生恐凤大姐得手,说:"还要检查夫妻双方的政治面貌的,比如说,不能有前科……"凤大姐:"我不信,吃过半年官司,政府就让我断子绝孙吗?"

杨迟溜了,凤大姐站在老杨家门口论理,后来杨迟的爸爸出来打圆场说,政府没这个意思,但他建议凤家领养一个男孩,因为等到凤大哥老了,打不动人的时候,他的米店也会被人砸掉。有个儿子接替他打架,比较符合他们家的门风。至于我们的戴黛,你想都别想。

我曾经劝老杨:戴黛迟早会被人领养走,其实凤大姐是个不错的选择,首先饿不着孩子,她家卖米的,其次离得近,我们还能常去探望。杨迟说,放屁,你能想象这孩子每天坐在米店里看着那对矬逼夫妇发呆吗?咱们不能这么堕落,要出人头地。

那天凤大姐在杨迟家门口胡说八道,戴黛都听到了。孩子原先已经开朗了,忽然又变闷了,坐在板凳上哭了一会儿。我们问她怎么回事,她说:"你们要把我送走吗?"老杨说:"没这回事,我们一直陪着你。"我说:"我们不可能送走你,你归蔺老师管。"孩子说:"你们不要送走我。"杨迟点头说:"我永远不会送走你。"

相互熟悉了以后,我经常打量孩子。我发现自己很难描摹她,她有时开朗,有时沉闷,有时唠叨,有时走神。蔺老师说,孤儿确实都是这样,情绪不太稳定,有些甚至显得孤僻,但他们本质上是很需要爱的。这牵涉到如何去爱的问题,对我来说,这个未免有点难度。有时我们也会揣测，她长大以后到底会是什么样子，什么性格，什么爱好。想到这些觉得伤感，我们未必能见到她成年后的样子。

有一天杨迟送戴黛回福利院，发现教室里多了四个孩子，大小不一。杨迟问蔺老师："又有新来的？"蔺老师说："这叫什么话，新来的？"杨迟不知道该如何称呼了，新抛弃的？蔺老师说，一个是新来的，他还不是被抛弃的，父亲在戴城犯罪，判刑了，孩子找不到一个亲属，只能送到福利院来。另外两个是从小班升上来的，也得给他们上上课了。最后还有一个，是从领养家庭退回来的，去了一年，不适应，没办法。

"退回来的多吗？"

"年龄小的，问题不大。如果超过六岁，退回来的就多了。孩子心理有问题。当然我认为这种事情都是大人的责任，孩子没责任。"

"你们有心理医生吗？"

蔺老师摇头说："我们连像样的理发师都没有。"

临走时，蔺老师送他到门口。蔺老师那会儿和老杨已经很熟了，经常会聊些福利院以外的话题，有一度我甚至以为她喜欢他。后来老杨说，似乎是有点喜欢，但蔺老师并没有挑明。她和戴黛差不多，情绪也不稳定、孤僻，有时甚至显得很警惕，看来福利院长大的孩子都是这样。我说不一定的，你丫也是这样。

那天蔺老师在福利院门口犹豫了好一会儿，告诉杨迟："有人会领养戴黛，或许你只能陪她几个月了。"

杨迟愣了一会儿，说："这也太快了吧？"

蔺老师说："戴黛在福利院住了两年了，她很健康，迟早会被人领走的。我担心你接受不了。"

"她会被退回来吗？"

"戴黛很乖巧、文静,应该不会。但是也难说的,各种情况都会发生。"

杨迟说:"让我想想,我怎么觉得自己一下子回不过神了。谁会领走她?"

蔺老师说:"这个我不太清楚,只是听说,但消息肯定没错。你先不要说出去。"

杨迟回来把这事跟我们一说,我和小苏都有点发愣。杨迟摇头说:"怎么会这样?我还以为能陪她很久呢。早知如此,真不如把凤大姐介绍过去领养孩子。"过了一会儿又叹气说,"怎么着也不能把孩子给凤大姐,太堕落了。"我们躲在屋子里骂骂咧咧,走出屋子还是保持微笑,仿佛没有这回事,连老杨的爸爸都没告诉。

孩子完全不知道这些事。杨迟问她,知道什么是领养吗?孩子茫然地看着他。杨迟说:"不知道就算了。"孩子忧伤地低下头,他又觉得她什么都明白的。

过了几天又听说,楼上的阿泰问戴黛:"你还记得自己是怎么弄丢的吗?爸爸是谁?妈妈是谁?"孩子很害怕,不肯说话。杨迟的爸爸让阿泰不要这么粗暴。那个年代,对儿童心理之类的没这么多讲究,更别提什么孤儿心理学,闻所未闻。阿泰又是个文盲,不能苛责他什么。但这件事让杨迟非常生气,我们找了个没人的地方,揪住阿泰。

"阿泰,你懂规矩吗?有这么问小孩的吗?"

阿泰茫然地说:"我们以前都这么问的啊,经常有那种弄丢的小孩在街上哭的。"

"以后不许这么问!操你大爷!"小苏心情非常不好的样子。

阿泰说:"我操,你一个化验室的河南人,这么凶干什么?"

小苏又狂暴了,扑上去揍阿泰。我和杨迟,因为跟这傻犍做了多年的邻居，不太好意思揍他，但小苏没这个交情，一把将阿泰推进了草丛。阿泰想还手，发现自己的胳膊被我和杨迟拧住了。小苏狂暴起来很好看，往阿泰肚子上打了二十多拳，又掐住阿泰脖子。杨迟假意劝解："小苏别打啦，千万别打出血啊，阿泰血管里全是甲胺磷。"过了一会儿，小苏平静了，恢复了原先的儒雅。阿泰说："哇，好疼噢。"小苏有点虚弱，抱歉地说："对不起啊，刚才发生了什么？"阿泰嘲笑道："你能再狠点吗？"我和老杨同时摇头说，打人得这样。一个肘锤，一个飞腿，把阿泰打进草丛，然后搭着小苏的肩膀走了。

22

小苏在农药厂发展得很不顺心，先是化验室着火了，这事儿跟他没关系，但董事长说全体化验员一起受罚，扣了半年的奖金，收入只有原来的六成。我们一起骂，这厂有史以来炸过无数次，是戴城出了名的"城南火药桶"，化验室着火算个屁。但董事长不答应，因为他有股份了，弄坏的其实都是他们家的烧杯量杯。

紧跟着，化验室的主任下岗了。这主任对小苏挺好的，他一走，小苏没人罩着了。化验室趁机排挤小苏，把他调到甲胺磷车间，做了一个车间化验员，这就等于说，原先是司令部站岗的，忽然送到前线去放哨了。小苏心想，这鬼地方要是待久了，也得跟阿泰一样，射出来的全他妈农药啊。

小苏掉进了坑里，拿着申请报告，想让厂里开证明，去考研。老杨劝住了他，说最近厂里事故太多，你这证明不但开不出来，还有可能让自己直接去做操作工。董事长的残酷，过去不知道，只在资本论上看到过一眼,现在算是明白了。

小苏说:"会不会也让我下岗?"

杨迟说:"那倒不至于。你本科生,年轻貌美,厂里给你办了戴城户口,不会让你随便流落到社会上去的。美死你了,想走哪那么容易的?"小苏心里一凛,操,没搞清楚,这农药厂的头头,到底是资本家呢还是国家干部,仿佛两者兼有,既捏住了政治前途,也榨干了剩余价值。

女研究生降临了,放寒假的第一天即买了张火车票从北京杀到戴城,要和小苏算账。

小苏去火车站接女研究生,对戴黛说:"记得提醒你爸,给我喂狗。"戴黛说:"你早点回来。"小苏说:"我带阿姨回来给你认识。"戴黛说:"路哥哥说,咱不稀罕。"小苏说:"不稀罕什么?"戴黛说:"不稀罕阿姨。"小苏就摇摇头走了。

等我遇到孩子,她又把这个讲了一遍,我急了,赶紧教育她:"阿姨来了,要说欢迎阿姨。"孩子又茫然了。杨迟说:"你把她教傻了,多事吧。小苏的女朋友快跟他分手了,你还说不稀罕。他可稀罕了,他又没女人。"我们商量了一下,还是带上孩子回农药新村算了,一则躲开点麻烦,二则让他们也快活快活,说不定还能有挽回余地呢。

根据小苏招认,女研究生是北京人,他大学时代的同学,谈了两年的恋爱,本科毕业之前本来打算一起到戴城来工作的,该女生临时尝试考研,由于成绩优秀,智商爆棚,轻松就考上了。小苏只能独自来到戴城,她留在了北京,保持着名义上的恋爱关系。十八个月之后,姑娘受不了了,追过来了,要把这件事像搞化验一样,除了成色和反应状态之外,必须得出明确的数据结论。

回家的路上,我问杨迟:"和女研究生谈恋爱是不是很可怕?"

杨迟说:"你哪儿听来的这种鬼话?"

我说:"都说博士娶硕士,硕士娶本科生。学历低的不能娶学历高的。"

杨迟说:"事情是这样的——女研究生仅仅是对男本科生来说比较可怕,但是你这种技校毕业的,实际文化水平等于初中二年级的,你不用害怕任何学历的女人,给你一个哈佛大学毕业的女博士,你也应该笑纳。"

"你这么说,我就放心了。"我说,"怪不得小苏一直说要考研,原来是为了这个。"

杨迟摇头:"我要是小苏,我才不娶女硕士呢。坐拥纺织厂老板的女儿,过两年直接继承遗产,多开心。"

杨迟的鬼话,都是给自己贴胸毛的。如前所述,高中时代他上床的女孩是支边子女,家里穷得叮当响,当时追求他的女生之中有好几个是干部的女儿,他都不爱。大学时代,他选择的绍兴师姐,也是浪漫有余、实力不足的家伙。终其一生,他爱上的都是些穷姑娘,无一例外。

我们回到农药新村玩了一会儿,戴黛的衣服有点薄,我妈织了件毛衣给她。我看见毛衣的成色有点不对劲,红白相间横条纹的,像美国国旗。我说这白色部分的料子看上去好熟悉啊。我妈说:"就是你以前的女朋友给你织的围巾,我把它拆了。"

这是厂医姐姐送给我的,在离开戴城之前,她花了半个月的时间亲手给我织了一条白围巾,羊毛的。她手艺有点差,跳针什么的都有,但是我珍爱它。由于珍爱加上手艺差,我从来不戴这条围巾,藏在柜子里。柜子里还有我妈织的围巾,手艺超棒的,我妈立刻就发现了这条残次品,闭着眼睛一猜,就知道是个笨手笨脚的痴情姑娘。我妈追问半天,我说这是前任女友的手迹,她已经跑路了。我妈很不高兴,觉得我吃亏了,顺便嘲笑了一下围巾太差。现在,她把围巾拆了。

我颓然坐下,脑子里呼啦啦又出现了厂医姐姐织围巾时的模样。她坐在灯下,她温柔而腼腆地笑着,让我不要嘲笑她的手艺,她把围巾挂在我脖子上那一瞬的自豪和陶醉,仿佛我已经变成了民国的知识分子。现在,它被拆了。

"她一辈子就织这么一条围巾,以后她也不会给男人织了,你拆它做什么嘛?"

"干吗一辈子就织一条围巾?"我妈问。

"因为,"我他妈的简直快要说不下去了,"她是一个女知识分子,我们分手是因为她去上海读研究生了,现在她在美国,或者英国,或者澳大利亚。你觉得她会像你一样打四十年的毛衣吗?"

我妈吓住了。也许在她看来,我完全没有资格被女研究生爱上,世界上也没有会织围巾的女研究生。这件事没法解释清楚了。我看她有点难过,就说:"算了,你就给孩子吧。我也没意见。以后别提这件事了。"

戴黛穿着毛衣仰视我,有点害怕。我说:"这衣服归你了,哥哥不心疼。"听到杨迟在身后阴阴地说:"原来你也睡过女研究生。"

戴黛穿上这件毛衣很好看,在镜子前面照了很久。杨迟回家找了一顶棒球帽,蓝底白星图案,现在她看上去就是华盛顿广场前面的业裔儿童,十分洋气。杨迟顺便教她唱了几句美国国歌,我跟着学了一段,也就忘了厂医姐姐的事。我本来已经不想提她了,硬被提起,自己也觉得很没劲。

那天晚上戴黛由杨迟的妈妈带着睡了,我和老杨在羊肉店里喝羊汤。我忽然想起一件事,说:"这会儿小苏一定在做男人吧?"

杨迟说:"是。明天晚点过去,先把戴黛送回福利院吧。"

"好吧。"

我猜对了,小苏那晚上确实爽透了。但有一个关键因素,我和杨迟都忘得一干二净:我还有八十多张黄碟落在小苏家里,被女研究生发现了。

那天小苏带着女研究生回到家,发现我们都跑了,狗关在笼子里呜咽,家里散落着空酒瓶和空烟盒,到处是烟蒂。小苏本想把这几个人介绍给她认识,见此情景也就不提了,专心收拾屋子。女研究生转了一圈,笑吟吟地说:"你现在也抽烟喝酒了?"

"解闷。"小苏说。

这无疑是好的。因为离开了你,所以我变得如此凌乱。弦外之音,姑娘听得懂。夜里出去吃饭,聊了一些工作上的事。小苏说,戴城农药厂甚是无趣,本想考研去北京,但厂里不肯开证明,档案转不过去,假如自己辞职了去考研,就要赔给厂里两万块钱的"人才培养费",等于是一年的工资。小苏掏不出这笔钱。女研究生说,这笔钱她来出,别跟这个狗地方待着了,饭馆里的菜都那么甜,炒个青菜都放糖,妈的,她可不想小苏继续胖下去。

小苏又把话反过来说,其实戴城还是不错的,一则是他的故乡,二则有了高新技术开发区,他所厌恶的仅仅是农药厂,仅仅是甲胺磷,所以女研究生也可以考虑来戴城发展。她摇了一连串的头,大好的北京姑娘,当初就没打算真的来戴城,现在来了,发现这地方不是人待的,什么高新开发,有北京更高吗?小苏心想,唉,原来你要和我一起来戴城,也就是说说而已,怪不得考研去了。

两个人话不投机,吃过饭回到家里。小苏安排女研究生睡在楼上。二楼是他表姐新装修的,有一套崭新家具,平时不住人。天已经黑了,但还不是很晚,小苏喂狗,女研究生看到楼下有电视机和VCD,就问小苏,有什么片子可以看的。一边问,一边打开了柜子下面的抽屉。

我说过,那种碟片不用播放,光是封面就能让人看得死过去。女研究生伸手掏出两张碟,觉得非常害羞,考虑到小苏作为一个孤独男人,理应有这种释放渠道,就没吱声,又掏出两张碟,还是黄的。等到她把八十多张碟全都掏出来,小苏也喂好狗了,走过来一看,就诡笑起来。

女研究生斜眼瞄着小苏,脸色绯红地说:"竟然有这么多?"

小苏说:"这是路小路留在我家的。"

女研究生说:"哟,叫小露的姑娘,不错啊。露哪儿了?"

小苏说,不是的啦,别这么敏感嘛,路小路是一个五大三粗的男人,并一个叫杨迟的,也五大三粗,都是本地人,他在戴城结交的朋友。女研究生撇嘴,心想,在我们北京,谁不知道你们戴城这种江南小城专门出产雌性男人(后世叫作"娘炮"),别说打架,就是骂人都软软的,你们这儿的五大三粗搁北方都是跳楼甩卖价。不得不说,这是北方人的歧视,我们这儿也有亡命之徒,而且我们和北京人一样瞧不起外地的——全中国有几个城市是瞧得起外地人的吧?

回到黄碟的问题上,女研究生对小苏说:"你不能这么看黄碟,会伤身体的。"小苏心想,你这口气怎么跟批发黄碟的姑娘一样?没敢吱声,只说这是路小路贩碟留下的货。女研究生说:"贩碟,哪能八十多张都不重样的?"小苏解释说:"黄碟就是这样的,尽可能不重样,因为做很多回头客的生意,如果重样了,别人来换货,一来二去就会惹上麻烦。再说顾客也很坏,借口重样的多看几张碟,成了免费租黄碟的了。所以最好不要重样。"女研究生笑着说:"门

183

儿清啊，这些你都看过了？"小苏红着脸说："没有啦。"

女研究生叹了口气。当年在北京化工学院，小苏因为窜到录像厅看黄带，被人挂了皮带押出来，通报批评，她都是知道的。本来以为他交友不慎，现在看来，他是不交慎友，专门遇到坏人。女研究生从兜里掏出香烟，点上一根。小苏诧异地问："你现在也抽烟了？"

"解闷。"她说。

小苏也抽了根烟。抽完了，走过去吻了她一下，彼此感觉是在亲一个烟灰缸。然而又很刺激，时过境迁，大家都堕落了。女研究生抬手往机器里面放进一张碟，电视机音量早先被杨迟调到很大，立即发出六十分贝的呻吟。小苏跳起来调小了音量，正好两个人都能听到，也不至于吵着隔壁。接下来发生的事情，是多年之后他才告诉我的：那一晚上他们够抵得上五张黄碟的当量，干柴烈火，如胶似漆，把前半辈子的爱都做绝了。我说："后来是怎么停下来的？"小苏说，很不幸，天亮前顺手放了一张碟，是大胸女老板送给我们的冷僻货色，两男。当时女研究生就愣住了，随即讪笑说："你还好这口子？"小苏顿时无力，也跟着诡笑起来。

第二天中午我和杨迟上门，我顺手掏钥匙开门，狗扑了过来，像有千言万语要说。到院子里看见一个姑娘在刷牙，直愣愣地回头看我们，叼着牙刷。我才意识到自己应该敲门。

小苏头发蓬乱坐在家里，眼圈发青，头晕目眩，看见六个人走了进来。我们不敢和女研究生打招呼，她扭脸上楼。我低声问小苏："你没事吧？"

小苏看着我身边的位置说："没事。"

杨迟说："不好意思，本来想晚点来的，怕打搅你们。没想到这么晚来，还是打搅你们了。"

"不用客气，你大爷的。戴黛呢？"

"回福利院了。"杨迟伸出两根手指，"这是几？"

"五。"

"不错，你酒精中毒了。"

有姑娘在，我和杨迟也不敢造次，坐在那里抖腿。老杨顺手打开电视机，又开了VCD，想看碟。电视机立刻放出火爆镜头，并一连串的呻吟。小苏扑过去关电视，按了三次，没摸准开关。我和杨迟一起叹气："爽毙了吧？小苏。"

这时女研究生梳洗完毕，从外面跑进来。这是个非常大方的姑娘，但也暗藏杀机，一如我遇到的所有北京妞。她给我们倒茶，递瓜子，并招呼道："别客气啊，吃。"这房子在她来之前，我和杨迟是正主儿，无所顾忌，什么都敢碰，她只用了五分钟就把自己变成了女主人。我很欣赏这种做派。

女研究生在小苏家里发现了一些蛛丝马迹，都跟那张冷僻的黄碟有一点关系，比如小苏睡的大床上，有三个枕头，而被子只有两条。她没吭声，默默地观察。我和杨迟为了在她面前示好，经常搂住小苏的肩膀说话，这种行为其实也很普通，但你要是起了疑心，就会觉得这是一群混账。小苏没说错，我和杨迟确实都是五大三粗的，不像干那种事的人，然而由于我们过度的豪爽与粗犷，小苏反倒成了个娘炮。

那几天，我们经常上门，看到女研究生用一种嘲笑的眼神瞄我们，心里七上八下的，始终不知道犯了什么错。后来意识到，她可能把我们当成是那种关系，但是又不挑明了说，究其原因，大概是在猜，小苏是不是也卷入其中。姑娘可机灵了，轻易不表态。有一天聊电影，她说她很爱看《堕落天使》，我和杨迟对看了一眼，差点笑出来。我说我这里有王家卫的新片子《春光乍泄》，观众评价很高，交口称赞的，我还没来得及看，她也很感兴趣。放到 VCD 里大家看了个开头，她大笑："你们天天看这种片子吗？"

那个年代不像现在，什么好基友、玻璃、兔宝宝、断背山，都不带说出来的，也找不到合适的词可以说，唯一可用的就是"同性恋"，又未免太正规，搞得像审判似的。我们三个人确实也没有这方面的嗜好，即便有，也不算坏事，但没有就是没有，犯不着假装有。女研究生咬着嘴唇研究了半天，没得出结论，始终笑吟吟的。我们被她看毛了。

有一天，女研究生趁着小苏不在，半开玩笑地说："我看呐，你们俩把小苏带坏了。"

"何以见得？"

"抽烟，喝酒，赌钱，打电子游戏。"女研究生说，"这些他以前根本不懂的。"

"他也教了我们一些东西……"老杨低下头，嗫嚅着说。

"不就是下围棋吗？"女研究生说，"他还没我下得好呢。"

"不，某些生活上的坏习惯。"老杨扬起头看着她，连连忽闪双眼。

"什么呢？"女研究生蹙着眉头问。

"裸睡……"老杨又低下头，对着手指不敢看她。

女研究生正在喝茶，一口没憋住，全都喷了出来。她站了起来，摸着自己的耳垂，原地绕了一圈，仿佛迷失了方向。小苏平时是不是裸睡，她知道得最清楚。我忍不住问杨迟："为什么裸睡是坏习惯？"杨迟说："小苏自己说是坏习惯，但他改不过来了。"女研究生哭丧着脸说："你们俩别再说下去了，恶心死了。"

女研究生扭头上楼。小苏回来了，问："她人呢？"

"楼上。"

小苏兴冲冲地上楼，喊了一嗓子，接着就沉默了。乌云压顶，我和杨迟对看一眼，知道这祸闯大了，收拾收拾东西赶紧溜走。

关于同性恋这一节，我也不知道能不能说。我曾经经历过一个天真的年代，那时候我们刚刚知道这个词，觉得有趣，两个男人腻在一起就被人说是同性恋，也不认为是羞辱，仿佛同性恋就是腻在一起而已。小时候，我问我妈，什么是同性恋嘛。我妈是个懂行的人，一巴掌把我扇了回去。后来我妈不知道从哪儿学了点青少年心理，大概是外国人写的书吧，她被告知，青少年需要进行正确的性教育，如果没有教育（例如一巴掌扇回去），他就会变成一个坏蛋。对她那一代人而言，教育小孩的水平主要体现在巴掌的轻重和频次。我妈从善如流，变成了一个循循善诱的中年妇女，把我叫过去，讲了一下婚前性教育，顺便也说了说同性恋。可惜她理念粗糙，主要停留在青少年不可自慰、与女同学接触要克制欲望的层面。那时我已经十八岁，很不屑地说：你知道什么是同性恋吗，这么时髦的东西。我妈说：呸，我在国营工厂做了三十年，什么人没见过？当年有个男工人，打扮得不三不四，曾在男宿舍与人裸睡，被揭发了，判刑游街，反革命流氓鸡奸犯。我妈当年也是个少女，看到这种罪名，不由脸红耳热，小心肝扑通扑通的。有懂行的女师傅就告诉她，这东西不是跟阶级敌人学的，古已有之，或者说压根就是天生的，所以专政武器压不住。

我妈从来没有怀疑过我和杨迟有一腿，虽然我们从小混在一起，勾肩搭背，鬼鬼祟祟，但都是正当范畴。中年以后，社会上这种事渐渐多了，我才问我妈，为什么这么信任我和杨迟。我妈说，当年她经常开我的抽屉，里面的画报全都是花花公子龙虎豹，一概裸女，她就放心了。至于杨迟，十六岁就睡了姑娘，整栋楼都知道，他的性取向应该也是偏向异性的。老太太没说同性恋不正常，可见她比我时髦。

当天在小苏家里，女研究生由于具备了这方面的常识，同时又不具备我妈的强悍手段，她先自怯了一半，以为小苏是个双性恋。后来想想又不太对，就揪住小苏盘问。小苏是个聪明人，并没有解释我和杨迟的性取向问题，而是说，这两个浑蛋从小就捉弄人，恶作剧方面的智商有点偏高，顺便讲了一下杨迟卖农药捉跳蚤、路小路摔断胳膊讹诈之类的事情。女研究生就明白了，心想这也太嚣张了，完全不把我北京姑娘的智商当根葱，得治治你们。

第二天在厂里食堂，老杨遇到小苏，还觍着脸问："情况怎么样？"小苏艰难地咽下一口饭，说："昨天晚上我们吵架了。"

老杨低头吃饭。小苏愣了一会儿，问道："你们两个人裸睡真的是跟我学的吗？"老杨放下勺子，看看他，觉得他又矬又可爱。这一刻，真的有一种奇怪的冲动，不提也罢。

小苏说："我和她分手了。"杨迟一哆嗦，心想完蛋了，弄假成真，你丫莫非是要吃定老子？小苏呆呆地说："分手的原因，主要还是我没法去北京，她不愿意再等我。"老杨松了口气，说："还是因为那两万块培训费交不出来？这是惯例。也有不交的，路小路说过，糖精厂以前有人绑着雷管冲到厂办，就不用交钱了。"小苏摇头说："这套已经行不通了，去年有个人绑着雷管闹事，被特警队的狙击手一枪打死了。"杨迟说："那我们换个办法？"小苏摇头说："两万块我还是能凑出来的，但我不能一点没着落就去北京漂着，这太丢人了，我爸爸也不会答应。算了，已经分手了，不去想了。"

小苏意兴阑珊，拎着饭盆独自走回化验室。杨迟跟了上去。小苏说："她说，如果我再不去北京，她就耽误了，家里催着她找男朋友呢。"杨迟说："你怎么说呢？"小苏说："我向她道歉了，不应该耽误她，她干吗要喜欢一个农药厂的化验员呢？"杨迟心想你个傻叉，有这么哄姑娘的吗？但是也不能替他去哄啊。小苏说："真没想到，前两天还好好的，今天分手了。"

这种疯狂做爱以后的猝死式分手法，老杨在高中和大学时代都曾经经历过一次，觉得特别不能接受，充满了无奈和悲怆，心灵脆弱的人早就跳河了。其实我也经历过，在我看来，这是一种人生的蒙太奇，会使你余生都活在另一个地方，会使你在高潮到来的一瞬间想到死亡，想到永别，想到小时候弄丢的一支铅笔。我当时不在场，没法安慰小苏。于是老杨安慰道："我就没见过北京姑娘愿意嫁给河南人的。"小苏胸闷，说："他大爷的。"

星期五下午，杨迟和小苏请了假，又叫上我，躲在家里试图说服女研究生。我们费尽口舌，从秦香莲说到王宝钏，嘴巴都能放焰火了。女研究生非常坚决地说：小苏在戴城生活得不错，有你们两个陪着，看起来不会寂寞。杨迟说："其实只有一条狗陪着他，我们俩迟早是要跟着某个姑娘天涯海角的。"女研究生说："你们还有姑娘？再把裸睡的恶习传染出去？"我们一听这个就不说话了，告辞出门，去孤儿院接戴黛。

孩子和我们渐渐熟了，也知道期盼周末。蔺老师说："她现在有时间概念了，知道问今天星期几了。"又问，"小苏呢？"我们胡诌说，小苏又发烧了。蔺老师说："小苏很善良。"

我们带孩子出门，蔺老师又送我们。遇到杨院长，她对杨迟说："前几天《戴城日报》的记者来采访，我们提到你，记者要了你的电话，他想采访你。"杨迟说："我不要接受采访。"蔺老师说："你就接受吧，我们福利院需要宣传，需要更多人来资助。"老杨想了想就答应了。

我们又来到小苏家,敲门。这一天孩子很兴奋,她高兴了管我们三个都叫爸爸。我很喜欢这样,虽然我不是她爸爸,但每当她这么喊我,就觉得心里有什么地方塌陷下去,必须得过很长时间才能恢复原状。小苏同样有此感受。

女研究生出来开了门,见是我和杨迟,没废话。忽然听到膝盖底下传来低低的声音:阿姨。女研究生低头看了看,又抬头看我们,没搞清楚这是怎么回事。我们讪讪地带着孩子进去了。孩子进门看见小苏,稍微大声地叫道:爸爸。小苏正在喂狗,冷不防听到戴黛喊他爸爸,心里立刻塌了,走过去抱了抱她。

现在女研究生已经完全糊涂了,又摸着耳朵在原地转圈,然后说:"她喊谁爸爸?"

我们指指小苏。

我说:"小苏,你平时写信不说这件事的?"

小苏说:"前阵子写信都在说分手的事情,来不及说这个事。"

女研究生撑住门框,摆手道:"你不用再说了。"过了一会儿抬头说,"不对,你不可能在大学里生了个女儿,"又转头对我和杨迟说,"你们临时找了个女孩来骗我的,对吧?就想让我生气,对吧?我哪儿得罪你们了?"

戴黛走到狗身边,搬了一张小凳子坐下,拍拍狗的脑袋,狗趴下了,做出很懂事的样子。显然,这不是临时找来的。她认识这狗,狗也认识她。

女研究生说:"你什么都别解释了,我不想知道你们三个人在搞什么鬼。我算是撞到鬼了。"说完拎了旅行袋就走。小苏说:"我送送你吧。"女研究生说:"不用了!"人已经出门了。小苏摸着脑袋,找了张凳子坐在戴黛身边。我们目睹着女研究生离开。杨迟歪着脸说:"要不还是解释一下?"小苏说:"以后吧。"

我有点同情小苏。在我的前半生里见过各种分手的场面,拎包走人是最普通、最简单、最公式化的,它就像三流电视剧里的一个过场戏,无须为此难过。但是你又怎么能接受一个拎包走人式的结局?小苏冷着脸,扭头看戴黛,孩子还在拍狗的脑袋。小苏就拍了拍孩子的头,什么话都没说。

大概过了一分钟,听到门口哐当一声,女研究生又回来了。她显得狰狞,一把推开杨迟,一把推开我,走到戴黛面前,柔声问:"小朋友,叫什么名字?你亲爸爸到底是谁?"

戴黛抬起头说:"我没有爸爸,我是福利院的。"

小苏没好气地说:"你别问她这个,吓着她了。你走吧。"

女研究生一把薅住小苏的领子,说:"苏胖子。"喘了口气,又说:"苏胖子。"喊了三次,苏胖子乐了,脸色绯红,就是不说话。女研究生心如刀绞,说:"苏胖子,你想气死我是吗?"

杨迟走过去,把戴黛牵到门口,说:"我们出去玩一会儿。"又低声对我说:"马上就要疯狂了,赶紧走吧。"

女研究生说,她其实没有打算跟小苏分手,只是逗逗他,或者说得更准确些,逗逗杨迟和路小路。没想到这帮人把事情做绝了,居然带了个小孩出来。老杨说:"其实是你自己误会了。"女研究生说:"你们还是故意的,这样不好,对小孩不好。"老杨说:"唉,是你自己问的,我们一般不在她面前说福利院和亲爸这种事。但是你也别觉得不能说——福利院里每个孩子都知道自己在福利院。他们比你想象得更懂事。"

我们在小苏家吃晚饭,女研究生负责做菜,厨艺不错。杨迟说理科女生能这样的,算是上品。孩子坐在女研究生的膝盖上吃饭,在福利院住了五天,又饿回去了,下午吃了不少饼干,这会儿又痛痛快快吃了两碗。女研究生说："嘿，还真能吃。"戴黛说："没办法，我在里面吃不到什么好东西。"

后来女研究生把孩子交给小苏，自己点了根烟，说："你们打算怎么办？"

"不知道。"

"你们认养了一个小女孩，不知道接下来该怎么办。"

"你知道该怎么办？"杨迟问。

"我也不知道。"女研究生笑了笑，转头对小苏说，"我是不会让你独自和一条狗生活在一起的。"

我们听到这句话，各自愣了一会儿，都觉得气血翻涌，无数往事像菜刀一样砍在心头。女研究生转身从包里掏出一个蓝色小本，拍在桌子上。我一看是户口本。小苏说："什么意思？"

女研究生说："我要和你登记结婚，就明天。"

小苏说："这太急了吧？"

女研究生说："结婚。北京你爱来不来。你来吗？"

小苏说："我来。但是明天结婚太急了，我得先告诉我爸爸。"

女研究生说："你现在就打电话告诉你爸爸。"

小苏说："我爸爸这个人比较保守，不太能接受这么快结婚。"

女研究生说："我来跟他说。"

小苏说："那就你说吧。"

我说："我出去买鞭炮。"

杨迟说："我认识民政局的人，婚前体检可以免检，随便得什么病都可以立马结婚。"

那是冬天，临近春节，到处都是卖烟花爆竹的。我摸了摸兜里，只有十几块钱了，找老杨要了一百块，冲到店里，买了两串二百响的挂炮，十个二踢脚，剩下的全都买烟花了。回到小苏家，先把狗塞进笼子，踢到床底下。再跑到院子里，就着浓黑的夜色放炮仗。女研究生捂着戴黛的耳朵，孩子高兴极了。四下里轰然作响，近处的大楼反射着回声，仿佛那些巨大的玻璃全都要砸下来似的。接着放烟花，烟花的质量很差，有一个当场就炸开了。放完了，一切都平静下来，听到电视机里放国歌，中央电视台的《新闻联播》就要开始了。

女研究生对戴黛说："你猜今天发生了什么？阿姨要结婚啦。"

戴黛说："那我们一起唱国歌吧。"

23

那年寒假，小苏登记结婚，并于同年九月去北京求职，赔了农药厂两万块。次年有了一个女儿。小苏成为外资企业白领，不再从事化验工作，一切皆如意。稍嫌美中不足的是，新世纪来临后，他被公司派遣到香港，常驻两年，不能带家眷。我曾经去香港，顺道探望他。他住的那条街一半是卖五金的，一半是妓院，每到夜里，妓女们就抬着灯箱放到门口，上面印着她们的裸照。不知道小苏是怎么熬过这种时光的，也不知道他被女研究生薅了多少次衣领。在我看来，皆是命数。此乃题外话，小苏的故事还没结束。

春节之后小苏回到戴城，狗跑了。

狗寄养在农药新村，由我和杨迟轮流看护。这很热闹，既有孩子也有狗。我们敢于养狗，也是吃准了春节期间打狗队的人不敢轻举妄动，不然老子大年初一去他们家里送花圈，谁受得了？过了这段时间，我们还得遵守既往的秩序。小苏也从河南回来了，我们把狗送回去，刚放出笼子，这狗大概是有点不适应，一溜烟跑出门，直窜到大街上去了。

这种情况发生过几次,三人合力追狗,跑得半死才能逮住。然而这次情况更糟糕,戴黛大哭起来,我们必须留下一个人安慰她,只剩两个人去追狗。从几何学的角度来说,效力减半。这狗在家还算懂事,一出门就抓狂,变得疯癫异常,而且会咬人。

留下杨迟带小孩,我和小苏追了出去。那时的马路就像遭了袭击,春节之前小偷们回家,先把窨井盖偷了一轮,政府部门给补上了,春节之后小偷回城,又偷了一轮,又变成一个个黑洞,只能用木板充当井盖,承重不行,容易栽下去。我怕窨井,我告诉戴黛,不要踩井盖,哪怕它看上去很结实。孩子虽小,但只要不停地在她耳边说这件事,她会记得深刻。有时候我甚至想,哪怕她忘记我这个人也无所谓,只要记得我说过的,别踩窨井盖。

我们追了一路,跌跌撞撞躲开那些木板井盖,到了一条街上,小苏倒吸一口冷气,看到前面一个笆斗大的招牌:苇村狗肉。

苇村这个地方其实已经消失了,它成为高新技术开发区的某一处地基,当地的农民都住进了楼房,变成开发区的户口,征地赔偿的钱够他们打三辈子的麻将,只要别赌得太大。他们的孩子因为暴富,多半不再从事任何工作,稍有志向的就在园区找份保安工作,每天穿着制服在街上晃几圈,就当锻炼身体。我们非常羡慕他们,但我们是城市户口,就算征地征到我家,也是一顿乱棍把我赶出去,迁到满是野鸟和蝙蝠的乡下,那儿会有两栋孤零零的公寓楼等着我们,周围全是野草。

当苇村还存在的时候,它有一个著名的特产,红烧狗肉。狗肉店遍布城乡。这一带的人认为,夏天吃狗肉不洁,冬季则大补,因此狗肉店通常秋天开张,到春天时则关张做别的生意。苇村狗肉烹法仅红烧一种,不带皮,选材也不太讲究,不如贵州花江狗肉那么有名。然而照样馋人，出锅之后狗肉的香味独特，隔着老远就能闻出来。苇村消失以后，人们仍然想吃狗肉，那些开狗肉店的人也比较有志向，不想回去打麻将做保安，因此这个特产还存在。这不奇怪，国际连锁炸鸡店声称来自肯塔基，可是哪一只鸡都是国产的，也没有人在乎肯塔基州到底在什么地方。

我小的时候，苇村狗肉店都在店里宰狗，周围的人张着嘴看。鲁迅说北京最常见的是一群人张着嘴看杀羊，一点没错，真的都张着嘴。场面终究血腥。到了九十年代不这么干了，运来的都是肉块，有些店里直接卖成品。但这不能说是人们仁慈了，而是物流水平提高，集约化效应，换句话说，就算我不会宰狗，也可以掏钱加盟。

我们追到这家店门口，狗的白影一闪，钻了进去。它大概是闻到肉香了，殊不知这是它的同类们散发的死亡气息。店里很多人，纷纷抬起脚喊，狗，狗，快捉住。狗奔进了厨房。我急了，追到厨房门口被一个系着烂糟糟白围裙的帮工挡住了。

"我的狗钻进去了。"我说。

"你站到橱窗口等着，一会儿给你端出来。"帮工说。

"开什么玩笑，操。"我没好气地说，"把狗给我牵出来。"

"你再说得不客气一点，看看你的狗是不是会自己出来。"帮工嘲笑我。

小苏走过来，很礼貌地解释了一下，厨房里同时传来狗的尖叫。帮工没理小苏，指着我说："很着急，是不是？以为我会宰了这条狗，是不是？"周围的人都在笑。帮工说："你这京巴瘦得，两斤肉都不一定称得出来，我们这儿要的都是肉狗，得像你一样壮的。"

我说："我操，你今天是想死，对吗？"帮工说："大家评评理，他的狗跑进我的厨房，他居然还嘴硬。"周围人说："他是年轻气盛，但是你也太损了。"我说："别怂，世上最怂的就是让大家评理。我要点火烧了你这狗店。"周围人说："妈的，都不是省油的灯，你们俩赶紧出去单挑吧。"

这时从厨房里出来一个女人，拎着个血迹斑斑的麻袋，里面是小苏的狗。女人把袋子放在地上，先一巴掌把帮工拍了回去，然后对我们说："拿走。"

我看了看袋子，狗在里面吓傻了，如果把它放出来，大概又会沿街跑掉。我拎了袋子就走，小苏跟在我后面。女人说："虽然不能吃，但可以卖钱，值好几百。现在帮你们捉住了，也不懂谢谢我。"

我说："谢你妈个鸡毛，屠狗之辈。"

女人摇头叹气："这俩傻逼，养只狗都不知道用绳牵着，这么冷的天也不弄个绒线背心，狗都快冻死了。还说我屠狗，赶紧滚吧。"

我拎着袋子往回走，越想越生气。小苏劝了我一会儿，后来说到屠狗这件事。我说："中国人爱吃狗肉，这个好像很受歧视吧？国际上都不吃狗的。"小苏说："其实中国人也知道吃狗肉不好，狗肉不能上正桌，杀狗的都是贱民，但是架不住狗肉的香。"我说："外国人为什么能架得住？电视里放节目，所有的外国人都他妈像馋鬼，到了中国就知道吃。这么馋，为什么不吃狗肉？"小苏说："我也不知道，电视里的外国人都挺假的。另外也不能说外国人都不吃狗，万一有人爱吃呢？这不是口味问题，而是民俗习惯，让你吃蜗牛你也不行。"我想了想，点头同意这个观点。当然，我没吃过蜗牛，想不出什么滋味，只觉得有点恶心，我更没想到自己后半辈子会真的爱吃蜗牛。

到了小苏家门口，看到老杨牵着戴黛，顶着寒风等我们。老杨说："戴黛急坏了。"又看看麻袋，以为狗被汽车轧死了。我们进了院子，放开麻袋，把狗抱出来，小苏弄了根绳子给狗拴上，至于绒线背心，我得去问我妈是否愿意给狗织一个。戴黛对狗说："你不乖。"狗很惭愧地趴在她脚边。

看到戴黛这样，我心想，被傻逼骂一顿也值了，就不再耿耿于怀。孩子有点古怪，给她什么玩具都不太玩，放在一边呆看。只有这条狗是她说话的对象。如果它跑丢了，我很担心她又会变得自闭。我们得好好伺候它，死了丢了都会让她伤心。后来发现她给狗取了个名字，叫汪汪。狗还挺认这名儿。我们有时候喊它，都称呼它傻逼、二货、戆卵，这其实不是它的名字，而是绰号。我不知道一条狗为什么需要绰号。

福利院也有不靠谱的时候，有一天跑去接戴黛，发现她的头发被剪得乱七八糟，近似惩罚性的措施。蔺老师不在，一个中年女老师带班，她说她也搞不清怎么回事，大概戴黛这一阵子跟我们玩在一起，福利院疏忽了她的仪表，所以就给她剪了一下，绝对不会是惩罚，不要以为像英国人那样（来自《简爱》的桥段），其实是因为没有专职的理发师，都是老师们自己剪的。

戴黛跟我们回家，在镜子前面照了一会儿。杨迟的爸爸打趣说："这下难看了。"戴黛对此没什么反应。这很奇怪，五岁的女孩知道爱美了，并且她自己也主动去照过镜子，但她并不难过，好像那只是别人的头发，她只是出于好奇看一看。

我们在一起的时候，她和杨迟的爸爸妈妈最亲热，其次是杨迟，再次是我和小苏。时间久了，我们三个周末不一定有时间去福利院，杨迟的爸妈就坐上公交车接送孩子，后来也不想这么颠簸，干脆把孩子留在了家里，一个电话打给福利院："今天戴黛不回来了。"这是违规的，但福利院拿他没辙，不可能派个人来把孩子揪回去，也就任由他们处理了。

女研究生问我们，打算怎么办，我们回答不上来。我们知道孩子会被领养走，但一直没说出来。杨迟的爸爸存了一个美好的愿望：把戴黛养大，小学中学大学，找工作，变成一个正常的姑娘，类似蔺老师，但有两条绝对不能再重演，第一不能让她去农药厂，这浑蛋厂肯定坚持不到二十年后，第二不能像蔺华一样回福利院上班，那儿工资太低。照杨迟的爸爸看来，二十年后的人们应该全都在高新技术开发区，拿外资企业的工资，住在漂亮的公寓楼里，出门开汽车，回家有保姆伺候。我说您这个不就是实现四个现代化嘛，按我小时候的教育，还有两年就可以实现了。杨迟的爸爸说："哎，实现四个现代化这件事现在怎么不提了？"我说："现在改提小康社会了。"杨迟的爸爸说："那我们到底实现了吗？"我说："国防现代化肯定实现了，现在没人敢欺负我们国家，其他的不知道。"杨迟的爸爸说："不错，就连美国都不敢打我们了，苏联也完蛋了，好歹不用打仗了。"

总之，按照这幅蓝图，不必再担心太多。美中不足的是亚洲金融危机爆发，一直持续到九八年还没好转，中国的问题似乎不大，电视上天天说我们挺住了，索罗斯拿我们没辙，但是也够险的，差点让那个王八蛋单枪匹马把半个亚洲给灭了。大家打着麻将顺便又感叹了一下，东南亚小国，拖后腿啊，搞军事不行，搞经济也不如我们嘛。我们无敌。

冬去春来，有一天我们带着戴黛去了儿童乐园，我开飞碟的地方。飞碟还没修好，一年多了，锈得不像样子。我想起宝珠。九七年的夏天我去戴城大学拿毕业证书，顺便去找宝珠，别人告诉我，她出现过一次，也是拿文凭，然后就走了。我曾经把家里的电话留给她，但她并没有来找我，天知道她在哪里呢。

杨迟和小苏去办事，我带着戴黛逛园子，忽然看见前面走过来一对母子，就是曾经给我下咒的，飞碟开不动，冰面上滑一跤，我还记得他们。男孩长大了一点，女的还是老样子。我的形象已经和从前不同了，看了他们一眼，打算错肩而过，不料那邪门男孩竟把我认了出来。他对女人说："他就是那个开飞碟的。"

"我不开飞碟，你才开飞碟呢。"我说。

"你不说话还好，一说话我也把你认出来了。"女人说。

"再见吧。"我说，忽然又有点心痒，回过头说，"你们怎么不去戴城乐园？那儿可好玩了。老跟这个鬼地方转悠有什么意思？"

男孩说："你才是鬼呢，你会变成鬼的。"

我一摸脑门，心想不能跟这个小浑蛋多说话，被他咒了要倒霉。戴黛忽然对男孩说："你是个坏蛋。"

"我在学校门门考一百。"男孩骄傲地说。

"屁咧，你一个小学生，学校里也就语文算术两门课。"我说。

"我奥数都学的！"男孩说。

奥数算个屁，老杨当年也念过，奥林匹克生理卫生都念，长大了还不是照样卖农药。我还没说话，戴黛认真地说："但你还是个坏蛋。"

女人说："这孩子是你的吗？"

我说："是我女儿。"

女人说："不可能是你女儿。"

男孩说："她没爸爸。"

戴黛说："你们是两个——大嘴巴的妖怪！"

我哈哈大笑起来。女人很生气。我对戴黛说，跟我一起喊，我们不怕妖怪。"一，二，三，我们，不怕，妖怪——"戴黛补充说："——大嘴巴的妖怪。"

我们扔下这对妖怪,到公园的湖边去看风景。我对戴黛说:"你很厉害。"孩子不明白,说:"厉害什么?"我说:"我本来很害怕这两个人,现在不怕了。"孩子说:"为什么?"我说:"因为有你在啊。"

我们一起蹲在湖边看鱼,过了一会儿,老杨和小苏来了。杨迟大骂:"不是在儿童乐园玩的吗,怎么跑湖边来了?你去配台拷机,以后找得到人。"我说我这个样子,连份工作都没有,家里电话费都快交不起了,配拷机这么时髦的事情轮不到我。杨迟拎起衣襟,给我们看他别在裤带上的新拷机。

"现在你可以随时找到我。"

"去县城也能找到吗?"

"县城不行,"他沮丧地说,"只能在戴城拷我。"

"你一年有八个月都在县城,竟然好意思说随时找到你。"

我们在街上闲逛,戴黛骑在我脖子上,孩子有点重了,走了一段路,脊椎骨受不了,好在有三个男人,轮流驮着,整条街上没一个孩子享受这种待遇。就这样,我们又遇见了熟人,歪歪。

歪歪气色不好,一问才知道失业了。老杨说,亚洲金融危机是他娘挺可怕的。歪歪哭丧着脸说,不是的,前阵子跳槽去了Sony做文员,有个龟田喜欢上了她,要追求她。我心想这没什么品味嘛,不过歪歪自从做了文员以后气质大变,应该可以骗骗那些野村们了。歪歪说,可惜她不喜欢那个鸠山,貌似他学历不高,不是早稻田大学毕业的,混中国的那些霓虹鸡都是没前途的,所以歪歪就拒绝了那个川崎。不料那个松井气量有点小,翻脸了,辣手摧花直接把歪歪送到了车间里——世界著名的电子产品流水线上。歪歪好不容易混上了文员,现他妈又成了矬逼女工,再一看,这条流水线上好多都是本科和大专毕业的,仿佛身负罪孽的人掉进了地狱,别指望再爬上去了,只能辞职出来。这么夹缠不清说了一通,苦大仇深,投奔新四军的心都有。我们听得头昏眼花。歪歪最后才指着戴黛问:"这谁家的孩子啊?"

"老杨的侄女。"我不想跟她多嘴,撒了个谎打算溜走。忽然听到一声大喝:"路小路,你还在纠缠我妹妹!"我腿一软,看到歪歪的哥哥从旁边转了出来。我怕他,转身就跑。这矮子比我蹿得快,一脚扫在我踝骨上,我像西藏的信徒一样磕了个长头。杨迟不忿,说:"哎,你怎么打人?"走过去要揪歪歪的哥哥,我想提醒老杨别惹这个太岁,但我摔闷了,说不出话。歪歪的哥哥从原地跳起,一米六的身高,踢到一米八的高度,正中老杨面门,也倒了下去。小苏说:"你太过分了!"歪歪的哥哥再次踢高腿,小苏有了防备,往后急退,不料矮子踢的是鸳鸯连环腿,可以像拧了发条一样踢下去,一直踢到天安门。小苏牵了孩子,感到害怕,先把孩子塞到身后,脸上也挨了一脚,坐倒在地。这时才听见死八婆歪歪喊:"住手!"

我站起来,老杨和小苏都坐在地上,脸上各有一个鞋印。戴黛已经吓傻了。

歪歪把她哥哥臭骂了一顿。矮子也知道一下子踢翻三个人有点浑蛋,但他高兴起来管不住自己的腿,就从口袋里摸出四张票,给了我们。

"蹦床表演,今天晚上我的场子,你们一定要来看。"

杨迟这才敢说话,摸着下巴问:"什么是蹦床?"

歪歪的哥哥来劲了,立即介绍蹦床运动。我们都很无知,以为是马戏团。歪歪的哥哥说,放屁,这是下届悉尼奥运会的比赛项目,我们国家正在重点培养,要拿奖牌的。杨迟说:"这么说你要去参加奥运会?"歪歪的哥哥沮丧地说:"我已经过了黄金年龄了,现在只能在市里面表演。要是早几年,我拿到奥运冠军,就发达了。"

说到这里，我们顺便骂了一下悉尼奥运会。妈的，当年北京申奥输掉，我正好在老杨的学校里，电视里一公布消息，男生寝室所有的热水瓶都从窗口飞了出来，输得窝囊。歪歪的哥哥也很讨厌悉尼，但是他又说，如果没有悉尼奥运会，蹦床在中国确实跟马戏团差不多，所以他还得感谢悉尼。这本账只有他自己算得清了。

我们送走了这两个大仙，擦了鞋印，继续在城里逛。

在闹市口，老杨的屁股被人捏了一下，大怒，回头一看差点哭了。是绍兴师姐！

"你怎么来了？"

绍兴师姐真他妈的意气风发啊，穿着职业套装，外面一件藏青色的羊绒大衣，挎着小包，笑吟吟地看着杨迟和我。我们又介绍了一下小苏。绍兴师姐对杨迟说："我早就不在绍兴了，现在在上海一家金融软件公司里做销售，都快两年了，刚升部门主管。你现在在哪儿上班呢？搞那么矬？"

杨迟说："戴城农药厂金牌销售员。"

"你爸爸不是这个厂的吗？"

"现在我也是。"杨迟说。

绍兴师姐有事，本来急着要走，但还是耐着性子绕老杨转了一圈，说："操，娘希匹，法克，你怎么能卖农药去了？"杨迟说："我也不知道。时不利兮骓不逝。"绍兴师姐看了看手表说："我今天要谈客户，不跟你啰唆。小孩是谁的？"杨迟说："我的。"绍兴师姐说："不对啊，我九五年跟你分手，到现在才三年，你怎么搞出这么大一个孩子了？"杨迟说："这说来话长，你陪我喝茶，我把事情原原本本告诉你。"戴黛适时地拉了拉老杨的袖子说："爸爸。"我和小苏都笑倒了。

绍兴师姐有点生气，说："杨迟，你瞒了我多少事吧？"又对戴黛说，"姑娘真漂亮，叫我阿姨。"戴黛说："阿姨，我爸爸刚才被人打了。"绍兴师姐说："你爸经常被人打，习惯了就好。"又指着杨迟说，"我今天真没空陪你。我有你家里电话，只是一向想不起来找你。回头我来扒你的皮。"

她急匆匆地走了，杨迟忽然一拍脑袋又追了过去，说："我把你送的睡衣弄丢啦。"绍兴师姐头也没回地说："知道了啦，你现在结婚了，还敢穿我送的睡衣？"杨迟站在原地大喊："我没有结婚，我连个女人都没有，是单身爸爸！"街上很多女人都扭头，饶有兴趣地看着他。绍兴师姐转身，一边倒退，一边摇晃着肩膀说："我会打你电话的。"杨迟撩起衣服，露出裤带和脏兮兮的棉毛衫，别在腰里的拷机，继续大喊："我有 BP 机——"绍兴师姐嫣然一笑，掏出一个小巧的移动电话冲他扬了扬，喊了一串数字，是她的号码。我和小苏都替老杨记下了。

藏青色羊绒大衣一闪而过，整个戴城暗淡无光。老杨怅然地站着，直到她走远。我们都累趴了，这一天遇到了太多的人。

我问杨迟："你要去上海吗？"

"戴黛怎么办？"老杨说。

我又问小苏："你要去北京吗？"

"我也不舍得戴黛。"小苏说。

我点点头。我们暂时还留在这里，天空晴朗，仿佛没有明天。但另一个时代的影子已经来到，我有这种预感。

那天晚上，为了让戴黛见见世面，我们去看了蹦床表演。

我们走进年久失修的市区体育馆，它像一个烧焦的锅子倒扣在老城区，看着叫人心凉。在遥远的高新技术开发区有一座新建的体育馆，我曾经去过，周围一带是荒草，最近变成了乱糟糟的工地，据说一个现代化的社区将会围绕着它而诞生。我对这所老旧的体育馆很有感情，整个青少年时期在它附近打架、泡妞、发呆，有时候还进去打打篮球。它本来应该被拆除，荡然无存使我的记忆产生一个凹坑，但由于它太坚固太庞大，垂死而又负担着几十万即将奔向新区偏偏又奔不动的人们的体育生活，所以暂时还得倒扣在这里，谁也说不清它的未来会怎样。

在体育馆里，我们没有找到歪歪。灯光亮起来。好多年前我在这里看过著名歌星毛阿敏登台表演，场馆座无虚席，过道里都站满了人，我在最后一排，用了个塑料望远镜才看到模糊的、放大的毛阿敏。

我们坐在了第一排，蹦床表演没什么人看，全场就百十来个观众，估计也都和我一样，拿的是内部票。后来觉得第一排的位置太低，小孩看着费劲，就挪到第十排。过了一会儿，出来一个主持人，重点介绍了蹦床运动的起源和发展，表演开始，音乐如暴雨倾泻，八个穿金色比基尼的少女转着呼啦圈出来了。她们扭动腰肢，摆动大腿，甩动脖子，每个人身上都旋转着最起码五个呼啦圈。忽然一声断喝，"有请呼啦圈女皇、吉尼斯世界纪录保持者娜娜小姐。"一位长发少女像海豚般腾跃而出，面带高潮后的红润与满足，从地上拽起三个呼啦圈转了起来，接着是第四个第五个。到后来她已经没法弯腰拿呼啦圈，就由工作人员朝她身上放。她腰里转十个，金鸡独立，手上腿上各转五个，脖子上还转三个。我数下来是二十八个，但工作人员介绍说她转了三十二个，又说，她最多的时候可以转四十个呼啦圈。

杨迟忽然说："我还真记得这个娜娜，上过报纸的。听说是杂技团的，从小就训练呼啦圈，后来拿了吉尼斯世界纪录，也不知道真的假的。反正爹妈都是禽兽。"

"为什么禽兽?"

"马戏团,杂技团,都得从小训练起。爹妈要是还不那么禽兽的,怎么可能送小孩去学这个?"杨迟说。

我说:"你也别太得意,你们俩从小训练数理化,现在为农药厂服务。"

杨迟说:"你丫真是个不合时宜的家伙。"

小苏说:"其实路小路讲得有道理。"

杨迟说:"要是不学数理化,我现在也得在这儿转呼啦圈。"

小苏说:"娜娜的爹妈或许也是这个想法,要是不学呼啦圈,她能干什么呢?"

娜娜的表演结束了,可以看出她很累,我们鼓掌,并鼓励戴黛也鼓掌。场馆里就我们四个人在鼓掌。娜娜忽然跑到我们前方,深鞠一躬,朝我们挥挥手,随后轻盈地蹦回了后台。接下来是一连串的人翻跟斗,然后搬出四个大弹簧床。蹦床表演正式开始了。两个比基尼少女,两个新石器时代装束的小伙子,跳上蹦床,就在空中翻起了跟斗。

说实话,还挺好看的。

这时有小贩过来兜售玩具,全是塑料枪。小苏说,小孩不能玩枪,太残暴。这种话在中国人听来简直是狗屁,我们玩枪是为了保卫祖国。小苏说,美国人都不给小孩玩枪的。我们说,戴黛是女孩,你以为她会去美国抢银行或者枪击校园吗?给孩子买了一把红色的,会闪光,会发出刺耳的嚣叫。她还挺会玩的,拿起来指着小苏的脑袋先打了一枪。小苏痛苦地摇摇头。

歪歪的哥哥上台了,我们终于见到了他,矮子上了蹦床,越跳越高。杨迟摇头说:"我算是知道为什么没躲开他那一脚了,专业飞人啊我操。"歪歪的哥哥面对着我们,每一次起跳,都会和我们平视，打个招呼。我就看见这个人像炮弹一样上上下下，完全违背了日常的生活经验，非常魔幻，非常滑稽。戴黛忽然说："爸爸，这就是下午踢你们的人。"杨迟说："是的就是他，他厉害吧？"戴黛说："我给你们报仇。"孩子举起枪，歪歪的哥哥每跳上来一次，她就照着他打一枪。如果是真枪，他等于是送上了弹道，已经死了十五六次了。场馆里就这么几个观众，歪歪的哥哥看得一清二楚，有那么一瞬间我觉得他会在半空中跑过来把我们四个人都踢死。

孩子乐屁了。现在不但小苏摇头，就连我和杨迟也颇为担忧，这么玩下去，她长大了可能真的会变成个枪击犯。我们虽然是流氓，但不能教出一个流氓女儿，她应该是淑女才对。

我们没收了她的枪，她有点蒙，我们就说会送个洋娃娃给她，她摇摇头，说自己不喜欢洋娃娃，喜欢枪。喜欢也不给你玩，你一姑娘家的必须玩洋娃娃！表演越来越精彩，现在有一群人在空中翻滚，稍不小心，他们就会掉在地上摔残。我们看得眼花缭乱，后来发现歪歪的哥哥已经偷偷溜下蹦床，正在朝我们这儿移动，我们抱了戴黛就跑。孩子趴在老杨肩头，继续朝矮子打枪。

24

给孩子买玩具这件事，我不在行。

我小时候家里穷，没什么像样的玩具。有一个漏气的充气天鹅，把它吹起来了，它会在三分钟之内还原成一摊塑料。也就是说每次只能玩三分钟，如果想玩久一点，就必须不停地吹它。我根本懒得和它玩，然而有一次，一个小女孩来到我家，她喜欢充气天鹅，我喜欢她，我就负责给她吹天鹅。吹了一个下午，觉得下腹疼痛，再吹下去我就该得疝气了。

我家里管得严,我妈在七十年代末就和美国人观念一致了,认为小孩不该玩枪,长大了会变成土匪。在我八岁之前,幼儿园里天天练习攻占敌人堡垒,回到家则保持着乖孩子的形象。有一次我仅仅是用手指比划了一下,要向我爸爸射击,就被我妈一个耳光扇到了墙根。我十七岁的时候和杨迟出去打群架,两个人鼻青脸肿回家,手里拎着血淋淋的棍子,我妈吓昏在了墙根。

幼儿园的教育没有使我变得更勇敢,我妈的教育也没有使我变得更儒雅。在我看来,玩具这种东西,最好不要对之抱以太大的期望,每一个搭积木的男孩都是聪明的,每一个过家家的女孩都是贤惠的,往后的事情会变成什么样,猜吧。

小苏说:"洋娃娃,汽车,书。这三样最保险。坚决反对给小女孩买枪。"

杨迟比较自信,说:"高智商的孩子都玩魔方的。"给孩子买了一个,掰乱了,又花了五分钟恢复原状。小学的时候他曾经靠这一手获得无数女生的青睐。戴黛眯着眼睛看魔方,又看看杨迟。

"这是什么?"

"这叫魔方,我可以教你玩,学起来很容易的。"杨迟说。

我对小苏说:"他小时候也这么骗女生的,我可以很明确地告诉你,有人上当,但没人学会。"

戴黛接过魔方拧了两下,很小心地拧回原状,对杨迟说:"可以了,还给你。"

我们也给她买过洋娃娃,十块钱的地摊货。她把洋娃娃带回福利院,下个星期再去看,那玩具已经被大卸八块了。她说:"不是我弄坏的。"抱着个没脑袋的洋娃娃,跟着我们走出福利院。杨迟越看越害怕,让她把洋娃娃扔了,她想了想,把没脑袋的洋娃娃放在了路边花坛上。又走了一段路，她从衣兜里掏出一个娃娃脑袋。

小苏买了童话书给她讲故事，照本宣科地念《小红帽》。这故事的结局是小红帽和她奶奶都被狼吃了，然后没有了。孩子等了半天，我和杨迟也等了半天，不对啊，应该还有个猎人来救她们的，把狼的肚子剖开了，她们又起死回生了。然而在这本正宗的欧洲童话书里，她们确实是被吃掉了，没有人救。

小苏抱歉地说："故事就是这样的，他大爷的。"

孩子说："我害怕。"

我和杨迟说，我们也感到害怕，童话到底有多少个版本吧？

有一天我想起了一个关于独角兽的童话。我的厂医姐姐曾经给我讲过，独角兽是世界上最纯洁的动物，也最孤独。我问戴黛："你知道什么叫孤独吗？"她说："不知道。"

不知道就好。独角兽很优美，生活在丛林里，动物园没有，它看起来就是头顶长了一根角的白马，不过你要是把它当成马，就大错特错了。它不跟人打交道的，世界上的傻犍都不在它眼里。它虽然很孤独，但从不为此伤心，作为一只独角兽，孤独就是它的本质。

"后来呢？"

没有后来了。关于独角兽我就知道这么多，我从小到大也跟你一样，听些翻版的《小红帽》，编不出更有意思的故事。像独角兽这么纯洁而孤独的动物，我猜它是不会有故事的。我忽然又感到后悔，你说我讲什么独角兽呢，这童话也很没劲。

孩子同情地看看我。编不出故事的路大叔怪可怜的。

凌晨时，孩子发烧了。我和杨迟用小毯子裹住她，抱着赶往儿童医院急诊部。昼夜温差大，容易生病，急诊部大人小孩一堆。预检的护士量了一下体温,说:"还不到三十九度五,不能挂急诊。"杨迟说:"出门之前量过是三十九度五。"

护士拿了体温计给我们看,三十九度。我说:"就差五分而已,给挂一个吧。"护士有点固执,横竖不给。我一生气,爬到了护士的桌子上,跪在那儿。

"给你跪一个,可以吗?!"

护士的脸红扑扑的。我低头一看,他妈的,出门太急,裤子拉链忘记拉上了,这会儿正敞开了对着她的脸,赶紧拉上了,再来一次。"现在是跪给你看了!"

护士说:"你还是换家医院吧,这儿不给挂的。"

我站在护士的桌子上。现在有一帮人过来把我往下拉,医院的保安,后面排队的大人。我被他们拽下来,双手紧紧地抓住桌腿,人们试图把我拖出去,桌子也跟着往外挪。有人掰我的手指,我用两条腿缠住桌腿,现在麻烦你们来掰我的大腿吧。

这个过程中,杨迟抱着孩子,退到一边,用保温杯接了热水给孩子喝。我们配合得太默契,分工明确,我负责闹,他负责照顾小孩。这时过来一个比较有经验的护士,俯身对我说:"你撒开腿,你这么闹,我就算想给你挂号也不行啊。后面多少人都看着呢。"

我说:"我要是撒开腿,立马就被扔出去了。别以为我不知道。"

有经验的护士说:"你这么不要脸的我还头一次看见。"

我说:"放屁,我家里好多亲戚都是做医生的,该怎么做我最清楚。大家都是中国人,拜托你讲话慎重些。你以为我喜欢不要脸吗?"

这时杨迟带着孩子过来了,说:"再量一下体温吧。"

护士没辙,又给量了一下,这次他妈的爆表了,四十度往上还不止。护士顺水推舟,赶紧给了急诊票让去挂号。我立刻从地上站起来，抖了抖衣服，撸了撸头发，仿佛什么都没发生过，跟着老杨走了。

"给喝过热水了，是吗？"

"是啊。"杨迟说，"老一套。"

"要是小苏在，今儿晚上肯定又得狂暴了，一口吞下那护士都有可能。"

"小苏干得出来。"

"你刚才被人打了。"孩子睁开眼睛对我说。

"没有，我自己躺地上的。"

"为什么？"

"因为有的时候必须主动躺在地上，"我说，"不过你别学这个，我也很少这么干，躺在地上不好，以后会变得没有自尊心的。"

半夜里，孩子打吊针，睡着了，我和老杨闲聊。我说我很难想象，将来自己有了小孩，每次去医院急诊都得躺在地上挂号。要都这样，我情愿没小孩的。杨迟说："到那时候也许你已经升官发财了，你想让护士躺在地上都可以。"我说："这境界太高了，我做不到。"杨迟说："你境界已经很高了，为了孩子肯躺下去。以前连饭票都不舍得捐的。"

"你就别再提饭票了，这是两码事，我现在也没有饭票给戴黛。"

我努力向杨迟解释，那个站在食堂门口请求捐助的孩子，在我看来，他不是孩子，而是一面镜子。我没资格投之以饭票，生恐他抬起头来让我看到一张和我一模一样的脸。至于我躺在地上，那倒没什么了不起的，我知道自己在干什么，也知道下场如何。它不是镜子，最多只是一件猥琐而难看的戏装，既然有人喜欢看，那我不妨穿一次。

杨迟说："你以后会知道捐饭票也没什么了不起的，下场不会更惨。"

我说："我要是戴黛的亲爹，这么躺下去，一定会觉得非常惨吧。现在倒还好。"

杨迟说："我现在觉得自己就是戴黛的亲爹了。她没有别的亲人了，对吧？"

"很快就要被领走啦。"

"这是必然的。她是个挺健康的孩子，看上去也很活泼，会用枪打人。谁去都会先挑她。唯一的问题是年龄稍微大了点，很多人情愿领养婴儿的，没有记忆，不知道自己是个弃儿。如果她被领走，我还会去看她。当然，那时候我就不是她爸爸了，喊我哥哥也行啊。我不会有你这种捐饭票的心理障碍。"

"养父养母会答应吗？可能会斩断一切联系吧。"

"那也就没办法了。"

"她可能会忘记你，忘记我和小苏，孩子的记忆中放不下太多东西。"我说，"我五岁之前什么事都想不起来了。"

杨迟沉默。又想到一件事，说："前几天我骑自行车带她出去，她自己踩在脚踏板上往前杠上坐，这很奇怪，没有人教过她，福利院也不可能让她坐自行车。说明她以前会这个。蔺华说她是去年在街上被人捡到的，但是她说不清自己的身世。"

"也许以前有人骑着自行车带她，教过她这个。"

杨迟伤感地说："应该是一个男人吧，她爸爸？但她似乎什么都不记得了。"

吊完了水，我们收拾收拾回家。孩子的烧退了一点，天还没亮，我们抱着孩子出医院，外面浓黑一片，没有出租车，还得走回农药新村。好在两个人轮番扛着，不那么累。道路寂静，我以为她睡着了，走了一会儿，忽然听见她说话。

"我是被我爸爸扔掉的。"

我和杨迟一起停下脚步，孩子在杨迟手里。这个时候是一天中最寂静的时刻。

孩子又说："我记得我妈妈死了，我爸爸把我扔在街边。"

杨迟再也没有力气抱她，我也没力气接她。我们两个人一屁股坐在了街边的地上，搂着孩子，仿佛也有一位巨大而虚无的父将我们抛弃。

25

当年小苏住在闹市区，那个地方叫花街。一条小巷通向外面的大马路，路上全是被偷了盖子的窨井。那条大马路有一段很繁华，百货商店与名牌专柜鳞次栉比，过了这一段则冷冷清清，晚上路灯都不太亮，小偷专门在此活动。再往西，靠近高新区的一带，忽然又变得热闹了，尤其是晚上，灯光旖旎的宾馆酒吧，还有我们初次见到的：桑拿房。

我那时候天真了，以为桑拿房就是蒸桑拿的，杨迟说，楼下洗澡，楼上打炮。这种口气一听就是去过的，但他拒不承认，说自己陪客户去，客户到楼上去欢快，他在楼下蒸。我说，蒸这么久你该熟了吧？老杨说，我可以去打打电子游戏啊，桑拿房里什么都有。后来他又说，当然啦，一个男人的好奇心你们也应该知道，我去看过一点点，姑娘们都在玻璃橱窗里，那个叫作"金鱼缸"，你可以随便挑。小苏作为一个男人也好奇了，问："真的可以随便挑吗？"杨迟遗憾地说："小苏，你已经结婚了啊。"

那个地方是戴城的红灯区,说起来,离小苏家里最近。他住的花街,这个名字很不正经,令人联想到妓院一条街。其实不是的,从我小时候起,街上住的就是些普通老百姓,并没有鸡。到了小苏这一代,桑拿房也不会开在小巷里,花街徒有虚名,直到有一天黄昏,我们在巷子里带小孩玩,看到一群低胸露大腿的姑娘,像他妈文工团会演一样,披着棉大衣往红灯区走。没错,她们在这里租房子住。

那时候人们还不适应和妓女住在一条街上,觉得她们是另一个世界的人。后来楼上的万师母打破了这个格局,但还是不太一样,人们普遍认为万师母是被迫的,而其他妓女是自愿卖淫。这个看法,其实不够公平。

在小苏家门口,我们看到低胸露大腿的姑娘走过,她们是去上班,否则不用穿成这样。她们坦荡荡地走过街道,瞄我们一眼,并不说话。我们脸红心跳犹如裸体。我在想,她们为什么不在街上勾引我们,那就不必去上班了。她们为什么不这么干,像万师母那样走过来问我们"要不要吃话梅"(想到万师母向我走来,我就得吓昏过去)。后来杨迟说,她们是夜总会的,不是阻街女郎,夜总会有一套严格的流程,你不能进去就嫖。这流程使一切顺理成章,使"工作"具有存在感,说白了它可以让姑娘多挣点钱,少出点力。

在杨迟的营销生涯中见过各种卖春的姑娘,他说最惨的是停车吃饭的地方,姑娘们接待的都是卡车司机。卡车司机是世界上最寂寞的职业,常年跑运输线,看着世界流逝而找不到人说话。夜里他们也开车,他们睡觉的时间很短,不太有机会嫖宿,只有在饭后匆匆打一炮。那些姑娘伺候卡车司机也很辛苦,因为寂寞的人总是充满了怨气。然而,即便如此,她们还是努力地接着生意,希望更多的卡车司机光顾。在某些最低级的地方,她们穿着大衣,里面赤裸着身体,走到黑夜中的公路边,向着呼啸而来的远光灯打开她们的衣服。

杨迟说,在南方的城市,那些宾馆楼下坐满了姑娘,足足有上百个。她们坐在潮湿闷热的地方,场面非常壮观,她们有时喊你"老板",有时喊你"亲爱的",有时会免费抚摸你,有时则显得沉静孤独。杨迟还说到县城,在经济发展比较好的县城,钱多人傻,外地的姑娘会大量涌入,那些穷困的县城则比较保守,在最穷的地方,他们从人贩子手里买女人。

杨迟说,嫖娼是很堕落的,真的堕落,他卖农药最烦的就是带客户去嫖娼。这件事还不能明着说,钱是厂里报销的,名目是餐费娱乐费。客户洗桑拿,他在外面待着,有时候他觉得这才是最大的慈善业,因为那些钱至少有一半是到了姑娘手里,而她们实实在在都是穷人,她们挣来的钱也会寄到一个很穷的家里。我抬杠说,高级妓女都比你有钱,女明星也是高级妓女,跟富豪睡一觉挣几十万呢。杨迟说,好吧,我希望所有的男人都能嫖上高级妓女,挥金如土睡女明星,那样看起来就不太堕落了。

这是九十年代的新风貌,这些事情说给后来人听,人们都不觉得有什么惊奇,因为它变成了惯常的风景。在我们当时看来,它既新鲜又可怕,道德感一下子崩溃了。你要知道,我们是迹近烂仔的人,我们的道德感都撑不住,就别说其他人了。然而它们牢牢地占据了这个位置,比我们更顽固,也更真实。

我不止一次问杨迟,你嫖过吗。杨迟的回答只有两个字:没有。但他的态度有很多种,有时斩钉截铁,有时羞涩,有时犹豫。我也问过小苏,小苏的回答是:你在说什么啊。这就是真没有。再后来我也不问了,这就像盯着别人问"你自慰吗",答案无意义,反而会使我显得神经兮兮。

小苏住的地方是老房子，光线不足，隔音差，跑到二楼打开窗，能看到对面人家。最初那儿住着一位老爷爷，成天站在窗口唠叨，说我们太吵。后来他搬走了，屋子出租，两个低胸露大腿的姑娘就出现在了窗口。

我们不常去二楼，姑娘们来了，我们感到很亲切。这种超近距离造成的色欲想象力很猛烈，即使是看见过上百个妓女集合的杨迟，亦不免有所触动。有时小苏到窗口去晾衣服，下得楼来，我就问他："她们在干什么？"小苏说："一个在看电视，另一个也在看电视。"到了傍晚，她们结伴出门，一个上班，另一个也上班。我们闲得无聊，对她们评头论足：那个高个子的，比较爱学习，她坐在电视机前面经常看《新闻联播》；那个脸上长痣的，她比较文艺，总是看台湾电视剧。那个高个子的，严肃，不太爱笑，她经常把烟头狠狠地掐灭在烟缸里，显得愤世嫉俗；那个脸上长痣的，似乎很容易接近，她也抽烟，烟头到处乱扔，搞不好会把这片的老房子都烧了。那个高个子的，她总是哗地拉上窗帘；那个脸上长痣的，她总是悄悄地拉开窗帘，让我们看上一眼。

我们三个打牌，赌输了的人就搬个椅子到楼上，坐在窗口看她们。这么做非常无聊，但总比输钱好。眉来眼去了很久，长达一个星期，终于有一天，脸上长痣的姑娘隔着窗子对我开口了："哥哥，你们的房子出租吗？"

我说我不是房东，帮你问问。跑下楼问小苏，小苏知道我在捣乱，摇摇头做饭去了。我又跑上去说："他似乎不答应。"脸上长痣的姑娘笑了笑，反而不接茬了。但即便如此，她们也没有拒绝我们的观看，倒是我们看了一阵子觉得十分不好意思：首先，正经人家的姑娘是不能这么看的；其次，不正经的姑娘，这么看着就更像贪小便宜了。

后来有人上门赶走了她们,似乎是街道上的干部,赶她们的理由很不明确,据说是有人举报她们太闹。这个意思就是,她们在家里接客。但照杨迟的看法,她们是被诬赖的,她们上班,从黄昏做到深夜,夜总会挣得多,她们无须在家里做这种买卖,冒着风险挣每次几百块钱。后来又听说,她们把内裤晾在街上(没办法,她们的窗口朝北,必须搭了竹竿把内衣晾在街上,那片地区很多人家都在街上晾衣服),有一次内裤被风吹到另一户人家晾晒的被子上,该户的男主人染上了尖锐湿疣。杨迟听了这个就说,还是问问这位男主人,有没有偷人家内裤穿在自己身上吧。

某一天深夜,小苏独自在家,出去买香烟,狗又跑了。小苏在空旷无人的街上狂追,这一次它不是跑向狗肉店,而是向着开发区的方向,直接来到了红灯区。那里也快落市了,姑娘们三三两两走出来,坐在夜排档的塑料凳子上吃东西。狗向着一排赤裸的大腿冲过去,并在腿中打转,姑娘们纷纷弯下腰看狗,小苏赶紧刹住脚步,以免栽进一排乳沟之中。这时他看见一个姑娘抱起狗,向他抬头,她脸上有颗痣。

"嘿。"她说,"是你的狗。"

小苏说:"是啊,它跑了。"

他伸出双手,企图把狗抱回来,这时,高个子的姑娘出现在眼前,他伸出手仿佛是要抱她。小苏猛然缩手,呆立在原地。高个子姑娘转过身,从脸上有痣的姑娘手上接过狗,交到小苏手里,然后她再也没看小苏一眼,坐在一张塑料凳子上默默地吃东西。脸上长痣的姑娘回过头要和小苏说话,但高个子的姑娘用筷子敲了敲她的碗边,似乎是提醒她保持尊严。于是她们一起低下头吃东西,一起抬头看看街道。

小苏回家的路上觉得很沮丧,自己的形象太烂了,连妓女都不愿意勾引他。把这个和杨迟说了,杨迟安慰他,不是你没有魅力,也不是你穷(当然你丫够穷的),而是说,夜总会的姑娘下班以后不用再出工出力了,跟你做化验员是一样的。这两个姑娘可能很喜欢你,也可能很讨厌你,但她们在夜排档吃饭的时候,唯一能做的就是像正常人一样对待你。

另一天,小苏晚上出门,看见红灯区一个姑娘拎着高跟鞋,在街上狂追一个骑三轮的。三轮车夫一边淫笑,一边猛踩脚踏板,车子都快飞起来了。姑娘追不上,向着车夫扔出高跟鞋,小苏看到紫色的鞋子飞过自己的头顶,划出一条抛物线,正中车夫后脑,弹落在三轮车后座。车夫狂笑着,一路大骂臭婊子,就这么逃走了。

小苏觉得这个世界崭新而腐朽,他不够合拍,不知道该怎么混下去。作为他的故乡,这个叫戴城的地方,童年的那点记忆正在迅速消散,什么都对不上号。甚至连自己都不再是自己,去医院一查,发现肝功能异常,恐怕甲胺磷已经在身体里起效了。小苏知道,离开戴城去别的地方,也会看到各种崭新和腐朽,这就是世界,但当务之急是离开甲胺磷,这玩意儿别的地方真没有,能跑多远就跑多远吧。

时至九七年秋天,杨迟已经卖出去了几千吨杀虫剂和除草剂,别的销售员都快眼红死了,农药厂视杨迟为金牌销售员,每每出差回来,都会受到领导表扬。朱康对领导说:杨迟纯粹是运气好,他分管的地区都在闹虫灾,所以业绩出色。领导听了,就把杨迟换到别的地区,于是虫子也跟着去了那儿,继续业绩优秀。

杨迟很受当地客户的欢迎,农资公司、植保站、各路私人老板都愿意和他打交道。究其原因,是他不贪吃,不贪色。关于这一点我很奇怪，向他请教：那些人都爱嫖，为什么会喜欢你这种不爱嫖的人？杨迟说：人类的本性是向善的，不爱嫖的人比较有理想，比较不像烂仔，会受到人们的尊重；另外，单嫖双赌这句话听说过吗，我不跟他们出去玩女人，但是我他妈陪他们斗地主，每次都赢很多钱，我一个理科生、奥数拿过亚军的，赢他们很轻松，牌局结束之前我再把赢来的钱都输回去，这么一来，人家能不照顾我吗？

后来朱康发现了杨迟的秘诀，朱康也去赌，输了很多钱给客户。一个电话把杨迟叫到当地，杨迟替他赢了双份的回来，再把盈利的那一份输回去，彼此扯平。朱康很高兴，当地的客户也爱上了杨迟，觉得他又仗义又懂事。客户们不靠赌钱过日子，纯粹是怡情而已，和杨迟打牌是真的怡情，发了一张大单子给杨迟，并且告诉朱康，你这个锉人以后不用来了，我们只和杨迟做买卖。那次以后，朱杨算是彻底掰了。

我受了杨迟的教育，也开始对营销感兴趣。我没资格做会计，不能替老板管账，这是毋庸置疑的，但这并不妨碍我为老板去扎钱。扎钱就需要我这种忠诚的、不要命的、啰里啰唆的。

那个年代，一些上门推销的出现在街头。这是新兴职业，人们没见识过，直到各个小区和办公楼门口贴满"禁止推销入内"，才逐渐衰落。那是因为人们上当上够了。我妈曾经接待过一个推销员，他卖洗衣粉，站在我家门口央求我妈。我妈说，家里的洗衣粉还有很多呢，说着拿出半袋给他看。他说："这样吧，用我整袋的洗衣粉换你这半袋，你试用一下，用得好的话，我再来。"我妈信了他，就换了。他的洗衣粉放进洗衣机，起了很古怪的化学反应，东西都凝结起来，变得像糨糊一样，衣服都废了。我爸凑过去一看，认为是淀粉类的东西，反正不可能是白粉。浑蛋推销员就这么骗走了我妈半包洗衣粉，有出息吗？

后来套路变了,他们带着各种不值一提的小商品,跑到家门口就说,免费送你一样东西。很多人笑纳了,这些人就说,我还得再收你一点宣传费。大多数时候他们会被拒绝,偶尔地,他们能从那种半痴呆的居家老人手里骗到一点钱。这种推销术令人生气,令我们新村里下岗的人们愤怒,想照着他们纯洁无辜的脸上打一拳。动用了各种心理欺诈术,扫楼,跑断腿,挨骂,付出巨大的代价仅仅只是从穷人手里骗取一点零钱。后来才懂,人要是活不下去就是这样,至少他们没有合伙抢劫吧。值得安慰一下自己。

那时我也曾经在人才市场找到一份推销员的工作,不客气地说,他们都是外地人。早晨,他们在一个破旧的办公室里聚头,由本地分公司的总经理下发当天推销的产品,有时候是洗衣粉,有时候是皮带,在出门之前他们并不知道自己卖什么。然后他们互相击掌,高喊口号,两个人一组冲出去,走向陌生的戴城。在他们之中,我这个戴城本地人显得张皇失措,如同一个胆怯的土鳖。

这份工作是没有底薪的,只有提成,以及美好的未来。总经理说,业绩好的人,经过多轮考核,就会分给他一个地级市,也去做总经理,上百万的人口,任你卖。那口气仿佛是要瓜分中国。总经理还教给我一种独特的击掌手势,出门推销之前,我们每一个人都得和这个穿着过时西装的胖子对击右掌,发出"耶"的呐喊,这还没完,必须用拇指对着,两人的手掌旋转一圈,然后紧紧地握在一起。这浑蛋像捏握力器一样,用尽力气捏了我三下,直勾勾地看着我,把我搞得很不好意思,好像我的手在那一瞬间变成了乳房。

"年轻的梦想会实现。"总经理说。

我看看他,以及周围的人。在他们身上浓缩着所有的现实,垃圾一样的现实,经理说这个是梦想。我也好不到哪里去,但我只骗自己,不骗别人。

我跟着一个很年轻的家伙四处乱跑，他戴着深度近视眼镜，脸上全是青春痘。跑到最后我对工作已经完全没兴趣了，我只对他有兴趣，近乎体验生活。他很嚣张地认为自己会发财，晋升为某座城市的地区经理，这样他就可以不必再推销，而是坐吃红利，剥削其他推销员。他认为，在戴城应该有一万个手下，他们每人每天给他挣一块钱，他就能月入三十万。我问他以前是干什么的，他说他大专刚毕业，以前什么都没干过。此人完全没兴趣和我说话，看我的眼神，似乎我已经是他一万个手下中的某一人了。

这一天他带着一包冒牌的飞鹰剃须刀片，领着我冲进了工商银行的信贷部。据说这种刀片蘸一点水就可以直接剃胡子，是新发明。他真的卖成功了，有一个银行女职员被他说动，买了一盒刀片。我不知道这女的为什么需要剃须刀，我只是替她的男人害怕。后来她似乎也有点怀疑，就取出一个刀片，说："来，你先刮一下胡子给我看看。"

那个长青春痘的家伙，他对自己的产品深信不疑，他把刀片装在刀架上，蘸了一点自来水，在自己的腮帮子上刮了几下，可是胡子还在，他又刮了几下，胡子没了，两颗痘痘跟着削了下来，鲜血直流。女的吓坏了。他眼泪汪汪地说："我都这样了，你再买几盒吧。"

杨迟看不起这种推销术，对我说，别再去干这个了，真正懂销售的人是绝对不会为了剃须刀浪费自己的智力的，更不屑于去骗老弱妇孺，他们最起码能骗过自己公司的老板——去他妈的，至少得有底薪吧？

从九十年代末到新世纪的头十年，营销成为一份普及的职业，因为东西难卖，而且你也很难从芸芸大众中发现营销天才，所以这份职业需要更多的人来干，淘汰率超高。而从事营销的人们也发现，值得为之去卖的东西并不多，大部分的商品其实都是狗屎，如果不狗屎，那就会很昂贵，还是不太好卖。这形成了悖论。老板们认为，我的商品要是热销，还要你们销售员干吗。销售员认为，你的商品那么烂，居然还好意思说我不会卖。在这种观念的拉锯战中，我身边的人包括我自己，度过了一个死结式的青年时代。但是你不得不感谢，在这个年代里有一种叫营销的职业，它让一批人得以蒙混过关，以微末的底薪和惨不忍睹的提成混迹在各种阶层的公司，常常被辞退，但总能找到新的东家，撞大运并且熬着，从各种惨败里学到了废话式的、革命式的、实战式的人生经验。假如没有营销的存在，我想我们都会成为纯种的傻叉，一无所知，一无所获。

那时，杨迟春风得意，唯一头疼的事情是他必须去中国最惨的地区卖产品。他经常说自己应该在陆家嘴的甲Ａ级写字楼里，做一份提案，打几个电话，钱就来了。但是不可能，他卖的是农药。他坐着中巴车往返于县城，背着一个黑包，打扮得像个穷鬼，其实他独自承担了国营龙阳牌农药百分之三十的销量，他若不干活，厂里就得有一小半人下岗。斗地主也是有风险的，一旦输牌，就得自己掏腰包，关于这点厂里没人知道，就知道他牛逼得可以去拉斯维加斯发大财。

有一天他出差没几天，苦着脸回到戴城。问他发生了什么，他说在西安火车站被人劫了，到站时觉得内急，去上个厕所，后面一把刀子顶住腰，全部抢光。杨迟问劫匪："你都抢走咧，再有人抢我，我可咋办？"劫匪说："你就告诉他，我'小魏振海'已经抢过你咧。"就这么嚣张地走了。杨迟心想，你个锤子，你咋不说自己是小李自成咧？

杨迟回到厂里把这事儿说了，希望销售部能给他单独买份巨额人寿保险。包部长说，这是不可能的，每个人都在冒风险，拿朱康来说吧,他去山西出差,被人一棍子打翻在地,醒过来的时候赤身裸体躺在一辆货运列车的煤堆里,听到东方红的钟声,到站已经是伟大首都北京了。销售员的业绩有高有低,但当他们死的时候,生命的价值是一样的。

冬天,我在杨迟的带领下,去了戴城著名的浴场"大和温泉",它也在开发区。

我前半辈子都在工厂里泡澡,农药厂的澡堂,糖精厂的澡堂,偶有机会我会去"清华池"之类的老字号,但我真没泡过温泉,戴城也没有温泉。杨迟说:"泡了就知道了,可舒服呢。我手里正好有点报销额度,你不去也是浪费。"

那里面确实很豪华,水清,有冲浪浴,有蒸桑拿。我们坐在桑拿房里,杨迟知道我没蒸过,往炭炉里泼了几瓢水,我立刻觉得浑身发麻,很快受不了了,跑出来坐在外面喘气。杨迟说,楼上有按摩,你想去吗?我说我不想。杨迟说,不带你去找姑娘,做个泰式按摩啦。我跟着他一起去了,一个瘦小的女孩把我一百五十斤重的躯体蹬向半空,并且掰开,搞得我很痛很痛。弄完以后我觉得浑身没力气,眼里全是泪水,仿佛又经历了一次破处。

杨迟又带着我来到一个天台上,头顶上是夜空,脚下是浴池。我们钻到浴池里,这时下雪了,让我想起当年和厂医姐姐赤身裸体看雪的场面,有点伤感。雪从空中落下,飘在浴池里,很美。

杨迟说:"日本人就是这么洗澡的。"

"大和温泉嘛。"我说,享受着水的温暖和空气的寒冷。

浴场是四层楼的,天台在第三层。我躺在浴池里,抬头看到不远处有一栋大厦,灯火辉煌的。杨迟介绍说:"以前这儿是荒野,这栋高层去年造好的,是开发区的办公楼。它比'大和温泉'高。

那些公司入驻的时候,并不知道这儿有个露天浴池。"

我拉过一块毛巾,盖住自己的下体。"也就是说,我们在这儿光着屁股洗澡,那楼里的人是看得到的。"

"没错。"杨迟说,"我本来也可以去那些公司上班,做个白领,但是现在我只能躺在这里,光着屁股,让女白领在加班的夜晚遥望我的裸体了。哈哈哈哈哈。"

26

难以说清,记忆的神应该是什么样子的。难以说清它何时来临,何时离开。难以判断它过滤的是尘埃还是黄金。这个说法太书面,用口头表达:世上没有赖不掉的账,只要你想赖,总有办法一飞冲天的。

开春以后,杨迟出差去了,先跑了一趟新疆,又跑了一趟东北,然后按照包部长的指示,继续在划水县蹲点要债,要不到就别回来了。那时杨迟在销售部已经很有地位,一般人不敢惹他,但也因为他成了红人,需要包部长打压一下,让他尾巴不要翘得太高。划水县就是老杨的滑铁卢、包部长的上甘岭。

戴黛还继续住在老杨家里,有时回福利院,有时由我和小苏带着玩。其间小苏又离开戴城,去北京面试一份工作。我因为身上没钱,只能陪着孩子一起发呆,哪儿都去不了。

有一大在老杨家里,戴黛问我:"你为什么不上班?"这个问题太复杂了,我把事情的来龙去脉都告诉了她,并且分析了一下我找不到工作的原因。她固然听不懂,但我确实也找不到其他人说话了。讲完了,我问她:"明白了吗?"戴黛说:"明白了。"

"真的明白了？"

"嗯。"她蛮有把握地点头。

我说："你真聪明，我的女儿将来有你这么聪明就好了。但愿那个时候我已经找到工作了。"

戴黛说："你会不会不喜欢你的女儿？"

我说："不会的，我会像爱你一样爱她。"

她愣了一会儿，说："唉，别想那么多啦。"完全是大人的口气。过了一会儿她又说："昨天我看见楼上的小丽过生日了，吃好大的蛋糕。"

那其实是前天的事，孩子没时间观念，把所有近期的、过往的事情归为"昨天"。我说："哎，你记得自己生日是哪天吗？"

"忘记了。"

"没关系，生日嘛，随便挑一天就可以了。等你杨爸爸和苏爸爸回来了，我们就给你过生日，吃好大的蛋糕。"

"好啊。"戴黛又问，"什么是星座？"

"星座有十二个，差不多一个月就有一个星座，比如我是十二月生的，我就是射手座，你杨爸爸是十月生的，他就是天秤座，苏爸爸是天蝎座。"

"我呢？"

"我也不知道。"我说，"这还不能随便编一个，因为星座和人的性格有关系，随便编一个，你将来会糊涂掉的。"

"你帮我编一个嘛。"

"我真编不出来，而且我也不太懂这个。"

"你说的三个星座，我都想要，可以吗？"

"可以的，没问题，都给你。你真乖，我很爱你。"我说，"我们一起去戴城乐园吧，但是我没钱，只能带你去看看过山车和摩天轮。"

我们还没出门，就接到杨迟的电话，听那声音又像是快要死了。我听了一会儿，觉得事态严重，就把电话交给了杨迟的爸爸。老头一听也傻了。

是这样的：目前杨迟正在划水县讨债，没讨到，本来打算让自己肚子上咬几个跳蚤包就溜回来的，不料发烧了，烧到四十度。杨迟打电话给销售部，让他们找人来替，另外也照顾一下自己，他已经分不清东西南北。包部长接了电话，说，要是每个销售员都这么脆弱，那还卖屁个农药。老杨没辙，打电话回家，让人去接他一把，现在他躺在旅馆里快死了。

杨迟的爸爸找我商量，我说没问题，我去划水县把老杨捞回来，火车票的钱让厂里出。杨迟的爸爸说，路费什么的都不用我操心，家里也能负担，关键是人得平安回来，另外那狗地方没有火车，坐长途汽车去吧。

我把自己收拾停当，背上双肩包，寻思那一带治安不好，跑老杨家去找他的西瓜刀，打算带上，没找到，从他床底下捞出一把生锈的斧子，抡了一下发现还挺好，一点没松动。我把斧子塞进背包，又带了点药，告别了戴黛，然后就出门了。我妈说："我在家烧香，观音菩萨保佑你平安。"我说咱们各信各的，这差事观音不一定管得了，顺道去了城东新造的关帝庙烧了把香。

到了长途汽车上，我忽然又有点后悔，这事儿办得不聪明，最好的方法是我提着斧子去找包部长，让他派专人专车接回老杨，凡有差错，都算工伤。对付国营企业就得用这种办法。

汽车开出戴城，天色阴霾，一路阴到划水县。在车上我看见好多锤子斧子，都是农村里的泥瓦匠。原来划水县盛产泥瓦匠，进城打工，春天回乡去插秧。他们一个个面带油灰，头发里沾着粉尘，气色倒还不错，显然是在城里挣到钱了。一路风景单调，我掏出本杂志读了几页,随着汽车的颠簸,书上的字也像豆子一样上下蹦跶。我合上杂志,索性找人聊了起来。

那些瓦匠告诉我,划水县是个很好的地方,有山有水,物产丰富,尤其盛产鸭子,还有豆腐干。我去过一些县城,不客气地说,几乎每一个县都有鸭子和豆腐干,这玩意儿用一个农药的专用名词来说,叫作"广谱"。反正农民吃完了鸭子吃豆干,吃完了豆干吃鸭子。后来有个比较幽默的瓦匠说,划水县真正的特产是我们这些人啊,我们这些瓦匠啊,我们卖自己最挣钱呐。一车人都笑了。

我说:"我有个朋友在你们那儿卖农药,你们那儿很多庄稼吧?你们以前都是农民,对吗?"瓦匠们说:老板,不要乱讲,就算在乡下,瓦匠都是很高档的职业,我们才不种地呢,最起码不是一天到晚种地。种地最穷了,捶他娘,在丘陵上种地啊,做牛做马啊。

我抬杠说:"我们城里人下岗了连块地都没有呢。种地不是很容易吗?往地里扔个山芋,它自己会长,饿了就去地里刨点山芋吃。"

瓦匠们一起喊起来:捶他娘,这是非洲的农民吧?你太小看农民了,种地是很严肃的事情。

我说:"你们看,刚才还不承认自己是农民,我说的是种地的事,又没说造房子,你们这几个瓦匠急什么?捶他娘。"

在车上我还遇到了一个划水县的女大学生,在戴城大学学法律的,她有点不乐意了,说:"中国人都是农民,别以为自己不是。捶啊。"我本来就不喜欢瓦匠,趁机又和她聊了起来,以解旅途烦忧。长途汽车在傍晚时驶入划水县,县城的汽车站很多中巴车,这里是个小型的交通枢纽,将旅客分别运送到各个村镇。我对女大学生说:"你去哪儿?"她说:"我家就在县城里,叫个摩托车就可以回去了。"我说:"原来你不是农民,县城的嘛。"她说:"哟,分得还挺清楚的,不像是城里人啊,城里人哪知道县城和村镇的差别。"

我说:"家里以前是地主,在这附近也曾经很有势力,后来被镇压了,流落到了城里,地和小老婆全都分给你们了。我捶。"女大学生哈哈大笑,说:"去死吧你。"然后就扔下我走了。

我跳上了一辆摩托车,按照老杨给我的地址,二十秒钟就来到旅馆门口,头发全都被风吹得立了起来。我对车主说:"以后别开那么快。"车主说:"我要赶回家吃饭了。"我说:"好吧,以后记得戴头盔。"车主说:"这儿没交警的,老板。"我无话可说,付了车钱,进旅馆一问,真有杨迟这个人。我让服务员带着去敲门,里面没动静,房门反锁住了。我一脚踢开门,一股酸臭味像是房间里常年封锁的鬼魂般扑面而来,熏得我趔趄了一下,接着,我就在昏暗的地方看到了老杨,他还活着,缩成一团正在呻吟。我一摸额头是发高烧了。

我出去打电话,先告知家里已经找到了他,接着又打给路小娟。小娟在电话里说:"这种情况啊,先带他去县城的医院挂点水,退烧比较快。别随便吃药,遵医嘱。县城又不是不能治病,拖着干什么啦?本来就傻,再烧糊了脑子以后就别出来见人了。"

我不敢耽误,架起老杨出旅馆,发现他这个样子没法坐摩托车了,等了好久,看见一辆过路的三轮车,叫住了,一起上车,到了县医院挂急诊,医生说是流感,二话没说给了四瓶药水,插进血管。老杨躺在病床上渐渐清醒。

"包部长,我捶他娘。"杨迟说。

"不错,骂人都本地口音了。"

杨迟说,流感来得迅猛,以为自己可以扛过去的,没想到趴下了。另外,这家欠债的公司已经混账到一定程度,前几天说好把钱给他的,忽然又说没钱了。十万块欠债,不是个大数额,搞得人仰马翻,真不知道为什么。包部长的亲信每天还打电话到公司,找杨迟点卯，确认他是否去要债。这混账公司居然还很配合包部长，每次都准确汇报杨迟的出勤状况。

"你应该对包部长好点，拍拍他的马屁。我以前在工厂里的时候，看见车间管理员都点头哈腰的。"我说，"别的都不讲了，十万块你这次能要到吗？"

"让我想想办法。"

我们在急诊室待到后半夜，为了御寒，我们各自点了根香烟抽起来，县医院也没人管。这是一个很自由的地方。吊完了药水我们离开，深夜已经没有任何交通工具，出去一看在飘着细雨。室外极冷，空气中的湿气轻易穿透了衣服。举头三尺，路灯照着明晃晃的白色雨丝，四周沙沙作响。我们踩着雨水上路，稍微走出几步就进入了暗处，再回头看急诊处的灯光，显得陌生而阴森。

我们挪回了旅馆，服务员从账台上扬起浮肿的脸，我交了一晚上的房费，另要了一床被子和枕头，睡在老杨对面的空铺上。划水县没有暖气，九十年代的小旅馆也不存在空调。我弄了点温水，倒在塑料盆里，先让杨迟洗脚，再给自己洗脚。泡了很久，觉得稍稍暖和过来了，一抬头发现老杨已经睡着了。

朱康说好了在划水县等老杨，发誓一定要把这十万块拿到手，不料这个傻逼临阵脱逃，跑到海南岛晒日光浴去了。朱康现在是农药厂出了名的霉星，他的销售指标从来没有完成过，他到哪个县，哪个县的农药市场就立刻倒向竞争对手。老杨也存了个私心，要把朱康负责的几个市场夺过来，如此则必须先把划水县的烂账收讫。

这家公司很难缠，千年不赖，万年不还。老杨成天坐在该公司的板凳上，笑嘻嘻地要钱，笑了半个月，连老板的毛都没看见，只有个长得像寡妇一样的会计，哭丧着脸说自己的工资也没拿到呢，要求老杨帮着她一起找老板。

"这种鬼话我才不信呢,"我说,"会计都是老板的亲信。"

"可恨的是,她说县里的豆腐干很好吃,我花钱买了豆腐干给她吃。吃完她又说县里的特产是鸭子,我一开始糊涂了一下,以为她要找男妓,后来知道真的是鸭子,我就买了鸭子给她吃,她又说不好吃,不正宗,要吃卤鸭。我哪儿给她找卤鸭去?"

"你自己没倒贴上去?"我说,"也许她要的是你呢。"

"放屁。"杨迟说,"你他妈的自从卖了黄片以后,这一年脑子都在这上面打转。跟你说正经的,钱要不回来,我日子难过。"

我从包里拔出生锈的斧子,说:"现在就去砸场子?"

"这只能吓唬小孩,早跟你说过,欠债的人什么都不怕,就怕你不打他。"杨迟说,"我已经想好了,你和我一起去,但是你必须挺住,无论发生什么,都要挺住。这是一场心理战,谁心狠,谁就赢,明白?"

"我一向比你心狠。我人渣,这你早就说过。"

"我和你是一伙的,我们俩比个鸡毛啊!"杨迟拍着自己的脑袋大喊。

次日下午老杨的烧又起来了,我用买来的体温计给他量了一下,三十九度冒头。这就好办事了,那公司离旅馆很近,我们走着去了。快到公司门口时,老杨又开十指把自己头发弄得蓬乱,又扒拉了一点墙灰抹在自己嘴唇上,使之苍白失色,接着就往我背上一趴,我驮着他来到公司门口,一脚踢开门,闯进去。里面好几个人,全都吓得跳起来。我遵照老杨事先安排的,把他直接撂在了地上。现在,我亲爱的杨迟,直挺挺躺在众人眼皮底下,仿佛已经死了。

把他放倒的时候我意识到老杨比我心狠,那是地砖啊,跟冰床差不多,躺在上面什么感觉?不由得佩服他的自我约束力,也对形势有了更深刻的认识，人若不逼急了是绝对躺不下去的。

我环顾四周，不是什么大公司，连个沙发都没有，全是椅子凳子。这会儿让杨迟坐在椅子上就要穿帮，还是躺地上吧。那伙人大声说："这不是农药厂的小杨吗，怎么啦？几天没来怎么变成这样了？"我粗着嗓子说："流感，发烧，快死了。"他们围过来，企图抬起杨迟。我说："别碰啊，碰了万一死掉就算你的了。"这伙人立刻收手，一起看向财务室的会计。

会计走了过来，正如杨迟所形容的，她长得像寡妇，但不是水灵灵的小寡妇，而是很难看很难看、把男人克死的那种寡妇。她说："哎哟，快送医院。"

我拿出前一天的病历卡给她看。"去过医院了，挂水，花了一千多块钱没治好，只能抬你们这儿来。"

"你是谁？"

"我是他同事，我也是农药厂的。"我假装不在乎地说，"厂里说了，你们公司欠那点钱要是收不回来，他就得在这儿继续待下去。我也没办法，只能把他撂你们这儿了，要死要活你们看着办吧。我还要去别的县城，再见了。"

我看看地上的杨迟，还是一动不动，不知道是假装的还是真的昏过去。寡妇会计蹲下，摸了摸他的脸，点点头，意思是承认他发烧了。为了看这个动作，我犹豫了两秒钟。寡妇会计抬头说："你别闹了，就这样也要不到钱，还是先把他抬到医院去吧。这孩子人不错，脑子烧糊了就可惜了。"

我说："不行，你们公司还钱，我就把他抬走，不然就躺这里了。"

寡妇会计说："你还挺能装的，那你走啊。"

我看出她不好对付，狡诈的小眼睛里闪着怀疑的光芒，从一开始她就知道我是在讹诈。问题是，我讹的是她本来就应该还的债啊。这个想法让我有点激动，更为入戏。我说："你要知道，我们销售员都不容易，端着别人的饭碗，除了跑腿还得卖命。我们厂里有个销售员为了讨债都卧轨自杀了，别以为我干不出来，我这就走，小杨就交给你们了。"

寡妇会计看着我，意思是你怎么还不走。我横下心，把老杨当成是个簸箕，转脸就走。寡妇会计拉住我，说："真走啊。人扔在这里不行的，先驮回去吧。"

我说："驮回去可以，开支票，还钱。"

寡妇会计撒开手说："那你还是走吧。"

我心想你丫够坏的，跟我玩游戏。假如我能听到她的心声，一定在暗骂我够狠，把个发烧的同事扔地上讨债，但这不是我的主意，是老杨要我这么做的。我说："我真走，别再拉我啊，谁拉我谁是小狗。"看看地上的杨迟，纹丝不动，仿佛连呼吸都停止了。怪不得人家说，一出电影里最难演的就是死尸。最后一个戏码是剧本里没有设计的，我指着他们说："赶紧送他去医院，真要是死在这里我把你们一个个都劈了。"寡妇会计板起了脸，我想我要是再待下去就真的露馅了，遂义无反顾地走出门，到街上给自己点了根烟，喘息了一下，一回头看见寡妇会计正在目送我，心理战打到这个程度也不亏了这十万块。为了表现出轻松无所谓，我在街边买了个饼，一边啃着一边往远处走，直走到拐角处也没有再回头。

以上的一切都是老杨教我的，不过他并没有说接下来该干什么，也没说那儿是地砖，把他撂在地上以后我到底是该去吃一顿好的呢，还是回旅馆去睡觉？如果他真的在地砖上冻死了，我该怎么回去交差？希望他目前仍然是假装昏倒，而不是真的晕死过去了……抱着这样的念头，我站在街边吃饼，右手指缝里的香烟还在冒烟。我心想，算了，等这个饼吃掉了，我就回去把老杨架起来继续吊水去。

然后我一回头看见寡妇会计就在身后，吓我一跳，脚不沾地就跟过来了。

"跟我来。"她说，语气硬得像一块难以下咽的饼，但是你同时又会知道，它吃下去是可以填饱肚子的。

回到公司，我看见老杨被抬到三张拼起来的椅子上，小腿垂挂，气息蜿蜒。有一个人打了块冷水毛巾敷在他的额头，他一动不动。

寡妇会计说："跟我进去。"

我们绕过办公桌，走到财务室所在的走廊里，斜对面的房门虚掩着，寡妇会计说："老板找你，老板就在里面。"

我忐忑不安地走了进去，心想世界上不会有这么便宜的事情，十万块此刻就在桌上？不可能。那鬼地方还挺豪华的，刷得惨白的墙壁上挂着"恭喜发财"的松鹤图，镶在铝合金框子里，颜色恶俗。有两个宽大的单人沙发，黑色人造革的，茶几上放着个插满了烟屁股的大玻璃烟缸。对面是一张巨大而沉重的办公桌，宛如棺材一样，后面坐着个胖子，他就是老板，正在打电话。我坐在沙发上，跷着二郎腿，等了一会儿。他搁下了电话，笑嘻嘻地看着我。

"刚才农药厂打电话过来了。捶他娘。"胖子老板说，"好像农药厂没有你这个人。"

我心想这农药厂也太操蛋了，好死不死这个时候来查岗，只能硬着头皮说："你太管不着这个了，有杨迟就可以了。"

胖子老板说："给我看看身份证。"

"不给。"

"你刚才说要劈了我，我要确认一下你不是本地人。"他说，"假如你是本地人，你这么惹到我头上，你就死定了。明白吗？"

我想了想，掏出身份证给他看，顺便提醒他："我和杨迟住在一栋楼里，从小就认识，青梅竹马明白吗？我的就是他的，他的就是我的。"

胖子老板忽然严肃了起来，大声说："这不是你的事情，明白吗？这是农药厂和我的事情，给你面子才让你进来，你有什么资格跟我叫板？"我也生气了，拿回我的身份证，大声告诉他："搡他娘，不演了，我这就带杨迟去医院，回来我们俩赌上命跟你丫死磕。"胖子老板说："我不信！这不是你们家的钱，是厂里的钱！"我趴在桌子上企图咬到他，大喊道："等我砍了你，你就知道，你的命也不是我们家的，是你自己的！"胖子老板大喊："来人！"

外面一阵混乱，冲进来的不是公司里的人，而是老杨。他双眼暴凸，脸像炭火一样闪着暗红色的光，对着胖子老板大喊："我是学化工的，我会造汽油弹！我会造汽油弹！"然后他直挺挺地倒在沙发上，这次是真的晕了过去。

27

我们两个崩溃的人，当天就一直待在医院里。杨迟继续吊水，我在对面的病床上打坐。

老杨忽然说："你还记得我们有一次去干部招待所里胡搞吗？"

我记得，似乎是十六岁的事。那个招待所在农药新村附近，是专门接待一些小干部的，六层楼高的一栋房子，平时很冷清。那里面有八十年代末的各种健身器材，最适合我们的是一张乒乓球桌。有时候我们会带着楼上的智障一起去打乒乓球，但那是被禁止的，任何外来的小孩都会被赶出去。有一次门房遇到了我们,扑过来抢乒乓球拍,我们撒腿就跑,把个智障忘记在了一边。后来智障挨了一顿打,被踢了出来。我们很内疚。过几天买了两把枪——那种会打响火药纸的仿真枪,进招待所,在灯光昏暗的走廊里与那门房狭路相逢,我们拔出枪,指着他的头,打响了火药纸,然后狂笑着跑掉了。我至今仍记得那门房恐惧的目光,人都吓僵了,一开始我以为他是被仿真枪吓着了,随着年龄增长,我明白他不是怕枪,而是怕我们。假如他当时继续无畏地扑过来,说不定真的会被我们杀死在招待所里。

老杨闭着眼睛说:"我以前的愤怒一无所获,现在却必须为了获得些什么而假装愤怒,其实我自己都想笑。"我想说点什么,但他摆了摆手,示意我不必再开口了。

后来我们回到旅馆,老杨睡下。我出门,沿着县城的小马路无目的地走,我穿得不少,但寒冷仍然穿透了夹克衫,停在我的肋部,像两只冰凉的胳膊搂住了我。走了一阵,听到大喇叭喊着卖羊毛衫的广告,拖拉机与摩托车沉闷的轰鸣,前面就是大路,划水县最繁华的区域,整体来说就像是被神灵的巨足胡乱踩过一通的南京路、王府井,气质相仿,但完全乱了套。我在一家摩配商店门口站住,问里面的人:"有汽油吗?"那人点头,以为是生意来了,我摇头说:"现在不买,我就问问。有汽油就好办了。"

我穿过这个混乱地带,几乎没有任何过渡,又来到了荒凉的小街上,走了一会儿,四周像深夜一样安静,只有光线属于下午,猛然看到一座古代的城门,穿过它,前面是一片未播种的田野,泥土新翻,裸露在外。一棵老树之上,群鸟飞舞,像黑色的烟幕蒸腾而起。我已经走出县城,来到农村了。前面的路不再是我的路。

这太没劲了,我在墙根底下抽了根烟,觉得越来越冷,缩着肩膀往回走。到街口我买了十个包子,权当晚饭,回到宾馆里,只见老杨已经坐了起来,对面是那个寡妇会计,她表情和悦,两只手放在膝盖上,嘴角带着安慰性质的笑容。

"到底怎么说?"我把包子全都扔在茶几上,后悔自己没买汽油。

寡妇会计从包里掏出一包钱,说:"这是五万块,你们先拿回去交差。再多给你两百块,是营养费。"

杨迟说:"我们不要现金,划账。"

寡妇会计说:"这钱我要是拿回去,老板万一反悔,你下次别再来找我。"

杨迟犹豫了一下,抬笔写了收条。

寡妇会计说:"你们得谢谢我,是我求情了他才同意的,不然也没有这么便宜的事情。你们要是真的拿了汽油弹过来,那就等着坐牢吧。"

"你为什么要求情?"

"我看你们年轻、可怜。"寡妇会计说,"当然我也不想让你们一把火烧了公司。"

"我们干得出来。"老杨冷冷地说。

"以后会有很多人欠你的,你的钱,你的人情。你总不能都扔汽油弹。人一辈子只有一次机会扔汽油弹,别随便用掉了。"寡妇会计颇有深意地拍拍老杨的大腿,拍得有点太靠近生殖器了。反正这是他们之间的交情,不关我的事,我可以回家了。

寡妇会计走后,老杨拖着病体抽了根烟,又看看桌上的两百块,面露忧郁之色。我说:"高兴点吧,你从此不用再来这个地方了,剩下的五万块就让朱康这个傻逼来讨吧。"

杨迟说:"你想吃点什么吗?我饿了,吃点去。"

值得庆祝一下。包子也不吃了,老杨揣着钱带我到街上,附近一个小饭馆。我们点了各种肉，开了两瓶啤酒，一边吃一边庆功。

我说："你真会做汽油弹？"

老杨说："就连凝固汽油弹都会做，以后我教你。"

我说："问题是你敢扔吗？"

老杨思索了一会儿，说："我是一个有理性的人，不像你。我不能教你做汽油弹，你真的会使出去的。"

"我不会的，我也理智了。"

"你会的。还记得小时候和你抢乒乓球拍吗，你丫作势要打我，我没躲，你为了证明自己敢于打我，就用乒乓球拍把我开了瓢。只要有人说你不敢扔汽油弹，你就会扔汽油弹。你就是这么个人。"

"有道理。"我说，"我刚才就应该把你扔在地板上冻死，因为我不相信你会冻死。"

我们拌嘴，老板走过来问我们要不要吃新鲜狗肉，我和杨迟一起摇头。旁边一桌人说："哎，有狗肉，怎么不早说？"伙计从后面牵出一条黄狗，小饭馆也不避讳什么，一把拎起狗绳吊在门口的树上，伙计提了根碗口粗的木棍，怪叫着一通乱打，黄狗在半空中急速扭动、抽搐，很快就死了。伙计换了刀子剥皮开膛，头一刀下去，黄狗又活过来了，叉开两条后腿蹬了伙计一下。伙计大怒，连捶了黄狗的妈妈七八遍，下刀如风，剥皮开膛。旁边围了好多人张大了嘴巴看杀狗。

我也张大了嘴巴，对老板说："你们怎么当场杀狗？"老板说："哎？你太不懂了。满街都是死狗，我捡条死狗红烧了你肯吃吗？"旁边桌上的客人也说："你们是外来的吧？记住，这年头吃狗肉一定要亲眼看见杀狗。城里人才吃死狗。"

我看着外面的狗，天色暗了下来，它直挺挺地挂着，随着皮肉分离，它正在变成"肉狗"。伙计手脚麻利，一会儿工夫它就成了肉块。干完这些,伙计一脚把狗头踢到了街上,围过来好些孩子,一路踢着狗头欢叫着跑掉了。

我和老杨讨论过,什么叫作肉狗。肉狗,就是专门给人吃的那种。问题是,世界上没有肉狗,都是在街上套住了拉走,宰了吃掉。没有一条狗在挨刀子之前是肉狗,它们都是普通的狗。

吃过饭,杨迟打电话到副厂长家里,说自己拿到了五万。副厂长是个老革命,一听就傻了,在电话里大骂:"杨迟,你还要不要命,敢拿现金?"老杨说:"我走投无路,对方只给现金。"副厂长说:"你小心点。"我问老杨怎么了。他说,拿现金很危险,因为写了收条了,出门被人弄死的可能性很大,这笔钱又会回到胖子老板手里,而他雇凶杀人只需要花几千块就够了。这种带巨额现金的二逼,在当地的绰号就是,肉狗。

我说:"会干掉咱们?"

杨迟说:"根据逻辑推断不会,如果想干掉咱们,那给十万块现金好了,何必给五万。另外也不应该送到旅馆来,而是让我们去拿钱,然后放我们出门,出门就干掉,这样我们来不及把钱转移掉。"

"好。"我说,"如果不根据逻辑推断呢?"

"那我怎么能知道,遇到的是傻逼还是疯子。"杨迟闭着眼睛说,"保不齐还有其他劫匪呢?"

"那你还敢带我出去吃饭?"

"我饿了,不想再吃包子。死也想做个饱鬼。"

"下次再有这种好事,你要提前告诉我,免得我死到临头不知道,为了替你省钱还少点了几个菜。"

我们关紧房门,拉上窗帘,斧子放在手边,整夜守着这堆钱,等待天亮。老杨还安慰我,通常不会到旅馆里来劫杀,翻箱倒柜找钱的不是合格的劫匪，通常是在路上干这种事，钱在包里，一把拎走即可。

夜里无聊等死，我们又说了一点绍兴师姐的事情。杨迟说，他给绍兴师姐打了个电话，她在上海发展得相当不错，公司在陆家嘴甲A级商务楼，带十几个销售员，每天拎着手提电脑给金融客户做提案。高级白领，非常风光。绍兴师姐听说杨迟也做销售，觉得他也算是同行（虽然卖的是农药），问他是不是愿意转行。

"转啊。"我说，"不转的话，你这辈子就卖农药了。老跑乡下，还被人宰。"

杨迟说："你不懂的。其实我也有销售提成的，各地的农资公司才是我的客户，招待得很好，不但吃肉喝酒，还有公款嫖娼。当然我不嫖。我主要是想让你知道，农药销售员并不像你认为的那样不堪。"

"得坐中巴车吧？"

"得坐。"

"那你还有什么好得意的，傻逼才坐中巴车。"我说，"还有，嫖土娼啊，停车吃饭打一炮。"

"放屁，也有高级夜总会的，摸一下就得二百块。你的世界观真他妈的与众不同。"杨迟不耐烦地说，"当然，我他妈的也是。"

第二天上午，街上人稍微多了点，我们结了房钱。老杨还是很虚弱，也顾不了这么多了。我提议他去银行把钱存掉，但他说这样更危险。我们各自背了一个包，他在前面，我在后面，没有叫摩托车，而是花了十分钟徒步走到长途汽车站。老杨买了两张车票，我站在旁边看着，环顾四周，有点紧张，给自己点了根烟，抽了几口，塞到老杨嘴里。

我们一直坐在候车室里，那地方极小，总算看见一个不太像样的警察，我们离他很近，稍稍觉得安全。在汽车发车前的片刻，我们忽然跳起来，以最快的速度狂奔过检票口，狂奔过一片坑坑洼洼的水泥地，蹿上汽车。车门轰地关上，我对司机说："按照新规定，你这车在到达戴城之前是不许上客下客的。你中途要是敢放一个人上来，我就不客气了。来，我先请你抽根烟。"

司机说："撮他娘，你比车匪路霸还狠。"

那天汽车直达戴城，进城时我和杨迟都松了口气，觉得这辈子最艰难的时光已经过去了。下车第一件事就是撒尿，第二件事是喝水，我在车上都想喝自己的尿了。然后我们才打了一辆出租车，心情放松，警惕全无，感到故乡的亲切和安全。到农药新村，各自苦笑，打算回家睡觉，忽然杨迟说："我的包呢？"

"忘在车里了？"

"钱在你包里还是我包里？"

"当然是你包里。"

"撮他娘啊。"杨迟绝望地骂了一句，找了根电线杆撞了一脑袋。出租车已经开走了，小票还在，我们又打了一辆车，去出租车公司碰运气。这时候我想幸亏是尿干净了，不然我们俩都会吓尿在自己裤子里。

那五万块钱放在老杨的包里，出租车司机没发现，开出去一段路，遇到两位老人叫车。上车之后他们发现后座有个包，里面是五万块。这对老人是大学老师，很有教养，就对司机说，后座有钱，是之前的乘客遗落的。司机也很有教养，说，请你们下车，我要把钱送到公司去。老人说，我们不下车，你把我们拉到公司，一起把钱交给你的上级部门。

不知道这算怎么回事。我所说的记忆之神，在那一瞬间脱线了，置我们于死地（主要是老杨），然而另一个神来临，挽救了我们。

另一个神究竟是谁,是哪个上帝派下来的天使,我他妈的也不知道。反正当杨迟一脸绝望到达出租车公司的时候,那五万块也在桌子上等他了。老人已经走了。

老杨谢了一遍,掏出小票对质一番,核实无误,拿了钱想溜。出租车公司的领导说,别走,最近正在宣传我公司的行业风气,需要你配合一下。这时从外面来了一个《戴城晚报》的记者,找老杨要了身份证和工作证,抄了下来,又来了个摄影记者,端一台尼康,让杨迟捧着钱站到窗口。杨迟说,能不能别拍照?记者说,这可不行,无图无真相,再说那对老人也走了,只有拍你了。快门一按,我闪到一边,留下半个屁股在胶片上,新闻摄影所谓的"带点关系"。

老杨在出差之前,曾经接受过《戴城日报》的采访,主要针对他认养孤儿的事迹,一个青年农药销售员,出于真诚的爱心而资助孤儿,他还是共青团员。那次也给他拍了照,但是日报的审稿比较麻烦,稿子做好以后,压了好长时间,恰好于老杨返城的第二天发表在《戴城日报》的头版。在报纸上,优秀青年杨迟带着自信和坚毅,抬头观看前方,仿佛已经升官发财。同一天下午,《戴城晚报》头版头条刊发了一条重大社会新闻,农药厂的销售员杨迟不慎弄丢了五万块公款,经出租车公司和一对老人的高风亮节,杨迟拿到了钱,表示无比感谢,并发出由衷的感叹:我对这个社会有信心。同时配发的照片,杨迟一脸侥幸,贼眉鼠眼地看着读者,一望而知,是那种弄丢了钱又撞了狗运气的二五仔。听说后来日报和晚报的编辑为此打了起来。这件事又被电视台发现,居然有个普通青年同时上了日报和晚报的头条,还都有照片,调子还完全相反,多年来国家都没发生过这种争论了。有个高中时的同学在电视台做编导,认得杨迟,扛着摄像机又冲到农药新村,把杨迟拍了一遍。经杨迟本人要求,脸上打了马赛克,字幕仍注明:农药厂销售员杨某。作为本地新闻和奇闻播出的时候，谁都知道这是杨迟了。

老杨成了戴城的名人、双面人、马赛克优秀青年与没头脑幸运儿。而我虽然参与了两件事，却什么好都没落下，只有半个屁股留在报纸上，想想也挺失落的。

不久之后，我们遇到小苏，小苏说："我听蔺华说，要领养戴黛的不是中国人。"

杨迟傻了一会儿，说："什么意思？"

"蔺华说，戴黛会被外国人领养。"

"戴黛知道吗？"

"我想她还不能理解这件事吧。"小苏说。

28

我和小苏带上孩子去戴城乐园，已经是很暖和的春天，坐在过山车上不再觉得冷。那阵子杨迟太忙了，一会儿是出差，一会儿是参加全市优秀青年表彰大会，表彰的内容有两点，一是他充满爱心，认养孤儿，二是他刻苦讨债，为国家挽回损失。优秀青年还要参加各路演讲，据说有人给他介绍领导的女儿谈恋爱，他嫌那个领导不够大（而且太老，再过一年就退休了），总之仕途广阔，机会多多，把绍兴师姐的事情又耽误了下来。

进了戴城乐园，戴黛选了个旋转木马坐了几圈，我和小苏也坐了上去。我从来没坐过这玩意儿，感觉有点晕，下来以后我们问她是不是要坐过山车，她摇摇头。

"你想坐吗？"她问我。

我看了看过山车，一群人尖叫着从我们头顶飞过。"我有心脏病,坐上去就会吓死。"

"你会死吗?"她说。

"会的。我肯定吓死。"

孩子低头不作声。过了一会儿我明白她问的是另一个问题,就说:"我现在不会死,得等到很老了才会死。那时候你已经长大了。"

我们又找到了海盗船、激流勇进,孩子全都不爱玩,最后找到个奇幻世界,她想进去。奇幻世界的大门静悄悄的,不知道里面有什么奇幻,我和小苏也有点好奇。买了票,三个人坐上一艘小船,顺流而下。小苏说:"戴黛,你是不是看见那种剧烈运动害怕?"孩子没听明白。小苏说:"在外国,小孩子都很喜欢运动,学习成绩倒不一定很好。所以你要爱运动。"我说:"前阵子还想教她拼音和汉字,现在看来也不必了。"小苏指着水,对戴黛说:"这是water,水;drink,喝水;eat,吃;sleep,睡觉。你要背熟了。"

"你要是害怕,就闭上眼睛。"我说。

眼前一黑,紧接着,两个白头发的塑胶僵尸从高处扑过来,在即将到达我们头顶时又缩了回去,一些野兽的叫声、鬼魂的呢喃,忽然又变成了童话世界,劈头盖脸的白雪公主和小红帽。孩子吓惨了,抱着小苏,紧紧地闭着眼睛,一会儿又忍不住睁开眼看看。我觉得无聊极了,伸手拽住一个僵尸的长发,它的脑袋竟然滚落在我怀里。这下我乐翻了,孩子也觉得好玩,伸出手碰碰僵尸脑袋,说:"假的。"我怕最后会有工作人员让我赔僵尸脑袋,抬手把它扔到了一个格列佛漫游小人国的舞台上。其实我挺喜欢这脑袋,很想带回家扮鬼。

孩子指着远处说:"那里有个长翅膀的人。"

小苏说:"那是天使。"

孩子说:"前面好多天使。"

那些天使也跟僵尸一样滑稽，肥头大耳，背上长毛，配合着一通呻吟似的怪叫在空中绕圈。每个人童年时大概都有这种噩梦，我们是进了万圣节大杂烩了。忽然灯光全亮，照得圣洁惨白，分明是天国到了。我们傻看了一会儿，短暂的旅程结束，经过一道帘子，回到正常的光线中，小船停靠在码头边。戴黛哭丧着脸说："以后不来看了。"

小苏抱歉地说："我也不知道奇幻世界竟然是这样的。他大爷的。"

戴黛摇头说："他大爷的。"

那时候我们已经无所顾忌了，除了太难听的脏话不说，一般骂人话全都开放了。孩子真要是去了国外，若干年后还能记得中国的骂人话，那是很开心的事。反过来说，万一在那儿过得不顺心，连句骂人话都说不出口，岂不是太郁闷了吗。他大爷的。

从那地方钻出来以后，孩子就蔫头蔫脑的，什么都不想再玩了。我偷偷问小苏："她是不是知道自己要离开中国？"小苏说："她不明白的。"我说："她什么都明白，她知道自己是被爸爸扔掉的。"小苏叹气不说话了。

天气很好，我们放孩子在草坪上跑，孩子在草坪上踱步，时不时回头看我们一眼。确实如小苏所说，她很不擅长运动。在福利院我就没看见有操场，所有的孩子都是安静地坐着，永远坐着，没见过他们有其他的姿势。

我们在乐园里绕圈子，走到摩天轮附近。听见一阵尖叫，有个人向我扑了过来，我抱起戴黛拔腿就跑。那个人在后面大喊："路小路！"

是宝珠。我有一年没遇到她了，她变样了。为了表示无所谓，我说："你别这么扑过来，我会以为是精神病。没看报纸吗，上星期有个女精神病人在街上砍了五个壮汉。"

"放屁。"宝珠说,"你倒还蛮敏捷的。手好了?"

"早就好了。"

"怎么还带个小孩?"宝珠又指着小苏,很嚣张地问我,"这是你媳妇?"

"你大爷的。"小苏朝天感叹。宝珠一瞪眼。小苏知道,我这边冲出来的女人都不好惹,之前就吃过歪歪的亏,赶紧领着戴黛走开了。

宝珠当然是变好看了,我早就知道。没有胡子的宝珠在我脑子里盘桓过无数次,仿佛是要想象出一个戴眼镜的人的裸脸,非常困难。我看黄碟的时候,发现有个女主人公很像她,那张脸就被我替换过去了,顺便把身体也替换了一下。然而,再次相见,仍让我出乎意料,她不但胡子没了,发型也换了,比较成熟的波浪长发(跟那个琴琴一样),配上稍稍有点像狐狸的脸,怎么看都是个外国人。

宝珠不知道我在动鬼念头,拉着我去喝饮料,又问我是不是要给小孩买一杯。我抬头看,小苏带着孩子不知道去哪儿了。"没事,我朋友会照顾她的,她渴了也会说。"

"孩子是谁的呀?"宝珠瞄着我,闲闲地问。

"当然是我的。"这个把戏玩过好几次了,轻车熟路,"前几年和一个女孩生的,现在那女孩出国了,孩子扔给我。惨呐,我年纪轻轻,就带着个孩子生活着。"

"去年没见你带出来嘛。"

"去年她不归我管。"

宝珠哈哈大笑起来。"路师傅,你太幽默了。可惜,报纸上都说了,农药厂的杨迟认养了一个孤儿。你忘记了吧,自己曾经对我说过杨迟这个人,是你最好的朋友。你记性还是那么差,我可都记得。"

"连你都看报纸了。"

"他现在是戴城的名人了,照片都上头版头条了。刚才那个不是他。"

"刚才那个叫苏林,是我们一伙的,农药厂的化验员。"

"农药厂三剑客嘛。"宝珠揶揄道。我没搭茬。

这时杨迟来了,先和我打了个招呼,又朝宝珠点点头。宝珠抱着汽水杯子,一边嘬着,一边点头回敬。杨迟挟着一面锦旗,我问他什么东西,他打开给我看,上面八个大字:拾金不昧,活的雷锋。原来是出租车公司要求的,现在老杨是名人了,他的锦旗比较有说服力,必须补赠一个。老杨就去锦旗店做了一面旗,打算过一会儿送过去。

宝珠看了半天,说:"活雷锋就活雷锋嘛,怎么还'活的雷锋'?"老杨说:"这不是为了对仗吗!拾金不昧,四个字;活雷锋,三个字。开汽车的人里面,就数雷锋是好人,所以只能是雷锋。"宝珠说:"转世雷锋。"老杨说:"这不太好,很不严肃。雷锋又不是活佛。"宝珠嗤笑道:"我看你才是活佛。"

老杨没工夫跟宝珠拌嘴,卷了锦旗去找小苏。宝珠继续嗤之以鼻:"我一点也不喜欢你那个朋友。"

"你不喜欢最好。"

"他靠孤儿发达了。"

"愤怒女青年啊宝珠,一点都不像白领。"我说,"什么事情看透了就没劲了。"

宝珠拍拍我的肩膀,表示谅解。我也不想跟她吵,尤其是在这种时候,好久不见,应该叙旧。叙旧就像是两个人重新开始认识,重新唤起一些有价值的记忆,顺便再讲点新的。遗憾的是我不敢讲贩黄片这一节,因为下场太惨烈,已经从我记忆中自动删除了。因此在宝珠看来,我浑浑噩噩,不知所以然地度过了离别的一年。

我们上了摩天轮。杨迟和小苏带着戴黛过来，招呼我走，说是晚上要把孩子送回福利院。我说今天我就不去了，坐完摩天轮我自己回家。戴黛问我："为什么摩天轮不会转的？"我说："它会转的，只是很慢，就像钟上面的长针，你不注意的话，还以为它不会动。"戴黛说："那你是不是要很晚才下来？"我说："你先回去吧，我天黑才能下来。"戴黛说："那你们好好玩吧，see you。"

他们走了。我和宝珠缓缓升空，我们聊了一些事，都是没名堂的话。宝珠对孤儿不感兴趣，随口问了几句，见我不肯说，也就不谈了。摩天轮将我们送到最高处时，我走到窗口向下望，高新技术开发区的大部分景色都落入眼底。一些富丽堂皇的建筑，有尖顶的、平顶的、穹顶的，都是办公楼和政府机关。较为低矮的是厂房，矮墩墩的圆柱体是煤气堡，黄色的是油菜地，黑色的是已经被推平正要开工造房子的土地。在更远处的河道上，货船仿佛一些铁皮玩具。夕阳正垂落在我的视平线以下。

宝珠说她现在在开发区一家外企做文员，我猜到了。她的大波浪头发就是一份说明书，表明了她的身份。所做的工作，照她的说法，就是饲养员加话务员，复印、传真、碎纸，都是些机器猪，剩下的时间接电话、打电话。每天工作八小时，跟人合租在一套房子里，下班回家做饭洗衣服学外语。

"我不想做文员，想去做营销，毕竟我是这个专业毕业的。"

"女销售员？"

"销售员前面不用加一个'女'字。"

"可以的，加油，宝珠。"

"谢谢。"宝珠无所谓地说。

宝珠已经变成了女白领，不复当初槌逼女大学生的模样。摩天轮转了一圈，我们都没怎么说话，看着外面的风景，仿佛是两个陌生人买了相邻座位的火车票。又尴尬了一会儿,宝珠说:"你怎么不问问,我为什么没来找你。"

"你早就说过有一天会不理我嘛。现在看见我还理,我很满足了。"

"你这么说,我反而伤心了。"宝珠淡淡地说。

当天我送宝珠回家,她住在开发区和老城区接合部的一个新村里,跟人合租房子。那地方离小苏家不远,离红灯区更近。宝珠既没留我吃饭,也没留我住下,我就这么走了。路上觉得有点伤感,宝珠就这么疏远了、离开了。我前半生遇到的人都是这样,在他们出现的头一天就应该预知到会暌隔遥远,除了不死鸟杨迟是个例外。想到这个,好心痛好心痛啊我操。

回到小苏家,他们端着相机,正在给戴黛拍照。杨迟问我:"摩天轮上那妞是谁啊?"我说夜大同学,露水情缘。杨迟说:"露水情缘还上摩天轮,耽误了不少时间吧?"我说:"和你我之间的感情比起来,摩天轮根本不算什么。"

我不跟他聊这些,接过相机给他们拍合影,闪光灯咔咔的。戴黛痴痴地看着镜头。我忽然觉得很难过,就把相机交给小苏,让他拍。后来冲出来的照片,非常古怪,我们四个人全都是痴呆的表情,半死不活,一脸茫然,看不出有什么发达的迹象。

29

当年我在工厂时,曾经救过一个钳工班的班长。在下大雨的季节,他蹚着水乱跑,把腿上划开了一个巨大的口子,当时厂里没人,我在,活活把他背到医院,差点累死老子。这傻班长活命以后也没报答我,因为他傻,而且只是个班长。厂里发了我三十块奖金,奖励我的见义勇为。听说我辞职以后他干活把腿摔断了，一群人盯着他看，纷纷问他，路小路当年救你就拿了三十块，现在你出多少钱吧。

我对杨迟说过，在厂里，科级干部以上的，值得一救，美女值得一救，食堂阿姨值得一救，其他就拉倒吧。我这么说并非空穴来风，因为老杨有点人来疯，摊上谁倒霉，他都会伸出援手。我一直记得少年时期，有一天晚上跟他在外面逛，看见一个少女遭人调戏，他去打抱不平，被四个流氓暴揍一顿。后来警察来了，少女早就溜得无影无踪，算是白挨一顿打。这个苍白、瘦高的少年具有一种英雄主义情结，经过四年大学熏陶，迅速变成一个倒霉蛋。此后的事情，又有了一点转机，他优秀青年了。

好运连连。一九九八年的春季，雨水多于往年，当时没人会预料到，这是洪水滔天的年份。杨迟倒是比较敏感，看着天说，完蛋了，今年农药卖不掉了。干这行的人比天气预报还准，春末夏初的时候，一场痛快的大雨令运河暴涨三尺，河水倒灌进农药厂，销售部在一楼，率先进水，科员们全都光脚蹲在椅子上上班，鞋子放在办公桌上。

这一天销售部的包部长穿着高筒套鞋哗啦啦地进来，先把十来个科员臭骂一顿，说他们的脚臭搞得科室里乌烟瘴气。杨迟心想，操，就你丫躲在厂里不用出差，晾脚是一切销售员的权利，因为患上脚气非常痛苦，而销售员十个有八个都患脚气，躲不开，无论是潮湿闷热的旅程还是小旅馆里富含真菌的拖鞋。

包部长受不了脚臭，走出销售部，来到外面走廊。雨水不止，超过走廊地面三公分，看来还会继续涨。在更远处的花坛边，包部长看到一条大鱼漂在水面上。但凡有脑子的人都知道，这种鱼不能吃，但包部长是个㞞逼，他既不懂化工也不懂食品，他穿着高筒套鞋冲了出去，企图抓住那条鱼。销售科的人隔着窗户看他，有人嘀咕了一声："那地方有漏电，这个傻逼不知道？"另一个人说："套鞋是绝缘的吧？"窗外的包部长忽然弹了出去，飞了很远，轰地掉在水里。蹲在椅子上的人们一阵欢呼：老包死喽！

老杨冲了出去，用木棍钩住包部长的衣服，此时的包部长仰天躺在水里像具浮尸，老杨将其拽到走廊，迅速解开包部长的衣领，已经没呼吸了，两只分得很开的眼睛，一只翻向左上方，一只翻向右上方。这时候应该给他做人工呼吸，销售部的人都说："小杨，来一个，给我们开开眼界。"杨迟看着包部长那张丑陋的脸，实在下不了嘴。这时正好来了一个电工，照着包部长的身上连踢了六脚，包部长居然醒了。

戴城优秀青年杨迟又多了一份荣誉，在洪水中、电网下救起了同事，使之重返人间。这使人产生错觉，以为他救的是阶级弟兄，其实是领导啦。销售部的人都快恨死老杨了，连车间里的工人都说，把这傻逼救活了，厂里的农药又得滞销三年。杨迟辩解说，救人一命，如造七级浮屠。厂里人说，屁，加你七级工资吗？

那阵子我也有了点起色，我叔叔认识一个老板，在火车站附近有个门面，批发婚纱。据说他非常有钱，在马台镇有自己的加工厂。我叔叔问他是不是招人，老板说招的，尤其需要男营业员，因为那些来批婚纱的大多是女老板。最好这个男营业员长得比较周正，个头高些，甜言蜜语，买卖就好做很多。当然，工资不高，也没什么额外的油水，需要他足够穷困才能耐得下去。我叔叔说，嘿，我家里就有一个。

"打算去站柜台？"杨迟问。

"做批发生意和普通的站柜台不太一样，能学到很多东西。今年要是还找不到工作，我就打算自己开个服装店，卖皮鞋你觉得怎么样？"

"都可以。"杨迟说,"被女老板领走更好。"

"你也别死撑,该摆摊就摆摊。"

之后的那些天,老杨又参加了一次英模报告会,只是他的英模程度不算很高,发言时间也就很短。他认为自己资历浅,不过很快发现在同期英模中还有中学生和技校生。他唯一的优势就是学历,英模中唯一的本科生,也是唯一的销售行业人才,可惜领导上不重视这个,始终认为他属于农药行业。这一点是不是重要,在老杨看来,很重要!销售人才可以胜任任何产品的营销工作,而农药人才算什么东西?

这些东西讲出来没人愿意听,英模报告会,不是营销讲座。老杨回到农药厂,这一天中午和包部长在众目睽睽之下、食堂的条凳上,共进了午餐。

包部长是个有原则的人,以前,除了副厂长级别的干部,他不和任何人一起吃午饭。他总是很清高地坐在一边独自吃。后来他看了一本营销管理方面的书,也知道一些 4P 理论和组织管理学常识,把这个视为武林秘籍(老杨鄙夷地说,傻逼,中国大学里的三流参考书),其中提到什么国际品牌的大 boss,非常亲民,每个星期都会和一位低级员工共进午餐,听取他们的意见,增进团队凝聚力。包部长觉得这个可以学嘛,每个月挑一个中午和销售部某个没有出差的科员一起吃午饭,感觉非常不错,像是大 boss 了。这一天他挑上了杨迟。

这顿饭吃得非常愉快。双方谈了谈农药销售形势,谈了谈天气(绝非寒暄,对销售具有决定性的因素),谈了谈生活。事后,朱康带着一帮销售员嘲笑杨迟:"傻逼,你救了他一条命,终于可以和他一起吃午饭了。"杨迟无地自容。

当天下午在厂里洗澡,澡堂里又遇到了包部长。秉承老牌国营企业的传统，洗澡没什么可摆谱的，和每一个人共进浴池。若干年以前，厂长和工人真就一起泡着，但现在董事长不来了，他有高档洗澡场所。包部长级别不够，他甚至不舍得回家洗澡，为了省点水费煤气费。于是乎，午餐时积累起来的威望，到这儿就全部消费殆尽。他自己还不知道，以为又回到了国营企业时代，与工人师傅同乐乐。吃饭资本主义，洗澡社会主义。杨迟非常看不起他，两个人泡在水里，又聊了一会儿，包部长亲切地递了一块毛巾给杨迟，说："来，小杨，帮我擦擦背。"

杨迟心想，你他妈的，有点过分了，老子又不是学徒，凭什么给你搓澡？看着那张湿漉漉的犙逼脸，知道这是一种抬举。他忽然产生了一个奇怪的念头：包部长这个犙神，他是怎么在自己的幻觉中度过了大半生的呢？

老杨接过包部长的毛巾，像擦玻璃一样抹了几下，甚是恶心。这时包部长开口说："小杨，你为什么叫杨迟？"

老杨说："我父亲姓杨，母亲姓迟，因此叫作杨迟。"

包部长说："原来如此。不久前我看了一本书，里面说，人的名字很重要，一个名字能让人联想起很多。比如你，名字叫迟，就会联想到迟到、迟钝。"

老杨心想，我他妈救你的时候并不迟。包部长说："所以我一开始对你的印象并不好，认为你有点迟。当然，你的名字比朱康稍微好点，他令人联想起猪糠。"杨迟不语。包部长继续说："我觉得你应该改个名字，这样有利于农药销售。我以前有个同事，他的名字居然叫杨伟。"

"我也认识一个人，他的名字叫包茎。"老杨把毛巾扔在包部长的背上，光着屁股走了。包部长趴在浴池边上，昂起头看了看，没说什么。第二天把杨迟叫到办公室，说："最近全国发大水，农药卖不出去，销售员也不出差了。你有什么好办法吗？"

"我没有什么好办法。"老杨说。

"科里经常夸你，说你优秀青年，很有销售天分呢。"

"根据需求理论，农民真的不需要在发大水的时候打农药。"

包部长奸笑着说："既然你也想不出办法，那我们搞一搞回款方面的工作。我决定，全体销售员都出去讨债，你和朱康继续负责划水县，那儿还剩下五万块，今年夏天给我要回来。这次别再弄丢钱了。根据需求理论，厂里现在很需要现金流。"

30

我的奶奶是一位虔诚的天主教徒。她一生中最大的遗憾就是，全家没有一个秉承她的信仰而做了教徒的。我妈信佛，我爸爸是个半吊子无神论者，我叔叔应该信嬉皮士或者西门庆，至于我，只信关公。在我二十岁以前，我奶奶还活着，她问我是不是要受洗，我跷着二郎腿说，我头上有神，他会保佑我，不需要再弄一个主了。我奶奶说，你那个神，是有巨大的裂缝的。这句话我没听明白，我奶奶就上天堂了。后来倒是真的应验了，我所相信的一切保护神，都会在适当不适当的时候打瞌睡、发呆、跳线，这大概就是我奶奶说的裂缝。唯有她的主，看起来无所不在，直至永恒。

但我仍然喜欢我的神，我卖黄片的时候能感到我的神在勾引买主的神，我进了人才市场就能感到他变成了一个垂头丧气的矬神。他既不是我爸爸也不是我儿子，他跟着我一起倒霉，有时催我勇猛，有时比我还胆怯，他打瞌睡但是不会背叛我，赌输了不赖账。

当然，我奶奶的主也挺好的，我是这样想的：终有一天，我的神会弥合他的裂缝,到那天我就把他交给上帝算了。

一九九八年,当我们知道福利院竟然有价目表时,不禁都吓了一跳。杨迟说,具体数字不一定准确,健康的孩子大约一千美金,残疾的八百。这是只给外国人的价码,中国人没有。我说,他妈的,他们卖孩子给外国人?杨迟说,也不是卖,是生活费,孩子归你了,之前的生活费你得支付。这个事实让我们有点尴尬。我说我愿意在自己脖子上挂个五百美金的牌子,后来想想,这点钱不足以让我爹妈养老,最起码得五千美金吧。但这个数字又太高,我不可能比戴黛更值钱。

我对杨迟说:"我们要是能变成小孩,抛爹别妈,大概也能去美国吧。"

杨迟说:"变成受精卵就能装在瓶子里去美国了,机票钱都不用出。"

我再次摊开世界地图,隔着一巴掌宽的太平洋,仿佛看到我的厂医姐姐在那里。从理性的角度,我为戴黛高兴,不过又联想到所有去了美国的人都不会再回来,回来也变得不认识,不免又有点伤感。

那年夏天,小苏辞职,赔了农药厂两万块培训费(工作满五年才能恢复自由身)。这笔赔偿并非硬性规定,农药厂的一切都是由某个人说了算的。董事长早就宣布,大学毕业生在厂内表现出色的,如果考研或辞职,可以考虑免除培训费。这使得人们将其视为开明的、人性的领导,法令如山,上善若水,就是这么玩的。大学毕业生考虑到这两万块,想走不想走的人,都表现积极,董事长深为自己的治人之术而高兴。当然,能免除培训费的人并不多,董事长的侄子,副厂长的儿媳妇,都是这个级别的。有些没后台的,只能送礼,在两万块限度内哪怕送掉一万,还是等于赚了一万,偶尔也有人送掉一万最后没成功的，那就全亏进去了。董事长只是想让人们明白，送礼固然可喜，但这是一场赌博，没有人逢赌必赢，你仍然必须表现出色。

小苏已经在农药厂干了两年，这两年没有迟到早退过一次，搞化验也没出过错，当然，报社也没来采访过他，属于很低调而尽职的员工，不似杨迟那么嚣张。小苏递上辞职申请，本不指望能免除培训费，但还是说了些好话，表明自己工作认真，没有对不起农药厂。不料当时农药销售一片惨淡，厂里各处都有人要走，董事长大怒，把个农药厂当成是上帝的应许之地，凡是临阵脱逃的都属于叛教者，恨不得施以火刑。董事长拍桌子说，一个都不许放，交钱也不放，档案压下来，尤其这个外地来的大学生，忘恩负义之辈嘛。小苏心想，你大爷的，我苦干两年没什么嘉奖，这会儿成标兵了。小苏那时已经拿到北京一家外资公司的录用通知，急着要走。我劝他旷工，一星期就开除，成自由人。小苏说这个不行，开除是要入档案的，履历上太难看，他半辈子优秀，从小学一年级开始成绩单上就没有低于九十分的，不能受此羞辱。只能托了人，送了礼，并拿出结婚证的复印件，证明夫妻两地分居十分煎熬，再不放行，就拿出老婆的怀孕证明来。董事长这才息怒，令其交钱走人。小苏上班两年，也就两万块积蓄，一忽悠全都没了。

等他净身出厂，我们纷纷庆贺：操，小苏，转会费三千美金啊，你比戴黛值钱。

每一个人想要离开，都得交钱，甚至是戴黛。美国人好心好意来中国领养孤儿，美国一定是太幸福了，国内都找不出孤儿了，只能来中国领养。但是这一千美金到底是太贵还是太便宜，王八蛋才说得清。我为这件事耿耿于怀很多年，直到中年，那会儿老杨赚了一屋子的钱，带着女朋友去非洲打猎，用自动步枪撂倒一头狮子，交了五万美金。后来去难民营,有小孩跟着他走,他倒也想带个黑人孩子回中国,翻译官告诉他,您得出一千美金。杨迟一听,想起当年事,给我打了个电话说:这笔钱是国际惯例,WTO的价码啊,别再耿耿了。我说我早知道了,我有个朋友不孕,去四川乡下买小孩,三百块成交,从孩子的亲妈手里买过来,后来他又花两千块买了只陆龟陪这三百块的孩子玩。

小苏辞职拖延了一段时间,北京那家公司去不成了,等另一家公司的回复。我们天天坐着,什么事都不干,那是一个多雨的季节,时间分分秒秒地流走,小苏家里到处都在发霉。这正是戴城的特色,霉菌无处不在,任凭你怎么消毒,真菌总有办法起死回生,占领住宅。那阵子狗得了肠胃炎,经常拉肚子,我们怀疑它是吃了院子里长出来的蘑菇,只能将它锁在笼子里。

有一天我们把屋子收拾干净了,天气稍好,小苏说他有点想念戴黛了,不妨去福利院把她接出来吧。北京的录用通知一旦到这里,或者美国人一旦来戴城,他们就再也见不到了。这时杨迟说:"我也马上要去划水县讨债了。"

我们再次来到戴城福利院,雨又下了起来。蔺老师把戴黛送到门口,叮嘱我们:"两天就得送回来。"

"美国人两天就到了?"

"其实已经在戴城了,但他们还要旅游一阵子,不知道什么时候走。"

戴黛说:"爸爸,我想你们了。"小苏蹲下去,深情地抱了抱她。

我们带着孩子去了杨迟家,看了看杨迟的爸爸妈妈,老头深情地抱了抱她。整个那一天,农药新村那幢楼里,所有认识孩子的人都过来深情地抱她,然后说,也算不错,能够被美国人领走,总他妈的比中国人领走来得好。也有人说，未必。这就争了起来。杨迟的爸爸走出来说："别争了，很圆满的事情。美国很好，这是戴黛的第二次投胎。"党员都这么说了，大家也就闭嘴了。

我们回到小苏家里，像我少年时代经历的所有无聊的雨季一样，搬了个凳子，坐在屋檐下看天空。孩子也跟我们一起坐着，狗病得不轻，找兽医配了点药，继续锁在笼子里。孩子隔着房间，看到暗处的狗，忽然问："它会不会死？"

"不会。"小苏说。

"它看上去像要死了。"

"它只是生病了。"

孩子沉默不语，过了好一会儿说："如果它死了怎么办？"

小苏没办法，只能说："我在院子里挖个坑埋了它。你别再想这个事了。我们一起来看看美国地图吧。以前教过你唱美国国歌的，你还会唱吗？"

"忘记了。我现在会背唐诗。"孩子说着，对着阴沉的天空背了一首"离离原上草，一岁一枯荣"，又背了一首"白日依山尽，黄河入海流"，都挺通俗的。她出国以后，唐诗用不上了。孩子背完了唐诗，我们说背得真好。孩子又背了一遍。我忽然发现，唐诗这玩意儿，要是你一再重复地背它，就会显得伤感了。小苏说："戴黛，美国，是个很美很美的国家，你到那里去，也会很美。那个地方也有白日依山尽，密西西比河入海流。"

"他们会给她起一个美国名字？"我说。

我们想了一会儿，根据中国公司里中国人给自己起英文名字的套路，她会被叫作黛茜？

"你喜欢黛茜这个名字吗？"小苏问戴黛。

孩子点点头，过了一会儿又摇摇头。

事实上孩子不叫黛茜，她叫琳达。那得是下半年，小苏收到了一封来自美国爱荷华州的电子邮件，用英文写的，里面有孩子的照片，有她的近况介绍。名叫琳达的女孩穿着裙子，微笑地坐在一张椅子上，她肤色偏黑，的确像好莱坞电影里的亚裔女孩。小苏用英文回信，祝他们幸福，后来他的邮箱被人黑了，也就失去了消息。

雨停了，我们带孩子来到了戴城的儿童剧场。那地方我从来没去过，在我的童年时代，只有优等生才可以进去看免费的会演，杨迟之辈是常客。现在我终于也能名正言顺地进去了，带着我们的半吊子女儿。当天表演的是舞台剧《新白雪公主和七个小矮人》，我们买了四张票。走进剧场一看，太破了，上座率只有三分之一，好些地方灯都不亮。杨迟说："以前这儿可漂亮了，现在搞成这样。"

我说："喂，看白雪公主会不会对小孩有心理阴影啊，什么继母皇后的。"小苏说："介绍上说了，新白雪公主，另外一个故事。"我抠着漏洞的座椅套子，心想，不知道会看到什么场面。灯光暗下，幕布拉开，一个中年微胖的女演员饰演白雪公主，手里拿着宝剑要去和恶龙决战。小苏说："这是白雪公主吗？"我指着戏票说："新白雪公主。"小苏说，好吧，继续看下去。过了一会儿小矮人出来了，我们数了数发现不对头，只有三个小矮人。这时白雪公主也问了："还有四个呢？"那三个小矮人说："他们挖矿去了。"于是这出武装白雪公主的舞台剧里，前前后后就只有三个小矮人，白雪公主带着他们屠了六条恶龙，没有皇后，没有猎人，没有王子。杨迟摇头说："早知道演员不够用，干吗不演一出'灰姑娘屠龙记'呢？"小苏说："大爷的，我们四个人就能演。"戴黛说："狗狗可以演龙。"我说："齐活了。"胖子白雪公主说："下面的观众请不要大声喧哗。"

看完这出戏，我们都认为，这是此生看到的最烂的也最欢乐的草台班子演出。我们带着孩子离开，在剧院门口买了一个红色气球，站在街边等出租车。过了一会儿，孩子哭了，一撒手，气球也飞走了。

"气球飞走就算了，再买。"我说。

"是她先哭了然后气球飞走了。"小苏说。

我们三个一起蹲在街边安慰她，她还是哭，也不再想要气球。这种情况从来没有出现过，孩子一直很乖巧，搞得我们手足无措，仿佛真的变成了三个小矮人。过了一会儿，出租车来了，我们抱她上车，眼泪还是停不下来。我们也快哭了。车到闹市区，下来找吃的，老杨问孩子想吃什么，她抹着眼泪一指炸鸡店的招牌。我心想，这倒不错，已经认识这个了，去美国饿不着你。

我们不明白她为什么哭，吃过了炸鸡，也就忘记再问她。一直到后来，杨迟遇到蔺老师，说起这件事。蔺老师沉吟道："派出所说戴黛就是在儿童剧场门口捡来的。"那时候孩子已经走了。

于是我闭上眼睛，想象中的一幕，我们三个人站在剧院门口，背后是白雪公主和三个小矮人的海报，一层层的台阶向上，有一个阴沉寂静的入口。街道无人，地面上的雨水痕迹被短暂的阳光晒得半干。湿热，沉闷，我们孤零零地站着不能动弹。一个男人骑着自行车过来，车前杠上有个女孩，男人仿佛没有看到我们，把女孩放在街边自顾走了。

我们带着她，一直站在街边，我们像四个孤儿，我们永远在一起又永远等着散伙。红色气球飞上了天。我曾经一次次地梦见这个场面，醒来觉得心灰意冷。

孩子不知道，我和小苏也不知道，老杨曾经铁青着脸去福利院。蔺老师说：对方是一对美国夫妇，已经五十多岁，在爱荷华州一所大学教书，他们都是有身份的人，戴黛的未来，你完全不用担心。

杨迟说:"我们来认养她的时候,你说过一句,戴黛不行。你从那时候就知道她会被领走了,对吗?"蔺老师说:"是的。"杨迟说:"那为什么还要让我认养她?"蔺老师说:"这不是我的决定,杨院长说了算。你能领一个白内障的男孩回家吗?你做不到。"杨迟冷冷地说:"你演员也不够用了。"蔺老师忧伤地看着他,老杨没再说什么就回来了。

雨季太长了。我们坐了很久,等着美国人把戴城游览一遍,然后带走她。

这一天老杨独自骑着自行车,把戴黛送回福利院。孩子坐在前杠,顶着夏天的风,头发一再撩起。老杨汗流浃背,最后不得不脱了汗衫,光着膀子骑车。

杨迟问:"我们就要分开了,你会想我吗?"

孩子说:"会的。"

杨迟说:"其实我想问的是,你会记得我吗?"

孩子说:"会的。可是你要去哪儿?"

杨迟愤愤地说:"我要去讨债,有人欠了我的钱不还。等我要回了这笔债,我们就可以再见面了。"

那个夏天杨迟被派往划水县讨债,我还想陪他去,老杨说不必了,这次和朱康一起去,不会再让这王八蛋溜走。接着又骂道,唐僧取经都只取一次,他妈的,取这十万块跑了八次,这算什么事。小苏说:"戴黛怎么办?"杨迟说这次不会太久,两天搞定,如果搞不定他也会及时离开划水县。各处江河的洪峰一波一波过来,总理都上了堤坝。小苏的爸爸是水利工程师,小苏比较懂这个,摇头说:"总理在这种时候上堤坝,历史上从来没有。大灾之年,你早去早回吧。"

我们天天在电视上看新闻，洪水告急，杨迟没回来。过了几天，朱康从划水县回到戴城，一分钱没拿到。包部长问："杨迟呢？"朱康说："我不知道啊，我以为杨迟已经回来了呢。"包部长没当回事。又过了几天，杨迟还是没踪影，也没电话。老杨的爸爸冲到销售部，揪住包部长，要他交出儿子。包部长耸肩说："我也不知道他去哪里了，又捡到孤儿了？"杨迟的爸爸打电话报警，问题是，戴城警方不管划水县的事儿，也不能肯定杨迟就丢在了当地。再想去那儿，发现公路线已经停运。

老杨不见了。

那个时候，蔺老师打杨迟家的电话没人接，最后打给小苏，我们两个正在喂狗吃药。

"你们要是想来送送她，就现在。"蔺老师说。

小苏说："杨迟出差去了。等他回来可以吗？"

蔺老师说："这不可能，机票都订好了。你和路小路来送她吧？"

小苏看看我，我默然摇头。小苏挂了电话。我们两个坐在小板凳上，摸着狗，想着不知道什么时候才能回来的杨迟，还有戴黛。小苏忽然说："你觉得心碎吗？"

"是的。心碎了。"我说。

我对小苏说，白雪公主和三个小矮人屠龙，这是一出闹剧，我不希望有某个小矮人被龙给吃了，在一出演员不够的烂舞台剧里，他们很有可能这么编排。

我们再也没见过戴黛。很抱歉，此生还没有结束我就这么说了。

不知道为什么，在我混不下去的日子里，总是会想起厂医姐姐。所有人都离我而去的时候，这个最为遥远的人仿佛一直和我在一起。不过，随着时间的推移，她已经收缩成一个很小的点，有点像宇宙黑洞，质量聚合，但它并不能使我粉身碎骨，它只能使我停止片刻，偏向，或者失忆。

她已经变成了外国人。这个事实属于另一个维度，在我的前半生，这件事并没有轮廓，不具备意义。后来戴黛也去了美国，她们忽然清晰起来，彼此照亮对方，令我后脊发凉。

前半生我所知道的外国人，头一个是白求恩，他跟我们长得不一样，但是想法很一样，国际主义战士，加拿大人，美国的邻居。第二个是马克思列宁等人，这不用说了，我也忘了谁先谁后。第三拨就轮到电影上看到的斯拉夫民族大串联，其实都是演员。我妈曾经很自豪地说：其实你最早看见的外国人是西哈努克亲王。七十年代他来过戴城，我妈抱着我在街边看热闹，看到轿车开过。后来我奶奶说，我这辈子最早看见的外国人不是西哈努克亲王，而是耶稣的画像。但她又说，耶稣不是外国人，是主。主在一切国界之上。

在其后的漫长岁月里，我经常会想起领走戴黛的那位美国大叔，像光芒万丈的神，把孩子拯救出去，来到繁华的美利坚。后来小苏说，爱荷华州其实蛮荒凉的，大学里可能会热闹些，美国人的生活比中国人贫乏，纽约除外。

我想象着这个孩子拥有了美利坚户口，讲美式英语，看好莱坞电影，吃汉堡。这种事情讲给福利院的孩子听，他们不一定明白，但假如每个人头顶都有一个守护神的话，那个神一定在发威。但是那个神正如我奶奶所说，有着巨大的裂缝。

我想象着美国大叔和美国大婶走进戴城，肯定会看到粉墙碧瓦的火车站，贴着瓷砖，上半部分像城隍庙，下半部分像公厕。外国人不懂中国艺术，不然，"屌山欢迎你"的书法也可供他们一乐。这是一座有两千五百年历史的城市，比耶稣还多了五百岁，当然，这里不可能有春秋时代的遗迹了，最多看看明清的，也够了。我们一说美国,就讲他们没多少年历史,全是史盲,二五仔,脑子是直的,好像脑子会拐弯是历史的沉淀。我说过,电视上拍的外国游客,都是背着相机,到处乱拍照,爱吃戴城的各种点心,不会说鸡毛汉语,也知道中国人听不懂鸡毛英语,凡事只会竖起大拇指,说good,或者说耗!

这种形象太他妈的深入人心了,前半生二十五年我都是这么乐观地看待白种人,他们出现在中国人的广告里,也是只会竖起大拇指,good或者耗,在贫乏的八十年代,这个形象可以迅速地让一种肥皂或者一种零食变得家喻户晓。甚至还可以教会他们说相声,教会扭秧歌。在我眼里,他们既是神仙,也是猴子。但是真他妈的可惜,我连一个外国人都没打过交道。你知道,人有时候很虚幻,以为自己明白,看看电视就够了,如果只活二十五岁就死掉,这种虚幻倒也不错,不幸的是还得活下去。此生此世,我要认识更多的事物,神和猴子,一个一个,分列两厢。

我能想象得到,美国大叔和美国大婶来到戴城福利院,那条两旁有凤尾竹的小路,走进门,里面一片静谧,沿着干干净净的水泥路走到教室门口,看到中午的菜汤。法克。这感觉和我们是一样的,普天之下人同此心,但是即便白人大叔大婶,对此也无可奈何,唯一的办法是领一个走。这和杨迟的做法差不多。我曾经认为他们是神,然而神理应拯救所有人,从这个意义上说,福利院才是神,美国大叔只是一个好心人。我想象着他们走进教室,蔺老师说:你们挑一个吧。不对,蔺老师不会这么无礼,会按照福利院的价目表报价:这个健康的,一千美金的抚养费,这个残疾的,八百美金。美国人当然不是来买打折货的,他们有足够的一千美金,但是他们只打算支付一份。杨院长手里其实还有价钱更便宜的,两百美金,甚至倒贴二百都愿意,但杨院长不会把那样的小孩带出来。美国大叔大婶一定犹豫了，像我们当初来到时一样。最后杨院长走到教室的最后一排，指向戴黛。这个是健康的，五岁了，她在街边被人捡到，经过派出所转送到福利院，她很文静，记性不太好，完全不知道自己是怎么弄丢的。她一千美金。

美国大叔大婶会不会发疯？每当我想起这件事，在我想象中绕圈，我就疯了。

这个孩子确实什么都不知道。即使她告诉我们的，也只是停留在记忆的表面，她不知道自己的父亲究竟是穷困呢，还是末路呢，还是根本就是疯子。她能力有限，缺乏依据，并且时间会将更多的、没有说出来的记忆携带着母国和故土沉入深海，仅剩一艘木筏漂在水面。这个孩子像过去一样站起来，茫然地看着美国大叔降临，美国决定收养她。孩子坐着记忆的木筏去往黄金海岸。

美国并不远，但我们和你们之间，在前半生确实隔着神界的裂缝，以至于我无法直视。美国是黄金海岸，中国也是黄金海岸，在我看来，只有犍逼不在黄金海岸。

其实我估计错了，在此后的漫长时间里，那个女孩湮灭在记忆中。我只是在很偶然的情况下会想起她，然后继续忘记。我前半生忘记的人实在是太多了。

很多年后的一个夜晚，我喝多了坐在街上发呆，小苏从瑞士打我的手机。小苏说："我找杨迟很久，找不到。"我说老杨正在外地，投资了一家IT公司，结果老板二十五岁脑溢血，过劳死了，老杨他们天使基金的钱都打水漂啦。小苏说："我忘了爱荷华州那个教授的邮箱很久了，但是我还记得他的姓氏。"我说，那又怎么样呢。小苏说："我用推特查了这个叫琳达的女孩，找到了，二十岁，亚裔。你现在能用推特吗？"我说我能用个鸡毛，我连车都打不到，司机不想拉一个坐在街上拦车的醉鬼，那二十岁的亚裔女孩说什么来着？小苏说，都是些关于旅游的内容，她在念书呢，没什么大事。

我说："那就好。你留言了吗？"

"我没有。我们当年就说好了，她的过去一笔勾销了，我们从来没有存在过。"小苏说，"但是她有一串签名用英语写的，很有意思。"

"我现在听不懂英语，你翻译过来。"

小苏说："大意是说：我要变成一只独角兽，撞翻你们这些asshole。"

这么快，这么轻巧，我们的半吊子女儿也到了会骂人傻叉的年纪。二十五岁那年，我什么都不懂，只会骂人傻叉，活到四十岁我方才恍然大悟，捏着手机，忽然感到一阵晕眩，像一个asshole，醒悟得太迟的asshole，带着巨大的裂缝，被十五年前那头纯洁的独角兽撞翻，就此躺在街上。

第 四 章

人 质

31

一九九八年的夏天，小苏接到了北京公司的通知，可以去上班了。女研究生在朝阳区有一套空房子等着他去填补，狗也康复了，不过它不能去北京，必须留在戴城。万事皆好，只有杨迟一直没有回家。

那时我已经去婚纱店上班。这是我在两年内做的第九份工作，此前我开过飞碟、卖过黄片、贩过袜子、送过花，我要是真心想写履历，能把 HR 吓死。反过来说，这次要是干不下去，我也该崩溃了。等我去了婚纱店一看，基本判断自己会崩溃。

婚纱店的老板姓陈，已经四十多岁，在他招我做营业员之前，店里的生意还不错。等到我去的时候，因为发大水，道路不通，各处来拿货的人都消失了，加之周边竞争激烈，全是开婚纱店的，陈老板已经发不出工资了。我心里暗骂叔叔不是人，给我介绍这种混账工作，同时也有点奇怪，开店的人，一两个月没生意不至于惨到这种程度。我学过会计，知道他现金流出问题了，这跟失血过多一个道理，再牛逼也得死。

那是火车站附近最混乱的地方，到处都是怪人，神经兮兮，步履匆忙，背着大口袋。沿街所有的店面都是婚纱，所谓婚纱一条街，这是戴城的特产之一，贩婚纱的人下火车到这里来扫一圈货，背了口袋就走，十分方便。我以为婚纱是多么高贵的玩意儿呢，一问，批发价通常八十块，顶级货三百块。这是九八年的价格，后来大概涨了点。料子也很难说得上是好的，因为那种布料和裁剪，穿在身上，除了幸福感之外，绝对不会有一点点舒服。女人要结婚，就疯了，这个我懂。

陈老板的店面不大，只有一个很小的入口，得走上楼梯才能看到整个二楼一条深邃的长廊，里面挂满衣服。如此一来，租金稍微便宜点，但时时会被人遗忘，得是老顾客才会特地转进来。自然，我的任务就是站在楼下，既充当礼仪先生，又充当吆喝小弟。一会儿彬彬有礼地对着女士们微笑，请上楼，楼上什么都有，小心台阶，地毯有点翘起来别绊着姐姐你；一会儿看到没人了，就直着嗓子喊两下，婚纱批发，批发婚纱，批发批发，婚纱婚纱。蛮押韵的。这么干了三天，嗓子哑了。陈老板过来给了我一颗润喉糖。

我吃着润喉糖，心想，倒也不错。我过去贩黄片，犯下了很多罪孽，最起码我奶奶的主是不会饶恕我的，现在卖婚纱，让中国人民穿着白颜色的衣服结婚，这他妈的在以前不可想象，我会被人卸了，现在人民也接受这种倒霉装束了，我算是为主的神圣添砖加瓦。

陈老板的老婆，我特地讲一下，她长得美。陈老板本人就像根茄子，娶了个年轻的美女，一猜就是二婚。果然，其他店员告诉我，他把自己老婆休了，这个是他发财以后娶的。不过这大美女没什么背景，郊区马台镇的一个农家女，一开口全是乡音，没法听的。纯粹好看，不实惠。她不常出现，据说待在工厂里，也不管事，纯养膘。这个店里的管理人员，都是她家里亲戚，其中有一个名叫马汉，长得阴阳怪气，像我遇到的最矬的工厂干部，常年穿得灰不溜秋，一双内容可疑的瞳孔深藏在眼镜片子后面。他负责管账，收到了钱，就塞进自己掌管的一个铁盒子里。有时候会用一种很官方的口气训斥女营业员，比如偷懒就是偷懒，他非要说成是"怠工"。后来一问，原来也是从一家小化工厂下岗出来的，做过车间管理员。我很不喜欢这个家伙。

这个地方待久了，觉得十分无聊。陈老板经常会走下来看我，跟我聊几句，表现得很亲热，当然，我知道他是查岗，怕我溜出去玩了，或者没有尽心尽力吆喝。马汉来了，眼镜片子冲着我闪一下，并不说话。为了嘲笑他，我找了副墨镜戴上，显得既酷又神秘。

在婚纱一条街上，我还遇见了一个熟人，他是我技校里的同学，没毕业就辍学走了。他很可怜，是个歪头，没想到竟然结婚了，老婆是我以前经常看见的一个马路少女，专门靠打桌球赢钱。这两个家伙凑在一起，开了一家婚纱店。

歪头同学对我也不错，说自己九一年就出来学生意，被人剥削了整整五年，摸清生意门道，到九六年才拥有了自己的门店，批零兼营，夫妻两个人带一个营业员，非常辛苦，但感觉很有奔头。他歪着头的样子很可爱，我老想笑，但他老婆不好惹，我曾经在桌球房把所有的钱都输给了她，不想再惹怒她了。

我的歪头同学邀请我加盟，在他店里帮工。"陈老板那儿没什么好做的，他工资都发不出来了，他是戴城最早做婚纱的一批人，曾经赚了一百万，但现在全都赔进去了。"

"怎么赔得这么厉害？"

"他娶了个新老婆，是马台镇的农民。他为了给老婆挣脸，就在马台镇那么偏远的地方盖了一座大楼，有五层楼，好几亩地，造得就像白宫一样气派。他的婚纱厂就在那楼里，但是只占了小半个楼层，其他地方他想出租挣钱，可惜这楼没划进开发区，四面八方都是田埂，他总不能再贴钱替村里铺柏油路。白费劲了。"

"盖房子把钱都花光了？"

"岂止。不但花了一百万，还借了银行六百万。"歪头奸笑道，"现在他每个月得还几万块的利息，他死定了。"

我想了想说："陈老板对我没什么不仗义的，直接跳槽到你这里来不太好，等以后吧。"

"行啊，不会很久了，再有两个月他就可以倒闭了。"

聊完了，我回到店门口，觉得少了点什么，仔细一看我的自行车被人偷走了。

天哪，我的破车，我那辆必须用鞋底充当刹车皮的破车，居然也被人偷走了。火车站是小偷最猖獗的地方，但即便如此，也不应该偷我的自行车啊。我想找一辆比它更破的都难，这他妈的太没天理了，它明明已经超出了小偷的底线。

有一段时间，雨停了，所有人都松了口气，指望着洪水能退下去。那一年戴城的情况尚可，城里没有发生太严重的内涝，但是几百公里之外江水滔滔，用报纸上的话说：险情不断。我们第一次为发生在远方的水灾本身而担心，以前我们只担心发大水了有很多人端着饭碗到戴城来要饭。

老杨还是没回来。

小苏对我说，他三天后就走，坐火车去上海，避开灾区，坐飞机到北京。东西不能带太多，假如我看中什么，就送给我了。

一双皮鞋，一件夹克，一顶草帽，一把雨伞。后来我说伞不能收，不吉利。小苏笑笑说："咱们本来就散了。"

"你不等老杨回来了？"

"有点等不及了，怎么办？"

"确实去得太久了。"

"有他的消息就打我电话。"

"这会儿美国一定很安全吧。"我感叹说。

我看中了小苏的自行车，一辆白色的、极其破旧的公路赛车。小苏没二话就把车给了我。第二天我骑到火车站，中途有一条施工的路，坑坑洼洼的，公路赛车没法骑，我只能推着自行车蹚着泥水闯过去，到婚纱店一看两条裤腿全完了，脚上穿着凉鞋倒还能应付。马汉不高兴了，认为我的形象不佳，有损店风，让我回家换裤子。我只能又推着自行车回去，到小苏家附近我渴坏了，进去喝水。小苏看了看，对我说："路小路，我去帮你赢辆自行车回来。"

"怎么赢？赌钱？"

小苏叫了一辆出租车，把自行车架在后备箱里，我们直接去戴城乐园门口。小苏说他看了报纸，这一天著名外国品牌"肉得慢"在戴城乐园门口举行自行车比赛，男女前三名各奖一辆"肉得慢"十八速山地车，非常适合闯工地。比赛距离是二十公里！我说我他妈的已经累趴了，骑不动。小苏说："我来骑，你在这儿等我。"

"你有把握吗？"

"我对赛道很熟悉，这一圈往返，正好是我们去孤儿院那边，绕过山再回来。哪儿上坡哪儿下坡，我都清清楚楚的。"小苏说，"路况很好，我的公路车可以的。"

"车况和人况呢？"我叹着气问他。

"试试看嘛。我要是没赢到，你也别怪我。"

到了戴城乐园门口才发现，我的天，人山人海。无数人推着他们的山地车、公路车、老坦克、公主车，好像还夹杂着黄鱼车，拥在起点站，显然都是想赢一辆"肉得慢"的。在这些人里，我居然还看见了好几个外国人！他们打扮得非常专业，一水儿的山地车，穿着紧身裤，头上还有一个向后凸出的安全帽。跟中国人赛车，你是得注意安全。其中还有一个老黑。我立马怂了，拉小苏的衣袖说："咱别比了，冠军肯定是老黑的。"小苏说："你在说什么啊？你很怕老黑吗？"

不是我怕，而是历史证明了的。当年我在化工学院和杨迟一起打篮球，对方球队里有两个老黑，比我们高半个头，这弹跳力不是盖的，比歪歪的哥哥还厉害，随随便便就能灌篮。我和老杨跟他们打了十五分钟，累得吐血，一个球没投进。最后下结论说："是个黑人就比你强。"这种来自体能上的挫败感，我少年时几乎没有体验到。我打架拿亚军，逃跑拿冠军，一直深感自豪。在黑人面前才会明白，这什么都不是，你只能根据自己的肤色假装是个白人而歧视一下老黑呗。

关于那场篮球，还有一点故事可讲。后来打输了，真玩不过黑人，老杨他们那伙人就急了，打算寻衅。另一个人说："我他妈的早就想治治这帮布鲁克林傻逼了。"我问什么是布鲁克林傻逼，那人说："就是纽约穷人，黑鬼。打死美国人，老子最恨美国人。"我点头懂了。旁边又一个人说："你个傻逼，他们不是老美，非洲黑人啦。"那人狂拍胸脯说："非洲黑人我更不怕了。"老杨阴阴地说："你知道吗，这俩老黑的爸爸，是非洲某国的国防部长，在联合国专门投我们的票的，他们是高干子弟来中国留学。你打了他们，就去外交部自首吧。"那人听了，擦擦汗就走了。

在戴城乐园门口，我拖住小苏，不让他去和黑人做无谓的比试。小苏不信邪，或者他大学时代也输给过黑人，想赢回来？他说："环法自行车赛好像没见过黑人拿冠军的。"

"好像也没有黄种人吧？"我说，"那你就去吧，输给白人黑人都不丢脸，只要别输给黄种人。"

他推着自行车来到登记处，交身份证，又交了十块钱报名费，看了看路线指示图，然后就等着吹哨子了。我站在一边跟"肉得慢"的工作人员谈天，那是俩胖姑娘。

"你们怎么把外国人都招来了？"

姑娘说："不是我们叫的。都是高新区工作的鬼佬，他们喜欢运动，爱热闹，主动参加比赛。"

我说："骑二十公里，摔死了怎么办？"

姑娘们愣了一下，说："哪那么容易就死？"

我说："上次有个外国人在解放路骑助动车，被卡车轧死啦，赔了好多钱。"

姑娘们陷入沉默，知道我是来捣乱的，其中一个壮胆说："不要紧，反正也不是我们俩赔钱。"我向她竖大拇指，这个思路就对了。另一个站起来用喇叭喊："大家注意安全……"始发站的工作人员误判，哨子吹起来，一百多辆自行车浩浩荡荡地出发了。我听见人群里的小苏发出悠长的一声嚎叫，他又狂暴了，白色公路赛车直蹿出去，领先于老黑。小苏真是我此生最好的朋友。

那天我坐在马路牙子上等待着小苏回来。腿上的泥都干了，阳光猛烈地照着地面，这一带没有树荫，我在毒日下像个闲散的农民，无聊地剥取腿上的泥壳。样子太挫了，没有人愿意搭理我，后来我从身边一扇落地玻璃窗里看见自己的模糊影子，既像是猴子给自己捉虱子，也像是低头手淫。难怪都不理我了。这件事让我明白，坐在马路牙子上一定要抬头挺胸，显得清新浪漫。假如因沮丧而低下头去，把脑袋埋在两腿之间，类似什么形象你就自己去猜吧。这份感悟当然没什么大意思，属于很次要的感悟，但我后半辈子倒霉的时候再也没坐在马路牙子上低头看屌,这一点很重要。

有一个白人姑娘坐在了我身边。我先没看到她的脸,而是手臂,真的很赞,一层浓密的金毛,在日光下闪烁。这让我想起宝珠,宝珠的汗毛也浓密,黑色的,像细密的罗勒叶洒在富含奶油的意大利面条上。不知道为什么,我忽然喜欢这种范儿了,我作为一个中国男人本来应该喜欢无毛光洁的女孩,觉得有毛的多少显得不舒服,但从宝珠开始我爱上了毛。

我累了,盯着白人姑娘的手臂出神,她意识到了,转脸对我说:"你好。"原来是个会讲中国话的。我笑笑,表示友好和无害。

这是我此生第一次和外国姑娘说话。我说过,我曾经以为她们只会说 good 和耗。

"你怎么不去参加自行车比赛?"

"啊喏——"姑娘说,"我不太擅长这个,我是来给我男朋友,加油的。"

"男朋友中国人?"

"不,美国人。"

"我最近有点讨厌美国人。"

白人姑娘无所谓地摇摇头,说:"哼,我也不喜欢美国人。"

"我还以为你是美国人。"

"我是澳大利亚人。"

我掰着手指数了数,八国联军,没有澳大利亚的,这就算是国际友人了。澳大利亚姑娘给自己点了根香烟,很细的女式烟,他们国家没有敬烟的习俗,再说我也不爱抽女式烟,会阳痿,就不计较了。我从自己口袋里掏出一根"财神",一块五一包的香烟,抽下去不但不会阳痿,连舌头都会发硬。我们坐在马路牙子上,同时对着空中吐烟。看上去倒蛮像情侣的。美国人不知道会不会生气。

"澳大利亚是个很有趣的国家。有袋鼠，考拉，鸭嘴兽。"我努力回忆着初中地理课的内容，"还有袋狼。"

"你很了解澳大利亚。"姑娘有点高兴。

我心想，这不算什么，我还知道印度尼西亚出产科莫多巨龙呢。我对世界的了解，他妈的，差不多全都来自赵忠祥解说的《动物世界》，要不就是课本上的八国联军。"你们为什么来中国？"我问她。

"来学习，我在戴城大学学语言。我学了三年的中文。我的男朋友，啊喏，他是一个企业主管。"

"这儿的外国人全是企业主管。"我说，"你为什么老是啊喏啊喏的，这是日本人的口音。"

"我在日本学习过，也会日语。"

"我讨厌日本人。"

"啊喏，我明白中国人为什么讨厌日本人。但是我还很喜欢日本的。"

我掐了烟头说："你不明白的，你又不是中国人，也不是美国人，这俩国家都被日本轰炸过。只有被日本人欺负过了才会讨厌日本人。你们澳大利亚是个和平的国家。"

"澳大利亚也被日本轰炸过，达尔文港，还有其他地方。我的祖父的哥哥，参加过战争，是盟军，在东南亚，死了。"她的中文有点不够用了，这种时候应该叫"牺牲"。

"真的吗？"我摸着脑袋有点想不通，好吧，既然都和日本人干过，那我们又是朋友了。"向你的爷爷的哥哥致敬。我的爷爷参加过朝鲜战争，跟美国人打过，全须全眼地回来了。"

"澳大利亚也参加过那场战争，是联合国军。"

"他妈的。"

我算是遇到历史专家了，跟澳大利亚人真是没什么可说的，他们还出产澳毛。经她提醒，我确实想起来，我爷爷是在跟联合国打仗。我倒很佩服老头当年，我已经二十五岁了，不复再有咬全世界的心情。现在的高新技术开发区也够凑成联合国了吧？

我点起第二根烟，姑娘掐了烟，站起来走了。显然，她觉得我没什么可聊的。我继续坐在马路牙子上，独自一人，想到远在地球另一边的厂医姐姐和戴黛，此时此刻，确实感到没什么可以再聊的了，我剥着泥腿等待着小苏给我赢一辆自行车回来，对手是装备精良的鬼佬和一群骑着破自行车的中国人。我应该立即去死才对。

过了很久，在始发站等候的人群忽然发出一声欢呼，原来是车手们回来了。比赛的路线是一路向北，在团结山那儿拿一个牌子，再折返回来。我看到一名白人车手孤零零地出现在道路上，果然是白人，不可能不是白人，他们的自行车太好了。他在触线的一瞬间松开车把，平举双手，表示雄起。澳大利亚姑娘仍然在看着远处，显然这不是她男朋友。

又过了一会儿，第二辆自行车、第三辆自行车，逐一出现。我猛然发现小苏排名第二，这让我非常吃惊。澳大利亚姑娘高喊着男友的名字，Jacky！宛如在演唱会时呼唤张学友。他紧跟在小苏后面。我心想，不错，农药化验员和外企主管的一场角逐。小苏弓着背，像抽搐一样地踩着脚踏板，那辆白色的公路赛车都快散架了。而我们的Jacky，也显得很痛苦，他努力想要超过小苏。其实他们不必争，因为前三名都能奖到一辆自行车。后来小苏说，当时要是不争，他就直接瘫倒了，必须争。

小苏赢了白人。他到站后是从车上滑下来的，坐在地上喘息不止。澳大利亚女孩冲上去亲吻了Jacky，为了表示我的open立场，我也毫不犹豫地亲吻了小苏，发出一阵狂笑，反正他已经结婚了。Jacky伸出手，向小苏表示祝贺，非常友好。

"你真的把老黑赢了!"我说。

"我早就把老黑赢了,他的自行车在路上扎了个钉子,现在大概正推着车子往回走呢。"小苏说。

我们一起去领奖,小苏赢得了一辆十八速的"肉得慢"山地车,红色的,燕把的,带水壶架的。

"你是怎么赢下来的,简直不可思议啊。"我说。

"偷偷告诉你,我作弊了。"小苏说,"从孤儿院那条小路穿进去是捷径,可以绕过团结山,少了一大截上坡路。这条路,只有我们知道。"

"你真牛逼,你以前考试也作弊吗?"

"实话说,从来没有过,这是生平第一次。"

"不管用什么办法赢了鬼佬就是赢了,不算作弊。"

我搂着小苏,跑进炸鸡店去喝饮料。小苏热昏了,冰凉的可乐喝下去,忽然双腿一软,幸福地倒在了我的怀里。

"我作弊赢了美国人,他大爷的。"

第二天小苏就走了。下个世纪,我们还会再见。

32

那一年夏天,杨迟又来到划水县。

从一九九六年的冬天直至此时,杨迟算过,在划水县一共待了二十二天,前后五趟。除了路小路陪他那次要到了五万块现金,其余均空手而还。然而这一次,即使是召唤神兽路小路也休想帮得了他。

那时候他已经是个经验丰富的贩农药的,最起码,他见识过喝农药死掉的妇女。戴城的龙阳牌农药饮之必死,从无活口,他还知道死去的人会因为剧烈的肌肉抽搐而变得面目凶狞,看过一眼,你就永远会做噩梦。他背着自己的黑色帆布包,游走于中国。县城都是差不多的,县城和县城之间是各种火车、中巴车和拖拉机,各个县城都讲他们的土话,大部分听不懂,因此也没有太大的差别。倘若走出划水县的那座古城门,再往乡下去,他就什么都不知道了。广袤的农村固然可爱,但年轻的农药销售员只想待在客栈喘口气,有如一个落第的诗人。

去划水县的那天,雨水时有时无,有些田野已变成巨大的水塘,有些似乎还能保住。所经过的江河,滔滔浊流像冤魂般呐喊着奔向远方。到划水县境内,有人搭车,司机停车放人上来。听说西边的大河已经有险情了,邻县泄洪,疏散了无数群众。

"不会有事的,这一带江面很宽,洪峰过得去。"在长途汽车上,司机这么说。

有个老头告诉杨迟:"没那么容易,我是党员,每年这个季节,小干部都要上堤坝的。"

"护堤啊。"杨迟说,"小干部还得干这个?"

"小干部不去,难道让大领导去?"老头说,"昼夜守在堤上,看有没有管涌、漏水。有时候忽然塌了,卷走一个。"

"要是不去呢?"

"处分,也别想升官了。"老头说,"有险情,党员上,是我们这儿的规矩。凡是能混出点样子的,都在堤坝上滚过。说起来,老子都是脑袋别在裤腰带上过来的,群众懂什么?出了事就知道逃。"

有个群众插嘴说:"你别这么说,我也是划水县的,这么多年堤上死了没几个干部,还都评了烈士,家里都安顿好了。群众各种各样的死法,你不知道。群众的脑袋,也在你的裤腰带上。捶你娘。"

这两个人争了起来。杨迟觉得吵，坐到汽车最后一排，推开车窗，让风灌进来，雨水一起扑入。他对着车窗想了很多事，都没什么名堂。黄昏时到达县城，觉得比以前萧条，人都不怎么看得到了。

他住到旅馆，朱康已经在等他。朱康快乐地说："马上就要发大水啦。"

杨迟不想理他，只说："发大水没什么好高兴的。"

两个人去那家公司讨债，沿着小路走过去，到公司门口发现就寡妇会计一个人在。杨迟说："我们又来了。"

寡妇会计说："老板不在，就算在，也没钱给你们了。今年农药做亏了，庄稼都没了。"

朱康虚张声势说："要是给不出钱，杨迟还得睡在你们公司的地上。"

寡妇会计一点没觉得朱康幽默，冷笑说："睡吧，但是这次只能睡在门口了，因为明天我也得走了。这儿就要发大水了。"然后冲着杨迟说："我劝你也早点走吧。"

寡妇会计一直都蛮客气的，有时还装可怜，这次变得严厉了。杨迟和朱康没办法，回到旅馆。朱康说："别信她的，就算发大水也最多淹掉几个乡，县城离江堤还远着呢。明天你造个汽油弹去吓唬吓唬她。"杨迟没理他，觉得有点困，吃了点东西，卷了被子蒙头就睡。

这一晚杨迟梦见了很多人，戴黛啊、绍兴师姐啊、包部长和朱康啊，在梦里各自对他说话，搞得他很累。醒过来一看，才夜里十点，同一屋子里的朱康不知道去哪儿了。外面的动静很大，似乎是大卡车从街上开过。杨迟洗了把脸，只觉得心神不宁，走出去看了看，昏暗的街道被一辆辆卡车的远光灯照得雪亮，空中的雨水像是在厮打搏斗，气氛紧张起来。一些黑色的人影奔跑着出现在亮处，旋即进入黑暗中，汽车喇叭和人们搬运重物时喊着号子的调门交织在一起。

"像打仗啊。"杨迟回到旅馆，忧心忡忡地对账台服务员说。

"年年都这样，几天就没事了。"服务员打了个呵欠，头发被电风扇吹得一团糟。

杨迟回到房间，等了一会儿，朱康还是没回来。杨迟心想，朱康这个王八蛋，这种天气跑出去干什么，他找死吗？他确实是个经常主动找死的人。

在杨迟的销售员生涯中，有一次经历是难以忘记的。

那一次，他们六个人坐着厂里的面包车去外省做一笔大生意，车子在路上出了点问题，耽误了几个小时，在到达那座县城之前，天就黑了下来。车在公路上走，周围皆是树木与杂草，杨迟坐在副驾位置昏昏欲睡，偶尔有一只黑色的小动物在车灯照亮的地方横穿道路，让他稍微醒神。在一个拐弯的地方，司机忽然踩刹车，一车人全都蹦了起来。杨迟觉得自己被一种柔软而确定的力量推向挡风玻璃，整个脸都贴在了上面。等到大家都落回座位，司机用颤抖的声音说："前面有一根木头。"

那根本就是一根树干，它无声地横在道路中央，在黑夜里，汽车要是磕上就直接飞出去了。这种树干不会平白无故地出现在路上，它通常意味着，附近有劫匪。身后的同事大声说："把车窗摇上去，快。"

车子就停在黑暗的公路上，摇紧车窗，打开所有的灯。外面一片寂静，看样子不会有其他车子经过了。车上的人商量了一下，到底是下去抬走这根树干呢，还是待在车里等天亮。那个年代，他们都没有移动电话，没法报警。有一个销售员坚决地说："不能下车，谁下车谁就死！"另一个人说："调头，回去。"

那会儿就是朱康这个傻逼，满不在乎地说："还有半个小时就到县城了，调头回去得开一夜。再说了，调头回去你怎么知道没有一根木桩堵在后面呢？"其他人说："那就在车里等着吧。"朱康说："我们连司机一共有七个男人，不用怕。两三个歹徒干不过我们。"

杨迟说："万一外面很多人呢？"

"你觉得外面有很多人吗？"朱康指了指寂静无声的公路，拉开车门跳了下去，抬了抬树干，"我一个人都能搬动，你们不用下来了。"

杨迟听见身后一个销售员用惋惜而绝望的口气说："这个老傻逼。"忽然之间，朱康被按倒在地上，密密麻麻的人影从路基下面钻出来，包围了面包车。杨迟看见挡风玻璃前面有一个女人，她是那种贫苦农村妇女的形象，头发蓬乱，脖子上胡乱裹着一块粗糙的红围巾，手里抱着一个三四岁的孩子。女人把孩子举了起来，仿佛那是一张年画，要贴在车窗上。孩子头大如斗，翻着白眼并且歪着嘴，向杨迟伸出可怖的舌头以表敬意。这是一个智障，脑瘫儿，在当年医学院的黑暗走廊里，路小娟曾经带着他瞻仰过的瓶子里的人类。杨迟悚然站起来，脑袋差点撞在车顶上。女人知道他害怕了，露出愁苦的、谄媚的、威胁的一笑。整个村庄的人，男女老幼，壮的不壮，傻的不傻，悉数出现在公路上。

那一次，他们被拿光了口袋里所有的钱，好在大家都是懂事的人，带的现钞不算多，更没有金银细软，损失控制在可以接受的范围内。事后也没有人能说清，这是乞讨还是抢劫。汽车继续开，他们全都沉默着，听到朱康牙齿打磕的声音。终于有人忍不住开口："朱康，现在知道厉害了吧？以后学聪明点。"朱康颤抖着点头。但杨迟觉得，在路上看到的那张智障脸已经安在了朱康的头上。朱康

279

就是个脑瘫加霉星,愁苦而诌媚,自以为幽默,随时会害死人的那种浑蛋。

第二天一大清早,有人打电话到旅馆找杨迟。杨迟懵懵懂懂地跑到账台接电话,那边是个女人的声音,说:"你的同事在我们手里,他欠了我们一点钱,拿钱来换人。"

杨迟一点没觉得意外,醒了醒神说:"你让我听朱康的声音。"那边立刻传来朱康嘶哑的嗓音:"小杨,千万不要报警。你一报警我就死定了,也不要告诉厂里。他们要的不多,五万就够了。"

杨迟说:"你以为自己值几个五万?我没带什么钱,只能回厂里去要钱。"朱康急喊:"不行,你往厂里打个来回我已经死了。还有,厂里不会给我出这个钱的,厂里肯定报警。你去欠债的公司要回五万,先给我垫上,我回戴城就填回去。"杨迟幸灾乐祸地说:"从来没听说过这种绑票的,他们为什么不要一千万赎金?反正你都拿不出来。"朱康说:"事情很复杂——啊!"显然是挨打了,接着电话就挂了。

杨迟拿不出五万块,他只带了一千块钱,银行卡里还有一万多块钱,这就是他的全部家当了。根据朱康的建议,他只能去寡妇会计那儿碰碰运气,挂了电话走过去一看,公司大门紧闭,果然是全都走了。杨迟站在路上想了想,就去银行提了一万块钱整数,出门时怕被人劫,抱着包狂奔到了旅馆。

中午电话又来了。杨迟说,五万块没要到,只有一万。划水县这种地方,自然也出产不了专业的绑架犯,双方都是跟警匪片里学的。有一部梅尔·吉普森主演的《赎金风暴》,看过好多遍,知道较量的是心理。杨迟说:"这一万还是我私人的存款,再想要,我就得找厂里,厂里就报警了。明白吗?"电话那边犹豫了一下,很固执地说:"朱康欠我们五万。"

杨迟说:"你还是不明白。如果你是债主,不管赌债、嫖资还是你按着他脑袋写的欠条,都应该他老婆过来把钱还给你。如果你是绑票,现在就要赎金的,可以,没问题,但我这儿就一万。"

女人说:"那你把一万块带过来,五点钟,县城电影院后面。"杨迟说:"你也得把人带过来。"同时追悔莫及,心想我操,早知道就说五千了。

杨迟回到房间里,把钱数了一遍,确实无误。半躺在床上抽了根烟,心想为朱康这个矬人冒险,真是太不值得了,但是似乎也没有更好的办法,钱不送过去,朱康就死了。后来又想,他妈的,绑农药销售员真不是个好主意,本地那么多土老板,都是肉狗,下回得教教这些绑匪,农药销售员是没有钱的。绑匪居然还有女的,真是不可思议。

杨迟哪里能猜到,朱康是送上门去做肉狗的。朱康前一晚在县城一家破破烂烂的夜总会玩,那个地方他去过好几次,自认为熟了,不会有事。两个女人坐在朱康的大腿上,扭动了一会儿,朱康给了她们一人十块钱。这就是大款的手面了。玩了一圈,也没嫖,外面大雨如注,而且很闹。朱康觉得这一晚不太平,喝了杯可乐,起身结账离开,到楼下忽然觉得头晕,被两个人架住了,走了一段路,拖进一间屋子,紧跟着他就睡着了。醒来发现自己手脚被捆住、嘴巴堵上了,在一间情调温馨的房子里,单人床,化妆台,墙上贴着温碧霞和刘德华的海报,茶几上有一门电话机,估计是哪个夜总会女郎的卧室,但是电话机旁边还搁着一把镰刀。当他嘴里的布头被拔掉之后,所说的第一句话就是:我同事手里有钱,你们别杀我。

这些事情杨迟当时都还不知道,他只是想,农药销售员这份高尚的职业，看来是干不下去了，他不想再和朱康或者包部长这种浑蛋共事。走到账台，拨了个长途电话，绍兴师姐的手机处于无法接通状态，电话里沙沙的声音仿佛也在下大雨。杨迟有点失望，又回到房间里，看着桌上的一万块现金发呆。

杨迟明白，这一去搞不好自己也会死，县城的匪徒他见识过很多，有些是怂逼，基本上不用担心，有些你根本不知道他杀过多少人。在见到朱康之前，杨迟决定写一份情况说明书，于是找了纸笔，写清这一天发生的事，免得到时候说不清。想到自己还有不少存款，到底是捐给孤儿院呢还是捐给路小路呢。戴黛和小苏都要去寻找新生活了，不需要他的遗产。忽然又想到，这一去，一万块是休想带回来了，存款也没了。朱康这个混账真是坑人不浅。于是恶狠狠地写上：我的一万块钱，就算死了，朱康的家属也他妈的必须还给我爸爸。

写完这些，装了个信封，连同行李一起寄存到账台，对账台服务员说：我要是今天晚上还没回来，你就把信交给警察，此事万万拜托。服务员深情地看着他，郑重其事答应下来，到晚上就忘记了这件事。

杨迟躺在床上，作为一个理科生，不得不设想了多种可能性。最惨的是他和朱康被一起干掉，最佳的是他和朱康一起回来。但他不是很懂心理学，不知道怎么才能镇住绑匪，也不知道这伙绑匪是不是讲道义。（路小路说过，指望绑匪讲信义，不如指望妓女守贞操。）思前想后，唯一的办法就是让绑匪觉得，他再也拿不出半毛钱了。另外，他还得防着朱康被人提前干掉，这傻逼经常干些没名堂的事，比如看见了绑匪的脸，在警匪片里，这样的人必死无疑。杨迟想，朱康真要是死了，那也是他的命，但他杨迟不能为一具尸体付出一万块的代价，尸体是不会还债的。

有一度他觉得朱康真是讨厌极了，为什么要为这个人去冒险，他也说不清楚。如果被绑的人是路小路，他自然责无旁贷，但路小路这个浑蛋谁会绑他呢，他再这么混下去自己都可以去做绑匪了。后来他想，做事情要对得起良心，连包部长这种烊神，他都冒着触电的危险捞了上来，还有什么可抱怨的。想到朱康被绑走，似乎还是落在女绑匪手里，又笑了一会儿。这时电话又来了。

"你怎么还没出来？"还是那个女人。

"五点啊。"杨迟看看钟，四点半。那边"噢"了一声。杨迟又说："我要听朱康的声音。"女人说："我现在用的是公用电话。朱康让你早点过来。"杨迟说："我操他妈的朱康。"挂了电话回到房间，又把钱点了一遍，装进信封，信封再装进一个塑料袋，这样最不显眼。他把鞋带绑紧，又将桌上的水果刀揣进裤兜，忽然觉得内急，去了趟厕所，然后拎着塑料袋走出了旅馆。

划水县城的电影院，时至九十年代末，已经彻底废弃了。这是一栋红砖砌成的房子，曾经最为常见的老苏联建筑，远看像个车间，近看又有点像英式别墅。细雨落在地上，这一带的排水系统似乎已经失效，水都积在街道两边，黑色的油污和煤渣泛起。四周无人，电影院门口的走廊下堆满了稻草。

杨迟在那儿站着，有点糊涂。交钱的地点到底是"电影院后面"还是"电影院里面的后方"，没问清楚。这时走过来一个女的，对着杨迟低声说："找不到了？跟我来吧。"杨迟心想，日他大姐的，这是无知还是嚣张呢？面罩都不戴一个。

跟着女人走过电影院旁边一扇大铁门，头上是巨大的石棉瓦天棚，停着一辆农用三轮摩托，再拐过一个弯，路就变窄了，一侧是围墙，一侧是电影院的后门。杨迟怕了，说："我不走了。"女的低声说："到了。"这时杨迟看见了朱康，他被装在一个破麻袋里，脑袋露出来，袋口在他的脖子部位扎紧，嘴巴里堵着一块布，整个人都湿淋淋的，看来在雨中等了很久。杨迟忍不住乐了，朱康，你也有今天。然后，有一个老农民从墙根底下走了过来，将一把镰刀架在了朱康脖子上。

女人说："钱。"

杨迟说："你先把他嘴里的布掏出来，我有话要问他。"

女人犹豫了一下，把朱康嘴巴里的布头拔了出来。朱康发出一声低吟，哭了。杨迟说："你先别哭。一万块我带来了，但这是我的私人存款，你回去得还给我。你要是不还，我现在就走。"朱康说："我还你，我还你，连本带利还你。"杨迟说："他们没打你吧？"朱康说："没怎么打，对我挺好的。"杨迟看了看女人和老农民，这两位显得非常不安，已经很不耐烦了。杨迟从塑料袋里掏出钱，交到女人手里，说："一万。"

女人抖抖索索把这扎钱塞进口袋，忘记了点数。老农民很不满地说："便宜了，说好五万的。"杨迟说："真没有这么多钱了，你们也冒险，拿了钱赶紧走吧。"老农民说："不行，最起码两万。我们确实很冒险。"杨迟说："你也不带这么变卦的，说好一万我才肯来的。我真没钱了，下次吧。这次你们放过他得了。"这时朱康说了一句话："我可以去银行提钱给你们啊。"老农民眼睛一亮。杨迟心想，我操。还没来得及想完，脖子上一紧，被人用绳子套住了，拽得脚后跟离地。原来不止这两个绑匪。

朱康说："我去银行提钱，我有卡，但是卡在我的旅馆里。"这时杨迟已经被绑了起来，布头塞到嘴里，倒在朱康身边。用绳子套他的，是一个黑壮青年，三个绑匪走到一块儿商量了一下，对朱康说："你银行卡里有多少钱？"朱康说："也就一万。"黑壮青年说："要是报警，我们就杀了他。"朱康说："我肯定不会报警，我拿了钱就回来。"黑壮青年凶恶地说："我跟你一起去！"朱康说："好，好。"

倘若杨迟嘴巴没被堵上，一定会说，这种绑票是很不专业的，在不专业的范围内来说，它还显得不严肃，最起码，五点钟以后银行已经关门了，但是善良的人们常常会忘记这件事。他还会告诉绑匪，朱康是个人渣，他讲话从来不算数，而且会坏了事情，这个浑蛋连做人质的资格都没有。

这伙人给朱康松了绑，黑壮青年押着，两个人冒雨走了。临走前朱康还回过头，深情地说了一句："杨迟，我会回来赎你的。"杨迟心想，去你妈的。女人把杨迟扶起来，下半身坐在地上，上半身靠在墙上。杨迟一个劲地摇头。老农民说："他不太老实，把他运到车上去吧。"两个人搬头搬脚，把杨迟抬到天棚下面，挪上农用摩托车后面，再用一块油毡布盖住了。杨迟不再挣扎，生恐撞在镰刀上，只觉得头脸一黑，什么都看不见了。

过了一会儿，那黑壮青年狂奔回来。"他跑了！"

女人说："你真没用，怎么让他跑了？"

黑壮青年沮丧地说："还没到银行他就跑了。我追了他一会儿，他大喊救命，再追下去，我就该跟着他一起进公安局了。"

老农民说："他去找警察了，我们也快跑吧。"

杨迟听到农用摩托车发动的声音，一阵抖动，颠簸着往什么地方去了。他猜到朱康会跑，一点没意外，但愿朱康能去报警，这会儿确实需要警察出动了。

那一天朱康发足狂奔，跑向派出所门口，后来一想，报警大概会要了杨迟的命，杨迟虽然浑蛋，但毕竟掏出自己的钱救了他，他朱康不能不仗义。于是跑回旅馆，从旅行袋里掏出票夹，取出银行卡，忽然又明白过来，他这一跑，三个绑匪肯定也走了，这笔钱可以暂时不动。再说，银行已经打烊，就算开着，他的卡里也取不出一万块。两头没主张，朱康在旅馆里思索了一会儿，睡着了。直到第二天中午醒来，绑匪也没有电话过来。本来应该去电影院后面看看情况，但朱康实在吓坏了，提不起这个胆子。杨迟口齿伶俐，或者也有可能在绑匪的镰刀下唠叨出一条生路，金牌销售员理应具备自救能力，再等他几天吧。又等了一天，杨迟没回来，绑匪也没消息，到处都是救灾的人，听说乡里发大水了。朱康打电话到厂里，发现厂里不知道绑票的事，甚感欣慰。但他也不打算把这事跟厂里说清，因为不免要提到自己去夜总会那一节，根据厂里的纪律，销售员在不招待客户的情况下逛色情场所，导致事故发生，是要撤职的。

朱康想明白了这一切，生恐再有人找他麻烦，就离开旅馆，买了一张车票，一溜烟逃回戴城。到了农药厂，撒了个小谎：杨迟不知道去哪里了，这个小子，一贯自负，无组织无纪律的。世界一片混乱，人们想不到他能人渣到这个地步。朱康喘了口气，又过了几天，杨迟仍然没消息，绑匪的电话也没打到厂里，事态平静。朱康心想，八成是扔到江里了。摇摇头让自己忘记这桩倒霉事，也忘记欠杨迟的一万块，到销售部请缨往新疆出差，远赴天山脚下避暑去了。

33

那天杨迟躺在农用摩托车后面，闻着油毡布上散发的霉味，车子要去什么地方，他完全不知道。感觉自己有点晕车，想吐。这时他才害怕了，因为嘴巴被堵住，呕吐物反流到气管里，他就会呛死。

农用摩托车停在一个地方，油毡布揭开时，天已经黑了。杨迟看了看,发现已经出了县城,到达了他真正赖以谋生的地方:农村。三个绑匪把他抬进一间屋子,看样子是农舍,里面堆了很多稻草。黑壮青年打着手电筒把杨迟又捆了一遍,手脚扎在一起,警告说:"不准乱动,这儿没人,乱动也救不了你。"顺手把杨迟裤兜里的票夹和水果刀一起拿走了。

女人说:"怎么办?"老农民说:"扔江里算了。"黑壮青年说:"谁去扔?我不想犯人命。"女人说:"我也不想。"老农民说:"我们已经暴露了,总要想个办法处理掉他。早知道就把他扔在电影院了。捶他娘的。"说着说着,这三个人没声音了,听见外面农用摩托车发动的轰轰声,杨迟心想,日他大姐,就把我扔这儿了?夜里来条野狗怎么办?

那几个小时非常难熬,外面下雨,农舍里黑咕隆咚,什么都看不见,稻草的腐臭气味浓烈。杨迟挪动身体,像蛇一样蜿蜒了几下,脑袋撞在了墙上,又蜿蜒几下,感觉嘴巴碰到一个冰凉的东西,用脸左右蹭了蹭,估计是个铁耙子,这就不敢动了。他想了一些办法,比如用铁耙子磨断手上的绳子,找个钉子把嘴里的布头钩出来,都没法付诸实施,仅仅是依靠理科生的思维方式,想了想脱险方案。最后他唯一能做的是蜿蜒到一个相对干燥的角落,感到腿上起了几个蚊子包,摸索着把身体插进稻草堆里。他想,有很多销售员都死在路上,捅死的、淹死的、子弹击毙的,这都听闻过,但他杨迟不能成为一个被蚊子咬死的销售员,这会变成业界大笑话。

天蒙蒙亮时,听到一阵脚步声,女人来了。她把杨迟从稻草堆里扒拉了出来,拔掉了嘴里的布,杨迟长喘一声,说:"朱康,我操你大爷。"

女人说:"我们打电话到旅馆里。"

"他溜了吗?还是报警了?"

"电话全断了,发大水了。"女人说。

女人带了点稀饭过来,装在一个搪瓷杯子里。杨迟又渴又饿,由她喂着,全都吃了下去。吃完了,两个人坐在农舍里呆看着对方。

杨迟说:"你打算什么时候把我扔江里去?"

女人翻了个白眼说:"你那么重,我怎么扔得动你?"杨迟趁着晨曦看了看她的脸,发现她还很年轻,长得也不难看,她穿的衬衫被雨淋湿了,贴在身上。杨迟闭了闭眼睛,让自己不要想那么多,问道:"另外两个人呢?"

"我爸爸拿着钱溜了,我哥哥带着我妈妈上山了。"

"原来是你爸和你哥。"杨迟心想,真不错,你们一家都做绑匪最安全了,不会互相告发,当然也很容易被抓。又问:"你们干了多少票?"

女人摇头说:"我们第一次,以后也不想再干了。我爸爸是个赌棍,欠了很多钱,我们没办法了。"

人们总是用"没办法了"来解释自己的愚蠢。"为什么要绑朱康呢?朱康是个穷鬼,他老婆都跟他离婚了,他儿子都不愿意喊他爸爸。"杨迟说。

"我们不知道。他经常去我姐妹的一个夜总会,看起来还蛮有钱的。一开始,我们只想从朱康的口袋里摸点钱,后来没摸到多少,我爸爸说朱康的钱可能在旅馆里。再后来朱康醒了,让我们找你要钱。"

"于是就改成绑票了。"

"我们没有绑票。"

杨迟想了想说:"对,你们敲诈了朱康,同时限制了我的人身自由。这两件事要是分开讲的话,你们没有绑票。"

女人听不懂他在说什么,至少在她看来,他们的犯罪行为没有那么严重。绑票要被枪毙，这谁都懂。雨毫无征兆地下大了。越过女人的肩膀，杨迟看到农舍外面，水已经将所有的田埂淹没，变成平齐的一片黄色水面，跳动着千万个涟漪。一条铺着碎石的土路尚在，从农舍直通到一片树林后面，再往远处就看不清了。水已经逐渐漫上土路，像一块松软的巧克力正在融化。世界是铁青色的，从他离开戴城，直至到达划水县，世界就是这个颜色。

杨迟说："发大水了怎么办？"

女人说："跑呗，政府组织大家上山，如果水很厉害，武警就会开着冲锋艇来救人。这里经常发大水。"

"干部要护堤吗？"

"要，每年夏天，堤坝上都是人。群众也要组织了去。不过没什么用，该溃堤还是溃堤。很多人都不想种田了，情愿出去打工。"女人愣了一会儿，说，"我在县城的歌厅里上班，没多久。秋天可能去广东，那儿钱多。"说完有点忐忑地看看杨迟。杨迟不知道她什么意思，后来想，也许是感到不好意思？其实毫无必要，他走过的县城都有歌厅，被冠以夜总会之名的低级娱乐场所，有时客户会带着农药销售员去那里，散散心，找点乐子。但客户也不建议农药销售员在县城里找姑娘，认为货色太差。杨迟又想，也许她的忐忑仅仅是对于自己"货色"的不自信，谁知道呢。

女人忽然站了起来，居高临下看着杨迟，他吓了一跳，以为她要动手。女人虽然空手，但农舍里有耙子，足以让他死于非命，并且在法医看来是被猪八戒打死的。女人的左手伸进裤兜，杨迟想，她会掏出什么，刀片还是别的。她真的掏出了一把水果刀，就是杨迟带来的那把，交到自己右手。杨迟大喊："不要！"女人笑了笑说："你怕了？"左手继续掏。

杨迟说："你听我说，你要杀我是不对的。你绑我到这里，不算什么大事,我回去报警的话,警察都根本懒得理我。你杀了我事情就大了。这把刀子也不是很锋利,你杀我要杀很久,而且会弄得身上全是血……"女人说:"你怎么这么啰唆?哦,你是卖农药的。"说着,左手从裤兜里掏出了杨迟的票夹。

"这是你的。身份证在里面,钱被我爸爸拿走了。"

"拿走吧。"

女人展开票夹看了看,在透明的塑料隔层位置,有一张照片。年轻的农药销售员抱着一个四五岁的女孩,得意洋洋,如沐春风。"这是你的女儿?"杨迟没力气再解释更多,点头承应,另一方面也想,要是有个女儿,不知道会不会引发她的恻隐之心,饶自己一条命。

女人犹豫了一会儿,说:"本来就把你扔在这里了,但是我看到钱包里的照片,你有个女儿,你要是死了——"

"那她就变成孤儿了,我没老婆。"杨迟说,"求你救救我吧。"

"你真可怜。"女人说,"你们这种卖农药的,其实没有几个好人,都是骗子、色狼。我知道的。"

杨迟无力地解释:"我是国营企业的,我还好。至少我从来不卖假农药。"

她站了起来,把票夹扔在杨迟眼前,又把水果刀展开了,扔在票夹旁边。她并不打算替杨迟松绑,而是说:"我要去找我哥哥了,你不许报警,也不要跟着我走。刀在地上,你想办法割断绳子。等你出去了,就一直往西走,那儿地势高,你可以一直走到县城。回去找你的女儿吧,以后别再来划水县了。"

"帮我松绑得了。"

"我怕你追上来杀了我。"

女人说完,用双臂裹住自己,踏着即将被水淹没的土路走向树林方向。她消失之后,水漫过了土路,远处的树林像是纪录片里经常看到的红树林,根部全在水位线以下,热带雨林的风貌。乌云压顶,听到远处隆隆的声音,像从天上来的,又像是水底发出的。忽然之间,又只剩下杨迟一个人了,水越来越大,他所在的世界正在缩小。杨迟心想,我是得回去找我的女儿,再晚几天,她就该去美国了。而他此刻到底在地球的哪个位置,哪个经度纬度,哪一片陆地哪一座岛屿,没有人能说清。这是个不存在的地方。

杨迟花了几个小时才弄开绳子,水果刀太小,他被反绑着没法捏起刀子,也吃不上力。有一阵子他几乎失去了耐心,觉得全世界都欠了他的,只想一头撞死。后来他站了起来,反手拿着刀子,蹦到农舍大门前,将刀刃插进门缝,它卡在那里。他用尾骨顶住刀把,在刀刃上反复磨着手腕上的绳子,有几次,刀刃割开了皮肉,他没停下。水已经漫上农舍。他放开刀子,蹦到票夹前面,用嘴巴叼起来放在稻草垛上。水位上升的速度似乎很快,雨水很大也不至于如此,似乎是什么地方在放水。杨迟记得小苏说过,溃堤很可怕,要爬上屋顶或是树上,把自己绑紧在大木头上。杨迟再回到大门口磨绳子,忽然手上一松,血液从肩膀灌入胳膊,指尖滚烫发麻。紧跟着,他用水果刀割断脚上的绳子,原地跳了几下,让自己活动开了。土路已经消失了,浊水浩荡,水面上的漂浮物逐渐增多,缓慢地向着东边流去。杨迟知道自己走不了了,找到一把木梯子,架了起来,把票夹和水果刀揣进口袋,爬上农舍的屋顶。

在坡形屋顶上,他感觉瓦片在振动。农舍是砖木结构,看起来不会马上就倒。他收了梯子,骑坐在屋脊上,脱下衬衫拧干了绑住右腕的伤口。雨水落在身上,一阵大风扫过水面。杨迟觉得非常刺激,没错,爽毙了。他很小心地站起来,在屋脊上竖直身体,展开双臂保持平衡,大喊了一声:"朱康,老包,操你大爷,想弄死老子。老子是弄不死的——"光着膀子又狂叫了几声,发泄完毕,四下里眺望,只见树林在南边,北边有一个被淹没的村庄,能看到不少二层楼的房子,说明当地农民还算有钱。他去过的最穷的地方,农民用土坯造房子,遇到水就化了。

杨迟见过洪水退去之后的小镇,到处都是淤泥,淹死的动物和沉淀的垃圾。家家户户都敞开着前后门,让水从屋子对穿过去,这样房子不至于被冲垮。门板卸下来,用粗绳子平吊上房梁,猪就在门板上待着。人们陆续从山上下来,神色平静地收拾自己的家。人们似乎不在乎洪水,每年这个季节,总有一些地方被淹没。人们喜欢聚在河边,观赏激流中的树木和死猪死牛,胆子大的人,用挠钩打捞水中的浮木,是一笔小财。人们甚至乐于看到桥被冲塌,人被冲走,直到洪水冲到家里之前才乐呵呵地扶老携幼撤离。洪水像一场戏,开场散场,千百年来都是如此。当他站在农舍的屋顶上看到茫茫大水,有一瞬间感到那不是灾害,而是时间流淌,里面装满了无数人的面目。

杨迟躺在屋脊上,怀疑自己是不是昏头了,他居然从单调的水面上看出了历史。睁开眼看看天,天空铁灰,也漂浮着很多面目,总算都是他认识的人。以包部长为首的烃逼集团,以戴黛为首的爱人集团。他顿感悠闲,虽然没有逃出生天,至少也闪过一劫了。这是最乏味的时刻,等死等活,要是有台游戏机就好了。不由得唱起了越剧,绍兴师姐教他的,主要用以描绘糜烂无聊的大学生活。很久没唱,他仍记得词儿:

　　吃罢早饭吃中饭
　　吃罢中饭吃夜饭

吃罢夜饭困觉哉

困觉起来吃早饭

一时间得意洋洋，然后肚子真的饿了。那会儿他根本没想到，自己会在屋顶上饿上两天两夜。

晚上他仍睡在屋顶上，雨还在下。当然没有做梦，西谚所谓"游击队员是不会做梦的"，睡得太浅，脑子里全是大水，实际上也全是大水，但在黑夜里他看不到任何东西。次日天亮，他竖起身体，倒吸一口冷气，水淹过农舍的大门，坐在屋檐上已经可以洗脚了。远处的树林只剩下一半，远看还以为是灌木丛。另一侧的村庄，建筑也变得稀落了，它们大部分沉入水中。这时的洪水似乎流动得比较慢了，但起了很大的浪，风从东南方劈来，雨倒是停了。水面上什么东西都有，家具、篱笆、稻草，静止着不动。过了一会儿，他看见一头死猪撑开四肢，像个充气玩具一样漂在水面。这是当天早上见到的所有内容。

他觉得屋顶像一艘筏子，要带着他漂流去什么地方。屋顶当然是静止的，但它漂过了一些很特异的时空。大学时代，他经常和绍兴师姐爬上宿舍楼顶，在夏夜看星，看一整夜，有时还趁没人做个爱什么的，然后一起搂着肩膀等待天亮，觉得心地清明，有如神在安慰自己。到了这个份上，他想，神真是不顾一切，要用这种方式令无数人心地清明，灾民、士兵、大堤上的小干部，还有他这个误入水灾深处的农药贩子。然后他又想，也不一定，有些人不会心地清明，比如包部长和朱康，让他们再死一次，他们也还是原来的样子，改不好了。想到这里，他又觉得自己也没有心地清明，辜负了自然界的一番美意。

这一天下午，水势似乎退下去了一点，云开始变得多姿多彩，有了曲线，有了明暗，日光从云的缝隙里涌出来，像一个烟头烫开了白纸，水面上能看到粼粼波光，也不那么浑浊了。杨迟从来没有这么仔细地欣赏过云，如不是因为饥渴，他颇愿意在屋顶上多待一阵子。暮色降临的时候，晚霞没来得及出现，万物复又沉入凝固的黑暗中，他觉得十分惋惜，也生出一丝恐惧，明天的太阳不知道是不是还能看到，在这个黑色的筏子上，他会不会疯掉。

又过了一天。早上他是被一群鸭子的叫声吵醒的，有人对他喊："喂，你还活着吗？"杨迟睁眼坐起来，只见一个姑娘坐在浴盆里，手里拿着根晾衣竿充当篙子，在不远处的水面上观望他，一群鸭子围着浴盆打转。杨迟有气无力地问："你是哪儿来的呀？"姑娘一指村庄。杨迟说："村里还有人啊？"姑娘说："还有七八个老人孩子，都困在二楼啦。"

杨迟说："你过来干什么？"姑娘说："我们有望远镜，看见你在屋顶了，我奶奶说，你在那上面再待下去就死了，让我送点吃的给你。"杨迟说："太谢谢了，冒险啊，别掉水里。"姑娘说："不要紧啊，我会游泳，水已经退下去了。估计今天武警的冲锋艇就来了，我们这儿地势低，一发大水就被淹，武警搜人肯定能搜到这里。"杨迟说："别解释啦，赶紧给我点吃的吧！"

姑娘划着浴盆靠近屋顶，给了杨迟一个水壶，又给了他一包饼干。杨迟两下就全都吞下了，对姑娘说："你们自己有吃的吗？"姑娘说："还有的。你够吗？"杨迟说："我想点火，烤个鸭子吃。"姑娘说："嘿，你真是太坏了。给你吃个咸鸭蛋吧。"说着从口袋里摸出个咸鸭蛋，递给杨迟。杨迟说："你真是好人。我是个卖农药的，你以后要农药我可以送很多给你。"姑娘说："我不要农药，我家里养鸭的，最讨厌农药。"杨迟吞下鸭蛋说："对，农药最讨厌，我他娘的也不想卖农药了。"

姑娘划着浴盆走了。杨迟心想，这姑娘真可爱，简直不是可爱能形容的，而是圣洁，有如天启的神。但这个神居然是养鸭的，还坐在浴盆里，什么意思？后来又想，自己似乎是答应了神，不再卖农药，这事儿就这么定了。要是能活着出去，此生此世，不再沾农药的边。

那天下午，杨迟听见冲锋艇马达的轰鸣声，四名武警战士驱艇而来。杨迟抖抖索索地站起来，向他们挥手，交叉双臂用力摆动，一不小心从屋顶上栽了下去，掉进了水里喝了两口。一名穿救生衣的年轻士兵毫不犹豫地跳进水里捞杨迟，杨迟会游泳，自己浮了上来，呕出一口脏水，对武警战士说："那边村里还有人。"战士们说："已经有救生艇过去了，我们先回去。"杨迟说："我们也去一趟嘛，船上还能坐好多人。"本意是想再看看养鸭的姑娘。战士们安慰他说："不用担心，我们要先把你送到救护站检查，你刚才喝水了，会得痢疾的。"杨迟心想，我操，完蛋去了。又问灾情到什么程度了，年轻的战士黯然说：缺口堵上了，我们有战友牺牲了。

在冲锋艇上，杨迟裹着战士们给他的雨衣，忽然觉得很冷，颤抖着说不出话来。没有人说话。过了一会儿他掏出裤兜里的票夹，打开，把水倒干净了，看到照片上的戴黛。在屋顶上的两天两夜，他没有看过一次孩子的照片，觉得恐惧，仿佛一旦看到就会立即失去她。现在他打开票夹，心里很清楚，孩子已经走了。他对戴黛说：真不知道该怎么向你解释，点儿背啊。

34

划水县的公路交通恢复以后，杨迟回到戴城，那是八月末了。

半个中国像湿淋淋的抹布被拧干，到处都能看到洪水留下的痕迹，曾经的水位线现在是一道黑色的污迹。顺着水流的方向，草木倒伏，一片狼藉。很多地方散发着洪水之后的腥臭气味。

此前在划水县，他住了一阵子医院，又找到寡妇会计，借了几百块钱。后者很仗义，但也奇怪，为什么杨迟不找农药厂要钱。杨迟说，这件事，要是闹大了可以卸了朱康的胳膊，但考虑再三，还是低调处理，先不让厂里知道。寡妇会计不懂，杨迟也没说原因。在医院里，他打了个电话回戴城，让家里不要担心，也不要声张。我们告诉他，戴黛走了，小苏也走了。

杨迟说："那我就更不用急着回来了。"

回到农药厂，他第一时间跑到董事长办公室，满身是伤，递上一张辞职书，把划水县的情况说了说。董事长也吓了一跳，声称自己不负责人事，辞职请找劳资科。杨迟说，免了两万块的培训费，什么都好说，如若不然，就在厂里干掉包部长和朱康。董事长怕了，知道这事要出人命，连连点头。杨迟说："还有朱康欠我的一万，要么他还给我，要么厂里还给我。"董事长拍着杨迟的肩膀说："从他工资里扣。"两个人在办公桌上画着圈圈商量好了。董事长看杨迟神经不太正常，也不敢挽留他。杨迟站起来，踱到了销售部。

包部长看到杨迟，先吃了一惊，然后问："这些天你在哪里？"杨迟没说话，歪着脸向包部长走过去。这时董事长办公室有人下楼，对着包部长大喊："老包快跑，杨迟要杀了你。"包部长反应奇快，嗖的一下，跑到不知什么地方去了。一群销售员扑过来，按住了杨迟，像对待犯罪嫌疑人一样，抓住头发，拧住胳膊，并有人趁乱在他屁股上踢了一脚。销售员们得胜，高喊道："部长，不用担心，杨迟已经被我们控制住啦。"然而包部长再也没回来。

杨迟心想，这算什么，宫廷政变？我他妈只想要回自己的钱。

这群人把他押到保卫科，问怎么处理。保卫科说，董事长已经溜了，留下一道口谕：把这小子开除了，两万块培训费不用他出了。另外调了六个农药车间的彪形大汉，从此不必倒三班，而是穿着保安制服、配了电警棍，轮流在厂办门口站岗，再也不许任何人私闯白虎堂。

杨迟被开除以后，并没有马上去找绍兴师姐。长期游走四方卖农药，忽然停止下来，昏昏然不知道该怎么办。为了弥补在划水县痛饿三天的损失，他到处吃，两分钟干掉一个汉堡对他来说已经不算什么了。他想吃烤鸭，然而戴城没有像样的烤鸭店，只有盐水鸭，吃得他口干舌燥，狂喝水。有一次他甚至打算开戒，去吃一吃肥肉，一口下去，又把上一顿的饭给喷了出来。我照例打电话给路小娟，问她这算什么情况。路小娟说："我辞职了，不做医生了。"

"那你做什么？"

"药贩子。"路小娟在电话那头淡淡地说，"在医院混不下去了，现在只有药贩子才挣钱。至于杨迟，你最好让他去看看心理医生，这么狂吃肯定是得了抑郁症了。"

我不敢带他去，只能眼看着他一天天胖起来。有一天半夜，他敲门进我家，说自家冰箱里的东西已经吃光了，看看我家有没有。打开一看空空如也。我说，自从发大水以来，菜价暴涨，我们家也吃得很简单。杨迟从冰箱里拖出一块吃剩下的豆腐干，嚼了嚼说，馊了。又在桌子上找到半个咸鸭蛋，吃了一口说，这都比不上在划水县的咸鸭蛋，那是真的好吃。

那天晚上，他问我："戴黛临走之前，你们没有去送她。为什么？"

我说："我不喜欢送人，眼泪汪汪的。小苏说，她应该忘记我们，否则等她长大了来追问现在的事，我们三个人，没有谁能解释清楚。"

杨迟愣了一会儿,说:"我活到二十五岁,也在追问很多事,也没有人能解释清楚。"

我说:"你是中国人,你不清楚最好。但是等到戴黛来追问你的时候,她就是个美国人啦。"

杨迟摇头,吃着咸鸭蛋说:"你知道我在屋顶上那三天,最想干的是什么?"

"吃东西?见到戴黛?想我?"

"我最想干的,是躺下来疯狂打滚,但是那屋顶上没法打滚。一打滚,我就会掉进水里。"杨迟继续摇头,"我痛得想打滚啊,我都快死了但还是保持了理智,没有打滚。最后我对着冲锋艇挥手的时候掉水里了。"

中秋节之前,杨迟接到蔺老师打来的电话,请他去参加福利院的联谊会。杨迟说:"我没空。"蔺老师说:"你就来吧,我们还有晚宴,我想见见你。"他一听有吃的,就答应去了。

他刻意将自己打扮了一下。穿上灰色的西装、雪白的衬衫,配一条金色的领带和冒牌金利来皮带,又找我爸爸借了一个领带夹子。可惜脚上还是一双破皮鞋,我说小苏有皮鞋留在我家,火箭头的,杨迟穿了觉得正好。这下就打扮齐全了。杨迟又说,必须要穿深色的袜子,这是礼仪规范,回到楼上换好了。

我很奇怪,问他:"你哪儿置办的这身行头?"

"刚买的。打算去上海找绍兴师姐求职,必须穿得体面一些,不然 HR 会把我踢出来的。"

"你也可以把 HR 踢进去。"

过去他做农药销售员,完全不需要这种装束。世界上的销售员都得打扮得挺括,只有农药销售员例外,他们一会儿假装成农民,一会儿假装成干部,就是不能告诉别人自己是个生意人。现在杨迟终于可以回到一种俊朗的、神采飞扬的打扮,搞得我有点妒忌——我在婚纱店上班,唯一俊朗的时刻是充当模特穿新郎的燕尾服。

杨迟坐上公交车,以西装领带的装束来到福利院,天色已晚,一轮明月在天边,圆得像是在发呆。走过凤尾竹成荫的小路,十个月前从福利院领出戴黛,也是经过这条路,倏忽之间,她已经在美国了。杨迟心想,我欠她一个告别。

那一天福利院很热闹,社会各界慈善代表都去了。杨院长四处和人打招呼,她升任正院长了。杨迟静静地站在角落里,一言不发。过了一会儿,蔺老师来了,对杨迟说:"一阵子不见,你胖了。"

杨迟点点头。

蔺老师说:"你有什么不高兴吗?我打电话到你家,听说你在外地出差,遇到些很不顺心的事。"

杨迟说:"都过去了,我现在已经不在农药厂上班了。"

蔺老师看看杨迟的西装,自然认为他另谋高就了,没再问下去,让杨迟到会客室坐着。很多人在里面喝茶,走来走去,杨迟觉得不习惯。他一直以为福利院就是冷冷清清的,一条干净的水泥路,一群规规矩矩的孩子,如此而已。他二十五岁的时候,因为失业,被人坑,变得相当愤世嫉俗,不知道这群人在福利院作揖、敬礼、祝福,搞得那么闹,是什么意思。

这个场合没有孤儿,大部分都是社会贤达。他独自坐在角落里,穿得人五人六的,也可以冒充贤达。过了一会儿,听见外面轰轰的声音,戴城定慧寺的方丈长信大师带着两个弟子来了。方丈快八十岁了,他是这个场子里最有名望的人,坐在最中间的沙发上。众人立即噤声。方丈穿着朴素,低垂着眼帘并不说话。过了一会儿,一个中年的僧人拿出定慧寺的徽章,一个一个分发给在场的人。

蔺老师走到杨迟身边,低声说:"这是长信大师的大弟子。"

杨迟神思恍惚,哦了一声。杨院长引着中年僧人来到杨迟面前,介绍说:"这是农药厂的小杨,他在福利院认养了一个孤儿。"中年僧人递上徽章,说:"你会有好报的。"

杨迟说:"我不要好报。"

中年僧人愣了一下,说:"你不要好报?"

"对啊,不要好报。"

整个厅里的人都不说话,看着杨迟。中年僧人回过头看看方丈,方丈没有表情,看那样子是入定了,也可能在打瞌睡。中年僧人摇摇头,捧着徽章走向下一位,忽然又回头看看杨迟,似乎是想确认一下,你真的不要好报?杨迟乐了,点点头,我真的不要,您那儿还有别的什么能给的吗,除了好报。

那顿晚饭吃得有点难受了。在一个大饭厅里,二十几个圆桌摆开,杨迟被安排在角落里的一桌。以前他并不知道,福利院里竟有这么大的厅。随着杨院长和社会贤达走进去,原先围坐在饭桌边的老人们起身鼓掌。这些人,杨迟也都没看见过,知道是福利院的孤老,那些被称为戴宗、戴雨农、戴维斯的人。偌大的饭厅里没有看到孤儿。

台上发言,台下的老人们面无表情地坐着。杨迟看着桌子上的凉菜,身边一个老头悄悄拿起筷子,撵了个毛豆放在嘴里。过了很久,杨院长下令开吃。老人们吃得很慢,杨迟不忍心跟他们抢。不久又进来了一个漂亮姑娘,胸口别着寺院的徽章,抱着一个两三岁大的女孩,坐在老杨对面。女孩还不太会说话,看起来也很健康。姑娘说:"你是杨迟吧?我在报纸上看到过你的事迹。"

"然后呢?"杨迟说,"你也认养了一个孤儿?"

"是的。"姑娘让女孩站在自己腿上,捏着她的手腕向杨迟打了个招呼,"你做了一个很好的榜样。"

这时蔺老师过来了,介绍说:"这位是王小姐,高新技术开发区海关工作的。"杨迟点点头。王小姐说:"你的孩子呢?"

"去美国了。"杨迟说。

"那不错啊。"王小姐抱着孩子,往她嘴里塞了一个鸭舌头,"我这个孩子,是去年被她父母扔在开发区的。开发区有很多民工,有一些人没什么素质,生了孩子就扔了,让政府养。这个孩子是我们同事捡到的,当时才一岁多,我们把她送到福利院。后来我想起曾经在报纸上看到你的事情,我决定也要来认养她。哎,相处了几个月,我现在很喜欢她了,要是她也去美国,我可能会不舍得呢。"

杨迟心想,鸡毛,你屁也不懂,跟你没什么可多说的。这时忽然感到有点孤独,有点尴尬,要是戴黛在身边,他可能会和这海关小姐聊得还不错吧。在他的前半生,唠唠叨叨,永远阳光,从无拧巴,和任何人都可以聊得不错,甚至是绑匪,但是这一天他不行。

杨迟起身离开,走到外面,在黑暗的走廊里点了根烟。蔺老师追了上来。

"还得和你商量一件事。"蔺老师说,"认养戴黛的生活费,你付了一年,实际只用了半年多。你考虑一下,是不是再继续认养一个?"

杨迟平静地说:"你当我傻啊,再认养一个,你再给送美国去?"

蔺老师说:"我很抱歉。知道你心里难过,我陪你走一会儿吧。"

两个人在黑暗的走廊里踱着,拐到花坛边。杨迟说:"戴黛走的时候哭了吗?"蔺老师摇头说:"她不知道发生了什么。没有哭。"杨迟说:"蔺老师,你自己也是孤儿,请你扪心自问,在你童年的时候,真的不知道发生了什么吗?"蔺老师说:"你别这么说,很伤害人。"杨迟说:"那我不说你。"蔺老师说:"我们所做的一切,都符合法律法规,中国的、美国的。即使戴黛不去美国,你也不能阻止她被一个中国家庭领养，她的法律上的父母有权拒绝你去探望。换句话说，你一样会见不到她。"杨迟说："我并没有阻止福利院干这个买卖，我只是说我的感受。"蔺老师站在黑暗中说："买卖。"

月亮升到头顶，杨迟看不到蔺老师的表情，只觉得自己的手被她拽住了。蔺老师说：我带你去看一个地方，你上次说我，"演员不够用了"。

她领着他走进一栋楼房，那显然是新造的，每一扇窗上都装着铝合金栅栏，有几处亮着灯，从楼下向上仰望，有点像监狱或是疯人院。他们走上楼梯，蔺老师在墙上摸了一下，灯亮了。这段路很漫长，一直走到最高的那层，蔺老师推开两扇虚合的门，让杨迟走进去。里面有个打毛衣的护工阿姨站起来打招呼。

"等会儿就熄灯了。"

蔺老师说："杨迟，我带你走一圈。"

那是一个空间巨大的房间，墙壁刷得雪白，腰线以下则是绿色的。屋子中间还有几根柱子。一排排的儿童床，带护栏的那种，有些床上睡着一个大孩子，有些睡着两个小孩子，另有一些是婴儿。日光灯关了一半，有细细的风从不知何处吹来。杨迟跟着蔺老师走了几步，觉得气氛不对，那里有一种难以忍受的悲痛和沉寂，仿佛你好好地走路忽然沉入了沼泽，仿佛你经历过的人世、一切时间和经验在此被拧成一个鬼脸。蔺老师说："是的，他们全是智障儿。"

阿姨说："两百零三个。"

杨迟停下脚步，说："我不知道福利院里，竟然有这么多人。"

阿姨说："人多着呢，后面一栋楼里还有痴呆的老人，都是被扔掉的。多着呢。"

杨迟想走，忽然觉得一阵异样，一个一岁大的孩子从护栏缝里伸出手，捏住了他的手指。他低头看着自己的手指，孩子握得很紧，他挣脱不掉，也不敢挣脱，觉得疼痛。他想，我以为在划水县的屋顶上是最悲惨的时刻，最需要神启的时刻，现在才知道，神最黑暗的做法，是向你抛出两百个痴呆的天使。他们都姓戴，但他们没有名字，只有床架子上的编号，这种时刻你会知道心脏停跳的滋味。

蔺老师靠在柱子上，悲伤地看着杨迟，等他说些什么，但那天他直至告别，再也没说出一句话。蔺老师曾经在身后喊过他一声，他没回头，沿着小路直直地走了下去。月色清冷，周遭看得清清楚楚，他再也没回到这个地方。

那天夜里杨迟走出小路，在月光下等待公共汽车，等了很久也没有来。他顺着道路走，希望走出这片区域，能找到一辆出租车，但是道路寂静，没有应答。后来看到路边一家卖香烟的小店，还能打长途电话。杨迟停在柜台边犹豫了一下，拨通了绍兴师姐的手机。

"中秋节想我了？"绍兴师姐说，"立马买张火车票来上海找我，就今晚。陪我喝酒，顺便解释一下你的婚姻问题。"

杨迟本来想说，求你救救我吧。后来一想，在划水县他已经对女绑匪说过这句话了，这句话作为一个一次性使用的咒语已经失效。他愣了一会儿，对着电话听筒说："我吃撑了，走不动了，你能把我接走吗？"

35

我带着狗去马台镇。现在它是我的狗了。

老杨和小苏走后，狗寄养在我家，农药新村的日子并不好过。首先是吃得差，其次安全没保障，有打狗队，还有偷狗的。我想了半天，最后决定把它送走。

我给老杨和小苏打了电话，讲了讲我的意思，他们都同意。那时他们已经是白领，分别在上海和北京的写字楼里玩命，根本也无心管狗，只叮嘱我务必给它找个好人家。这让我有点犯愁，我还想找个好人家呢，找得到吗？

我在陈老板的婚纱店干得不错，除了工资发不出来，其他都好。宝珠嘲笑道，路师傅，想不到你这么爱穷鬼资本家啊，以前开飞碟没工资，现在卖婚纱也没工资，而且你找的工作都不像是工作，像雷锋月的义务劳动。我说，那不是穷鬼资本家，其实是土老板，别太在意了。我当马仔，和你们写字楼里挣血汗钱是不一样的，道上得讲点仁义，对付资本家你尽管狠点。我讲这个，宝珠不明白。

陈老板的老婆，人送外号马娘娘，和我同岁。她住在马台镇，有一天说起我的狗，马娘娘说她倒想养一只，问我是不是纯种的京巴，我说当然是的。其实我也不知道狗是不是纯的，也许夹杂了一点点草狗的血统，但我觉得马娘娘就别挑了吧，她又不是贵妇，没这么讲究。马娘娘说："那你带过来给我看看吧。"

秋后这段时间，她一直龟缩在马台镇的大楼里不肯出来，让我把狗送过去。我没去过那幢大楼，很想见识见识。星期天把狗装在笼子里，跳上一辆中巴车直奔马台镇。这一路上看到的都是灰尘，天气不错，道路颠簸，我坐在汽车最后一排，感觉自己像是女上位，不停地嘿咻。狗在笼子里震得前仰后合，没一会儿就趴下了。

这条路我曾经走过，七年前我还在念技校，在马台镇附近的一家化工厂实习。那会儿，马台镇是出了名地混乱，镇上的少年喜好成群结队到戴城来赌桌球，输了就抢劫同龄人。我到那狗地方上班就跟进了狼窝似的，胆战心惊。然而时代不同了，从前通往马台镇的柏油公路已经掘开，逐一换成六车道的高速路，甚至还有立交桥。

道路两侧，一会儿是工地，一会儿是荒芜的农田，各种卡车和吊车熙熙攘攘，中巴车像一头迅速穿过狮群领地的野狗，左突右冲，尖声嚎叫。忽然突破包围，前面什么都没有了，道路畅通无阻，一条平行的河流上漂着些小船，飞着些苍鹭，仿佛进入桃花源。快到马台镇时，又看见同样的工地和卡车，这里是马台镇开发区。到处都是开发区。中巴车像多年前一样把我扔在镇口。我看了看，镇上变化很大，房子多了，到处都是人，很多一看就知道是外地来的，走近了发现都操着南方口音。一些巨大的厂房坐落地平线上，冒着轰轰的白烟，仿佛正在升腾。

我去买了包香烟，顺便问路，请问婚纱厂在哪里。按照马娘娘的说法，我描述了一下，就是那个造得既像白宫、又像克里姆林宫的房子，上面有一个圆顶大钟楼的。店主说："就是那个姓陈的傻叉造的房子嘛，往北走就是。"我问他，为什么说是傻叉造的房子。店主说："都知道他贷款了几百万，现在银行要收回了，他还不出钱就等死吧。他老婆是我们镇上的，一个神婆的女儿，以前没人看得起她，因为她老妈算命不准，光骗钱了。房子造好以后，她可拽了，家里还有两辆汽车，成了我们镇上的首富。现在又怂了，轿车卖了，还剩一辆破面包车，每天缩在房子里不出来。你要是认识她，就告诉她，我代表全镇人民祝她早日倒闭。"

我告别这个浑蛋店主，他言简意赅，马娘娘顿时像扒光了一样，裸露在我的意识中。我拎着狗笼子，花了点时间穿过小镇，一直走到一条泥泞的小路上，只见不远处一幢五层高的楼房，极为宽阔豪壮，光是正面的窗户就有一百多扇，古希腊的立柱，大拱门，房子顶上趴着一个圆顶钟楼，避雷针直插天际。房子的四周用铁栅栏围起，地上全是碎砖烂瓦，一点绿化也没有。根据我的猜测，陈老板造好这房子以后，就没钱买树了。

我直直地走进去，狗在笼子里叫了起来，忽然两条狼狗从旁边蹿了出来，我撒腿就跑，狼狗在身后被绳子拽了个趔趄，一个看门人走过来，大笑了三声。狼狗驯服地跟在他身后，他像个山大王一样叉腰看着我。

"小子，哪儿来的，敢往这里硬闯？"

我生平不愿意被狗追，尤其是有人故意放狗吓唬我，遇到这事不免生气，沉着脸说："看好你的狗。随随便便就放出来吓人，你这个门房还能做多久吧？"

看门人大笑。"倒也不是，我的狗平时不这样，谁让你带了条哈巴狗呢？狗最见不得同类，不是咬，就是操。"

"你这两条都是杂种狗，不值钱的，趁早送到狗肉店里去。等你养了纯种的黑背再耍牛逼吧。"我没好气地说，"我是店里的，来找马总，这条哈巴狗是她要的。"

"马娘娘出去了，等一会儿回来。你得在门房里等着，我不能确定你的身份。"

"打个电话到店里去问问。"

"不好意思，这儿的电话线前天刚被掐掉，因为，这群傻逼，他们连电话费都交不起了。"看门人说着怪笑起来。

我让他把狼狗牵走，坐在门房的塑料椅子上，把狗笼子放在角落，以免再引起狼狗的兴奋。我点了根烟，对看门人说："我见过很多门房，都很忠心，没见过你这样幸灾乐祸的。"

"我以前也很忠心，半年没拿工钱了。给我抽根烟。"看门人说，"你们店里拿到工资了吗？"

"我干了三个月，拿过一次工资，两百块。"我发给他一根烟。他很势利地拿过我的烟盒看了看牌子，把香烟又还给我了。

"你挺棒的小伙子，为什么要到这种地方来上班？"他问。

"因为没地方去嘛,剩下可以去的地方,也就没有高下可分了。在哪儿混都一样。"

"可是他们就要倒闭了。"

"关我屁事。"

门房搬了一张凳子坐在我对面,现在我必须和这个蠢货聊天了。

"马娘娘买你的狗?她还有钱吗?"

"我送给她,我养不起这哈巴狗了。"

"我的狼狗也没有吃的了,当然,你的狗吃得少。吃得少又怎么样呢,你的狗得洗澡,得打针,得有人伺候。你的狗是用来玩的,我的狗是他妈的看门的。原先,他们有钱的时候,陈老板可喜欢这两条狼狗呢,虽然是杂种的。现在他们连狗食都不给我,我自己花钱买肉喂它们。再过几天,我也没钱了,你猜我想怎么干?"

我听着他语无伦次的诉说,冷冷地说:"辞职呗。"

"我不能辞职,辞职的话,前面六个月的工资全没了。我要在这个院子里,把这两条狼狗吊起来,把狗肉店的人叫过来,杀给陈老板看。"

"他要是还不给你工资呢?"

"我肯定拿不到工资了。他不给我狗粮,让我把狼狗卖了换钱,顶我的工资。但是这两条杂种狗能值几个钱?我们乡下到处是狗。我只有杀给他看,他才会觉得心疼。"

"你真厉害。"我说。

过了一会儿,面包车开进门,马娘娘下车。我说:"狗给你送来了。"马娘娘挺客气地说:"进来说吧。"我拎着狗笼子,跟着她走进那栋要命的宫殿。

隔着笼子,她看了看狗。我观赏宫殿,还真不错,开阔的大厅,层高五米,旋转的向上的楼梯,就是没怎么装修,也不打扫,到处都是灰。

"狗没证?"

"没有。小狗,不需要办证的。"我说,继续扫视这宫殿。

"这里漂亮吗?"

我点点头,没好意思再说其他的。毛坯房有什么可赞美的吧?

"我小时候做过一个梦,梦见自己是个公主,生活在一个很大的城堡里。后来老陈就帮我造了这个房子,和我梦里的城堡一模一样。"

"上海的马勒别墅也是,有个女孩梦见童话城堡了,她爸爸就给她造了一个。"我说。这件事当然是路小娟告诉我的,她知道上海的各种典故。

"那我以后要去看看。"

我心想,你还是别看了吧,人家马勒别墅是在上海最繁华的地方,造得也够魔幻,你这个算什么鸡毛嘛,除了也姓马之外,没有任何可比性。但是禁止别人实现梦想是件很操蛋的事,一点没意思,我又不知道该说什么好了。

马娘娘对狗还算满意,至少没有提出任何反对意见,也或许她根本无所谓满意与否。她带着我走上了旋转楼梯。"参观一下吧。"

说实话,这房子够瘆人的,二楼以上的层高全部在四米左右,显得空阔无度。巨大的水泥立柱,可以绕着捉迷藏,每一个房间都空荡荡地积着灰。其中有一间摆着几台缝纫机,堆满纱布绸布,看上去是制衣车间。然而车间里没有一个人。

"工人们都走了,我发不出工资了。"她稍微有点遗憾地说,"现在这楼里就我一个人住着。"

她带着我一直走到楼顶,那个圆顶的钟楼边,它像一个亭子,中间应该挂一个天主教的大钟,可惜没有,空着。她走进去,风很大，一头长发全都吹乱了。我拎着狗有点迷惘，心想我又不是你男朋友，带我来这种浪漫的地方找死吗？

"造这幢房子的时候，我们以为可以把其他楼面租出去。就算不租，以我们当时的实力，几年工夫就可以把贷款还掉，我就可以有一个宫殿一样的房子。你看，"她指着远处，"从这里可以看到马台镇，还有周围的工厂。"

"很不错，钟楼也漂亮。"

"我梦见有钟楼，一敲钟，天使就降临了。"

我心想你说得不太对，一敲钟，人就死了。"但是没有钟。"

"没钱买钟了，生意一落千丈。老陈现在也垮了，他胃溃疡，腰也不太好。从现在开始，我们就等死了。周围的人，都想狠狠地啃我们一口，可是我们身上已经没有肉啦，只剩下骨头了。老陈在外面还有一百多万的债，别人欠他的，到现在一分钱都要不回来了。"

我很不正经地说："我有个朋友以前是专门讨债的，拎着汽油弹出马，无往不利。分他三成就行了。"

"一百多万债分散在二十家欠户手里，都在外地。你去讨？"

"那就算了。"

"我不知道你为什么还在这个店里待着，很多人都走了。"

"我也不知道你为什么跟我说这些。"

"你这个人还不错，胆小，不贪，不像他们一样要啃我一口。"她冲我眨眨眼睛，"我会看面相的。可是我想不通你为什么还待在这里，有什么好处呢？"

凡是说我胆小的，都是真的了解我的。"没什么好处，我就是不想待在家里，又没什么地方可去。"我觉得有点冷，风太大了。"你想好到底要不要养我的狗了吗？你那个看门人打算把狼狗给宰了。"

"让他宰吧,他威胁过很多次了。"她轻轻地笑了起来,"那两条狼狗讨厌死了,一到夜里就叫。"

"饿的。"

"杀狗的时候我会站在这儿看。"

我决定离开这儿。与此同时她走向我,把我手里的狗笼子拿了过去,放在地上。"你老提着狗笼子干吗?"

我弯腰把狗笼子又拎了起来。

"我得走了,天不早了,再晚就没有汽车回戴城了。中巴车停在开发区边上,我回家还得好一段路呢。"我一边说一边后退,脚后跟绊了一下,跌跌撞撞往楼梯口走去。

她没追我,站在钟楼里淡淡地说:"你怕什么呢?狗不留下?"

"我怕你的看门人把我的狗宰了!"我说完拔腿就跑,像坐滑梯一样蹿下楼梯,一直跑出这栋棺材大楼。狼狗们向我扑来,我没停下,直接跑到了大门口,它们在我身后又一次被狗绳拽了个趔趄。我的狗在笼子里惊恐地叫了起来。

门房追出来,对我喊:"你不多陪她一会儿吗,她很寂寞啊。哈哈哈哈。"

我回头看到灰黑色的楼房,门房幸灾乐祸的脸,女人站在楼顶,收缩成一个很小的点,凝视着我。"去你妈的傻逼!"我对着门房大喊,生恐他放狗追我,一路没停直接跑到了镇上。

回戴城的中巴车迟迟不肯出发,它们都这样,得凑足了人数才走。我等了很久,狗在笼子里已经很不耐烦了。我下车带它遛了一圈,再坐回车上,又跑下车吃了点东西,这么折腾到黄昏,车上稀稀拉拉坐了三五个人,它终于发动了。

坐在车上我一直想着些奇怪的事。比如我的前半生吧，二十五岁以前，坐了太多的中巴车，我曾经对杨迟说过，傻逼才坐中巴车。我对这种车子真是深恶痛绝，它只够把我拉到郊区的，就连这个都需要凑满足够的人数。我在这种车上来来回回浪费了太多的时间。但这不算什么，我忍受的不是中巴车，而是我自己。

我又想到自己二十五岁了，时光荏苒，我十七岁时候拿着无缝钢管在街上打架的时代一去不返，我二十岁时候在国营工厂里倒三班睡大觉的日子也消失殆尽。有一天我走到糖精厂那边，发现一条高架公路直直地劈过厂区，从糖精车间旁边凌空而过。这极其破坏我的现实感。我一直认为糖精厂是我年轻时代的监狱，但是监狱的上空怎么可能飞过一条公路？它打破了我自怜自艾的幻觉。假如我还在那里造糖精，一定会觉得时间扭曲，深刻地变成一个疯子。

我在一个不是很匀速的年代里，坐着我的中巴车，咣当咣当，从这里到那里，用自己的速度跑来跑去，看着别人发财破产，似乎一切都与我无关。我所留恋或憎恶的世界，终于抛在脑后了。我混惨了，身边的人全跑了，连老杨和小苏这种看起来会和我一同衰老的货色，都成了白领，而我被扔在戴城，甚至被戴城扔在马台镇。用不了多久，我就会被马台镇扔到什么地方去。

有一次宝珠对我说："路师傅，一个男人最尴尬的就是二十五岁到三十岁之间。往往一无所有，爱情也没了，婚姻还很远，最好的办法是去找个好老板。"她又说，如果这个年纪你跟了个㞞逼老板，吝啬无趣还把你当狗使唤，你就算完了。在宝珠看来，我倒霉是因为我的年龄和性别问题，其实我一直倒霉，变性了也好不到哪儿去。每当我想到自己二十七岁那年冬天会迎来世纪末，就觉得一切都可以接受了。据说那一天是世界末日，事实上没有人相信。在那些来来往往的人们的脸上,我看不到任何关于世界末日的担忧。在遥远的时代,世界末日曾经是庄严的,人们信神,信命运,但是当末日逼近眼前时,时间已经提前消耗了它的能量,它变成一个玩笑般的誓言。事实证明了,它的确是个令人亢奋的、玩笑般的誓言。

车到戴城,停在开发区和老城区之间,它本来应该进站的,车主把乘客们直接轰了下去。他说天色不早,要回家吃晚饭了。

我拎着狗去找宝珠。宝珠在家,开门让我进去,和她同租屋子的女孩是个眼镜妹,正在打电话。见我一副垂头丧气的样子,姑娘挂了电话,对宝珠说:"我有事出门,你们慢慢玩。"又把宝珠拖到一边说了几句话,拎着包走了。

我问宝珠:"她说什么来着?"

"让我不要养狗,她对狗毛过敏。"

"我的狗没有跳蚤。"

"狗毛啦,不是跳蚤,她会哮喘。"

"懂了。"

我走进宝珠的房间,床边一个旅行袋,敞开着拉链,看得见里面一些衣服。宝珠把拉链合上,说:"我明天要出差,收拾东西呢。我现在正式调到营销部做客户服务了,不用再干秘书的活。"

"去哪儿?"

"合肥。有一家大客户在那儿,长期要我服务,所以以后经常要去合肥。"

"还以为你推销东西呢。"

"服务长期客户也是营销工作的一部分,要经常去跑,去维护,不然就被别的公司插进来了。有时还要陪客户吃饭。"

"不用陪酒吧?"

"吃花酒不用，正常饭桌上还是要敬酒的。"

"我又忘记你们公司卖什么的了。"

"简而言之，刀具。车刀，刨刀，铣刀。都是德国货，比国产的不知道好多少。"

"具体好在哪儿呢？"

"精度高，耐用，稳定。缺点是价格特别高，但是在使用进口数控机床的企业里，少不了也使用进口刀具。因为有好几项发明专利，产品优势还是很明显的。现在国产的质量正在慢慢提高，性价比不错，我们的主要竞争对手日本和美国的厂商也在调整经营战略，说白了就是降价，但我们公司目前不会介入价格竞争。"

"不错，门儿清，像个业务员了。"

"狗怎么办？"

"不知道啊。"

宝珠说她累了，想睡一会儿，让我在客厅看电视，过一个小时喊醒她，一起出去吃饭。我看了看钟，六点，离开房间，带上门，坐在沙发上打瞌睡。我也累了。过了一会儿，宝珠穿着睡衣睡裤，忽地拉开了门，走到我眼前。

我在沙发上弹了一下，很害怕地说："你想干什么？"

宝珠说："你以为我想干什么？"

"你这么扑出来，我还以为你想跟我做爱呢。"

"放屁，"宝珠说，"跟你做爱有什么好的，再也不要跟你做爱了。"

"大家快活快活嘛，不肯就算了。"

"我今天不能和你做，以后吧。"

"知道，你来例假了。"

"你怎么知道？"

"你旅行袋里有卫生巾，我刚才看见了。"

宝珠踢了我一脚,既凶狠又温情的,这让我心情稍好。宝珠说:"不是的啦,我和合租房子的女孩说好了,都不许带男人来。你带狗进门都算是很给面子了。"她说着又踢了我一脚,"我躺在床上觉得你不太对劲啊,以前都很生猛的,今天怎么蔫成这样?仅仅是为了你的狗吗?"

"我挺好的,只是来例假了。"我打着哈欠说,"长达五年的例假开始了。"

那以后我还去婚纱店上班,和大楼里相反,店里全都是人。一部分是供货商,在厂里找不到活人了,还被狼狗吓唬,追到店里堵着陈老板;另一部分是马家的亲戚,除马汉以外,还有二十多个人,全都操着马台镇的口音。营业员跑光了,亲戚们负责做买卖、理货。秋后生意不错,店里的存货被人买走,钱放进铁盒子里,一伙人就默默地围着,狼似的。陈老板每次取走钱的时候,我都担心他被人咬一口。

马汉知道我叔叔,虽然名声欠佳,但也不是很好惹的,因此对我比较客气。这个店里只剩我一个人不是他们家的亲戚,也显得怪怪的,在他看来,我早就该辞职跑路了。有一次他跑到楼下来找我,我正在门口招呼两个批发大姐上楼看货,简直跟牛郎似的。他看我干得这么起劲,实在忍不住了,问我:"你到底为什么留在这里?"

"因为好玩啊。"

"倒闭企业有什么好玩的?"

"关你屁事。"

其实是因为陈老板。有一天他请我吃饭,在一个大排档,喝了点啤酒,他崩溃了。他哭诉道,马家的亲戚现在都想从他身上捞最后一票,那些人认为他在外面藏了很多钱,只等银行没收财产就可以跑路。其实他已经身无分文，只剩下三角裤和三角债（这个说法和马娘娘的一致）。我看他怪可怜的，也活该，谁让他非要娶马娘娘，非要造那个倒霉的大楼呢？

陈老板拍着我的肩膀说："你现在是我的心腹，等我翻回本了，我让你做副总。"我叼着筷子想，就你这样还能收买我吗？要不是看你哭了，我早就走了。陈老板继续哭："我会死在他们手里的，他们给我买了人寿保险了，我很有可能被他们弄死。如果我死了，你要报警。"说完给了我两百块的超市抵用券，这就算不容易了。后来他又说要和我结拜兄弟，我没答应。他四十岁了，娶的老婆二十五岁，结拜兄弟就不必找我这么年轻的了，容易让人想歪。

这些事我不能告诉马汉，首先它是秘密，其次是个很蠢的秘密，说出来徒然让人发笑。我装横就可以了。

马汉在我看来是个怪人，彼此彼此，我在他眼里也好不到哪儿去。但我认为两者还是有差别，我是行事逻辑怪异，仿佛吃错了药，他是天生不太正常，仿佛他老妈吃错了药。他戴着眼镜，穿得像个国营企业的干部，总是用一种郁郁寡欢的目光打量我。我对这个王八蛋，真是一点没有兴趣，我都懒得说他。

我继续站在婚纱店门口揽客，我很有吸引力，搞批发的大姐们都快爱上我了，她们一定要我做营业员，要我帮她们把一捆一捆的婚纱搬到火车上，还给我小费。店里的婚纱越卖越少，工厂已经停产了，我再卖得勤快些，这店就该空了。马家的亲戚也看傻了眼。我的歪头同学几次三番来挖我，说我是个人才，这让我愈发得意，愈发摆架子不肯去他店里。我逐渐学会了和这些小生意人打交道，逐渐学会了虚与委蛇、点头哈腰、打情骂俏、笑里藏刀，回忆我那死板无趣的工人时代，脸上的肌肉都是僵硬的，除了给车间主任来一拳，别的全不会，真是太幼稚了。有一天宝珠忽然出现在我眼前，她大为好奇，指着我大喊："路师傅！"

我正在和几个批发大姐告别，忽然看见宝珠，像见了鬼一样，拔腿就溜。宝珠冲过来揪住我。

"我刚下火车，忽然想到你在火车站。路师傅，带我进去看看吧。"

宝珠穿得挺括极了，一身灰色的职业套装，拎着名贵的皮包，嘴巴上还有淡淡的口红。这是我从未见过的宝珠，销售员宝珠，小白领宝珠。相比之下，我太矬了，感到一阵自卑。宝珠说："还说你来例假，屁咧，我看你过得挺滋润的。"

"滋润个屁，工资都没有。"

宝珠撂下我，独自跑上楼去看婚纱，我怕她乱说，赶紧跟上去。马家的人都有气无力地歪在那里，以为这单生意又是我的了。宝珠沿着走廊看了一会儿，到底是女人，对婚纱会产生一种奇妙的感情，看得发怔。我低声说，其实这些婚纱都很差，正常人是穿不上身的。宝珠抚摸着婚纱说："我也想结婚了。"

"新郎是我吗？"

宝珠霍然回身，认真地说："你想做新郎吗？"

"我不想……"

宝珠若有深意地拍拍我的肩膀，宝珠知道我最讨厌别人拍肩膀，但她还是拍了我。然后她就走了。

36

我把狗送给了万师母。万家搬走了，没脸再住在农药新村。万师母已经改邪归正了，但是做鸡这件事不比杀人放火，改邪无效，但是改了总比不改的好。事情就是这个逻辑。他们搬到郊区，老万跟人合伙开了个养狗场，他说我的狗可以送去做种犬。

我只要求老万答应一件事：哪天我的狗老了，阳痿了，干不动了，也得养着它，直到它老死。老万答应了。过了几年，我回到戴城，我妈告诉我：老万打电话来说，狗死了。不过它已经留下了二三十个后代，这么死了对一条狗来说是一点也不亏了。

那时我预感到自己婚纱店的职业生涯快要结束了，婚纱卖光了，我对此也失去了兴趣，厌倦了火车站的风景。有一天陈老板说，他要去阿联酋试试运气，那个国家需要大量的婚纱、头纱，如果能拿到国外订单，就可以让车间里重新开工。他借了一点钱，真的去了。过了两个星期又回来了，据说在阿联酋他像瘪三一样混着，住最便宜的小旅馆，吃牛肉方便面，本来胃就不太好，到那边就彻底崩溃了，什么都没谈成，捂着肚子返回中国。

这件事花掉了他所有的钱，他回到店里，躲在自己低矮的总经理办公室里，伤心欲绝。有一天我看见马汉在外面拿了分机电话，堂而皇之地偷听陈老板讲话，旁边一群马家的人，都饥渴地看着他。挂了电话以后，马汉瞪了我一眼。

"看什么？我也很久没拿到钱了。"

我说："我只是从来没见过员工敢这么偷听老板电话的。你继续，让我开开眼。"

陈老板把我叫进了办公室，他看起来虚弱极了，已经快死了。他说："路小路，你是我最信得过的人。你是唯一忠心我的人。"我很想纠正他，我对任何人都不忠心，但又怕这会打击到他，令他死掉。他说："现在我能收回一笔债，两万块现金。我必须找一个人去拿钱。"

"想让我去？"

"只有你能去了,只有你是我的心腹。"

"你可以自己去。"

"我走不掉,我胃痛,而且不想让马家的人知道这笔钱。"陈老板说,"你得去一趟上海。"

"你应该让人电汇给你,这样容易得多。"

"我们这种生意人,都是现金交割的,万一他说汇出来了,我说没收到,就永远也说不清了。你跟着我学生意,要记得这个,只相信现金,什么汇票啊账号啊,都是假的。现金只会被人抢走,但别人没法从你手里骗掉。"

我点点头。话是对的,但你丫对现代金融不是很了解,所以会傻逼到贷银行几百万,以为自己变成富翁了。你以为别人给你钱就是赚了。

陈老板说:"马汉也会一起去。"

"你不是说不要马家人知道吗?"

"对方只认我和马汉,别人去了拿不到钱。还有,马汉其实是我的人,虽然有点靠不住,但他也比其他人稍微好些。"

"明白了,你是让我盯着马汉,又让马汉盯着我。"

陈老板点点头:"没错,你只需要盯着他。他负责拿钱,你不要过手现金,对你不好。"

我不想跑这一趟,又觉得没什么不可以的,我不是白领,而是马仔。马仔负责收账是天经地义的事。回家收拾了一下,不需要带衣服,将一把匕首拿出来,又觉得没必要,我二十六岁了,无须每次出门都带这个。我找了找钱,抽屉里只剩下二十块。我妈问我去哪里,我把事情说了,她立刻担心起来。

"我这辈子最怕的就是你去做黑社会,给人收账。"

我说收账不是黑社会,我这个只是去拿钱,不需要用枪指着别人的脑袋。干完这票,我就找份正经工作(这口气还是像黑社会)。我对妈妈说,真是不好意思,让你用微末的退休工资养了我三年,别人家的儿子都没这么矬的,将来发大财了回想起来,我肯定羞愧得想死。

我妈说:"你不去做黑社会就是我的荣誉了。"通情达理,而且知足。我喜欢这样的姑娘,她是我妈。

这天正好宝珠打电话给我,说她在上海,打算跳槽到一家大公司上班。我问她什么意思,这就算告别吗?宝珠说不是的,那家公司需要很多职员,像我这样夜大毕业、学会计、会推销婚纱的,也许可以尝试着推销五金。这倒是个不错的主意,我是不是会像老杨和小苏一样,最后都被姑娘们捞出水面呢?神往之。姑娘们奋斗,顺带捎上我们,下半辈子拴在她们裤腰带上,在黄金海岸欢快地奔跑。就连我最矬最矬的宝珠姑娘,都做到了这一点,让我感动死了。

我对宝珠说,我明天正要去上海办事,讨债拿现金,来不及去面试什么工作。我是当天往返的火车票,对了一下时间,返程票是傍晚七点发车的,到站应该是夜里九点。宝珠说时间有点晚,但也不要紧,她可以买这班车,和我一起回戴城。约好了,回来以后她请我去吃牛排,如果我跟不上她的步伐,这就算告别的晚餐,如果我能跟上,这就算开工饭。

第二天早晨,我和马汉从婚纱店出发,陈老板假惺惺地躲在办公室里,一副漠不关心的样子。其他人问我们去上海干什么,马汉撒谎说去谈一笔生意。火车到上海时是中午,我们坐地铁,又换车到黄浦区。杨迟的公司就在那一带,但我没时间去看他,钱没到手呢。天公不作美,下起了很冷的秋雨,我穿少了,冻得连连打喷嚏。

我们在一家婚纱摄影馆收了两万块钱,把预先开好的发票交给对方,事情很顺利。钱装在一个信封里,马汉问:"放你这儿还是我这儿？"我说："你这儿吧。"他就把钱揣进了包里。我们找了个公用电话，打给陈老板，说已经OK了，为了防止有人偷听电话，我没有提到钱。

那时已经是下午了，我饿了。马汉找了一家麦当劳，狠狠地吃了两个汉堡。戴城没有麦当劳，只有轰轰烈烈的炸鸡店，我也馋汉堡，但一摸口袋里只有二十块钱，吃个小汉堡也不顶饿，干脆不吃了，买了包烟站在屋檐下抽，隔着玻璃窗看马汉吃。

过了一会儿马汉去了账台，又要了一个汉堡、一杯可乐，走出来递给了我。我发给他一根烟，吃了起来。

"下雨天的上海是最好看的。"马汉对着街景说。

"是啊是啊。"我敷衍道，心想你个傻逼能懂什么。

马汉说："你真是个奇怪的人——怪物。你帮老陈这么卖命，一分钱都没拿到。我想了很久，想不出理由。"

"我就是爱管闲事呗。"

"你有多大的脑袋，能戴多大的帽子？"

我点点头，没再跟他啰唆，只叮嘱他："把钱看好了，别弄丢。上海这地方没有劫匪，但小偷不少。"

马汉继续说："老陈手上还有很多钱，最起码二三十万，但是他都藏起来了。他不想把钱拿出来，也不想还给银行了。他那副可怜样子是骗你的。"

我说："这不关我什么事。陈老板还说你是他的人，你怎么把他的底都给抖出来了？"

"我只管自己。"

"你管好钱，别他妈的弄丢了。你是个衰人，我虽然怪物，也不想跟着衰人一起倒霉。"

黄昏时我们又来到了上海火车站，我在候车室晃了一圈，没看见宝珠。中间马汉要去上厕所,我让他把包留下,我抱着包,坐着看电子屏幕,过了一会儿马汉回来了。我说:"包里的钱还在,你看一下。"他没说什么。检票口显示开闸,我没等到宝珠,就和马汉一起走了进去。

站台上很暗,天已经黑了。一辆绿皮火车停着,车窗仿佛一排暗淡的电视画面,稀稀拉拉的旅客们,不紧不慢地在车厢里寻找座位。这班车是仅有的往返于上海和戴城之间的火车,我经常坐,很舒服,没什么乘客,缺点是经常无故停车。我和马汉上车,他在前面,我在后面。上了火车我稍稍放心,到站就能把钱交给陈老板。车厢里很空,我们甚至不用对号入座,找了一排空位子,面对面坐着,各自看着窗外。

我一直没看见宝珠,觉得不太高兴。忽然意识到宝珠对我很重要,没找到她,竟然会如此失落。我是个不能承受别人爽约的人。

火车开出站台,无数雨点迫不及待地跳上车窗,有人打开方便面吃了起来,车厢里立即弥漫起一股辛辣味道。这趟车在西站和安亭各停了一次,又开了一会儿,它果然停下不动了。外面雨水茫茫,黑夜像黑色的面纱遮住了一切。我想那些在雨中经过的人,看到这辆火车停着,车窗里的人们都露出倦怠的神色,会不会也感到它是一个巨大的怪物呢?它本来应该疾驰在平原上,去一个什么地方,但是它竟然停下了。

很长时间,火车纹丝不动,我坐不住了,跑到车厢连接处抽烟。这时的火车和一九九五年不一样,规矩变了,车厢里不给抽烟。我在黑暗的地方咔哒咔哒地按着打火机,它一直不亮。我把打火机揣在口袋里,让它休息一会儿,或者说是另下一注,再掏出来按,它终于出火了。我在暗处抽烟,觉得心情低落,全无兴趣。这时有人过来借火,说自己是戴城的,我说我也是,他要找我聊天,我敷衍了几句，回到车厢里，发现马汉不见了，包也没了。桌上剩下一个空的矿泉水瓶子。

我再追回车厢连接处，那个找我借火的人已经消失了，半截香烟扔在地上，踩得扁扁的。

这让我头皮发麻，钱没了，虽然不是我的钱，但我对此负有责任。马汉这个王八蛋，是真的黑掉了钱呢，还是仅仅在挑逗我，想看看我气急败坏的样子？

我没有去找马汉，火车太长了，顺着找下去得花很长时间，也不可能砸开每一个厕所查看，还有一种可能，他趁停车时打开车窗跳了出去。我甚至想过找乘警，但是既没有叫喊也没有打斗，我怎么才能证明自己丢了一个大活人和两万块？车厢里只有一些昏昏欲睡的人，我问斜对面的一个妇女，坐在我对面的人去哪儿了？她懵然不知。

我回到座位上，觉得很困，马汉不在了，我反而可以睡一觉。火车还是没启动，雨点继续落在窗上，我靠着，觉得这雨的节奏像是要把我拖入睡眠，过了一会儿真的睡着了。

后来我觉得整个世界震动了一下，醒了，发现火车正在启动，马汉竟然又出现了，他坐我对面。

"钱没了。"他说。

我揉了揉眼睛，让自己清醒过来，问他："藏哪儿了？"

"没了。"马汉怪笑起来，"我遇到强盗，钱没了。"

他的包也没有了。他笑起来的样子显得古怪，全世界没有比他更古怪的人了。那张戴了黑框眼镜的脸，穿着最普通的夹克衫，我看不清他的眼睛，如果他溜到人群中，我也很难将他辨认出来。从头到尾，他一直在观察我，似乎我的存在是一道设了陷阱的智力问答题，最终答案应该是脑筋急转弯，可他猜不出来。我心想，这个犍逼真是令人憎恶啊，他像风干的咸肉一样严肃，从来不笑，但此刻他正在对我怪笑。

"你回去怎么交代？就说自己倒霉？"我问。

"你还是庆幸自己没有太倒霉吧，有没有想过，会被人从火车上扔下去？"

我看着他，他看着我。此刻我希望自己也戴上近视眼镜，穿上小干部式的夹克衫，比他更犍、更戾。我也怪笑起来。

在火车到达戴城之前，我沿着车厢走。我不指望找到那笔钱，只是随便走走，让自己不要对着马汉的脸。我在最后一节车厢看见了宝珠，那儿就她一个人坐着，风很大，车尾的门没有了，可以直接看到铁道呈现出尖角状的透视关系，铁道上方的路灯逐一向下滑落。

我默默地坐在宝珠对面。

"在候车室就看到你了，跟一个男人在一起。"宝珠说，"所以没跟你打招呼。"

"这个犍逼把我们讨来的钱黑掉了，他居然说遇到抢劫了。就这么硬黑掉了。"

"他就在我眼前把黑包给了一个人，那个人从车尾下去了。"

"原来有两个人啊，不对，很可能是三个。他说对了，真打算把我从火车上扔下去呢。"我摇头说，"宝珠，你打扮得真好看，半夜坐火车也这么挺括，不容易。"

宝珠冷冷地说："我面试找工作当然要穿得体面些。你太犍了，跟着你坐这班绿皮火车，停了有一个钟头。坐特快车我早就已经回戴城了。到底怎么回事，你被人黑掉了多少钱？"

"两万块，是我们要回来的欠款。这会儿要有个手机就好了，我可以打电话告诉老板。"

宝珠从包里掏出一个小巧的爱立信递给我。

"真不赖。以前那种广东老板，都用砖头一样的大哥大，录像片里用来砸人脑袋的，其实不是，大哥大那么贵，除了黑社会没人舍得用来砸人。但是广东老板都穿着拖鞋出来做生意，他们还都有香港脚，经常用手机天线搓脚丫的。砸人是假，搓脚丫是真的。那些老板，身边都有美女，他妈的，嚣张得不得了。"我絮絮叨叨地说着，摆弄了一会儿手机，"怎么用？"

宝珠替我拨了陈老板的电话，宝珠一直没说话。

陈老板在电话里说："什么抢劫？狗屁抢劫。马汉也打电话回来了，说你把钱私吞了。这到底是怎么回事？我会在站台上等你们。你们两个，今天晚上必须有一个人告诉我，钱在哪里。"

我说："我要是不打电话回来，你今天晚上就只等我一个了，对不对？"

陈老板说："你哪儿来的手机？马汉哪儿来的手机？你们他妈的都不简单，我会问清楚的。"

我挂了电话。宝珠说："我在婚纱店里看见你，像童话一样，你开飞碟像童话，炸鸡也是。你把自己搞得那么童话，现在傻了吧？路师傅，恐怕你还需要再打个电话，把你能打架的兄弟都叫上吧。还有二十分钟就到戴城火车站了。"

我说："我已经找不到能打架的兄弟了，童话里的主角是不会死的，我这次看来要死定。"

我坐在那儿骂骂咧咧，一会儿骂马汉，一会儿骂陈老板，顺便嘲笑他老婆。一时兴起，我把自己前半生遇到的傻逼，凡是能想起来的，全都骂了过来。宝珠饶有兴趣地看着我，就是不接茬。我忽然意识到自己骂得太多，就这么一路骂回戴城？我像一个四仰八叉的人，讲着自己的故事，讲着讲着，逐渐夹紧双腿，最后竟然惨叫起来。

火车在戴城东站停靠的短暂的半分钟里，我从车尾溜了下去。多年前我去上海看杨迟，经常坐这趟车回家，有时候它会在东站停一小会儿，那里是货场，下班的铁路工人搭车回戴城。在列车时刻表上，这一站并不存在。

宝珠追着我，问我去哪儿。我说咱们拜拜啦，我可不想在深夜的站台上被一群马台镇的傻瓜揪住了，送到婚纱店里拷问。就算他们相信是马汉黑走了钱，最终也会让我把两万块填上的。我太了解这些人了，他们想不出别的主意，只会硬吃硬赖。我不想在宝珠面前挨打，这太丢人，而且会吓坏了她。我还得把宝珠的手机交出来才能证明自己清白，去他妈的吧。

"晚饭取消了，下回再吃。"我说。

宝珠回到座位上，拎了包，又跑回来，跟着我一起下了车。我们俩站在火车屁股后面，仿佛又回到了从前。

"路师傅，你总算聪明点了。"

"事情很麻烦，明天让我叔叔出马，说不定还得搭上你。你是证人。你愿意吗？不愿意就算了。"

"我责无旁贷啊。"

"宝珠，你他妈的真够义气，而且聪明。"

"你那八个吻过的姑娘，都有我这么义气吗？"

"也都很义气的，我现在一下子想起她们所有人了。"

火车开走了。雨水绵密，落在我们身上。借着站台上黯淡的灯光，我认清了路，横穿过铁轨，把宝珠托起来送上站台，自己也跟着爬了上去。站头上没有人，有一个钟指向十点整。

这个货运站离戴城还很远，我从未来过这里，只知道它靠近一个镇。在它和戴城之间隔着很多丘陵，大片的树木，可以称之为森林,中间穿插经过一些公路。它似乎离孤儿院挺近的,但我也不知道该怎么走,也许并不近。空气凛冽,站台的顶很高,飘进来细密的水汽,我和宝珠往里走。倘若现在上路,用不了多久我们就会冻得受不了。

地面凹凸不平,被重物压得变形。我们走到出站口,大门锁了。隔着铁栅栏,看到外面是货场,阴沉沉的,一个个巨大的货箱蒙着油布堆放在平地上,有两盏灯照着。我轻拍铁门,低声说:"宝珠,今晚我们回不去了。"一列火车从身后经过,发出巨大的喧哗声,过后又骤然平静下来。宝珠说了一句什么,我没听清。

"你刚才说什么?"

"我说我冷。"

我把外套脱下来,给宝珠穿上。

"找个暖和一点的地方。"我说。

"路师傅,你现在看起来好严肃啊。"

"我刚才忽然想,怎么会带着你来到这个地方呢?我每到一个陌生地方,总会觉得很惊讶,怎么会来到这里,它对我来说有什么意义。"

"这听起来太不像你了。"

"这也是我,以后你会慢慢了解我的。"

"我只见到过幼儿园时代的你,还有现在的你,中间好多空白。"宝珠忧伤地摇头说,"路师傅,我确实一点也不了解你。"

宝珠裹紧了我的外套,仿佛真的很冷。我茫然地拍着裤兜,又去掏外套口袋,发现我的香烟不见了。这晚上我不能没有烟。它大概是掉在铁轨下面了。

我撂下宝珠,独自跑了回去。在我爬上来的地方又跳下铁轨,掏出打火机细细地找。微光亮起时我觉得自己像个考古学家,正在墓穴里探宝。

"你怎么还不上来？"宝珠说。

"嘿，有人在这儿用粉笔写了句子，应该是诗。居然有人在这种地方写诗。"我站在铁轨边，端着打火机细细地看着站台侧面，水泥壁上的字迹。

"写什么了？"

"没看清，让我看看。"

"火车来了啊，快上来吧。"

宝珠走了过来，居高临下看着我，向我伸出手。我手里的打火机忽然灭了，觉得自己盲了一下。

宝珠说："看到什么了？火车快来了啊。"

"火车不在我这根铁轨上啦。"

"到底写什么了？"

我仰起头看着宝珠，雨水落在我脸上了。宝珠的身后是一盏日光灯，被灯光衬着，她像一个俯身要拉我上天堂的天使。我亲爱的宝珠，傻矬傻矬的宝珠，从童年时代姗姗而来的长着胡子的宝珠，此时此刻，终于化身为神。我热泪滚滚，呆立在原地。

"你发愣了，路师傅。"

我说我看清了，然后慢慢地念给她听：

> 黑夜
> 有如正午般庄严

图书在版编目（CIP）数据

天使坠落在哪里/ 路内著. -- 上海：上海文艺出版社, 2023
（路内追随系列）
ISBN 978-7-5321-8173-5
Ⅰ.①天… Ⅱ.①路… Ⅲ.①长篇小说－中国－当代
Ⅳ.①I247.5
中国国家版本馆CIP数据核字(2023)第029218号

发 行 人：毕　胜
责任编辑：张诗扬
封面插图：周子曦
封面设计：山川制本workshop
内文制作：艺　美

书　　名：天使坠落在哪里
作　　者：路　内
出　　版：上海世纪出版集团　　上海文艺出版社
地　　址：上海市闵行区号景路159弄A座2楼　201101
发　　行：上海文艺出版社发行中心
　　　　　上海市闵行区号景路159弄A座2楼206室　201101　www.ewen.co
印　　刷：苏州市越洋印刷有限公司
开　　本：889×1194　1/32
印　　张：10.375
插　　页：4
字　　数：250,000
印　　次：2023年7月第1版　2023年7月第1次印刷
Ｉ Ｓ Ｂ Ｎ：978-7-5321-8173-5/I.6463
定　　价：68.00元
告 读 者：如发现本书有质量问题请与印刷厂质量科联系　T：0512-68180628